소설

태종 이방원

방기환 저

⑤
샘이 깊은 물

문지사

소설·태종 이방원(太宗 李芳遠)

제5부 샘이 깊은물

차 례

36. 獅子의 마음 ······································· 13

37. 冕旒寬 ··· 35

38. 불 ··· 78

39. 沈默의 산 ·· 112

40. 病든 大國 ·· 149

41. 嘉禮色 ··· 197

42. 北의 바람 ·· 230

43. 密使들 ··· 264

44. 百姓이 하늘이어니 ································· 298

45. 샘이 깊은 물 ······································ 338

소설·태종 이방원(太宗 李芳遠)·총목록

〈제1부 / 뿌리 깊은 나무〉
1·뿌리 깊은 나무 ·············· 13
2·젊은 母后 ····················· 45
3·九變之局 ······················· 88
4·逃避의 늪 ····················· 141
5·발 없는 駿馬 ················· 181
6·紫微垣 ·························· 253
7·풋살구의 노래 ··············· 285
8·봄 기러기 ······················327

〈제2부 / 王朝의 고향〉
9·王朝의 故鄕 ·················· 13
10·地下水 ························· 67
11·杜門洞 뒷소문 ············· 120
12·鵬程萬里 ······················134
13·北京城 ························· 176
14·新都의 아침 ················· 203
15·氷壁 ···························· 235
16·翁主의 집 ···················· 268
17·對馬島 ························· 327

〈제3부 / 回天의 아침〉
18·歸化의 무리 ·················· 13
19·大王 병들다 ··················· 65
20·시새우는 저울대 ········· 114
21·山南王 溫沙道 ·············· 711
22·8월 26일의 女人들 ······ 199

254 ··············回天의 아침·23
291 ··············胎動의 가을·24
343 ··············流浪의 創業主·25

〈제4부 / 冬天鳳鳴〉
13 ·················怪文書·26
39 ·················王弟 芳毅·27
50 ·················冬天鳳鳴·28
120 ·················一 輪·29
166 ·················仁壽府·30
197 ·················刺客의 집·31
231 ·················두 盟主·32
266 ·················産 苦·33
318 ·················故友 吉再·34
337 ·················광야의 老雄·35

〈제5부 / 샘이 깊은 물〉
13 ················獅子의 마음·36
34 ·················冕旒冠·37
77 ·····················불·38
111 ·················沈黙의 山·39
148 ·················病든 大國·40
196 ·················嘉禮色·41
229 ·················北의 바람·42
263 ·················密使들·43
297 ·················百姓이 하늘이어니·44
337 ·················샘이 깊은 물·45

36. 獅子의 마음

왕비 김씨와 세자빈 민씨와의 경합은 야릇한 결말을 가져왔다.

강비와 방석 형제의 명복을 비는 천배작전(千拜作戰)을 통해서, 이성계의 감정의 허점을 먼저 틀어잡은 것은 민씨였다. 그러니 초반전에 성급히 전력을 소비하여 기진한 민씨는, 뒤늦게 달려온 김씨에게 불로소득의 승리를 안겨준 셈이 되었다.

이성계는 마침내 환궁할 것을 용납했지만, 그것은 어디까지나 왕비 김씨의 종용을 받아들인 형국이 되고 말았다.

지난 무인년 정적 정도전 일파를 타도하느라고 앞장서서 분진한 것은 민씨의 남편 방원이면서도, 손끝 하나 까딱 않고 국왕의 보좌를 차지한 것은 김씨의 남편 방과였다는 심술궂은 그 운명의 장난이 지금 또다시 되풀이된 셈이다.

세자빈 민씨 일행이 그러했던 것처럼 왕비 일행도 이성계가 승용할 가교(駕轎)를 미리 준비해 왔고, 거기 재빠르게 그를 태웠다. 그래서 왕비 일행은 승전의 개선이라도 하듯이 우쭐스러워 했고, 민씨 일행은 패잔병의 그것처럼 기가 죽어 있었다.

개경에 돌아가서도 신바람을 피우며 설치는 것은 왕비측이었다. 해주 방면을 돌고 있다는 국왕에게, 이성계가 환궁했다는 사실을 알리는 급사(急使)가 파견되었다.

국왕 방과는 허겁지겁 달려왔다. 그는 일단 수창궁에 들르기는 했지만, 외관도 정제하는둥 마는둥 덕수궁으로 직행했다. 다만 그렇게 창황

한 중에서도, 가까이 부리는 한 내시에게 인궤(印櫃)를 들고 따르게 한 것이 이상하다면 이상한 행동이었다.

국왕이 찾아왔다는 전갈을 받고도 이성계는 거실에서 움직이질 않았다. 아직도 노여움이 덜 풀린 것일까, 아니면 자신의 지나친 행동이 쑥스러운 때문일까.

방문 밖에까지 방과가 다가가서 배알을 청하자, 겨우

"들어오시도록 일러라"

전갈하는 이성계의 음성이 흘러 나왔다.

그때 방원은 일단 인수부에 돌아가 머물러 있었다. 부왕을 뵙고 싶은 정곡(情曲)은 누구보다도 간절했지만, 국왕 방과가 앞질러 찾아갔다는 기별에 접하자 망설이지 않을 수 없었다. 게다가 신암사에서 있었던 부인 민씨와 왕비와의 암투의 전말을 듣고 보니 더욱 그러했다.

그러지 않아도 지금 잔뜩 삐치고 있는 방과였다. 섣불리 행동을 했다가 부왕의 총애를 경쟁하는 인상이라도 준다면, 사태는 한층 고약하게 꼬여들 것이었다.

국왕이 덕수궁에서 물러갔다는 기별이 있을 때까지 기다리기로 하고 있는데, 하륜이 찾아왔다.

"아직도 태상전하를 뵙지 못하셨습니다그려"

하고 물으면서, 그는 착잡한 두 눈을 꺼먹였다. 자신의 고충을 방원은 솔직이 털어놓았다.

"그도 그렇겠습니다마는."

하륜은 지그시 눈을 내리깔다가,

"어쨌든 사태는 마지막 고비에 접어든 것 같습니다. 저하께서 원하시건 원치 않으시건 막중한 짐이 저하의 양 어깨에 지워질 것만 같습니다"

수수께끼 같은 말을 흘리고는 방원의 두 눈을 깊이 들여다보았다.

"아버님."

목멘 소리로 부르는 국왕 방과의 두 볼에 굵은 눈물 줄기가 흘렀다. 행방을 알 수 없어 찾아 헤매던 부왕의 귀환을 반가워하는 것치고는, 그 눈물은 너무나 요란했다.

"오로지 소자의 불민한 탓입니다."

전제인지 결론인지 아리송했지만, 그의 어세는 야단스러웠다.

"그저 생각하면 할수록 뉘우치는 마음 뿐입니다, 아버님."

그는 도대체 무슨 말을 꺼내려는 것일까. 노왕(老王) 이성계는, 사십이 훨씬 넘은 초로(初老)의 아들이자 지금은 이 나라의 군왕인 그의 눈물을 말없이 지켜보고만 있었다.

"연로하신 아버님의 생신, 온갖 정성을 다하여 경축하고 축수하여도 부족한 터이온데, 그토록 정처없이 유람하시도록 하다니 소자의 불효 죽음으로도 씻을 길이 없을 것입니다"

결국 이성계의 실종의 책임을 스스로 걸머지고 사죄하는 소리일까. 그러나 그의 말은 곧 이어 다른 각도로 번졌다.

"무인년 정변만 해도 그렇습니다. 소자가 좀더 변변하게 굴었더라면 불쌍한 방석 형제의 죽음도 저지할 수 있었을는지 모릅니다. 아버님께서 쟁취하시고 아버님께서 굳히신 이 나라의 왕권에, 그렇듯 오점을 찍어놓지는 않았을 거올시다. 그러나 소자는 그때 비겁하게도 몸을 숨겼을 뿐만 아니라, 외람되게도 아버님의 보좌를 더럽히기에 이르렀습니다. 지금 생각하니 부끄러워 그저 쥐구멍이라도 찾고 싶은 심정입니다."

이성계는 무겁게 두 눈을 내리깔았다.

"그야 그러한 행동을 취한 데엔 소자 나름대로의 이유가 없었던 것은 아닙니다. 아버님의 진노가 가라앉으실 때까지 아버님의 보좌를 맡아 두자는 심정이었습니다. 그래야만 서슬이 시퍼런 방원과 그 일당에게 국권이 송두리째 넘어가는 불행을 막을 수 있을 것이라고, 어리석은 생각을 했던 것입니다."

방과는 여기서 잠깐 말을 끊었다가,

"소자 두고 두고 생각해온 바입니다만, 이 기회에 마음을 정했습니다."

목구멍 깊은 속으로부터 끄집어내듯 말했다.

"어떻게?"

이성계가 비로소 입을 열고 반문했다. 방과는 잠깐 방문 밖으로 나가더니, 수창궁을 떠날 때부터 들려온 인궤를 끌어들였다.

"이것입니다. 이것을 아버님께 물려드리겠습니다."

얼핏보기에도 국새를 담은 인궤였다. 그러니 그것을 돌려준다는 말은 왕권을 반환한다는 뜻이나 다름이 없었다.

이성계는 한 동안 그 인궤와 방과의 얼굴을 번갈아 쏘아보다가 물었다.

"왜? 어째서 지금 새삼스럽게?"

방과의 눈꼬리에 착잡한 그늘이 새겨졌다.

"잠시나마 그 새보(璽寶)를 맡아 가지고 있을 만한 덕도 힘도 재간도 소자에겐 없음을, 이번 기회에 통렬히 느낀 때문입니다."

그리고는 평주 방면으로 향하는 연도에서의 백성들의 냉랭한 무시, 방원의 승마가 자기에게 덤벼들려고 하던 불쾌한 돌발사를 낱낱이 고해 바쳤다.

"이름만의 군왕, 실권 없는 군주가 마땅히 당해야 할 봉욕입지요. 소자는 누구도 원망하지 않습니다. 다만 소자에겐 아버님께서 물려주신 보위를 아버님께 돌려드리는 일만이 남아있다고 생각되어서, 이렇게 이 것을 가지고 왔습니다. 거두어 주십시오."

인궤를 받쳐들고 부왕 앞으로 다가갔다.

이성계의 두 눈이 또 실눈이 되었다. 그러나 그는 그 인궤를 받지도 않았고 물리치지도 않았다. 그래서 방과는 인궤를 받쳐든 채 어찌하지도 못했다.

오랜 시간이 흘렀다.

"언제까지 그러고 서 있기만 할 셈인가."

핀잔 섞인 소리를 이성계가 던졌다.

"아버님께서 거두어 주실 때까지는 소자 그냥 물러가진 않겠습니다."

제법 끈질기게 보이는 고집에,

"그래?"

아들의 얼굴을 이성계는 뚫어지게 쏘아보다가,

"정 그렇다면, 그토록 그것이 싫다면 버리는 도리밖에 없겠지."

냉엄하게 잘라 말하고는 홱 돌아앉아 버렸다.

그 뒷모습을 바라보는 방과의 두 눈이 퀭하게 헤벌어졌다. 그러다가 그것이 울상으로 일그러졌다. 은근한 기대를 품고 어리광을 부리던 어린아이가, 그 어리광은 통하지 않고 되려 호된 핀잔을 맞았을 때의 당혹과 실망에 구겨진 그런 얼굴이 되어 한동안 머뭇거렸다.

"아버님의 분부 그러하시다면, 심히 황공합니다만 소자 이것을 여기 두고 가겠습니다."

인궤를 탁자 위에 내려놓았다. 그러나 이성계는 대꾸도 하지 않았고 돌아보지도 않았다.

"여기 이렇게 놓았습니다."

미련의 꼬리가 질질 끌리는 소리로 다짐했지만, 이성계의 무반응은 여전했다.

방과의 안색에는 짙은 후회의 그늘이 드리워졌다. 그는 잠시 더 머뭇거리다가 부왕의 등 뒤에 한번 절하고는 비슬비슬 물러갔다.

그 발소리가 멀어지자, 비로소 이성계가 얼굴을 돌렸다.

"변변치 못한 것."

그는 암담한 탄식을 씹다가 눈길을 인궤로 돌리자, 그것을 끌어안았다.

국권의 상징이며 왕권의 표징이기도 한 그 새보를 얻기 위해서 얼마나 많은 피를 뿌려왔던가. 때로는 사람의 정으로 차마 할 수 없는 잔인한 처사까지 감행하였다. 그리고 또 남 모르는 피눈물은 얼마나 흘려왔던가. 모두 다 이 새보를 얻으려는 소망 때문이었다.

"그렇게 값비싼 보새(寶璽)가 임자 없는 헌신짝처럼 굴러다녀야 한단 말인가."

그는 그 인궤를 끌어안은 채, 텅 빈 방안을 휘청휘청 서성거렸다.

"어찌 되었나요?"

왕비 김씨는 초조히 물었다. 덕수궁에서 돌아온 국왕 방과를 향해서 묻는 말이었다.

방과는 쓰게 입맛만 다셨다.

"태상 아버님께서 대단히 진노하셨겠지요."

김씨는 거듭 캐물었다.

"그렇지도 않으십디다."

방과가 겨우 입을 여는 말에,

"아니 그 말씀을 사뢰셨습니까, 전하."

한 옆에 시립하고 있던 모사 김인귀가 놀라는 소리로 참견했다.

"황공무지하옵게도 상감의 대가(大駕)를 향하여 세자의 승마가 뛰어들었다는 그런 불령(不逞)한 난동이 있었다는 말씀을 사뢰셨으면, 응당 세자에 대해서 격노하시고 엄한 질책이 계시었을 게 아니겠습니까."

"더구나 상감의 극진하신 효행을 말씀드렸더니, 태상 아버님께서는 깊이 감동하시는 신색이시던가요."

왕비는 도무지 이해가 가지 않는다는 얼굴로 물었다.

"아무 말씀도 계시지 않았다니까 그러는구료."

방과는 신경질적인 소리를 쏘아 던졌다.

"새보는 어찌하셨습니까?"

김인귀가 다시 묻는 말이었다.

"보면 알 것이 아닌가."

두 손바닥을 털어보이더니, 방과는 면류관을 벗어 던졌다. 그 기세에
왕비도 김인귀도 숨을 죽였다.

그러니까 오늘 태상전에서 방과가 보인 행동은, 사전에 각본을 작성
하고 그 각본에 따라 연출해 보인 일종의 연기였던 것일까.

방원이 어떤 야망을 품고 국왕의 체통을 깎고자 연도 백성들에게 응
분한 예도조차 차리지 못하게 했다. 뿐만 아니라 국왕의 가교에 승마가
뛰어들게 해서 목숨까지 노렸다. 그러니 어떻게 마음 놓고 임금 노릇을
할 수 있겠는가, 차라리 국새(國璽)를 반환하고 목숨이나 보전해야 하
겠다고 울며 호소를 하면, 그러지 않아도 방원을 괘씸히 여기고 있는 부
왕 이성계, 노발대발할 것이다. 너는 어디까지나 이 나라의 국왕이며 방
원은 너의 아우인 동시에 세자에 지나지 않는 몸, 제아무리 붕당을 거느
리고 설치더라도 어찌 제압할 수 없겠느냐. 네가 못하겠으면 내 아비의
권능으로 그놈을 응징할 터이니 옥새는 가지고 돌아가거라. ──이쯤
나오리라는 관측을 하고 꾸민 작전이 아니었을까.

그렇게 되면 결국 방원의 입장은 형편없이 불리해질 것이며, 마침내
는 실각의 계기까지 될 수 있을 것이 아니겠느냐는 기대를 잔뜩 걸고 있
다가 어이없이 틀어진 것이 아닐까.

"신이 생각하기엔 이렇습니다."

방과의 기색을 흘금흘금 살피며 김인귀가 다시 입을 열었다.

"태상전하께선 항상 과묵하신 분이시니 직접 아무런 말씀도 계시지
않더라도, 마음 속 깊이 진노하고 계실 거올시다. 아마 지금쯤 세자께
불호령을 내리시고 계실는지도 모릅지요."

방과의 기분을 풀어주려는 간사한 혀끝을 그저 놀린 데에 지나지 않
았겠지만, 그러나 그 추측이 과히 빗나가진 않았다.

방과가 물러간지 얼마 후에 찾아온 방원을 향하여, 이성계는 호통부터 터뜨렸다.

"너는 명색이 아비를 찾아나선답시고 국왕의 얼굴에 흙칠을 했다면서? 두 번씩이나 저지른 골육상잔극, 그것도 부족해서 형을 죽이려 했다면서?"

방원을 대하자마자 이성계는 이렇게 퍼부어대고 있었다.

벽력 같은 호통이었다. 그러나 방원으로선 전혀 예기치 못한 날벼락은 아니었다. 이곳 덕수궁에 들어설 때부터, 아니 국왕이 먼저 다녀가기를 기다리면서도, 어쩌면 평주 방면에서 돌발한 불상사를 겪을 때부터, 그 벼락을 맞아야 한다는 예감에 떨고 있었는지도 모른다. 그러나 슬프다. 그리고 원망스럽다.

——너무하십니다.

머리를 조아리고 뜨거운 눈물을 삼켰다. 그것은 지금 자기 앞에서 호통을 치고 있는 부왕에 대해서가 아니다. 부왕으로 하여금 그토록 격노하게 작용을 했을 것으로 짐작되는 형 방과에 대한 원성이었다.

"할 말이 있느냐? 없지?"

오늘의 이성계의 노여움은 그 어느 때보다도 직선적이었다. 또 일방적이었다. 이 편에선 한 마디 변명조차 꺼낼 틈도 주지 않고 몰아세우기만 했다.

"그토록 탐이 나더냐? 철없고 어린 이복동생을 잡아먹고, 친형을 상대로 칼부림을 하고, 또 멀지 않아 네놈에게 그 자리를 물려줄 날만 기다리며 실권 없는 빈 자리에 앉아 있는 이름만의 임금을 밟아 죽여야 할 만큼 조급했더냐"

눈물은 삼켜도 삼켜도 목을 메우기만 했다.

메우다 못해 치솟고 넘쳐 흘렀다. 이젠 변명의 시간을 주더라도 방원 자신에게 그럴 여백이 없다.

"탐이 난다면."

방과가 남겨두고 간 인궤를, 조금 전엔 그것을 부둥켜안고 홀로 탄식하던 왕권의 표정을, 이성계는 다시 집어 들었다.

"오냐, 주마!"

방원을 향해 그것을 던졌다. 이성계와 방원과의 거리는 오륙보에 지나지 않았다. 그러나 인궤는 그 중간쯤에 힘없이 떨어졌다.

늙은 이성계의 여력(餘力)이 그토록 쇠약해진 것일까, 혹은 마음의 힘이 그렇듯 기진하여 버린 것일까.

방원은 더 참고 있을 수가 없었다. 또다른 눈물이 치민다. 부왕이, 아버지가 불쌍하다. 그대로 앉아 있다간 어린애처럼 엉엉 소리내어 울 것만 같다.

두 손으로 얼굴을 감싸쥐고 밖으로 뛰쳐나갔다.

"이놈아, 이건 왜 버려두고 가는 거냐."

그 뒤꼭지를 향하여 이성계는 소리치며 인궤를 발길로 차는 것이었지만, 그 발에도 힘은 없었다.

"변변치 못한 것."

방과에게 하던 것과 똑같은 소리를 흘리고는 방바닥에 주저앉는데,

"전하, 빈도 들어가도 좋겠습니까?"

방문 밖에서 귀에 익은 소리가 흘러왔다. 무학대사 자초의 음성이었다. 언제나 반가운 목소리였지만, 지금의 경우는 어느 때보다도 절실했다. 몸소 마주 나가 영접해 들였다.

"다 보셨겠구료, 대사. 내 추태를 말이오."

자초의 손을 잡은 채 이성계는 멋적은 웃음을 흘렸다.

"예, 갑자기 전하의 용안이 뵙고 싶어서 예궐했더니, 마침 큰소리가 들리질 않겠습니까. 그래서 기다리고 있었습니다요."

자초는 조용히 마주 웃다가 문득 정색을 하더니,

"대왕도 많이 늙으셨습니다."

무겁게 말했다.

"늙다 뿐이겠소."

이성계는 쓴 입을 다셨다.

"이런 인궤 하나 주체하지 못하고 절절 매는 형편이 아니요? 그러나 늙는 것은 어쩔 수 없는 노릇이라 체념도 하겠소만, 늙되 곱게 늙지도 못하는 나 자신이 못내 부끄럽구료."

스승으로 섬겨온 자초와 마주 대하니 그런 것일까, 이성계는 심약한 푸념을 늘어놓았다.

"내가 신암사를 찾아갔을 때였소. 철 없는 사미아이가 무엄하게 굴었다고 글쎄 여간한 적수에게도 경경히 겨누지 않던 대초명적을 쏘아 대려고 하질 않았겠소. 그리고 지금도 대사께서 보고 들으신 바와 같이, 방원이 그놈이 아무리 괘씸하기로 그렇게까지 욕설을 퍼붓고 나라의 신기(神器)나 다름이 없는 국새에 발길질을 하다니, 생각하면 이만저만한 추태가 아니외다."

그는 자조(自嘲)의 웃음을 흘렸다.

"언젠가 누구에게선가 들은 얘기요만, 사람이 제대로 늙으면 젊은 시절에 비해서 한 가지 취할 점이 있다고 합디다. 남의 허물을 캐지 않고 오히려 그것을 감싸주고 덮어주는 도량이 커진다는 거요. 마치 노목(老木)이 넓고 짙은 그늘을 드리우는 것과 같다는 얘기가 되겠소만, 나는 오히려 젊은 날보다도 짜증만 늘었으니 칠십 가까운 생애를 헛살았나 보오이다."

"글쎄올시다. 빈도는 그렇게 보지도 듣지도 않았습지요."

자초는 무겁게 고개를 가로저었다.

"대왕께서 방금 말하신 큰 말씀, 그건 단순한 역정에서 빚어진 소리는 아니었습니다. 여러 아드님과 그리고 모든 창생(蒼生)들을 아끼고 감싸주시려는 고충이 크시기에, 하는 수 없이 진동하여 들려주신 천둥으로 압니다."

"무슨 말씀이신지?"

이성계의 입은 딴 청을 하면서도 그 눈은 놀라고 있었다.

"빈도, 외람되오나 비록 육신은 딴 곳에 있더라도, 마음만은 대왕 안에서 살아왔노라고 믿고 있습니다. 어찌 대왕의 참뜻을 모르겠습니까."

자초는 말하다가 소리를 낮추었다.

"세자를, 유독 그 사람을 그저 미워만 하시는 것은 아니시지요? 사실은 어느 아드님보다도 기특히 여기고 계시지요? 사자가 자신의 아끼는 소생을 천길 벼랑 아래로 밀어던지는 아픔을 아파하시면서, 매질을 가하고 계시는 것이지요."

그리고는 아예 소리를 죽이고 한동안 속삭였다. 그 속삭임을 듣고 이성계는 비시시 웃었다. 하다가 이내 그 웃음을 거두고,

"대사의 말씀 가하다고도 부하다고도 지금은 말하지 않겠소만, 어쨌든 저기 버려진 저 인궤만은 제대로 임자를 찾아주어야 할 것이 아니겠소. 가장 옳게 그리고 가장 말썽이 적게 말이오."

이렇게 물었다.

"역시 사자를 본받으셔야 하겠습지요. 일단 소생을 벼랑 아래로 밀어떨어뜨린 사자가 어린것을 과연 어떻게 다루었는가, 가엾다고 이내 벼랑 아래로 달려가서 끌어안았는가, 영영 외면하고 거들떠보지도 않았는가, 혹은 먼 발치에 숨어서 지켜보았는가, 그 중 어느 한 길을 취하실 수밖에 없지 않겠습니까."

자초는 숙제 같은 말을 남겨놓고 표표히 사라졌다. 그리고 그 이튿날 새벽 덕수궁은 발끈 뒤집혔다.

그 때가 사경(四更)쯤이었다고 하니 새벽 두시 전후로서, 초겨울 날이 밝자면 아직도 까마득한 미명이었다.

태상왕 이성계가 갑자기 서둘러 또 출분(出奔)했다는 것이다. 그래도 이번에는 아무도 모르게 홀몸으로 탈출한 것이 아니라, 종자 수십명을 거느리고 떠났다는 것이 전번과는 달랐다. 목적지는 신도 한양임을 밝혔다.

그 소식은 즉각 국왕 방과에게 보고되었다.

"또?"

방과는 쓴 입을 다시면서도 마침 그날 밤 궁중에 숙위(宿衛)하고 있었던 모신(謀臣) 김인귀를 불렀다.

"어떻게 하나?"

김인귀는 히죽히죽 웃고만 있었다.

"왜 웃기만 하는 거지? 경은 이런 소식을 듣고도 놀랍지 않은가."

의아스러워하는 방과에게,

"놀라울 까닭이 없습지요. 신은 사전에 연통을 받고 있었으니까요."

그는 태연스럽게 노닥거렸다.

"무슨 소리, 알고 있었다면 어찌하여 과인에게 알리지 않았는고?"

"그 까닭은 차차 말씀드리겠습니다만, 어쨌든 태상왕께서 또 잠행(潛行)하셨을 뿐만 아니라, 이번엔 향방까지 밝히셨으니 그냥 계실 수는 없으시겠죠. 모르는 체하시면 말 많은 참새들이 찧고 까불고 시끄럽게 떠들어대겠습지요."

"그렇다면 즉시 뒤쫓아가서 만류해야 할 것이 아닌가."

그러면서도 방과는 마음이 내키지 않는 구기였다.

"그렇게 하시는 것이 좋겠습니다마는, 너무 멀리까지 행행하실 것까진 없을 듯싶습니다."

김인귀는 깐죽깐죽 묘한 소리만 한다.

"아니, 아버님을 뒤쫓되 중도에서 포기하라 그런 말인가."

"쉽게 말씀드리자면 그런 뜻이 되겠습니다요."

방과는 실눈을 하고 김인귀의 두 눈을 깊이 들여다보았다. 그 시선을 마주받아 눈웃음을 치면서 김인귀는 문득 언성을 낮추었다.

"아무래도 세자 역시 뒤쫓을 것이 아니겠습니까?"

방과는 잠자코 고개만 끄덕였다.

"세자가 뒤쫓는 이유는 무엇이겠습니까? 태상께 곱게 보이려는 심산이 아니겠습니까. 어제 태상전에서 벌어졌던 일로 미루어도 그렇습니다. 태상께서는 국새가 담겨진 인궤를 세자에게 던졌다고 합니다. 그야 세자는 그 국새가 목이 마르게 탐이 났겠지만, 그렇게 던져 주는 것을 넓죽이 받을 수도 없어서 사양하는 체했을 거올시다. 그러니 태상께서 좋은 낯으로 주시길 바라고 있을 것이며, 또 그렇게 되도록 태상왕의 비위를 맞추려고 얼레발을 치겠습지요."

"그렇게 되면 일은 다 끝장이 나는게 아닌가."

방과는 내뱉곤 고개를 외로 돌렸다.

"끝장은 끝장입니다만, 세자의 속셈과는 다르게 결판을 내도록 해야 합지요."

김인귀는 또 희소를 흘렸다.

"어떻게?"

"세자의 욕심을 역이용하는 것올시다."

김인귀는 흐물거렸지만 방과는 못내 애가 타는 모양이었다.

"좀 더 알아듣기 쉽게 속시원히 말할 수 없는가?"

다그치며 바싹 마른 입술을 핥았다.

"세자의 컴컴한 속셈을 태상께 미리 고해 바치는 것올시다."

마침내 김인귀는 계책다운 소리를 꺼냈다.

"세자가 저렇게 쫓아온 것은 태상마마를 위하는 효성에서가 아니라, 국새를 떳떳이 물려받고 싶어하는 야욕 때문이라고 꼬아바친다면 어찌 되겠습니까. 물론 태상께선 진노하시겠습지요."

"흐음."

방과는 앓는 소리 같은 소리를 흘리다가 되물었다.

"하지만 누가 아버님께 그런 말을 사뢴다?"

"강현이란 사람이 있지 않습니까."

강현(康顯)이란 죽은 강비의 친척의 한 사람이다. 무인정변 당시 ·강비의 족당들은 거의 다 숙청을 당했지만, 강현만은 요행히 화를 면하고

향리에 묻혀 있다가 요즘 정국이 어수선한 틈을 타서 이성계에게 접근
했다. 그리고 그의 측근에서 두터운 총애를 받고 있는 것이다.

오늘 새벽 이성계가 덕수궁을 출발했을 때에도, 그 일행 속에 강현은
끼여들었다는 것이다.

"실은 어젯밤 신이 강현을 만났습지요. 그때 태상께서 개경을 떠나실
의향이 계시다는 말을 들었던 거올시다. 이 얘기 저 얘기 하다가 세자에
관한 얘기가 나오자, 강현 그 사람, 이를 갈더군요."

그야 그럴 것이다. 강비 일족에게 있어 방원은 원혐이 사무친 원수일
것이다.

"신이 방금 말씀드린 계책을 귀띔해 주었더니, 강현은 극구 찬동할
뿐만 아니라 한술 더 떠서 이런 얘기를 하지 않겠습니까."

"뭐라구."

"세자가 쫓아다니며 알랑거리는 이유는 효심에서가 아니라, 오직 국
새를 차지하려는 흑심(黑心) 때문이라고 불을 지른다면 태상왕은 진노
하실 것이며, 항상 좌우에 비치하고 계시는 대초명적이라도 쏘아대실
공산이 크다는 거올시다. 산사(山寺)의 하찮은 사미아이에게까지도 그
렇게 하셨다니 말씀입니다. 물론 세자의 목숨을 끊는 급소를 겨누지는
않으시겠습니다마는 어깻죽지나 넓적다리쯤은 쏘실 것이며, 그렇더라
도 그 화살 한 대에……"

말하다가 김인귀는 문득 입을 다물었다. 어떤 수상한 기척을 느낀 표
정이었지만, 잠시 후 고개를 가웃하며 말을 이었다.

"그 화살 한 대에 절명하도록 손을 쓰겠다는 거올시다. 화살 촉에 극
약이라도 발라 두겠다던가요."

"무슨 소리."

방과는 두 눈을 부릅떴지만 노한 눈은 아니었다. 그러면서 그는 점잖
게 한 마디 했다.

"그 따위 소행은 묵과할 수 없느니라. 내 아우를 모살하는 음모에 과

인은 가담할 수 없어."

"황공하옵니다, 전하."

김인귀는 수선스럽게 머리를 조아렸다.

"하오나 이 일은 어디까지나 강현과 신이 사사롭게 꾸미는 일이올시다. 어떠한 결과가 빚어지건 전하께는 추호의 누도 끼치지 않을 것이니, 하념하지 마십시오."

"어쨌든 안돼. 과인은 분명히 아니된다고 말했어."

다짐하는 것이었지만, 방과의 말꼬리엔 아무런 위력도 없었다.

국왕 방과는 거창한 행렬을 거느리고 부왕 이성계의 뒤를 쫓아 수창궁을 떠났다. 그러나 그 행렬의 속도는 사뭇 느리기만 했다.

그렇게 개경 동쪽 고동대문(古東大門)을 막 나서려고 할 때였다. 황급한 말발굽소리와 함께 방원과 그의 종자 몇몇이 뒤따라 왔다. 종자들 중에는 우정승 하륜도 끼여 있었다.

오늘 새벽 이성계가 개경을 떠났다는 소식을 방원은 국왕보다 훨씬 늦게 접하였던 것이다. 방원은 말에서 뛰어내려 국왕의 승여(乘輿) 앞으로 다가갔다. 무릎을 꿇고 아뢰었다.

"신 방원, 아버님이 잠행하셨다는 기별을 이제서야 받고 달려왔습니다. 황공합니다."

그러나 요즘 잔뜩 토라져 있는 것으로 알고 있는 방과의 태도는 의외로 부드러웠다.

"마침 잘 왔구먼, 세자. 그렇지 않아도 세자가 뒤쫓아 오기를 기다리느라고 일부러 늑장을 부리던 참이었네."

그러다가 갑자기 가슴을 움켜잡고 괴로운 얼굴을 해보였다.

"어쩐 일이십니까, 전하."

방원은 묻지 않을 수 없었다.

"아버님께서 또다시 잠행하셨다는 소식에 놀란 때문인지 고질병이 도진 모양이야. 가슴이 뛰고 숨이 막힐 것만 같아."

가쁜 숨을 몰아쉬며 계속 괴로워했다.

이렇게 나오니 좌우에서 그냥 버려둘 리 없다. 태상왕의 뒤를 좇는 일이 효성일 수도 있지만, 종묘사직을 위해서 옥체를 보존하는 일이 더욱 큰 효도가 될 것이라고 만류했다. 방원도 보다 못해 한 마디 했다.

"아버님은 기필코 신이 찾아 모시고 돌아오겠으니, 전하께서는 급히 환궁하시어 옥체를 돌보시도록 하십시오."

"세자까지 그렇게 말해 주니 내 일단 환궁하겠거니와, 뒷일은 세자만 믿고 세자에게 맡기기로 하겠네."

그리고 행렬을 돌려 수창궁으로 향했고, 방원은 다시 한양 쪽으로 길을 재촉했다.

수창궁으로 돌아간 방과는 오만상을 찡그리며 침실로 들어가 몸을 눕혔다. 그러자 왕을 수행했던 김인귀가 따라 들어와서 노닥거렸다.

"이제 세자는 꼼짝없이 죽었습니다."

그 말을 듣자, 그 때까지 앓는 시늉을 하고 있던 방과가 야릇하게 들뜬 얼굴을 하면서, 그러면서도 입으로는 속다른 소리를 지껄였다.

"설마 그 같은 불상사는 없을 것이라고 믿고 있지만, 만에 하나 그런 일이 있을 경우 어떻게 하지. 장차 누구에게 이 나라의 왕통을 계승케 하지? 내 아우 세 사람 중에서 방원이 그렇게 된다면 방의와 방간 둘만 남게 되는데, 방의는 한사코 왕위 계승 문제는 외면해 온 사람이고, 방간은 또 나라에 죄를 지은 몸이니 누구를 세자에 책립해야 한다?"

"그게 어디 큰 문제가 되겠습니까. 전하께서는 열 분이 넘는 왕자님이 계시지 않습니까?"

"하지만 그 애들은 모두 다 서자란 말야."

"서출이면 어떻고 적출이면 어떻습니까. 태상왕께서도 일찍이 제2부인 소생의 방석을 세자로 삼지 않으셨습니까. 그러하오니 전하께서 가장 총애하시는 지숙의(池淑儀) 소생의 의평군(義平君)을 책립하시는 것이……"

하다가 김인귀는 숨을 들이켰다. 그 순간 침실 밖에서 총총히 사라지는 발소리가 들렸던 것이다.

한편 방원 일행은 쉬지 않고 말을 몰았다. 장단(長湍), 파주(坡州)를 거쳐 한양 못미쳐 벽제역(碧蹄驛)까지 백여리 길을 한달음에 치달렸다. 그러나 그렇게 달려도 부왕 일행을 뒤따르지는 못했다.

잠깐 말을 멈추고 한숨 돌리려는데, 한양 쪽으로부터 한 무장이 이편을 향해 말을 몰고 마주 달려왔다. 대장군 박순(朴淳)이었다.

"이제야 오시는군요, 동궁마마. 그렇지 않아도 저하께서 뒤따라 오시기를 애타게 기다리고 있었습니다만, 태상왕의 행차가 신도(新都)에 당도하도록 소식이 없기에 저 혼자만 이렇게 되돌아왔지 뭡니까."

박순은 못내 아쉬워했다.

그는 일찍이 고려조 때부터 이성계 휘하에 있었던 심복의 하나였다. 위화도 회군 직전엔 이성계의 지시로 회군의 승인을 얻기 위하여 우왕에게 파견될 정도로 신임이 두터웠다.

이 날 새벽 이성계가 개경을 떠나 한양으로 향하자 그를 수행한 측근 중의 한 사람이었지만, 방원에겐 항상 호의를 품고 그의 정치적 입장을 지지하여온 인물이었다.

"어서 가십시다, 저하. 지금쯤 태상께선 정릉(貞陵)에 계실 거올시다. 신덕왕후를 위해서 법석(法席)이라도 베풀겠노라고 말씀하셨으니까요."

그러지 않아도 이번만은 기어이 부왕을 놓치지 않겠다고 다짐하면서 달려온 방원이었다. 즉시 말에 오르려고 했다.

그 소매를 하륜이 넌지시 잡았다.

"예까지 오셨으니 동궁저하의 효성은 다하신 것이나 다름이 없습니다. 이제 그만 개경으로 돌아가시는 편이 좋을 듯 싶습니다."

박순과 하륜의 상반된 견해는, 방원의 운명의 갈림길을 대변하는 말이기도 했다. 만일 방원이 끝끝내 부왕의 뒤를 쫓아간다면 김인귀와 강현이 쳐놓은 죽음의 함정에 뛰어드는 꼴이 될는지도 모른다.

하륜은 그런 기밀을 탐지하고 있는 것일까. 그러나 입으로는 다른 말을 했다.

"지금 개경은 임자 없는 왕도나 다름이 없습니다. 주상께선 이미 국새를 태상전하께 바치셨고, 태상께선 그것을 덕수궁에 방치하여 두신 채 한양으로 떠나셨습니다. 말하자면 왕권이 허공에 떠 있는 거나 다름이 없습니다. 이와 같은 판국에 저하께서 왕도를 오래 비우신다면 어떤 간악한 무리가 음흉한 농간을 부리는지 모를 일이 아니겠습니까."

그 말에 박순은 펄쩍 뛰며 역설했다. 그때 그가 한 말을 그 날짜 실록은 이렇게 전하고 있다.

"태상께서 비록 저하로 하여금 수행하시도록 분부한 것은 아닙니다만, 예까지 이르러 돌아가신다면 어찌 신자(臣子)된 도리라 하겠습니까. 제가 듣기에 태상왕께서는 신도를 거쳐 다시 오대산(五臺山)으로 행차하시겠노라고 하십니다. 저하께서 수행하시어 극구 만류하신다면 태상왕께서도 그 거동을 중지하실 것입니다만, 그렇지 않을 경우 험한 산길을 누비며 멀리 오대산까지 유람하시게 될 것인즉, 훗날 반드시 뉘우침이 있으실 거올시다."

박순의 견해는 장차 이성계와 방원 부자 사이에 벌어질 비극을 원려(遠慮)한 예언과도 같은 것이었다.

그렇게까지 나오는 박순의 말을 반대할 어떠한 생각도 방원은 가지고 있지 않았다. 아니 부왕 이성계에 대한 충정이 어느 무엇보다도 항상 선행하는 방원이었다. 비록 일시적인 정국의 혼란을 야기하는 한이 있더라도, 부왕의 노여움을 푸는 일이 그로선 급선무였다. 실질적으로는 더욱더 그러했다.

"우정승의 의견도 일리 없는 것은 아니오만, 나는 역시 박 장군의 말을 따라야 하겠소."

다시 말에 오르려고 하자, 하륜의 안색이 심각하게 굳어졌다.

"이 얘기는 끝끝내 입밖에 내지 않으려고 했습니다만, 저하께서 굳이 한양으로 가시겠다면 말씀드리지 않을 수 없습니다."

그리고 몇 마디 귀엣말을 속삭였다.

그 내용은 이러했다.

하륜 그는 일찍부터 태상전의 한 궁인을 매수하여 첩자로 부려왔는데, 오늘 새벽 그 궁인이 급보한 정보에 의하면, 김인귀 일당이 방원을 모해하고자 엄청난 음모를 꾸미고 있다는 것이다.

방원은 등골에 찬물을 뒤집어쓴 느낌이었다.

그 음모가 사실이라면 부왕 이성계의 악화된 감정으로 미루어 생각하거나, 그의 격하기 쉬운 성격으로 짐작하거나, 방원 자신의 심경을 오해할 경우 화살 한 대 쯤은 화풀이 삼아 쏘아댈 가능성이 충분했다.

방원은 어금니를 깨물었다. 죽는 것은 좋다. 더더구나 부왕의 손에 죽는다면 원통할 것도 없다. 그러나 그것이 간물들이 파놓은 함정으로 뛰어드는 어리석은 짓이라면, 회피할 수밖에 없다고 마음을 돌렸다.

나중에 그 화살에 독이 발라져 있었다는 사실을 알게 될 경우, 부왕의 비통은 또 얼마나 처절할 것인가. 그 슬픔을 막기 위해서라도 개경으로 되돌아갈 수밖에 없다고 다짐하면서 방원은 말머리를 돌렸다.

"저하, 환궁하시는 겁니까?"

박순은 피를 토하듯 부르짖었다.

"지금 뭐라고 이유는 말할 수 없소만, 그러지 않을 수 없는 절박한 사정을 알게 된 거요."

방원은 그 정도로 흐릿하게 변명할 수밖에 없었다.

"오호라."

박순이 주먹으로 가슴을 쳤다.

"하늘이 마침내 이 나라 이 왕조를 버리시려는 것이 아니었으면 좋으련만."

침통한 한 마디를 남겨 놓고 한양 쪽을 향해 창랑히 사라졌다.

그가 한양 정릉에 당도하자, 이성계는 역시 법석을 베풀고 있었다.

"방원이 되돌아 갔다구? 그야 주상의 신병이 돌발했다고 하니 그럴 수도 있는 일이지만, 방원 그놈은 아무런 까닭도 없이 더구나 이 곳 한양에서 엎드리면 코 닿을 데까지 왔으면서 발길을 돌렸다?"

그는 부드득 어금니를 갈았다.

"내 그놈이 끝끝내 따라다니며 효성을 다한다면 못이기는 체하고 개경으로 돌아가 국새를 넘겨주리라 그런 마음까지 먹고 있었거늘, 허허허, 사람의 마음을 모르는 시라소니 새끼 같은 놈!"

그는 격한 감정을 누를 길이 없었던 것일까, 입고 온 상왕복(上王服)을 벗어 불전에 바쳤다.

"내 다시는 그놈을 보지 않으리라. 치사한 시라소니가 되어버린 놈은 이미 사자의 새끼는 아니야."

평복으로 갈아입는 즉시, 오대산을 향하여 떠났다.

"오늘밤도 상감은 지숙의(池淑儀)의 처소에 듭시였다구?"

왕비 김씨는 입술을 떨었다.

김씨의 나이 국왕보다 두 살이 많인 사십육세, 그 당시의 여성으로선 볼 것 다 본 초로의 몸이었지만, 그러나 마음만은 아직도 젊고 뜨거웠다.

"상감마마 워낙 호색하시는 분이시니, 후궁 출입하시는 거 새삼스럽게 이상하실 것은 없지만 말씀이어요."

어란(於蘭)이란 궁녀가 묘하게 사람의 비위를 긁어대는 구기로 야죽거렸다.

"오늘 밤따라 지숙의 마마 처소에 듭시는 것은, 아무래도 심상치 않은 것 같사와요. 낮에 김 참찬과 하시던 말씀도 계시니까요.."

어란은 다름아닌 하륜이 매수하였다는 그 궁인이었다.

그 날 국왕과 김인귀가 밀담을 하고 있을 때, 방문 밖에서 두 차례 인기척이 있었다. 첫번째 것은 어란이 혼자 엿듣던 인기척이었고, 두 번째 것은 왕비 김씨를 불러다가 함께 도청(盜聽)한 기척이었다.

그때 지숙의 소생인 의평군을 세자에 책립하는 것이 좋겠다고 건의한 김인귀의 말을, 어란은 지금 지적하고 있는 것이다.

"김 참찬의 계교대로 일이 맞아들어갈 경우에 말씀예요, 의평군을 세자에 책립하시겠다는 의향을 상감께선 지금쯤 한창 말씀하고 계시지 않을까요. 여인네들의 속살을 깊이 깊이 더듬으시는 것 같은 그런 은근한 음성으로 말씀이어요."

김씨의 두 눈은 지글지글 탔다.

"어른들이 흔히 여자로 태어나서 무엇보다도 섧고 불행한 일은 소생이 없는 일이라고 하시던 말씀, 이제야 알 수 있을 것 같사와요. 지숙의 소생의 의평군이 세자가 될 경우, 그 꼴들을 눈꼴이 시어서 어떻게 봅니까. 지금도 상감의 총애를 믿고 대내를 혼자서 주름잡다시피하는 지숙의가 아니어요?"

시새음이 타는 감정에 어란은 키질만 하고 있었다.

"그런 아니꼬운 꼬라지 보느니보다는, 차라리 김 참찬의 계교가 틀어졌으면 싶사와요. 지금의 동궁마마가 오히려 무사히 환궁하시는 편이 좋겠어요."

"쓸데 없는 소리"

김씨는 쓰겁게 나무랐지만, 어란은 그 눈을 빤히 들여다보며 나불거렸다.

"무엄한 소리가 될는지는 모르지만요, 여자의 마음은 다 같다고 저는 생각해요. 시앗을 보면 부처님도 돌아앉는다는 말이 있지 않사와요. 고 얄미운 지숙의 소생이 세자가 되는 것보다는 지금의 동궁마마가 그대로 그 자리에 계시는 편이 얼마나 났겠어요?"

어란의 요설을 듣는지 않는지 김씨는 한동안 천장 일각을 응시하고만 있다가, 한숨 섞인 혼잣소리를 흘렸다.

"내가 어리석었지. 누구 좋으라고 그 고생을 했단 말인가."

그리고는 두 무릎을 어루만졌다. 그 무릎엔 신암사에서 세자빈 민씨와 경합하느라고 천배를 하다가 까진 상처가. 아직도 아물지 않고 남아 있을 것이었다.

그때 한 궁녀가 방문 밖에서 보고했다.

"동궁마마께서 방금 환궁하셨다는 기별입니다."

37. 冕旒冠

"동궁이?"

김씨의 안색이 착잡하게 파도쳤다. 그 기색을 이윽히 엿보다가 어란이 말했다.

"제가 알아볼까 합니다. 동궁께서 어떻게 무슨 까닭에 갑자기 환궁하셨는지 소상히 알아 와도 좋겠습니까, 중궁마마."

김씨는 가타부타 말도 없이 뭔가 골똘히 쫓는 것 같은 시선을 허공에 띄우고 있었다.

"다녀오겠습니다."

어란이 밖으로 나갔다가 한참만에 돌아왔다.

"큰 일 났사와요, 중궁마마. 아니 어쩌면 차라리 잘된 일인지도 모르겠습니다만요."

앞뒤가 맞지 않는 소리를 수선스럽게 지껄여댔다.

"태상마마의 뒤를 쫓아가시던 동궁마마께선, 신도(新都) 바로 못미쳐 벽제역까지 가셨다가 글쎄 되돌아오셨다는 것이어요."

김씨는 잠깐 말 없는 시선만 주다가, 그것을 다시 허공에 띄었다.

"그 까닭이 무엇인지 아십니까, 중궁마마."

어란은 혼자 부르고 썼다.

"누군가가 김 참찬의 음모를 급히 알려드린 때문이라는 것이어요. 태상마마를 뵙게 되는 자리에선 끔찍한 죽음이 기다리고 있다는 사실을 밀고한 사람이 있다는 것이어요."

"그래서?"

김씨가 겨우 입을 떼었다.

"그러니 동궁마마께선 얼마나 노하셨겠어요. 김 참찬 일당을 모조리 능지처참하겠노라고 이를 갈며 벼르고 계시다는 것이어요. 그리고 김 참찬 일당만 미워하고 계시는 게 아니라지 뭐예요."

어란은 유난스럽게 목소리를 죽이더니, 김씨 곁으로 바싹 다가섰다.

"여쭙기 황공한 얘기지만 말씀이어요, 양위(兩位)마마까지 몹시 원망하고 계시다는 것이어요."

"상감과 나를?"

"예에."

어란은 야단스럽게 고개를 끄덕거렸다.

"그러니까 무슨 큰 일이 꼭 벌어질 것이라고 모두들 떨고 있사와요. 동궁마마께서 혹 참으시더라도 이번만은 그 분의 수하들이 그냥 있지 않을 거라고 그러더군요. 지난번 사병 해산 때 유배를 당했던 조온이랑 조영무랑 이무 같은 사람들이, 오늘 밤이라도 대군을 거느리고 대전(大殿)을 향해 쳐들어올 것이라는 풍문이 자자하다는 것이어요."

지난날의 김씨라면 대경실색을 했을 것이다. 그러나 그 얘기를 듣고도 별다른 반응이 없었다. 적어도 겉으로는 그렇게 보였다. 오히려 어란이 쪽에서 애가 타는 지 더 안달이었다.

"급히 손을 쓰셔야 합니다, 중궁마마. 그렇게 하지 않으시면 끔찍한 화를 면치 못하실 것이어요."

김씨는 역시 아무 말도 하지 않았다.

"깊이 통촉하시어요, 중궁마마. 마마껜 눈의 가시나 다름없는 지숙의 소생만 좋은 노릇 하시다가 화를 당하신다면 얼마나 억울하시겠어요."

졸라대는 어란의 얼굴을 바라보는 김씨의 안정(眼睛)에 차차 냉랭한 바람이 일었다.

그날 밤을 왕비 김씨는 뜬눈으로 밝혔다.

이튿날 이른 새벽, 국왕 방과가 멋적은 얼굴로 김씨의 처소를 찾아들었다.

"어쩐 일이오, 중궁. 안색이 몹시 좋지 않아 보이는구료. 마치 지난밤 한숨도 잠을 이루지 못한 사람 같구먼."

설익은 웃음을 피우며 방과는 얼레발을 쳤다.

"상감께서 우화등선(羽化登仙)의 낙을 보시느라고 밤을 지새우셨다고 해서, 신첩 역시 덩달아 뜬눈으로 새울 것은 없지 않사와요?"

싸늘한 눈바람을 쏘아 보내며, 김씨는 꼬아냈다.

"우화등선이라?"

방과는 떫은 얼굴을 했다.

"내 간밤에 한잠도 잠을 못이룬 것만은 사실이오만, 우화등선과는 거리가 먼 고해(苦海) 속에서 허덕거렸소이다."

"그야 상감도 춘추가 춘추이시니만큼, 젊은 후궁의 성이 차도록 역사를 하시자면 괴롭기도 하셨겠지요."

김씨는 계속 깐죽거렸다.

"글쎄 그런 얘기가 아니라니까."

"그러시다면."

김씨가 문득 자세를 굳히며 어세(語勢)를 바꾸었다.

"골육상잔의 제물이 될 것을 염려하여 모처럼 불문(佛門) 깊이 피신시켰던 서자를, 끔찍한 피바람 속으로 불러내는 계책을 꾸미시느라고 그토록 초심하셨다는 그런 말씀이신가요."

"도대체 무슨 얘기요."

방과는 역시 흐릿한 눈길로 얼버무리려고 했지만, 그 속에 서린 당황한 술렁임을 감추지는 못했다.

"신첩은 다 들었습니다."

김씨는 딱 잘라 말했다.

"동궁을 제거하려는 김인귀의 계략도, 그리고 동궁 대신 의평군을 책립하자는 얘기도 신첩의 두 귀로 똑똑히 들었습니다.”

“나는 또 무슨 얘기라구.”

방과는 김빠진 웃음을 웃었다.

“그건 어디까지나 김인귀가 일방적으로 지껄인 소리지, 어디 내가 관여한 얘기요.”

“그러시니까 어젯밤은 그런 저런 얘기도 없이 우화등선 아닌 고해 속에서 재미만 보셨다 그 말씀이신가요?”

“이제 그런 농담은 걷어치우고 진담을 합시다, 진담을…….”

마침내 방과는 정색을 하고 말했다.

“중궁도 기별을 들었을 줄로 아오만, 아버님을 뒤쫓던 동궁이 어제 저녁 도중에서 되돌아왔다는 거요. 그래서 이 궁리 저 궁리 하느라고 밤잠을 못잤지 뭐요.”

“그러시겠지요. 의평군을 세자로 삼으시려는 모처럼의 소망이 여지없이 허물어진 거나 다름이 없을 테니까요.”

“또 그 얘기.”

방과는 이맛살을 찌푸렸지만, 김씨는 마침내 마지막 딱지를 떼었다.

“신첩이 듣자니까 동궁이 갑자기 환궁한 것은, 김인귀의 계교를 탐지한 때문이라고 합니다.”

“뭐라구?”

그것만은 방과도 처음 듣는 정보인 것일까, 심한 충격이 양미간에 술렁였다. 하다가 그는 허둥지둥 두 손을 내저었다.

“글쎄, 나는 아무 상관도 없다니까. 김인귀에게도 분명히 그렇게 엄명했으니까.”

“그 말씀 신첩도 분명히 들었습니다. 상감의 극진하신 우애, 신첩 새삼 깊이 느꼈습니다.”

김씨는 맞장구를 치다가,

“하지만 말씀이어요.”

그 말머리를 짓궂게 비틀었다.

"그 말씀 들은 것은 신첩 뿐입니다. 그렇다고 그 말씀, 이 사람 저 사람에게 널리 전파할 성질의 것도 아니구요. 또 설혹 들려준다 하더라도 다른 사람들의 귀가 신첩의 귀와 같다고는 할 수 없지 않습니까."

"그래서?"

"결국 누가 생각하나 김인귀의 계략은 상감을 위한 것입니다. 김인귀를 미워하는 사람은 상감을 위협할 것이어요."

"세자가 나를 원망하고 있다, 그 말이오?"

이젠 흐릿한 연막의 그늘조차 피우지 못하고 방과는 침음했다.

"지난날 세자가 취해 온 행동이 어떠했습니까. 자신에게 위해를 가할 염려가 있는 사람에겐 가차없이 칼을 휘둘러 오지 않았습니까?"

방원의 과거를 그런 각도로 해석하자면 할 수도 있다. 정몽주가 이성계를 제거하려는 움직임을 보이자, 지체않고 그를 격살했다. 정도전 일파가 방석을 옹립하고 방원 형제들을 모살하려고 했을 때엔, 역시 무력을 행사하여 소탕했다. 그리고 방간이 난을 일으키자 골육상잔의 혈투도 사양하지 않았다.

"이번 경우라고 예외는 아닐 것이어요."

김씨는 다그쳤다.

"위험을 느꼈을 때 세자 그 사람, 재빠르게 선수를 쓰는 사람이니까요."

"그렇다면 세자가 당장 군사 행동이라도 취하고, 또다시 끔찍한 피바람이라도 몰고 올 것이라고 중궁은 추측하고 있는 거요?"

방과는 바싹 마른 목소리로 반문했다.

"신첩으로선 그렇게밖에 생각할 수가 없습니다. 그리고 이 나라의 병권은 세자의 손아귀에 잡혀 있으니 그 결과도 너무나 뻔하구요."

방과의 안면이 비참하게 경련했다.

"어떻게 하시겠습니까. 싸우시겠습니까. 패배를 환히 예견하시면서

도 형님되시는 자존(自尊)을 위해서, 이 나라의 군왕 되시는 위신을 세
우시고자 일전(一戰)을 불사하시겠습니까."

방과는 힘없이 고개를 가로저었다. 그것이 그의 어쩔 수 없는 선택이
기도 했다. 발등에 불이 떨어질 경우 방원이라면 화상(火傷)을 각오하
고 밟아 끄려고 하겠지만, 방과는 허겁지겁 그 불을 피하여 일신의 안전
부터 도모할 것이다. 무인정변이 발발했던 그 날도, 형제들의 위난을 외
면하고 풍양(豊壤)땅으로 도망하여 김인귀의 집에 숨어 있던 그였다.

"싸우실 의향이 없으시다면, 급히 대책을 강구하셔야지요."

"어떻게? 세자를 만나서 변명이라도 하란 말이오? 그 일은 김인귀가
멋대로 꾸민 일이니, 나를 오해하지 말라고 애걸이라도 하란 말이오?"

"그런 말씀은 통하지 않을 것이라고 여쭙지 않았습니까. 백 마디 말
씀보다는 한 가지 물건을 던져주는 편이 유효할 것이어요."

김씨의 말이 무엇을 의미하는가 방과도 못 알아들은 바는 아니었다.
그래도 그는 되물었다.

"던져 주다니, 무엇을?"

"이미 태상전에 버리고 오신 그것 말이어요. 그것을 의평군에게 물려
주시는 것도 좋기는 하겠지만요, 그러다가 상감도 의평군도 해를 입느
니보다는, 그것 하나 단념하고 목숨을 건지는 편이 상감을 위해서나 의
평군을 위해서나 현명한 처사가 아니겠어요?"

방과는 구겨질대로 구겨진 얼굴 위에 얹혀 있는 익선관(翼善冠)을 만
지작거렸다.

그 때 방문 밖에서 허겁지겁 달려오는 발소리가 들리더니,

"양위 마마께 긴히 여쭐 말씀이 있습니다."

어란이 목소리였다. 김씨는 급히 불러들였다. 어란은 자못 조심하는
구기로 보고했다.

"판삼군부사(判三軍府事) 이무 대감, 문하시랑찬성사(門下侍郎贊成
事) 조영무 대감과 삼사좌사(三司左使) 조온 대감 집에 무장한 장병들

이 모여서 수런거리고 있다는 기별이옵니다."

그보다 두 달 전인 9월 8일, 인사 이동을 단행했다. 이거이(李居易)를 판문하부사에, 방원의 장인 민제(閔霽)를 좌정승에, 하륜을 우정승에, 우인렬(禹仁烈)을 판삼사사(判三司事)에, 정구(鄭矩)를 대사헌에, 박석명(朴錫命)을 도승지에 임명하였는데, 그때 실각했던 이무, 조영무, 조온 등도 관직에 복귀하거나 승진한 바 있었던 것이다. 말하자면 정부나 군부의 요직은 방원의 당료들로 빈틈없이 채워진 것이다.

"무슨 일이라도 생겼단 말이냐."

방과가 묻는 말에,

"자세한 내막은 모르겠습니다. 그런 기별을 들었삽기에 속히 아뢰려고 달려왔을 뿐입니다."

영악한 어란은 꼬리잡힐 소리는 한 마디도 흘리지 않고 총총히 물러갔다.

"기어코 칼을 뽑아들었구먼요."

김씨가 은근히 겁주는 소리를 던졌다. 방과는 다시 익선관을 만지작거리다가, 두 손으로 번쩍 벗어들었다.

"이것으로 끝장이 나는 거지? 실속은 없으면서도 목이 휘도록 무겁기만 한 이 가시관만 벗어주면, 방원 일당도 그 이상의 심술은 부리지 않을 것이라는 얘기겠구료."

"제아무리 사나운 야수라도 배가 부르면 순해진다고 하지 않습니까. 그 사람들이 이 때까지 뿌려온 숱한 피도 오직 그것을 쟁취하려는 욕심 때문이었으니, 그 이상 무엇을 더 바라겠습니까."

김씨도 머리에 쓰고 있던 칠휘관을 벗어 놓았다. 온 여성이 선망해 마지않는 왕비의 보관이었다.

"이렇게 벗고보니 훨훨 날 것만 같구먼요. 이 때까지 이걸 빼앗기지 않으려고 바둥거린 신첩 자신이 어리석게만 여겨집니다."

목덜미를 어루만지며 김씨는 말했지만, 그 말 갈피 속에 서려 있는

쓸쓸한 그늘은 어쩌지 못했다. 방과도 적막한 웃음을 씹으며 미련의 고
리가 끌리는 시선을, 일단 벗어놓은 왕관을 향하여 넌지시 보냈다.

국왕 방과는 즉시 석학 권근을 불러서 선위교서(禪位敎書)를 작성하
도록 지시했다.

"왕세자 방원은 앞 일을 내다보는 밝은 슬기로 천명(天命)을 익히 알
아 대의(大義)를 수창(首唱)함으로써 홍업(鴻業)을 세우니, 곧 우리 조
선이 개국하였다. 방원의 공 이토록 많으므로 당초 세자 책립 문제가 제
기되자 물망(物望)이 오로지 그에게로 돌아갔으니, 뜻밖에 권간(權姦)
들이 어린 서자를 세움으로써 장차 종사(宗社)가 기울어질 위기에 직면
하였다. 이 때 방원은 간당들을 소탕하고 종사를 안태하게 하였으니, 곧
우리 조선국을 재조(再造)한 것이나 다름이 없다."

교서는 이런 말로 방원의 훈공을 극구 찬양한 다음, 국왕 방과가 왕
위를 내놓아야 할 이유 두어 가지를 열거했다.

"내가 즉위한 후 삼년이 되건만 하늘이 믿지 않고 인심이 믿지 않아
서 천재지변이 번번히 일어나고 요악한 재앙이 끊이지 않으니, 오직 과
인이 부덕한 소치이다. 여는 본시 풍질(風疾)이 있어서 국사를 다스리
기에 벅찬 터인즉, 그 무거운 짐을 벗고 덕 있는 사람에게 물려준다면
위로는 천심(天心)에 답하고 아래로는 여망(輿望)을 달랠 수 있을 것이
다."

그러므로 왕세자에게 대통을 계승하도록 명하고, 자기는 사제로 물러
가 건강에 전념하겠노라고 결론지었다.

점잖은 교서였다.

그러나 국왕 방과는 다른 사람도 아닌 이무를 불러서 왕세자에게 교
서를 전하도록 지시하는 한편, 교서에는 없는 뼈있는 한 마디를 구두로
나마 아울러 전하도록 일렀다.

"여는 어려서부터 말이나 몰고 활이나 쏘는 것을 좋아하여 학문을 닦
지 않은 탓인지, 즉위 이래 백성들을 복되게 하지 못하였을 뿐더러 재변

(災變)이 끊이지 않으니, 내 비록 경계하고 두렵게 여기나 장차 어찌 될 는지 알 수 없다. 세자는 어려서부터 호학달리(好學達理)하고 공덕이 큰 바 있으니 모름지기 여물 대신하도록 하라."

나는 무식하지만 너는 유식하니 나 대신 임금노릇 잘 할 것이라는 말 에도 일그러진 가시가 번득이고 있었지만, 재변이란 용어로 표현된 대 목에는 보다 심각한 앙심이 내포되어 있었다. 내가 언제 어떤 끔찍한 화 를 당할는지 알 수 없으니, 너에게 왕권을 넘겨줄 수밖에 없다는 뜻으로 해석할 수도 있는 소리였다.

어쨌든 그 해 11월 11일, 이무는 교서를 받들고 도승지 박석명은 덕 수궁에서 찾아온 국새 인궤를 가지고 인수부로 향했다.

그때 인수부에서도 이미 권근의 손으로 선위교서가 작성되었다는 정 보는 입수하고 있었다.

인수부는 온통 들뜬 흥분에 술렁이고 있었다. 방원의 당료들이 문이 메게 모여들었고, 성급한 몇몇 궁노들은 교서와 국보가 오기를 기다리 다 못하여 문밖에까지 나가서 서성거리고 있었다.

그러나 방원은 자기 거실에 들어박힌 채 움직이지 않았다.

이윽고 이무와 박석명 일행이 당도하였다는 기별이 전해졌다. 국왕을 대신하는 사절이었다. 응분한 예도를 차리지 않을 수 없다. 방원은 궁문 (宮門) 앞까지 나아가 영접했다.

"주상전하의 분부를 받잡고 판삼군부사 이무, 교서를 전하여 드리고 자 왔습니다."

이무는 잔뜩 점잔을 빼면서 말했다.

"교서라니 갑자기 무슨 교서요."

다 알고 있으면서도 방원은 일부러 반문했다.

"먼저 주상의 말씀을 전하겠습니다."

방과가 따로 부언한 그 말을 이무는 무슨 경문이라도 외듯이 옮겼다. 무릎을 꿇고 고개를 숙인 채 그 말을 듣고 있던 방원의 두 눈에서, 굵은 눈물이 방울방울 떨어졌다. 그리고는 고개를 가로저었다.

그 정경을 그 날짜 실록은 이렇게 전하고 있다.

'세자는 흐느끼며 받지 않았다.(世子鴻泣不受)'

비통할 뿐이었다.

그야 일찍이 단 한번도 왕권에 마음이 끌린 적이 없다고 말한다면 거짓말이 될는지 모른다. 그러나 그것은 서제(庶弟) 방석이 세자에 책립되던 당시의 감정이었다. 지금은 다르다.

김인귀 일당이 자기를 모살할 흉계를 꾸미고 있다는 말을 들었을 때엔 이가 갈렸다. 하지만 그렇다고 국왕이자 친형이기도 한 방과에게, 어떤 보복을 할 생각은 추호도 갖지 않았다. 이무가, 조형무가, 조온이 무변들을 모아놓고 실력 행사를 할 기미를 보이자, 그들을 호되게 꾸짖은 방원이었다.

그러한 자신의 충정을 이해하려고도 하지 않고 왕권을 팽개치는 국왕이, 그런 아픈 소리를 전해 보낸 형이 야속했다. 서러웠다.

"어서 받으십시오, 저하."

이무는 혼자 신이 나서 독촉했다.

"그 동안 많은 우여곡절이 있었습니다마는 사필귀정(事必歸正), 마땅히 저하께로 돌아가야 할 정당한 대권이 돌아왔을 뿐입니다."

나불거리는 그 기회주의자의 입술을 쏘아보다가, 방원은 자리를 차고 발길을 돌렸다. 자기 방으로 들어가서 방문을 닫아버렸다.

"그 충정, 그 우애, 상왕께서 만분의 일이라도 헤아리실까."

이무가 혼잣소리처럼 노닥거렸다. 여기서 상왕이라고 한 말은 물론 방과를 두고 한 소리였다. 사태의 변동에 누구보다도 약삭빠르게 적응하는 그는, 방원이 대위를 계승하기도 전에 방과를 상왕 취급하고 있는 것이다.

"전하, 주상 전하."

그는 한술 더 떠서 방원의 거실을 향해 그렇게 불렀다.

"교서와 국보, 틀림없이 여기 두고 갑니다. 이제 이 곳 인수부는 곧 대전이나 다름이 없습니다."

일방적으로 떠들어대고는 겨우 물러갔다.

"그럴 수는 없다."

그는 스스로 다짐하듯 외쳤다.

"나는 뭐가 되느냐. 후세의 사가(史家)들은 얼마나 나를 욕하겠느냐. 고려왕조를 타도한 것도, 정몽주를 제거한 것도, 정도전 일파를 소탕하고 이복 아우들을 죽인 것도, 방간 형과 싸운 것도, 오로지 왕권을 탐낸 치사한 욕심 때문이었다고 지탄할 것이 아닌가."

이성계 일행은 오대산 산골을 지향없이 누벼가고 있었다. 마음의 뿌리가 허공을 방황하고 있으니, 노대왕 이성계의 걸음 역시 허허로울 수밖에 없었다.

그런대로 후궁들을 위시한 수십명 종자가 따르기는 했지만, 이 나라의 창업주이며 국군(國君)의 부친의 행차치고는 초라하기만 했다.

이런 대목이 그 당시의 실록엔 보인다.

한 역에 이르러 역마 백삼십팔을 조달할 것을 지시했더니 역리(驛吏)가 그 수를 채우지 못했다는 것이며, 그 이유는 역마를 은닉하는 자가 많은 때문일 것이라고 실록은 풀이하고 있다.

그 일행이 국부의 행차인 것을 미처 몰랐던 때문인지, 알면서도 이미 실권이 없는 노왕을 업신여긴 때문인지는 알 길이 없지만, 어쨌든 이성계로선 견딜 수 없이 서글펐을 것이다.

날씨 역시 추위가 한창 기세를 올리는 동짓달, 산중엔 백설이 쌓여 발목까지 푹푹 묻힐 지경이었다. 그 날도 저물어 어느 암자를 찾아들어선 이성계는, 곁을 따르는 한 노승을 돌아보며 물었다.

"오늘이 몇월 며칠이오?"

마치 아득한 옛적에 속세를 등진 사람과 같은 어투였다.

"동짓달 열이틀이올시다, 대왕."

노승은 답변하며 착잡한 시선을 서쪽 하늘을 향해 던졌다.

그의 법명(法名)은 설오(雪悟).

그보다 앞서 언관들은 국왕 방과에게 소를 올린 바 있다.

"국군(國君)의 어르신네께서 무시로 출입하실 뿐더러 군민(君民)이 모두 그 분의 동태조차 모른다는 것은 아들된 도리로나 국민된 도리로나 있을 수 없는 일입니다. 바라건대 수상(首相) 및 이삼 명의 훈로(勳老)를 파견하시어 나라사람들의 심정을 아뢰고 환궁하시도록 청함으로써, 성체(聖體)를 보안(保安)하시고 신민들을 달래시어야 합니다."

그와 같은 진언에 대해서 국왕 방과는 냉담했다.

"태상의 뜻이 이미 전하여진 이상, 비록 재상을 시켜서 청한들 무슨 소용이 있겠는가."

그리고는 지난 10월 26일, 법왕도승통(法王都僧統) 설오(雪悟)를 신도 한양으로 파견하여, 이성계의 환궁을 종용하도록 하는데 그쳤다. 그래서 설오는 한양으로 달려갔지만, 이미 이성계가 오대산으로 떠난 후여서 다시 예까지 뒤쫓아온 것이다.

"동짓달 열이틀."

이성계는 곱씹으며 혼잣소리처럼 뇌까렸다.

"그러니 여가 개경을 떠난 지도 보름이 넘었구먼. 그 동안 국새는 어찌 되었을까. 아직도 허공에 떠 있을까, 주상이 다시 거두어 갔을까."

한때 덕수궁 거실에 던져버린 국새였지만, 이 나라의 창업주인 그에게는 아무래도 쉽게 단념할 수 없는 중보(重寶)인 때문일까.

"글쎄올시다. 빈도에게도 그 일이 못내 염려스럽습니다그려. 그래서 이렇듯 태상대왕의 환궁을 앙청하는 것이 아니겠습니까."

그런 말을 나누고 있는데, 한 관원이 그 암자로 들이닥쳤다. 그 관원은 국왕의 차석 비서관격인 좌승지 이원(李原)이었다.

국왕 방과가 선위할 마음을 굳히고, 그 뜻을 부왕에게 보고하도록 파견되었던 것이다.

그때 이성계가 보인 반응을 실록에 기재된대로 옮기면 이렇다.

"하고자 한들 어쩔 수 없으며 아니 하고자 한들 역시 어쩔 수 없다. 이제 이미 선위하겠다고 하거늘, 무슨 말을 누구이 하겠는고."

그 기록을 액면대로 받아들이자면 지극히 냉담하고 방관적인 것처럼 여겨지지만, 그 후에 이성계가 보인 행동이나 감정으로 미루어 얼핏 수긍이 가지 않는다.

어쩌면 그것은 방과의 약한 태도가 하도 답답해서 흘린 말일는지는 모르지만, 어쨌든 왕권 계승자 방원에 대해서는 격노하였을 것이다. 혹독한 욕설이라도 퍼부어댔을 것이다. 그와 같은 사실을 훗날[世宗8年] 정종실록을 편찬하게 된 윤회(尹淮)나 신색(申穡)이 무난하고 둥글둥글하게 깎고 저민 결과가 아닐까.

바로 그날, 방원의 거처 인수부엔 아침부터 문무백관들이 모여 있었다. 왕위를 계승하게 되었으니 하례를 하겠다는 것이었다.

그러나 방원은 방문을 굳게 닫아걸고 내다보지도 않았다. 진종일 버티고 있던 대소 관료들도, 날이 저물자 제 풀에 기진맥진하여 뿔뿔이 흩어졌다.

그리고 밤도 깊어 자시(子時)쯤 되었을까, 방원은 겨우 방문을 열고 나오더니 궁문 밖으로 걸음을 옮겼다.

놀란 궁노들이 민씨부인에게 그 사실을 알렸다. 뒤쫓아 온 민씨부인이 소매를 잡으며 물었다.

"이 밤중에 어디를 가시려는 것이어요."

"이 곳은 너무 시끄러워 있을 곳이 못되는구료. 내 잠깐 바람이나 쐬다가 추동(楸洞)집에 가 있도록 할 터이니, 그리 알도록 하오."

그의 사제이며 훗날의 경덕궁(敬德宮)을 두고 한 말이었다. 민씨부인이 거듭 만류했지만 방원은 뿌리치고 어둠 속으로 사라졌다.

종자 하나 거느리지 않았고 마필도 타지 않은 도보였다.

인수부를 나서서 동남쪽으로 얼마 동안을 가자면, 지난날 정몽주가 살해된 선죽교를 거쳐서 흘러오는 냇물이 있다. 동짓달 한겨울이 아니라면 청렬한 물소리나마 곤미한 귀를 씻어 주겠지만, 지금은 꽁꽁 얼어붙은 냇바닥을 휩쓸고 몰아닥치는 서릿바람만이 차갑다.

——세상이란 짓궂은 것이야.

방원은 쓰거운 웃음을 웃었다.

어쩌면 정부의 대소 신로들이나 초야의 모든 백성들은, 이젠 이 나라의 임자로 방원 자기를 지목하고 있을 것이다. 말하자면 삼천리 조선 전 국토는 방원의 소유로 간주되고 있을 것이다.

그러나 방원의 심사는 집 없는 방랑객처럼 처량하기만 했다. 세자전에 있기가 하도 시끄러워 추동 사제에 가 있겠노라 말하고 나오긴 했지만, 그 곳이라고 아주 조용할 턱은 없다.

"그렇다면 어디로 간다?"

밤하늘을 둘러보았다.

그 때까지만 해도 방원은 왕위를 계승할 마음을 굳히지 못하고 있었던 것이다. 자기가 원하기만 한다면, 응하기만 한다면, 지금 당장에라도 대전(大殿)의 용상 높이 앉을 수도 있는 방원의 발길이 향한 것은 결국 설매의 기방이었다. 단 하룻밤만이라도 자기를 조용히 맞아줄 처소는 그 곳 뿐이라고 생각된 것이다.

그러나 그 휴식처도 방원을 반겨 맞아주지는 않았다. 설매의 집 문은 굳게 잠겨져 있었고, 창문은 캄캄하기만 했다. 때아닌 한밤중이라고 해서만도 그런 것은 아니었다. 아무리 늦은 밤이라도 설매의 집 문이 잠긴 예는 극히 드물었다. 비록 잠겨 있더라도 방원이 찾아오면 침실로 삼는 방에선 호롱불빛이나마 항상 반짝이고 있었다. 그것이 방원을 간곡히 기다리는 설매의 충정이었다.

행여나 싶어 문을 흔들어 보았다. 아무런 응답도 없었다. 이유는 알 수 없지만, 그 집에 설매가 없다는 것만은 확실했다.

방원은 발길을 돌렸다.

"결국 내가 갈 곳은 추동 그 집 뿐이란 말인가."

창랑한 걸음을 다시 옮기려고 하는데, 문득 어둠 속에서 인기척이 다가왔다. 설매였다. 어느 때보다도 반가웠다.

"네가 없는 줄 알고 그냥 돌아갈 뻔했구나. 어딘가 머나먼 곳으로 훌쩍 떠나버리지 않았나 했지."

"제가 어딜 가겠어요. 이렇게 마마께서 찾아주시는 이 집을 버리고 제가 갈 곳이 어디겠어요."

말하는 설매의 목소리가 야릇하게 젖어 있었다.

설매는 울고 있었다. 오열 소리를 억지로 감추고 흐르는 눈물도 어둠이 가리어 주었지만, 설매는 울고 있었다.

국왕 방과가 선위하는 교서를 내리고 그 교서와 국보가 세자전에 전하여졌다는 소식은, 삽시간에 개경 방방곡곡에 전파되었다. 그 소식을 들은 설매는, 자기 인생의 종말이 온 것 같은 느낌이었다.

절망도 아니었다. 사랑하는 사람이 어느 아득한 산정을 향하여 동반하는 것을 지켜보다가, 마침내 그 정상에 당도한 것을 확인한 것과 같은 심사라고나 할까. 기쁨과 허망함이 함께 작동하는 심회였다. 한 마디로 꼬집어 말한다면, 이제는 기대할 아무 것도 해야 할 아무 것도 없는 허전함이었다.

떠나자. 설매는 비로소 그런 결심을 했다. 속세를 떠나서 깊은 산사(山寺)에라도 파묻힐 마음을 굳혔다.

그래서 당장 기방을 닫고 오늘 하루 동안에 가재를 정리하곤 집을 나섰던 것인데, 막상 떠나자니 한 가닥 미련이 꼬리를 끌었다. 단 한 번만이라도, 더 먼 발치에서나마 방원을 보고 떠나자는 정곡(情曲)이었다.

인수부 문밖에서 기다렸다. 한밤중에 방원이 나왔다. 그것이 수상해서 그 뒤를 밟았더니, 방원의 발길은 뜻밖에도 자기 기방으로 향하는 것이 아닌가. 그리곤 빈 집에 실망을 하고 돌아서는 방원을 보자, 모처럼 모질게 굳혔던 각오가 슬프게 허물어진 것이다.

"어딜 가겠어요, 마마. 설매는 지금 이렇게 마마 곁에 있습니다."

이젠 흐느낌이 새는 소리로 곱씹었다.

"그렇구나. 설매는 여기 있구나."

방원을 그 손목을 잡았다. 싸늘했다.

"들어가자. 오늘밤은 네 집에서 조용히 쉬고 싶어 왔다."

그 싸늘한 손을 어루만지면서 방원은 다시 대문으로 다가서려고 했다.

"아니 되십니다."

설매가 방원의 손을 끌어당겼다.

"아무리 한밤중이지만 어찌 기방 출입을 하시겠습니까. 지존하신 나라님이 아니십니까."

"무슨 소리."

그 말문을 틀어막듯 방원은 말했다.

"바로 그 소리가 듣기 싫어서 나는 너를 찾아온 거야. 어서 문이나 열어라."

설매는 잠깐 숨을 들이켰다. 하다가 심상치 않은 무엇을 느낀 것일까, 뒷문으로 돌아들어가더니 방에 불을 밝히고 대문을 열었다.

방안은 썰렁했다. 눈에 익은 새간 하나 보이지 않았다.

"역시 너는 멀리 떠나려고 했구나."

그 물음에 대답은 하지 않고 설매는 반문했다.

"나라님 소리가 듣기 싫으시다는 까닭, 저에게 말씀해 주실 수 없으시겠습니까."

"까닭이랄 것도 없지. 너무나 당연한 심사가 아니겠느냐."

불기도 없는 방바닥에 벌떡 몸을 눕히고 방원은 팔베개를 했다.

"그렇지 않아도 모두들 나를 욕하고 있을 게다. 정권욕에 혈안이 된 추한 야심가라고 말이다. 정적들을 죽이고 동기들과 피바람을 피운 것도 모두 다 그 때문이라고 말이다. 그러하거늘 이제 대권을 계승해 보라, 그러한 비방을 사실로 증명하는 말이 되지 않겠느냐."

설매는 한동안 말없이 앉아만 있었다. 방원의 심정은 충분히 이해가 간다. 개인적인 감정 같아선 그 말을 살뜰히 지지해 주고 싶기도 하다.

그러나 설매에겐 개인 감정 못지 않은 강렬한 공적인 의기가 있었다. 지난날 배극렴을 향해서 쏘아대던 가시돋친 노래, 고려왕조를 섬기다가 조선왕조에서 벼슬하는 지조없는 처신을 힐난한 소리도 그와 같은 의기의 분출이었다.

설매는 마침내 정색을 하고 말했다.

"듣기 싫으셔도 들으셔야 합니다. 나라님이라는 칭호, 쓰거운 약처럼 역겨우시더라도 들으셔야 합니다. 그리고 앞으로 쓰시게 될 면류관, 지겹고 괴로우시더라도 쓰셔야 합니다."

"무엇 때문에? 내가 싫은 것을 누구를 위해서?"

설매의 말, 전혀 이해 못하는 것은 아니었지만, 방원은 반문해 본다.

"나라님의 용상, 마마 한 분을 위해서 있는 것이 아닙니다. 약하고 가엾은 숱한 민초(民草)들을 생각하셔야지요. 나라님을 어버이처럼 우러러보는 백성들을 잊지 마셔야지요."

지나치게 정면으로 한 말이 쑥스러워진 것일까, 설매는 조금 어세를 바꾸었다.

"기방에 몸을 담고 있자면 백성들의 각계 각층의 숨김없는 소리를 들을 수 있습니다. 나라에 대한 불평불만, 그리고 소망, 남김없이 들을 수 있습니다. 태상대왕께서 새 왕조를 세우시고 등극하시던 때만 해도 그랬습니다. 말들이 많았습지요."

"뭐라고?"

방원은 벌떡 몸을 일으켰다.

"사람의 얼굴이 각각 다르듯이 하는 말도 각각 달랐습니다. 좋게 말하는 사람도 있었고 언짢게 말하는 사람도 있었습니다. 그러나 그 사람들이 한참 떠들다가 다 같이 입을 모아 소망한 것은 하나 뿐이었습니다.
그것이 무엇인지 아시겠습니까."

설매는 이윽고 방원을 건너다보았다.

대단히 어려운 수수께끼를 꺼낸 것도 아니었다. 풀라면 풀 수도 있었
다. 하지만 방원은 숨을 죽이고 다음 말을 기다렸다. 그런 강한 힘이 설
매의 어세에, 그리고 그를 바라보는 눈길에 맺혀 있었다.

"이왕 세상이 바뀌었으니, 살기 좋은 세상이 오기를 소망했던 것이어
요."

진부하다면 진부한 얘기였다. 처음 듣는 얘기도 아니었다. 몇 차례 여
러 사람의 입을 통해서 들어온 말이었다. 그러나 오늘 따라 그 말이 야
릇한 충격을 준다.

"무인정사가 있은 후 태상마마께서 선위하시고 금상마마께서 즉위하
셨을 때에도 모두들 그런 말을 했습니다. 그러니까 나라님이 바뀐다는
것은 백성들에겐 묵은 해가 가고 새 해가 오는 것이나 다름이 없는지도
모르겠습니다. 섭섭하면서도 새로운 기대를 갖게 되는 것이겠지요. 나
라님이 쓰시는 면류관에는 아홉 줄의 백옥류가 달려 있으며, 한 줄에는
아홉개씩 구슬이 달렸다고 들었습니다. 그 여든 한 개의 구슬, 저는 그
저 싸늘한 돌알로는 여겨지지 않습니다. 백성들의 피나는 소망이 알알
이 맺혀서 그런 구슬알이 되었다고 생각하고 싶습니다. 그러니 무겁다
면 천만근 바위덩이보다도 더욱 무거울 거올시다. 괴롭다면 가시관보다
도 더할 거올시다."

"뭐라구? 지금 뭐라구 말했지."

좀 장황할 정도로 열띤 말을 토하는 설매의 말문을, 방원은 가로막았
다.

"가시관이라고 했습니다."

"가시관이라?"

방원은 침통하게 곱씹었다.

"그래도 그 관을 날더러 쓰라는 거냐?"

"그렇습니다. 장차 그 가시관의 가시는 마마께 아픈 상처를 끼치고 아홉 줄의 옥류보다도 더 낭자한 피를 흘리시게 할는지도 모릅니다."

"그래도 써야 한단 말이냐?"

"그렇습니다. 마마께서 아끼고 사랑하시는 창생들을 위해서입니다. 개국 혁명 이후, 얼마나 많은 사람들이 피를 흘렸습니까."

"그 피값을 치르란 말이냐, 날더러."

"황공하옵니다, 마마."

설매는 자리에서 일어서더니 공근히 큰 절을 올렸다. 그리고는 말문을 열었다.

"가라는 거냐, 한시 바삐 그 가시관을 쓰러 가라는 거냐?"

"황공합니다, 마마. 하지만 이것은 설매 혼자만의 주제넘은 진언이 아닙니다. 만백성의 애절한 갈망이라는 점을 잊지 마십시오."

열어젖힌 방문으로 동짓달의 찬 밤바람이 화살처럼 몰려들었다. 그것을 뚫고 방원은 어둠 속으로 사라졌다.

"가엾으신 우리 마마."

그 때까지 모진 소리만 쏘아대던 설매가 오열을 터뜨렸다. 그러다가 갑자기 품에서 은장도 한 자루를 뽑아들었다.

방원이 조선왕조 제3대 국왕에 즉위한 것은 그 해 11월 13일이었다. 전왕 방과로부터 선위교서와 국보가 전하여진 지 사흘째 되는 날이었다.

등극의 절차에 대해서 그 날짜 실록은 극히 간략하게 전하고 있다.

"세자는 예궐하여 조복(朝服)을 갖추고 수명(受命)하였다. 어련(御輦)이 수창궁에 이르자 즉위하였으며, 백관의 조하(朝賀)를 받았다."

그리고 유지(宥旨)를 반포하는 한편 취임사에 해당하는 말을 했는데, 그 내용도 거의 관례적인 것이었다.

"돌이켜 생각컨대 우리 계운신무태상왕(啓運神武太上王)께오서 조종(祖宗)의 적덕(積德)을 승계하시고 하늘과 사람의 협찬을 얻어 경명(景命 : 대명)을 받으시니, 성덕(盛德)과 신공(神功)과 원략(遠略)으로 동방(東方)을 엄유(奄有)하시고서 우리 조선조, 억만세 무강(無疆)할 조업(祚業)을 남기셨느니라."

먼저 창업주 이성계의 덕을 칭송한 다음, 형왕(兄王) 방과에 대해서도 예도 있는 언급을 잊지 않았다.

"우리 상왕께서는 적장(嫡長)으로서 엄명(嚴命)을 받아 보위를 전수(傳受)하신 이후 삼년 간 정치에 정려(精勵)하셨으며, 적사(嫡嗣)가 없으시매 모제(母弟)로서 세자에 책립하시니 내 항상 두려워하고 경계하여 마지아니 하였느니라."

그리고는 왕권을 수임하게 된 방원 자신의 심회를 피력했다.

"하거늘 어찌 뜻하였으랴, 금월 십일일, 홀연 교지를 내리시고 대위를 맡으라는 분부가 계시니 재삼 사양하였으나 마침내 돌이킬 수 없으매, 오늘 십삼일 계유(癸酉), 수창궁에서 즉위하노라. 이제 대임(大任)을 맡게 되니 두려움에 떨리어 깊은 물을 건너는 것과 같이 위태로울 뿐이니라."

그러니 종친들과 재신들과 대소 신료들의 보필을 믿고 의지한다는 말로 끝을 맺고는, 관례에 따라 대사령(大赦令)을 선포했다.

또 전왕 방과를 상왕에 추대하고 새로 부(府)를 세워 공안부(恭安府)라 일컬었다.

그러나 그날 밤 새 임금 방원은 해괴한 행동을 취했다. 밤도 이경(오후 10시 전후)이나 되어서 사제인 추동 본궁으로 돌아갔다고 실록엔 기록되어 있는 것이다.

무슨 까닭일까.

추동 집은 원래 부왕 이성계가 개국하기 이전 그가 살던 잠저였다. 그것을 방원에게 물려준 집인만큼, 집안 구석구석엔 아직도 이성계의 손때가 많이 남아 있었다.

특히 송헌(松軒)을 아호로 가진 것으로도 짐작이 가듯이 무엇보다도 소나무를 사랑하던 이성계는, 그 집 정원 그가 거처하던 거실 창밖에 소나무 한 그루를 손수 심어 놓았다. 그것이 지금은 제법 노송(老松) 티를 보이며 서 있는데, 방원은 돌아오는 즉시로 그 소나무 곁으로 다가갔다.

그 앞에 무릎을 꿇고 목멘 소리로 외쳤다.

"너무하십니다, 아버님. 어찌하여 그토록 방원을 미워하십니까, 아버님. 무엇 때문입니까?"

묻지 않아도 되돌아올 답은 뻔할는지 모른다. 네놈이 끝끝내 왕권을 탐하는 그 야욕이 괘씸하다고 부왕 이성계는 호통을 칠는지 모른다.

"그것이 야속하고 억울합니다, 아버님. 저에게 그런 야비한 욕심이 있었다면, 오늘날까지 기다리지는 않았을 겁니다."

이복동생 방석을 세자에 책립했을 당시에도, 방원 자기는 아무런 반발도 보이지 않았다. 욕심이 있었다면 그럴 수 있었겠는가. 모든 형제들에게 가하여질 정도전 일파의 모해의 칼날을 자기 혼자 도맡다시피하여 물리쳤으면서도, 응당 돌아올 수 있는 세자 자리조차 굳이 사양했다. 그 때문에 세자 자리는 방간이 난동을 일으킬 때까지 일년 하고 육개월 동안이나 비어 있었다. 그래도 방원 자기를 치사한 야심가라고 지탄할 수 있겠는가. 그야 국권이나 왕권에 전혀 관심이 없었노라고 단언할 수는 없다. 때로는 막연하게나마 혹은 당료들의 부챗바람에 들떠서 그런 꿈을 그려본 적이 없는 것은 아니다. 하지만 그것은 어디까지나 사나이라면 누구나 가져보는 본능적인 욕망이었을 뿐, 의식적으로 왕좌를 쟁취하고자 책동한 적은 없다고 잘라 말할 수 있다.

"구차한 변명이라고 힐책하시겠습니까, 아버님. 결국 오늘 이렇게 수선(受禪)하고 즉위까지 한 마당에, 할 말이 무엇이냐고 나무라시겠습니까. 아닙니다."

방원은 슬프게 고개를 가로저었다.

"아직 대관(戴冠)은 하지 않았습니다만, 그 면류관, 영광의 보관(寶冠)으로 알고 쓰려는 것은 아닙니다. 사흘 동안이나 사양하고 회피하다가 마침내 그것을 쓰겠다고 마음을 굳힌 것은, 괴롭고 역겨운 가시관이라고 깨달은 때문입니다. 아버님께서 그토록 아끼고 사랑하시던 이 나라 강토를 임자 없는 황무지로 버려둘 수는 없습니다. 약하고 순한 양과 같은 백성들을 고아처럼 방황하게 할 수는 없습니다."

그가 등극하는 자리에서 반포한 유지(諭旨)가 의례적인 식사(式辭)에 불과한 것이라면, 이것은 그의 진실을 토로하는 진정한 취임사였다.

"지당하신 말씀입니다, 전하."

문득 등 뒤에서 호응하는 소리가 있었다. 하륜의 목소리였다. 한밤중에 수창궁을 빠져나온 방원을 곧 뒤따라 온 모양이었다.

"왕권도 정권도 오로지 나라와 백성들을 위해서만 있어야 합니다. 군왕되시는 한 분의 영화나 몇몇 권신들의 이권을 위해서 있을 수는 없습니다. 또 멋대로 짖어대는 참새들로부터 무책임한 칭송만 듣기 위해서가 아닙니다. 그리고 또 허울좋은 미명(美名)을 후세에 남기려는 허욕의 이용물이 될 수도 없습니다. 현세에서 어떠한 지탄을 받건, 설혹 후세에까지 본의 아닌 오명을 남기더라도, 진실로 나라와 백성을 복되게 하는 길이라면 전하께선 서슴지 마시고 매진하셔야 합니다. 그것이 슬프고도 진실된 왕도(王道)올시다."

"고맙소, 호정(浩亭) 선생."

방원은 그의 어깨를 끌어안았다. 조금 전까지도 아픈 가시관을 쓰고 외로운 항구를 떠나는 심회였지만, 이젠 그 항로가 한결 마음 든든하게 여겨지는 것이다.

오직 국리(國利)와 민복(民福)을 위한다는 맹세를, 국왕 방원은 즉위하는 즉시로 실천에 옮겼다. 우선 사헌부에서 상소한 건의 11조를 채택하여, 국가의 정신적 자세부터 바로잡는 데 힘을 기울였다.

효제(孝悌)를 돈독히 할 것.

여론(輿論)을 받아들일 것.

기강을 세울 것.

상벌을 명백히 할 것.

국비(國費)를 절약할 것.

사냥을 삼가할 것.

충직(忠直)을 권장할 것.

남을 참소하고 아첨(阿諂)하는 폐단을 제거할 것.

검소(儉素)를 숭상할 것.

지방장관[守令]을 중요시할 것.

경솔하게 죄인을 용서하는 일이 없도록 할 것.

통치자가 바뀔 적마다 내세우는 그저 그렇고 그런 진부한 지침 같지만, 적어도 방원으로선 피와 눈물과 아픔을 통해서 다져오고 굳혀온 체험적 좌표였다.

다시 문하부낭사(門下付郎舍) 맹사성(孟思誠) 등이 당장에 시정해야 할 다섯가지 요강을 진언했다.

국왕은 경연(經筵)에 임어(臨御)해야 한다. 즉 학자들로부터 강의를 받아 제왕의 도를 닦아야 한다는 것이다.

분경(奔競 : 엽관 운동)의 폐풍을 금지해야 한다.

종친의 의위(儀衛)는 규정한 바에 따라야 한다.

시위(侍衛)나 배종(陪從 : 임금을 모시고 따라 다니는 종자)엔 사람을 가려서 써야 한다.

궁금(宮禁 : 궁궐)의 경비를 엄중히 해야 한다.

이상 다섯가지 조목의 진언 중에서 가장 타당성이 있는 두 조목, 경연 문제와 분경 문제를 우선 재가했다. 그리고 따로 왕명을 내려 당장 실천해야 할 세 가지 사항을 시달했다.

각도 관찰사나 절제사나 수령 등은 상경하여 국왕의 즉위를 축하하는 일을 정지하라, 이는 그로 말미암아 빚어지는 아부하는 기풍을 일소하고 민폐를 없애기 위해서였다.

모든 신료들은 한 달에 여섯번씩 있는 아일(衙日)에는 정사(政事)의 득실, 민생의 이해를 직접 계주(啓奏)하도록 하라, 이는 정책에 대한 비판, 민정의 실태를 되도록 자주 듣기 위해서였다.

국왕의 의복이라 하더라도 주포(紬布)를 사용할 것이며, 능단(綾緞)을 사용하지 말도록 하라, 이것은 물론 국왕 자신이 솔선수범해서 검소한 기풍을 진작하겠다는 뜻이었다.

방원이 즉위하고 의욕적인 새 정책을 펴나가자, 누구보다도 불안스러워한 것은 김인귀를 위시한 전왕 방과의 심복들이었다.

방과가 왕권을 내놓고 들어앉게 된 공안부(恭安府) 한 구석에 모여서 불안과 절망의 비명을 흘리고 있었다.

"이렇게 어처구니 없이 당할 수가 있나. 피 한 방울 흘리지 않고 국가의 대권을 고스란히 빼앗기다니."

"우리는 이제 쫄딱 망했네. 지금은 즉위 초니까 조용하지만, 다소 자리가 잡혀보게. 누구보다도 극성스런 새 임금, 우리를 가만 둘 것 같은가."

"꼼짝없이 죽었어."

그렇게 풀이 죽어 우는 소리만 늘어놓는 당료들을 향하여, 모주 김인귀는 자신있는 웃음을 날려보내고 있었다.

"죽다니, 나 김인귀의 계책은 아직도 말라 붙지는 않았어. 마지막 보검을 뽑는 거야."

오대산 산골을 방황하던 이성계는 겨우 한 암자에 정착했다.

그에 앞서 그는 그 암자의 중창(重創)을 지시한 바 있었는데, 때마침 그 역사가 낙성된 것이다.

이름도 노대왕의 거처답게 사자암(獅子庵)이라 붙이고 겨우 자리를 잡은 이성계의 귀에, 방원이 즉위하였다는 급보가 날아들어 그의 비위를 또 흔들어 놓았다.

그 정보를 제보한 것은 김인귀와 공모해서 방원을 모살하려다가 불발(不發)의 쓴 잔을 들이켠 강현(康顯)이었다. 즉위하는 즉시 김인귀로부터의 연락을 받은 것이었다.

"여가 덕수궁에 던져버린 국보를, 그러면 방과가 방원에게 집어다 주었단 말이냐?"

이성계는 얼핏 이해가 가지 않는 표정이었다.

"쉽게 풀이하자면 그런 셈이 되겠습지요."

강현은 지그시 이성계의 기색을 훔쳐보며 느물거렸다.

"무엇 때문에? 무엇이 답답해서?"

강현은 또 컴컴한 안전을 번득이며 이성계를 훔쳐보다가 징글맞게 한숨을 몰아쉬었다.

"모두 다 태상마마와 국가와 창생을 위하시는 충정 때문인 줄로 압니다."

"무슨 뜻이냐?"

"골육상잔의 참극을 되풀이하지 않으시려는 어질고 너그러우신 성려의 발로로 압니다."

"네 말을 들을수록 해괴하구나. 방과가 왕위를 내놓지 않을 경우, 방원이 그놈, 난동이라도 부리겠다고 을러댔단 말이냐?"

"일전에 세자가 태상대왕 전하의 뒤를 따르는 체하다가 중도에서 귀경하자, 전부터 주상전하께 앙심을 품고 있었던 조영무, 조온 등이 불온한 기세를 보였다고 합니다. 모처럼 태상대왕 분부로 해산시킨 사병을 모아들이고 설치더라는 거올시다."

"발칙한 놈들."

이성계는 빈발을 곤두세웠다.

"들리는 바에 의하면 대역무도하게도 대전을 습격하고 양위 전하를 시해하려는 음모를 꾸미고 있었다는 거올시다. 그 소식을 접하신 주상 전하께서는 그날 밤을 뜬눈으로 새우시다가, 마침내 대권을 내놓으실 결단을 내리셨다는 거올시다."

강현은 잠깐 말을 끊고 옷소매로 눈시울을 눌렀다. 정말 눈물이 나서 그러는지 엉큼한 연기인지 제삼자에겐 알 도리가 없었지만, 그는 자못 목이 메는 듯한 소리로 말을 이었다.

"무엇 때문이겠습니까. 주상전하께서 의향만 계셨더라면 친위군(親 衛軍)을 푸시어 역도들을 소탕하실 수도 있었을 거올시다. 그러나 그렇 게 하시지 않은 데서, 신은 주상전하의 깊으신 성덕을 느낄 수 있습니 다. 첫째로 태상대왕 전하를 위하시는 효도올시다. 골육상잔의 피바람 으로 또다시 아바마마 되시는 전하의 성심(聖心)을 괴롭혀 드리지 않으 시려는 충정으로 압니다. 둘째로 극진하신 우애올시다. 칼날을 들이대 는 아우님에게 지존한 왕권까지 넘겨 주심으로써 사태를 수습하신 거올 시다. 세째로 백성들을 사랑하시는 성총이올시다. 개국 이후 끊일 새 없 던 피바람에 시달려 온 백성들에게 화평과 안정을 주시자는 고충이올시 다."

일방적이며 왜곡된 해석이긴 했지만, 이성계는 어금니를 부드득 갈았 다. 강현의 부채질은 교묘하게 끈질겼다.

"신은 이런 얘기도 들었습니다. 일전에 태상전하를 뒤쫓아오던 세자 가 한양서 엎드리면 코가 닿을 벽제역까지 뒤쫓아왔으면서도 말씀입니 다, 갑자기 되돌아간 데엔 엉뚱한 농간이 있었다는 거올시다."

이성계는 그 무서운 두 눈을 부라리고 듣고만 있었다.

"만일 태상대왕 전하께서 세자를 보실 경우 진노하신 나머지 당장어 사살할 것이니, 만나뵙는 것은 위험천만한 일이라고 쏙닥거린 자가 있 었다는 거올시다."

강현 자기 일당의 음모의 칼날을 간교하게 거꾸로 잡아 흔들어대는 소리였지만, 그 음흉한 내막을 이성계가 알 턱이 없었다.

"내가 그놈을 죽일 것이라구?"

이성계의 온몸이 아프게 경련했다.

"사자 새끼의 탈을 쓴 시라소니만도 못한 놈."

그는 방 한구석에 세워 놓은 철궁과 대초명적을 움켜잡았다.

밖으로 뛰쳐나갔다. 마침 그 방문 밖엔 박순(朴淳)이 서 있었다. 볼일이 있어서 들어오려던 참이었을까, 아니면 이성계와 강현의 대화를 엿듣고 있었던 것일까.

어쨌든 이성계는 그를 거들떠보지도 않고 활과 화살을 움켜잡은 채 사자암 뒤편 능선, 적설(積雪)이 무릎까지 묻히게 하는 속을 달려 올라갔다. 박순이 그 뒤를 따랐다.

그때 바위 틈으로부터 산토끼 한 마리가 튀어나왔다. 산토끼는 잠깐 고개를 갸웃거리다가 이성계의 살기에 겁을 먹은 것일까, 허겁지겁 한옆으로 도망치려고 한다.

평소의 이성계라면 그런 작은 동물의 모습을 귀엽게 미소로 보아주었을 것이다. 그러나 오늘의 그는 딴판이었다.

"이놈!"

산악이 떠나갈 듯한 호통을 쳤다.

"네놈이 도망친다구, 어디까지."

철궁 시위에 대초명적 한 대를 쟀다.

"개경이냐? 수창궁이냐?"

그 기세에 얼어붙기라고 한 것처럼 도망치던 산토끼가 꼼짝을 못한다.

"죽어야 한다."

화살을 퉁겼다.

대초명적은 굉연한 소리를 발하며 죄없는 작은 동물의 허리를 꿰고 백설 깊이 꽂히었다.

"네놈이 비록 왕관을 썼다구, 용상을 차고 앉았다구. 시라소니만도 못한 더러운 그 심보, 무사할 줄 아느냐."

가래침과 함께 이성계는 그 말을 씹어 뱉었다.

먼 발치에서 그 과정을 지켜보고 있던 박순이 몸서리를 쳤다. 이성계의 처절한 그 살의가, 그 화살이 실은 누구를 겨누고 있는 것인지 짐작이 가고도 남는 때문일까.

그 이튿날 새벽 이성계는 휘하 졸자들을 향하여 예기치 않은 지시를 했다.

"내 당장 환궁할 것이니 지체말고 채비를 하라."

그 영이 떨어지자 칠점선을 위시한 후궁들과 여러 종자들은 그저 어리둥절하기만 했다. 그러나 박순은 또 몸서리를 쳤고, 강현은 남몰래 희소를 씹었다.

환궁하겠노라고 선언을 했으면서도 막상 사자암을 출발할 때엔 이성계는 극히 소수의 종자들만 거느리고 떠났다. 박순과 강현 그리고 몇몇 장졸들 뿐이었다. 칠점선을 위시한 후궁들과 설오 그리고 나머지 종자들은 거의 다 사자암에 남겨두었던 것이다.

일행이 사자암을 떠난지 얼마 후였다. 승여도 타지 않고 몸소 말을 모는 이성계의 곁으로 강현이 다가왔다.

"신이 한 가지 긴한 말씀을 사뢰어야 하겠습니다."

어금니에 무엇이 잔뜩 낀 것 같은 어투로 말하며, 이성계 바로 뒤를 수행하고 있던 박순을 훔쳐보았다. 그가 들으면 거북하다는 눈치였다.

그러나 이성계는 무시하고 재촉했다.

"무슨 얘기냐?"

그렇게 나오니 그 이상 어떻게 할 도리가 없었던지 강현은 겨우 말을 이었다.

"다름이 아니오라 태상전하께오서 환궁하신다는 기별, 사전에 수창궁에 알리는 것이 좋을성 싶습니다."

"그건 왜?"

"그렇게 하셔야만 동궁께서도 영접차 궁을 나오실 것이 아닙니까."

방원이 이미 대위를 계승했다는 사실을 잘 알고 있으면서도, 아직도 세자 취급을 하는데에 강현의 앵돌아진 앙심을 엿볼 수 있었다.

"쓸데없는 소리. 내 이제 새삼 그놈의 마중을 받고 싶다더냐."

이성계는 씹어 뱉었다.

"신의 요량으로는 그래야만 태상전하의 위엄도 서실 뿐더러, 전하께서 하시고자 하시는 일에도 여러 모로 유리할 듯 싶습니다."

되도록 모호하게 너울을 씌우고 하는 말이었지만, 박순에겐 그 말 속에 감추어진 가공할 흑심이 환히 보이는 것 같았다.

이성계가 하고자 하는 일, 그것은 바로 산토끼를 쏘아죽인 것처럼 방원을 응징하자는 것일는지도 모른다. 오늘 갑자기 사자암을 떠난 목적도 그것일지 모른다.

목적을 이루고 나면 다시 돌아올 심산으로 후궁들과 종자들을 사자암에 남겨둔 것이 아닐까. 그렇다면 미리 기별을 하는 편이 여러 모로 유리할 것이라는 강현의 말뜻도 저절로 풀린다. 방원을 사살하자면 경비가 삼엄한 궁중보다는 야외에서 만나는 편이 훨씬 수월할 것은 말할 나위도 없다.

이성계 역시 박순의 추리와 비슷한 계산을 했던지,

"듣고 보니 그도 그렇구먼."

고개를 끄덕이다가,

"한데 누구를 보낸다?"

강현과 박순을 번갈아 건너다보며 물었다.

"신이 가겠습니다."

강현이 잽싸게 나섰다.

"네가?"

그를 잠깐 지켜보다가 이성계는 고개를 가로저었다.

"너는 그러지 않아도 방원의 미움을 사고 있는 처지가 아니냐. 그놈이 너에게 무슨 짓을 할는지도 모르겠거늘, 그래도 가겠다는 거냐?”

그 말에 강현은 움찔했다.

“신을 보내주십시오, 전하.”

박순이 나섰다.

처음부터 그렇게 하고 싶었다. 방원에게 들이닥칠 위험을 경고하고 대비책을 강구하도록 충고하고 싶은 마음 절실했지만, 약삭빠른 강현에게 선수를 빼앗겨 애를 태우고 있던 참이었다.

“그게 좋겠구먼. 경은 방원이 그놈과 별로 원수진 일도 없으니 탈이 없을 게구, 따라서 앞질러 경계하지도 않을 게구.”

이성계가 즉각 용납하자, 강현의 표정이 묘하게 일그러졌다.

“분부 그러하시니, 즉각 분부대로 거행하겠습니다.”

박순이 말고삐를 고쳐잡자,

“잠깐만.”

강현이 제지했다.

“박 장군이 가신다면 오죽이나 좋겠습니까마는, 사명이 워낙 중차대한 일이니만큼 만일의 경우에 대비해서, 누군가 동행토록 하시어 만전을 기하심이 좋을 듯싶습니다.”

무슨 속셈을 하고 또 그런 소리를 꺼내는지 알 수 없지만, 표면적으로는 반대할 어떤 꼬투리도 잡을 수 없는 빈틈없는 이유였다.

“좋아. 누구 적당한 사람을 물색하도록 하라.”

이성계도 두 사람을 번갈아 건너다보며 지시했다. 박순은 입이 써서 말이 나오지 않았다.

일이 공교롭게 돼서 그런지 그것도 강현의 교묘한 책동 때문인지, 이번 길의 수행원들은 박순을 제외하고는 모두 강현과 기맥을 통하고 있는 패거리들이었다.

강현이 한 젊은 무장을 천거했다. 그 역시 그의 도당이었지만, 그놈이 그놈인 형편이니만큼 반대해 보았자 부질없는 짓일 뿐이었다.

박순은 그 무장을 거느리고 즉시 길을 떠났다. 그 뒷모습을 이윽히 쏘아보다가 강현은 말에서 뛰어내렸다. 아랫배를 움켜쥐더니 숲속으로 뛰어들어갔다. 제삼자가 보기엔 갑자기 배탈이라도 나서 급한 볼일이라도 보려고 그러는 것처럼 비쳤을 것이다.

그러나 그 숲속 바위 뒤에 한 사나이가 숨어 있다가 나타났다. 사냥꾼 차림을 하고 있었지만, 실은 사자암에 남아있던 이성계의 종자 궁수(弓手) 중의 하나였다.

"급히 말을 몰아 박순이 그 자의 뒤를 쫓도록 하게. 그리고 적당한 지점에서……."

하다가 말꼬리를 흐리고 나머지 말은 귀엣말로 대신했다.

그 궁수는 바위 뒤에 숨겨두었던 말을 잡아타고 질풍처럼 사라졌다. 강현은 강현대로 아랫배를 쓸어내리며 시치미 뚝 떼고 다시 이성계 일행 속에 끼여들었다.

일행이 소양강(昭陽江) 나루터에 이르렀을 때였다. 한 사냥꾼 차림을 한 사나이가 제법 해묵은 여우 가죽을 휘두르며 나룻배를 기다리는 행인들을 향해서 소리치고 있었다.

"여우 가죽 사슈. 백년 묵은 귀한 놈이지만 싸게 팔겠시다."

강현이 어슬렁 어슬렁 그쪽으로 다가갔다. 강현과 사나이의 눈이 은밀히 마주쳤다.

여우 가죽을 파는 그 사나이는 바로 숲속에서 강현의 밀령을 받고 어디론지 사라졌던 궁수였다.

"여우 가죽 구경 좀 할까?"

강현은 그것을 만지작거리는 시늉을 한다.

"보시나 마납지요. 강건너 사명산(四明山) 산골에서 수십년 동안을 숨어 살던 놈을 벼르고 노리다가 겨우 잡은 것이니까요. 이걸루 갖옷 한 벌 장만해 보십쇼. 소양강 강물이 꽁꽁 얼어붙구 거기서 딩구셔도 염려 없을 겁니다요."

동짓달 찬바람이 맵기는 했지만, 소양강은 아직 얼지 않고 있었다.

"그럴까? 보기엔 형편없는 하치 같은데?"

"무슨 말씀."

사나이가 강현에게 바싹 다가붙었다.

"어떻게 됐느냐"

강현이 잔뜩 소리를 죽이고 다른 말을 꺼냈다.

"해치웠습니다."

사나이도 소리를 죽이고 복명했다.

"틀림없느냐?"

"말에서 거꾸러져 떨어지는 걸 똑똑히 보았습니다."

"같이 갔던 그 자는?"

"혼자서 말을 몰고 개경으로 달려갔습니다."

"잘 했다."

강현은 회소를 피웠다. 허리춤에서 뭔가 묵직한 것이 들어 있는 주머니를 꺼내 주었다.

"이건 상이다. 즉시 사자암으로 돌아가되, 이번 일에 대해선 주둥이가 째지더라도 함구해야 한다."

"예, 예, 고맙습니다."

사나이는 일부러 음성을 높이며 굽실거렸다.

"이걸루 갖옷 한 벌 해입고 나서 보십쇼. 제아무리 떵떵거리는 장상(將相)들도 모두들 침을 흘릴 거올시다."

방금 받은 상금을 여우 가죽의 댓가로 둘러치는 능청을 떤다. 그 가죽을 강현에게 넘겨주고는 덜레덜레 사라졌다.

강현은 강현대로 가죽을 쓸어보면서 싱글벙글 일행 속으로 돌아갔다.

그때 포주(抱州:포천) 파발마(擺撥馬) 못미쳐 으슥한 고갯길에 박순이 쓰러져서 신음하고 있었다.

그가 이 고갯길을 넘으려고 할 때였다. 갑자기 날아든 화살 한 대가 어깻죽지에 꽂힌 것이다. 그 화살 속엔 독성이 강한 극약이라도 발랐던 것일까, 당장 전신이 마비되는 것을 느끼며 낙마하고 만 것이다.

육신은 마비되었지만 박순의 정신은 말짱했다. 그런만큼 그는 애가 타게 조바심을 하고 있었다. 물론 방원의 위기를 기별할 방도가 막힌 때문이었다.

거의 절망의 눈으로 주위를 둘러보고 있는데, 고개너머로부터 한 여승이 나타났다.

그 얼굴을 이윽히 지켜보던 박순의 눈이 활짝 밝아졌다.

"아, 설매가 아닌가."

여승은 멈칫하며 박순의 얼굴을 주시하다가,

"웬 일이세요, 박 장군."

급히 달려왔다.

가시관을 써야 한다고 방원을 몰아내던 그날 밤, 장도(粧刀)를 뽑아든 설매는 스스로 머리채를 끊었다. 전부터 여러 차례 벌러온 일이지만, 마침내 출가(出家)하여 불문(佛門)에 귀의할 결단을 내린 것이다.

그 이튿날로 기방을 떠나 영영 파묻힐 산사(山寺)를 찾아 헤매다가 걸음이 여기까지 미친 것이다.

"박 장군 같은 천하 호걸이 이런 봉변을 당하시다니요."

두 사람은 구면이었다. 지난날 설매의 기방을 박순도 몇 차례 찾아든 일이 있었다.

"어느 놈의 소행인지는 모르지만, 뜻하지 않은 화살 한 대를 맞아 꼼짝을 못하겠구먼. 독을 바른 화살인 모양이야."

박순은 어금니를 깨물었다.

"저를 어쩌나, 독이 퍼지면 큰 일 아녜요."

설매는 진심으로 걱정을 했다. 단골 손님은 아니었지만, 다른 유야랑(遊冶郎)과는 달리 어느 경우에도 진지한 자세를 허물지 않는 그에게 인간적 호감을 가져온 설매였다.

"한참 기다리면 독은 풀릴 거야, 늘 가지고 다니던 해독제를 먹었으니까. 하지만 시급히 해야 할 일이 있는데 몸을 움직일 수 없으니, 그래서 애를 태우고 있던 참이거든."

그리고는 방원이 어쩌면 이성계의 화살에 사살될는지도 모른다는 우려를 솔직히 털어 놓았다. 설매가 방원의 총애를 받아온 기녀라는 사실을 잘 알고 있었기 때문이었다.

"보아하니 설매는 출가위승(出家爲僧)의 몸이 된 모양이지만, 내 청을 들어줄 수 없을까. 아니 주상전하를 위해서 진력해 줄 수 없을까? 나를 대신해서 말이야."

박순은 간곡히 청했다. 자기를 대신해서 방원에게 기별을 해달라는 뜻이었다.

설매는 착잡한 눈길을 허공에 띄우고 있었다. 그날 밤 스스로 삭발하던 순간부터 방원과의 인연은 완전히 단절했다고 마음을 굳히고 있었는데, 그 인연의 꼬리는 아직도 끈질기게 매달려 있는 것일까, 하필이면 이 자리에서 박순을 만나다니.

그러나 무엇보다도 설매 자신의 마음의 향방이 문제였다.

이미 속세를 떠난 몸이니 방원이 어떠한 참변을 당하건, 국가나 민족의 운명이 어찌 돌아가건, 알 바 아니라고 발길을 돌리면 그만이다. 그렇게 해탈(解脫)할 수 있다면 차라리 얼마나 마음 편할 것인가.

그러나 설매는 아직도 자신의 마음의 발목이 방원과의 정연(情淵) 깊이 잠겨 있다는 것을 외면할 수는 없었다.

"어떻소? 가 주겠소?"

박순은 말씨까지 고치며 거듭 매달렸다.

"그럴 수밖에 없겠지요."

설매는 힘없이 웃었다. 자신의 약한 마음을 웃는 웃음이었다.

"고맙소, 설매."

꼼짝도 못하는 박순의 눈꼬리에 눈물이 맺혔다.

박순이 타고 가던 말은 고갯길 한 옆에 비켜서서 코를 불고 있었다.

설매는 즉시 그 말을 잡아타고 달렸다. 말은 쉬지 않고 질주했지만, 개경이 가까워질수록 설매의 가슴은 무거워지기만 했다.

——내가 어떻게 그 어른을 또 뵐 수 있단 말인가.

박순의 부탁을 받은 순간엔 방원의 위기에 가슴이 떨려서 다른 생각을 할 겨를이 없었지만, 차차 마음이 가라앉고 그 정보를 전달할 구체적 방법을 강구하자니 여러 가지 문제점이 고개를 든 것이다.

지난날과는 달리 지금은 지밀한 대전 깊이 군림하고 있는 지존하신 나라님이다. 설매 자기 같은 천한 몸이, 함부로 만나 볼 수 있는 상대가 아니다.

비록 만나는 길이 트인다 하더라도 까다로운 궁중 절차를 거쳐야 할 것이며, 그 자리엔 내관들과 궁인들이 시립하여 있을 것이다. 비밀한 정보를 전달할 수 있도록, 단 두 사람만의 대좌는 거의 불가능할 것이라고 보는 것이 상식이다.

그 뿐이 아니다. 모처럼 단념하겠다고 모질게 마음을 먹고 속세를 버리기는 했지만, 정골(情骨)에 사무친 그 얼굴을 대한다면 자신의 정곡(情曲)이 다시 동요되지 않으리란 자신도 없다.

개경 성내에 들어서자 수창궁으로 직접 향하질 않고, 하륜의 사제로 말머리를 돌렸다.

방원의 두뇌와 다름이 없는 하륜을 통한다면, 적어도 실질적인 면에선 방원에게 직접 전달하는 것과 별 차이가 없을 것이라고 생각된 것이다.

하륜은 마침 집에 있었고 쉽게 만나 주었다. 다른 말 제쳐놓고 용건부터 전했다.

"고마우이, 설매."

하륜은 치하했다.

"설매의 충심, 어느 공신보다도 만족허이그려."

그 말이 설매는 듣기에 민망했다.

——내가 하는 일, 번번이 그 어른께 해만 끼쳐오지 않았나.

하륜은 설매를 대문 밖까지 전송해 주었다. 일국의 정승이, 그리고 천한 기녀 출신에겐 그것은 너무나 피격적인 예우였다.

설매가 작별의 인사를 하자, 하륜은 깊은 눈으로 건너다보며 물었다.

"보아하니 불문에 귀의한 모양이지만, 어느 절에 몸을 의탁할 생각인가. 전하께 사뢰어 응분한 사의도 베풀어야 하겠구."

"저도 모르겠습니다."

설매는 아득한 먼 하늘에 쓸쓸한 눈을 띄웠다.

"이미 속세를 버린 몸, 따로 정한 거처가 있을 수 있겠습니까. 부처님의 자비가 계신 곳이 곧 제가 몸 담을 곳이 되겠습지요."

말꼬리를 흐리고는 그 집 문전을 떠났다. 그러나 설매의 발길은 자기도 모르게 동북면으로 통하는 가로를 더듬고 있었다.

한참만에야 그 사실을 의식한 설매는 마음의 고개를 꼬았다.

——내가 왜 이 길을 가고 있을까.

하다가 바로 그 길 아득히 먼 지점엔 방원의 고향 영흥(永興)땅이 있을 것이라는 생각을 하면서도 발길을 돌리지는 않았다.

"아버님께서 환궁(還宮)하신다구?"

방원은 어린애처럼 좋아했다. 박순과 동행하다가 그가 저격을 당하자, 혼자 개경을 향해 달려온 사자의 보고를 받은 것이다.

뒤이어 하륜이 입궐했다.

"아버님께서 돌아오신다는 희소식이오. 영접할 채비를 서두루도록 합시다."

방원은 이리 뛰고 저리 뛰고 야단이었다.

설매로부터 이미 정보를 입수했고, 그리고 그것이 희보(喜報)가 아니라 끔찍한 흉보이기에 급히 입궐한 하륜이었다. 천진하게 기뻐하는 방원의 기분에 재를 치는 것이 민망한 때문일까, 차마 그는 입을 떼지 못하고 망설이고만 있었다.

"어디쯤이 좋겠소? 되도록 멀리 마중을 나가서 크게 잔치라도 베풀고 아버님을 기쁘게 해드려야 할 것이 아니겠소."

"글쎄올시다."

하륜이 겨우 입을 열었다.

"전하의 분부대로 되도록 멀리 마중 나가시어 영접하시는 것이 효도이겠습니다마는, 여러 가지 준비도 있어야 하겠으니 장단(長湍) 마천(馬川) 쯤에 행재(行在)를 설치하고 대기하시는 것이 합당할 듯싶습니다."

실록에 기록된 그 마천(馬川)이란 마전(馬田)을 의미하는 것이 아닐까. 그렇다면 개경 동쪽 백 여리 거리의 임진강 북쪽 강변이다.

"그도 좋겠구먼."

방원은 즉각 찬성하고 또 서둘렀다.

"무엇보다도 아버님을 영접할 악차(幄次 : 임금이 거동할 때에 쉬도록 막을 둘러친 곳)의 설치가 시급하겠구료. 장막도 쳐야 하겠구, 주식도 준비해야겠거늘, 누구를 시킨다?"

"전하께서 분부만 계신다면, 그 일은 신이 담당할까 합니다."

하륜으로선 은밀히 생각한 바 있어서 한 말이었지만, 방원은 반색을 했다.

"하 정승이 맡아준다면 오죽이나 좋겠소."

하륜은 선발대를 거느리고 장단 마천령으로 달려갔다.

얼마 후 국왕 방원도 종친들과 여러 대신들 그리고 각사(各司) 관원들을 거느리고 개경을 떠났다.

마천 땅 임진강 북쪽 강변엔 거창한 악차가 이미 설치되어 있었다. 모래사장 중앙에 포장을 성곽처럼 둘러치고, 다시 그 한가운데 날아갈 듯한 용봉대막(龍鳳大幕)을 쳐놓았다.

왕 이성계를 영접할 행궁(行宮)이었다.

포장 정면 강물을 향해서 융복차림의 무장들이 주립(朱笠)에 맹호수
(猛虎狩)를 흩날리며 말을 타고 도열해 있었고, 그 뒤엔 전건(戰巾)을
쓴 군졸들이 기창(旗槍)을 높이 들고 석 줄로 늘어서 있었다.

방원의 행차가 당도하자 그를 호위하여 온 시위군졸들이 마치 구중궁
궐을 구축하듯 사람의 성벽으로 악차를 에워쌌다.

포장 안 역시 대전을 방불케하는 위의가 갖추어져 있었다. 사면에는
죽전립(竹戰笠)을 착용한 궁인들이 빈틈없이 시립하여 있다가 국왕 방
원이 들어서자 일제히 군례를 올렸다.

흡족한 눈으로 그 광경을 둘러보던 방원, 시선이 차일(遮日) 안에 미
치자 고개를 꼬았다.

"저것은?"

자진해서 악차 준비를 담당한 하륜을 돌아보며 물었다. 방원이 의아
스러워한 것도 무리는 아니었다.

다른 설비는 다 과부족이 없게 법도에 맞추어 설비되어 있는데, 유독
차일을 받친 기둥만이 해괴하게 굵었던 것이다.

그 광경을 전하는 축수편(逐睡篇)이란 기록에 의하면 열아름이나 되
는 통나무로 기둥을 삼았다고 하는데, 그건 지나친 과장일는지 모르지
만 어쨌든 엄청나게 굵었다.

"태상 전하를 모실 행재소(行在所)의 기둥, 굵고 든든할수록 좋지 않
겠습니까."

하륜은 그렇게 얼버무릴뿐 더 자세한 설명은 하지 않았다.

여기서 한 마디 언급하고 넘어가야 하겠다. 이 날 벌어진 사건에 대
해서 야사에는 이성계가 함흥으로부터 돌아올 때에 있었던 일처럼 전하
여지고 있지만, 여러 사료를 종합 검토하여 보니 그 때보다도 차라리 오
대산에서 돌아오는 시점으로 비정(比定)하는 편이 타당할 듯싶다.

이윽고 태상왕의 행차가 강을 건너 당도하였고, 이성계는 악차 안으

로 들어섰다. 이때 부왕을 영접하는 방원은 면복(冕服 : 국왕의 정장인 면류관과 곤룡포)을 착용하고 있었다고 축수편은 전하고 있지만 그 점 도 의심스럽다.

한 달쯤 훗날의 얘기지만, 그 해 12월 19일자 실록엔 방원이 대간으로부터 충고를 받았다는 기록이 보인다.

"종묘(宗廟)에서 의식을 거행하실 경우, 전하께서 면복(冕服)을 착용하시지 않으시는 것은 예가 아닙니다."

그에 앞서 방원은 종묘에서 전향(傳香)할 때, 사모를 쓰고 단령(丹領)을 걸친 일반 신하와 같은 복장을 하고 있었던 것이다.

"내 오늘은 몸이 편하지 않아서 실례를 범했지만, 앞으로는 명심하겠다."

방원은 이렇게 얼버무렸다고 하지만, 그가 지닌 교양으로 미루어 그만한 예도도 모를 처지는 아니었을 것이다. 비록 어쩔 수 없이 대위를 계승하였다고는 하지만, 면복을 갖추어 입고 거드럭거리는 데에 심한 저항을 느낀 때문이 아닐까. 되도록 국왕 티를 내고 싶지 않았던 것이 아닐까.

그러한 방원이 궁중도 아닌 야외로 나오면서, 더더구나 자신의 등극을 못마땅히 여기는 부왕을 영접하는 자리에서 국왕의 정복을 입고 위세를 부릴 까닭이 없다. 사모에 단령(團領 : 공복)쯤을 걸친 지극히 겸허한 옷차림이었을 것이다.

악차 북편에 설치하여 놓은 용봉장전(龍鳳帳殿 : 용과 봉의 형상을 아로새긴 임시 왕좌)에 이성계가 인도되어 정좌하였다.

그 뒤에 강현이 동궁과 백우전통(白羽箭筒)을 들고 시립했다.

이성계 옆자리엔 방원을 위한 용교의(龍交椅)가 마련되어 있었지만, 그는 그 자리를 비워놓고 저 아래 남쪽 땅바닥에 꿇어 엎드렸다.

"아버님께서 이렇듯 환행(還幸)하시니, 소자 그저 고맙고 기쁠 따름입니다."

언사는 형식적인 소리 같았지만, 그 속엔 방원의 절절한 충정이 맺혀 있었다. 그가 등극하기 이전이었더라면, 부왕의 발목에라도 매달려 기쁨의 호곡을 터뜨렸을는지도 모른다.

그러나 이성계는 그 거대한 암석의 문과 같은 두 눈을 굳게 내리깔고 말이 없었다.

얼음덩이에 짓눌린 것 같은 정적이 잠시 흘렀다. 이윽고 이성계가 두 눈을 크게 떴다. 바윗덩이 속 깊은 곳에서 이글대던 노화(怒火)가 마침내 분출하는 것 같은 광망(光芒)이 작렬했다.

그 눈길을 뒤에 시립하고 있는 강현에게 보냈다. 강현이 손에 들고 있던 동궁과 백우전통을 바쳤다.

어쩌자는 것일까. 그 자리에 배석한 종친들과 장상들은 공포에 떨면서 어찌할 바를 모르고 있었다.

동궁 시위에 이성계는 백우전 한 대를 쟀다. 방원의 목줄띠를 향하여 겨누었다. 바로 그것이었던 모양이다, 그가 오대산에서 돌아온 목적은.

그러나 방원은 머리를 조아린 채 미동도 하지 않았다.

"시라소니만도 못한 비열한 놈"

호통과 함께 활시위를 당겼다. 그 순간 방원 바로 뒤에 시립하고 있던 하륜이 몸을 날렸다. 자기 몸으로 방원의 몸을 감싸더니 그를 끌어안고 뒹굴었다.

그 굵은 기둥 뒤에 숨기고 숨었다. 그러니까 그가 그렇게 굵은 기둥을 세워놓은 것도, 이런 위험이 있을 것을 예견하고 준비한 대비책이었던 것이다. 화살은 기둥 깊이 꽂히며 깃을 떨었다.

그것을 침통하게 지켜보고 있던 이성계가 문득 실소를 흘렸다.

"이것도 하늘의 뜻인가 보구나."

활과 화살을 던져 버렸다. 그리고는 옥새를 주면서 네가 가지고 싶어하는 것이 바로 이것일테니 가지고 가라고 말하더라고 야사는 전하고 있지만, 그것은 그 장면을 극적으로 묘사하기 위한 윤색에 지나지 않을 것이다. 국새는 이미 그 이전에 방원에게 전달된 것으로 실록엔 명기되어 있으니 말이다.

장내의 공기는 무겁고 딱딱하고 어색하게 굳어져 있었다. 그러나 이성계는 부자연스러울이만큼 수선스런 웃음을 터뜨리며 말했다.

"이놈아, 네가 임금이 됐으면 마땅히 애비에게 술 한 잔이라도 주어야 할 것이 아니냐."

웃음으로 둘둘 뭉친 말이긴 했지만, 어쩐지 무시무시한 저의가 느껴지는 소리였다. 그러나 방원은 반갑기만 했다. 그 말을 부왕의 노여움이 풀린 증좌일 것이라고 천진하게 받아들였다.

이성계가 정좌한 자리 바로 밑에는 헌수(獻壽)를 위한 주식이 미리 준비되어 있었다.

그는 그리로 다가갔다. 술통에서 술을 떠서 잔에 붓고 손수 부왕에게 올리려고 했다.

그 소매를 하륜이 끌어당겼다.

"전하는 지존하신 나라님이십니다. 손수 잔을 올리시는 일은 효도가 아니라 오히려 비례(非禮)가 되는 거올시다."

"무슨 소리."

방원은 못마땅한 얼굴을 하며 굳이 부왕에게로 다가가려고 했다.

이성계는 그 광경을 실눈을 하고 쏘아보면서, 한 손으로 소매 속을 뒤적거리고 있었다.

국왕 방원이 부왕 이성계에게 헌수(獻壽)의 잔을 올리는 것은 비례(非禮)라고 한 하륜의 주장은 억설이었다. 또 그만한 사리를 모르고 있을 하륜도 아닐 것이다.

그럴만큼 그 말엔 심상치 않은 속뜻이 숨겨져 있을 것이라는 직감이 들기는 했지만, 그래도 방원은 잔을 올리고 싶었다. 이 날 이 순간을 얼마나 갈망하고 고대했던가.

"아들이 아버님께 잔을 올리려는 충정에, 왕위나 체통 따위가 무슨 상관이요."

분연히 그의 손을 뿌리쳤다. 그리고는 이성계의 앞으로 다가가려고
했다.

"아니됩니다."

거의 절규하다시피 외치며 하륜은 다시 방원의 소매를 잡아챘다. 그
서슬에 방원의 손에서 술잔이 떨어졌다. 그 자리에 시립하고 있던 종친
들과 장상들은 경악하였고 방원은 격앙했다.

"무슨 짓이오? 아무리 하 정승이라도 이와 같은 불경은 절대로 용서
할 수 없소."

질타였다.

"차라리 신을 죽여 주십시오."

호통을 친 방원을 향해서가 아니었다. 이성계의 발밑에 하륜은 머리
를 조아렸다. 여전히 실눈을 하고 앉아 있던 이성계의 입가에, 이상할
만큼 무거운 웃음살이 새겨졌다.

"죽여 달라구?"

역시 착 가라앉은 음성으로 뇌까리더니, 소매 속에서 무엇인가 꺼냈
다. 쇠방망이었다. 그는 그것을 높이 들었다. 하륜의 머리통을 내리치는
시늉을 하다가,

"아니다."

고개를 가로저었다.

"네가 아니야. 내가 이걸루 때려 죽이고 싶었던 놈은 네 임금이었느
니라."

그러니까 방원이 술잔을 직접 바쳤더라면 그 기회에 쇠방망이로 타살
할 심산이었던 것이며, 하륜이 죽음을 각오하고 제지한 이유도 이성계
의 그와 같은 살의(殺意)를 간파한 때문이었을 것이다.

"하늘도 무심하여라."

이성계는 힘없이 쇠방망이를 떨구고 자리에서 일어섰다.

"저런 고얀 놈에게 저 같은 충신을 내리시고 끝끝내 비호하시다니."

기진하고 탈진한 것 같은 걸음을 옮겨 악차 밖으로 나섰다.

그 동안 방원은 얼빠진 인간처럼 멍청히 앉아 있다가, 겨우 정신을 차리고 뒤를 쫓았다.

"어디로 가십니까, 아버님."

"나도 모른다."

이성계는 돌아보지도 않고 내뱉듯 말했다.

"다만 네놈의 꼬라지가 보이지 않는 곳이면 어디든지 가련다."

악차 밖에 대기하고 있던 애마 추풍오를 이성계는 잡아탔다. 말고삐를 고쳐잡고 채찍을 높이 들다가, 문득 무슨 생각이 들었던지 고개를 돌렸다. 멀리 개경 수창궁 쪽으로 착잡한 시선을 띄워보내며,

"터가 좋지 않아. 위험의 피로 얼룩진 왕도(王都)인즉, 피바람이 거듭거듭 회오리칠 수밖에 없느니라."

수수께끼 같은 한 마디를 남기고는 표표히 사라졌다.

38. 불

"지독한 놈"

풍양(豊壤)땅에 있는 그의 시골집, 제1차 왕자의 난 당시 방과가 숨어 있었던 그 집 방에서, 김인귀는 혼자 어금니를 깨물고 있었다.

"이번에는 틀림없이 그놈의 숨통이 끊어질 줄 알았는데, 또 목숨을 건졌다구?"

이성계의 손을 통해서 방원을 살해케 하려는 음모를 꾸미고 나자, 김인귀는 곧장 이 곳 시골집에 내려와 있었다.

만일의 경우를 염려한 때문이었다. 일이 실패로 돌아가거나 어찌어찌해서 강현이 비밀을 누설할 경우에 대비한 도피책이었다. 그러다가 강현이 밀파한 일당의 기별로 이번 음모도 실패로 돌아갔다는 사실을 알게 된 것이다.

"마지막 보검까지도 어이없게 꺾어지고 말았다?"

어금니를 부득부득 갈고 있는데, 밖에서 인기척이 들렸다.

"누구냐?"

방문을 열어 젖혔다. 한 사나이가 머리를 조아리고 서 있었다. 청포(靑袍) 차림을 하고 있는 것으로 미루어 오륙품 정도의 관원인 듯싶다.

"난 또 누구라구."

이윽히 그를 여겨보다가 김인귀는 두 눈을 깜작깜작했다. 어떤 희한한 묘안이 떠올랐을 때 보이는 그의 버릇이었다.

"마침 잘 오셨네, 사약 영감"

김인귀는 얼레발을 치며 그 사나이를 맞아들였다.

사약이란 그 사나이의 관직이다. 액정서(掖庭署)에 소속된 관원으로 대전과 여러 궁문의 열쇠를 보관하는 직책을 지닌 정6품관이었다. 그러니까 2품 벼슬 참찬문하부사를 지낸 김인귀에 비하면 까마득한 하관이지만, 그는 또 무슨 꿍꿍이 속셈을 튀기려는 것인지 분수에 넘치게 환대하며 야단이었다.

"날씨가 매우 차네그려. 이리 내려앉으시게."

마치 상관이나 동료 관원을 대하듯 했다.

사약(그의 성명은 기록에 남아 있지 않으니 편의상 이렇게 부를 수밖에 없다.)은 어리둥절하며 몸둘 바를 모르는 표정이었다.

"사양 마시고 앉으시라니까, 영감은 나에겐 귀한 손님이니까. 아니 어쩌면 지존하신 상왕께서 이 자리에 계시더라도, 둘도 없는 빈객으로 맞으실 거외다."

"무슨 말씀을 하시는지 시생 그저 어안이 벙벙할 뿐입니다."

"그 얘긴 차차 하기로 하고, 오늘은 무슨 일로 이렇게 영감이 나를 찾아 주셨지?"

김인귀는 능글맞게 말머리를 돌려 반문했다.

"대감께서도 이미 소식은 들으셔서 알고 계실 것이겠습니다마는, 모처럼 환궁하시겠노라고 임진강 건너 마천땅까지 오셨던 태상대왕께오서, 새 임금을 사살하시려다가 실패를 보시자 다시 멀리 떠나셨다는 거올시다."

"그래서?"

"일이 그쯤 되었으니 새 임금의 권좌는 한층 굳게 다져진 셈이고, 또 그렇게 됐으니 시생과 같이 상왕 전하 측근으로 간주되는 인간들은, 어떤 화를 당할는 지 적이 애가 타서 대감의 교시를 받고자 달려온 거올시다."

"흐음."

김인귀는 침음할 뿐, 자기 의사는 얼핏 밝히지 않았다.

"사약이란 벼슬, 고작 육품관에 지나지 않을 뿐더러 그 이상의 승진은 바랄 수도 없는 알량한 벼슬입니다만, 그래도 그 벼슬 자리마저 떨어진다면 시골에 내려가서 땅이나 파먹고 살아야 할 판이니, 무슨 묘안이 없을까 해서요."

사약 아무개는 애가 타는지 바싹 마른 입술만 핥고 있었다.

"하늘이 무너져도 솟아날 구멍은 있다고 했으니까."

쓰도 달도 않은 멍멍한 소리를 흘리고는, 김인귀는 한참 동안 몸을 좌우로 흔들며 부라질만 한다.

"어떤 묘책이라도 있단 말씀입니까."

사약은 바싹 매달렸다.

"있다면? 경우에 따라서는 육품관이 아니라 이삼품 당상관(堂上官)에라도 껑충 뛰어오를 회한한 줄이 있다면 잡아보겠나?"

갑자기 말씨까지 낮추면서 김인귀는 되물었다.

"그야 뭐 이를 말씀이겠습니까."

사약은 군침을 꿀꺽 삼켰다.

"하지만 그 줄, 여느 연줄과는 사뭇 다른 줄이야. 요행히 잘 기어오르면 하늘 높은 줄 모르게 치솟을 수도 있지만, 자칫 잘못하다간 꽁무니에 불침을 맞고 거꾸로 떨어질 위험도 없지 않거든."

슬슬 겁을 주는 쐐기를 박으면서 뒤를 다졌지만, 사약 벼슬하는 그 사나이는 어지간히 간덩이가 큼직했던지,

"그야 그렇겠습죠. 날개도 없는 놈이 높이 뛰자면, 다리몽둥이 하나쯤 부러질 각오야 있어야 합지요."

제법 호기를 피웠다.

"다리몽둥이 정도가 아니라 머리통이 깨질는지도 몰라. 그래도 해보겠나?"

"이왕 버린 몸, 끽 소리라도 질러보고 죽어야 할 것이 아니겠습니

까."

"좋아, 좋아."

김인귀는 희색을 활짝 피웠다. 그리고는 사약의 어깨를 끌어당기더니 한동안 귀엣말을 속삭였다. 사약의 안색이 갖가지 변화를 보였다. 처음엔 새파랗게 질리는가 싶더니 부르르 경련하기도 하고, 그러다가 자포자기에 가까운 반응의 눈알을 부라렸다.

"어떤가, 과시 묘책이지?"

귓가에서 입을 떼고 김인귀는 다시 정상적인 언성으로 돌아갔다.

"예, 예."

흥분에 들뜬 숨만 사약은 가쁘게 몰아쉬고 있었다.

"거듭 말하거니와, 다른 곳 다 제쳐놓더라도 침전(寢殿)만은 기필코 노려야 하네."

다짐하면서 사약의 두 눈을 김인귀는 깊이 뚫어보았다.

"예, 예."

역시 흥분한 소리로 사약은 같은 대답만 했다.

"그리고 또 한 가지, 이슥한 한밤중을 기다려 거행하되, 바람이 사나운 때를 택해야 하네."

"알겠습니다."

김인귀는 연상을 끌어당겼다. 백지에 몇 자 적었다.

"일이 제대로 성취되는 경우 자네에게 줄 직첩(職牒 : 사령장)이야. 여기 어보(御寶)만 찍히면 자네는 당장 정삼품 당상관의 벼락감투를 쓰게 되는 거야."

사약은 그것을 받아서 가슴 깊이 찔렀다.

그것은 불이었다.

여자의 정골(情骨) 깊은 곳에서 할랑거리는 화기(火氣)였다. 물을 끼얹어도 사그라지지 않는, 오히려 자꾸 달아오르고 번지기만 하는 집요한 불덩이였다. 그 불덩이를 안고 비(褓) 엄마 김씨는 잠을 이루지 못하고 있었다.

"바람 때문일까."

초저녁까지는 잔잔하던 날씨가 갑자기 뒤집히더니, 송악산 마루를 휩쓸고 몰아치는 삭풍이 광란하고 있는 것이다. 덧문을 굳게 닫고 방장까지 빈틈없이 둘러쳤지만, 바람은 그것을 들추고 방 안까지 침투하고 있었다.

지난날의 풋살구 김씨의 여체는 이미 농익을대로 농익은 지 오래다. 그러나 제1차 왕자의 난을 전후해서 방원과 정실부인 민씨와의 금실이 가까워지자 방원의 발길은 김씨에게서 멀어져갔다. 또 민씨가 전과 달리 부드럽게 대해 주게 되니, 그것이 고맙고 미안한 마음에 김씨는 김씨대로 애써 방원을 피해 왔다.

그런 금욕생활을 계속하면 바람 없는 호수처럼 여체는 잔잔한 평온을 유지하는 것이 상식이라던가.

그런데 오늘 밤은 이상하다.

——참말로 얄궂은 바람 탓일까!

정화(情火)의 매연처럼 가지가지 망상이 피어오른다.

——상감은 지금 어찌하고 계실까.

김씨의 불을 꺼줄 상대는 오직 방원 한 사람 뿐이다. 그러나 그는 지금쯤 침전 깊은 방에 민씨와 더불어 있을 것이다.

——호젓하게 단 두 분이.

방원의 억센 남성이 안타깝게 실감된다. 그 입김이, 그 팔의 힘이, 그 체중이, 그 체취가 감미롭고 힘차고 숨막히고 뿌듯하고 흐뭇하던 그 모두모두가, 지금쯤 김씨 자기가 아닌 다른 여성에게 퍼부어지고 있을 것이다. 그것들을 터지게 만끽하면서 자기 아닌 민씨는 유절(愉絶)하고 있을 것이다.

시새움의 핏발이 곤두선다.

── 하지만 그 분은 어엿한 곤전마마, 나는 씹다 버린 하찮은 개살
구.

슬프게 자신을 꾸짖어보는 것이었지만, 안타깝게도 타는 불길은 숙으
러지지 않는다.

한 모금이라도 좋아. 곤전께서 자시다가 남기신 여로(餘露)라도 좋
아. 치사한 걸심(乞心)의 침까지 삼킨다. 한 모금이라도.

김씨는 휘청휘청 자리에서 일어난다. 광풍이 광란하는 방문 밖으로
나선다. 마치 몽유병(夢遊病) 환자처럼 창랑한 걸음으로 어둠과 바람
속을 누벼갔다.

이윽고 당도한 곳은 침전 앞이었다.

여느 날 밤이라면 침실 밖에는 만일에 대비하여 당직 내시와 궁인 몇
몇이 경비하고 있어야 했다. 그러나 오늘밤 따라 혹심한 추위와 강풍 때
문일까, 아무런 그림자도 보이지 않았다.

김씨는 무엇에 홀린 사람 같은 광적인 웃음을 흘리며, 침실 방문에
바싹 몸을 붙였다. 그 옷자락이 바람에 갈기갈기 흩날렸지만, 김씨는 꼼
짝도 하지 않았다.

겹겹이 방문을 닫아건 규합(閨閤) 깊숙한 곳에서 이루어지는 비밀한
역사였다. 한 모금의 여로도 한 가닥의 여운도 새어나올 틈은 없었다.
그래도 김씨는 문살을 움켜잡은 채 떠날 줄을 몰랐다. 자독에 가까운 망
상의 불을 피워 올리며, 혼자서 웃고 울고 아파하고 전율하고 안타까워
하고 발버둥을 치고 있었다.

하다가 문득 그 자위에 도취한 눈길을 어둠 일각으로 던졌다. 바람을
타고 괴조처럼 한 괴한이 침전으로 다가온 것이다.

숙위하는 금군(禁軍)의 장졸도 아니었고, 더더구나 침전을 경비하는
내관이나 궁인도 아니었다. 머리끝에서 발끝까지 거무칙칙한 복장을 휘
감고 있었다.

괴한은 침전 뒤로 몸을 숨겼다.

──수상하다.

김씨의 이성은 이렇게 일깨워 주고 있었다. 그리고 그 이성의 경고를 따르자면 괴한을 향해서 소리라도 질러야 했다. 어디서 게으른 잠에라도 빠져 있을 내관이나 궁인들을 불러 깨워야 했다. 그러나 김씨의 입은 떨어지지 않았다.

──만일 소리를 질렀다가 내가 침전을 엿보고 있었다는 사실이 탄로된다면?

망신이다. 아니 그 이상의 엄한 벌책이 내려질는지도 모른다. 이런저런 계산알을 튀기느라고 한동안 망설이고만 있었다. 그러다가 김씨는 숨이 막히게 놀랐다. 침전 지붕 너머로 검붉은 불길이 치솟는 것이다.

──그놈이로구나.

아까 그 괴한이 불을 질렀을 것이라는 직감이 번개쳤다.

바람은 한층 더 극성스럽게 회오리쳤다. 불길은 삽시간에 침전을 에워쌌다.

"불이야, 불이야."

급한대로 소리쳐 보았지만, 지나친 경악에 말라붙은 혓바닥은 제대로 큰 소리도 내지 못했다. 또 윙윙거리는 바람 소리가 그것을 흩날려 버린 때문인지, 쉽게 아무도 나타나 주지 않았다.

"상감마마."

김씨는 절규했다. 아직도 정사의 파도 속에 휘말려 있거나, 혹은 깊이 잠이 들어 이 위급한 사태를 모르고 있을 방원을 구출해야 한다는 생각에서였다.

다시 부르며 방문을 두드려 보았다. 응답이 없다. 불길의 혓바닥은 이제 그 방문 언저리까지 쇄도하여 널름거리고 있었다. 문고리를 잡고 흔들어 보았다. 안으로 굳게 잠긴 문은 꿈적도 하지 않았다.

조금 전에 이기적인 계산알을 퉁기며 망설이다가, 이 지경에 이르게 한 죄책감이 김씨의 가슴을 쥐어뜯었다.

──내가 죽자.

치마를 뒤집어 썼다. 그리고는 몸과 마음을 한덩어리로 뭉쳐 방문을 향해 돌진했다. 문살에 부딪쳐 터진 것일까, 앞 이마가 화끈했다. 차라리 내 몸이 박살이 나라고 안간힘을 쓰면서, 두번 세번 거듭 몸을 부딪쳤다.

장력(壯力)이란 말이 있다. 아무리 연약한 아녀자라도 비상시를 당하면 비상한 힘을 발휘하는 것을 두고 이르는 말이라던가. 그 힘은 견고한 바람벽도 한번 치면 뚫을 수 있다고 한다.

김씨에게서도 그 장력이 마침내 발동한 것일까, 우지끈 소리와 함께 억센 덧문이 부서지며 열렸다.

그제서야 방원과 민씨가 뛰쳐나왔다.

"불이야, 불이야."

외치면서 김씨는 방원에게 매달렸다. 그리고는 울음을 터뜨렸다.

침전은 하나의 불덩이로 화하였다. 그 뿐이 아니었다. 광란하는 바람을 탄 화염은 대전을 위시한 여러 전각으로 퍼졌다.

그제서야 궁인들, 내시들, 궐내에 숙위하고 있던 관원들, 장졸들이 몰려들었다. 대궐 밖에서 사는 대신들도 달려들었다. 방원의 장인 민제(閔霽)를 위시해서 판문하부사 김사형(金士衡), 얼마 전에 좌정승 자리를 딴 이거이(李居易), 우정승 하륜이 차례로 입궐했다.

특히 하륜은 옷을 걷어붙이더니 화염에 싸인 사고(史庫)로 뛰어들려고 했다. 훗날에는 화재나 전재(戰災)를 염려해서 국가의 사실(史實)을 기록한 문서는 깊은 산중 절간 같은 곳에 소개(疏開)해 두는 것이 통례가 되었지만, 이 당시엔 수창궁 안에 사고가 있었던 것이다.

하륜은 그 사책(史册)들을 손수 꺼내려는 마음에서일 게다. 그 양 어깨를 방원이 끌어당겼다.

"궁궐은 이미 재화에 싸여 구할 길이 없게 됐소. 사람이나마 상하는 일이 없도록 해야 하오.(宮闕已災 無及於救矣 毋令傷人)"

방원은 이렇게 타일렀다고 그 날짜 실록은 기록하고 있다.

후세 사람이 듣기엔 대수롭지 않은 말처럼 여겨질 수도 있지만, 그 말을 다시 음미한다면 창졸간에 흘린 그 한 마디에서 방원의 대군주다운 도량과 온정을 느낄 수 있을 것이다.

궁궐은 왕가(王家)의 심장이나 다름이 없으며, 대전을 위시한 각 전각엔 왕권 유지에 지대한 관계가 있는 갖가지 재보와 문서가 비치되어 있다.

하찮은 여염집에서 불이 나더라도 그 집 가장은 우선 세간부터 건져야 하겠다고 가족과 사용인들을 독려하는 것이 인정이다. 그러나 방원은 왕가의 중보(重寶)들보다는 한 사람의 신하의 목숨을 더 아끼고 있는 것이다.

"전하."

하륜을 위시한 모든 관원들은 목이 메이게 부르짖으며, 그 자리에 부복했다.

그리고 그와 같은 감동은 오히려 그들의 용기를 분발시켰다. 하륜은 다시 떨치고 일어났다.

"다른 재보들은 못 구하는 한이 있더라도, 국가 백년 앞날을 위해서 사적(史籍)들만은 건져내야 합니다."

다시 사고를 향해 달려가려고 하자 그보다 앞질러 뛰어드는 사나이가 있었다. 그날 밤 입직(入直)하고 있던 노이(盧異)라는 사관(史官)이었다.

그것을 본 대소 신료들과 궁인들은 각각 자기가 소속된 전각을 향해 몸을 날렸다. 상하의 차별도 없었고 남녀의 구별도 없었다. 국왕 방원의 한 마디에 한 덩어리가 되어 그들은 죽음의 화염 속으로 투신한 것이다.

대소 신료들의 결사적인 진화작업도 감동적인 광경이었지만, 그보다 더 큰 감동을 안겨주는 사례가 곧이어 벌어졌다. 수창궁에 치솟는 불길을 뒤늦게 발견한 개경 시민들이 달려온 것이다.

"우리 대궐이 탄다."

울부짖으면서 늙은이도 어린이도 남자도 여자도 사대부도 장사아치도, 그리고 천민들도 앞을 다투어 몰려들었다. 혹은 물동이나 바가지 같은 것으로 물을 길어다가 퍼붓기도 하고, 용감한 젊은이는 전각 지붕 위에까지 뛰어올라 다른 전각에 번지는 불길을 막으려고 사력을 다하였다.

그러나 극성스런 폭풍에 광란한 불길은 신료들과 시민들의 진력에도 불구하고, 수창궁 등 모든 전각을 잿더미로 만들어버렸다. 왕가의 심장부가 소실된 것이나 다름이 없는 큰 타격이었다.

하지만 방원은 이번 화재를 계기로 잃은 것보다도 얻은 것이 더 많은 흐뭇한 느낌이었다.

왕실의 재보보다도 인명이 상할 것을 염려하던 방원 자기의 말에 감분(感奮)하여 화염 속으로 뛰어든 정부 관료들의 행동도 가상하긴 하지만, 그것은 그런대로 있을 수 있는 일이었다. 그런데 누가 지시하지도 않았고 동원하지도 않았는데, 자진해서 달려와 불길과 싸워준 시민들의 마음씨가 국왕 방원을 무엇보다도 감격케한 것이다.

──착한 백성들.

전 왕조 고려를 대신하여 조선왕조가 개국한 이래, 항상 새 왕조를 백안시하는 것처럼 보여지던 개경 시민들이었다. 그들의 심경에 어떠한 변화가 있었기에 그 같은 자발적인 협력을 보여준 것일까.

──그것도 구 왕조에 대한 미련의 발로일까.

이런 회의를 가져볼 수도 있다.

수창궁은 물론 고려조 때 건립된 것이며, 공민왕 시절 홍건적(紅巾賊)의 침입으로 연경궁(延慶宮)이 전화(戰火)에 타버리자, 그 후부터 고려 마지막 임금 공양왕 때까지 계속 왕궁으로 사용해 오던 궁궐이었다. 말하자면 전 왕조의 유물과 같은 의미에서는 전 왕조를 사모하는 것으로 여겨지는 개경 시민들에겐 애착이 있을 수도 있는 존재였다.

하지만 지금은 다르다. 조선왕조의 창업주 이성계가 그 곳에서 즉위하였고, 제2대 국왕 방과도 그 곳을 궁궐로 사용했으며, 또 세번째로 왕권을 물려 받은 방원 역시 지금 그 곳에서 군림하고 있는 것이다.

현시점에서 수창궁은 곧 조선왕조의 왕권의 상징이나 다름이 없다. 만일 개경 시민들이 아직도 새 왕조에 반감을 가지고 있다면 그 궁궐의 화재를, 소멸을 고소하고 시원하게 여겼으면 여겼지 아쉬워할 것은 없다.

"우리 대궐이 불탄다."

그렇게 외치던 시민들의 목소리가 새삼 되살아났다.

우리 대궐이란 그 말이 내포하는 공동체 의식이, 그 불을 끄려고 그렇게 움직이게 한 것이 아닐까.

"착한 백성들."

방원은 그 말을 소리내어 곱씹었다.

"개경 시민들 역시 나의 백성들엔 틀림이 없었구나."

뭔가 그들의 충정에 보답해야 한다는 마음이 끓어올랐다.

한편 수창궁의 화재로 왕궁을 잃게 된 방원은 강안전(康安殿)으로 거처를 옮겨 그 곳을 궁궐로 삼고 재출발을 기하였다.

화재의 뒷수습이 일단락짓자, 각급 언관들은 화재의 원인과 책임자의 추궁을 제기했다. 특히 그날 밤으로 궁궐의 열쇠를 맡아 가지고 있던 사약 아무개가 종적을 감추었다. 그러니 그를 체포하여 추궁하고 연루자들을 색출하자는 의견이었지만, 지금의 방원으로서는 그런 문제엔 별로 마음이 내키지 않았다.

──벌보다 상을 주어야 한다.

그런 심정이었다. 화재를 낸 범인에 대한 노여움보다도 그 불을 끄느라고 사력을 다해 준 신료들과 백성들에 대한 고마움이 앞서는 것이었다.

다음에 제기된 것은 천도 문제였다.

개경은 왕도의 기운이 쇄한 까닭에 그와 같은 재앙이 발생한 것이니, 마땅히 새 도읍지를 물색해야 한다는 주장이었다. 주로 조준, 성석린 등 원로 문신들의 발언이었으며, 그것은 또 풍수지리설 등 다분히 미신적인 참기(讖記)에 근거를 둔 견해였다.

"참위술수지언(讖緯術數之言)은 갈피를 잡을 수 없는 것이어서 인심만 현혹시키는 소리거늘, 어찌 그 말에 좌우되겠는가."

방원은 일축했다.

"부왕께서는 이미 신도(新都)를 창건하신 바 있거늘, 어찌 따로 도읍을 세워 백성들을 수고롭게 하겠는가."

그리고는 서운관(書雲觀)에 수장되어 있던 술수지리(術數地理)에 관한 도적(圖籍)의 열람을 금지하도록 명하였다.

그러나 방원의 진의는 다른 데 있었다.

——수창궁 화재 때 그토록 진력해 준 개경 시민들, 그들을 저버릴 수는 없다. 그들이 무엇을 원하는지 그 소리를 듣고 싶다. 방원은 마침내 기탄 없는 백성의 소리를 듣고 싶다는 교서를 내렸다.

"여가 덕 없는 몸으로 대위를 계승한 이후 주야로 마음을 기울여 올바른 정치를 기하여 왔으나, 넓고 번잡한 만 가지 일을 어찌 두루 다 알고 과오가 없을 수 있겠는가. 이 달 임자(壬子)날의 수창궁 실화는 오로지 여의 허물임을 통절히 느끼면서 자책하여 마지 않는 바라. 동작이 온당치 못하고 덕망이 결여된 때문일까. 아부하는 무리가 득진(得進)하여 사알(私謁 : 사사롭게 권문 세도가를 찾아 다니는 것)의 폐풍이 성행하는 때문일까. 사람들을 쓰는 일이 타당치 못하여 인재가 초야에 묻힌 때문일까. 형벌이 불신을 받아 사람들을 권징하지 못하는 때문일까. 제사를 올림에 정결치 못하여 백신(百神)이 기뻐하지 않은 때문일까. 부요(賦搖 : 부역)가 균등치 못하여 서민들이 원망하는 때문일까. 간사한 무리가 법을 어지럽혀 무고한 죄인이 옥(獄)에 가득한 때문일까."

자성 자책한 다음,

"무릇 과인의 잘못이나 좌우의 충사(忠邪)나 정령(政令)의 잘못이나 민생의 이병(利病)을 거리낌없이 진언하라. 가히 채택할 말에는 상이 있을 것이며, 설혹 빗나간 말을 하는 자에게도 죄를 주지 않겠노라."

이렇게 끝을 맺었다.

국왕 방원이 자기 반성을 겸하여 간절한 민의를 듣고 싶다는 교서를 내리자, 오래지 않아 뜻있는 신료들로부터의 호응이 있었다.

해가 바뀌어 태종 원년 정월 14일, 문하부 낭사들이 소를 올렸다.

인재를 거용(擧用)하고 경기 지방의 잡부금을 경감하며, 군기감(軍器監)의 둔전(屯田)을 혁파하여 백성들의 부담을 덜어야 한다고 주장했다.

특히 참찬문하부사 권근(權近)의 진언은 벌보다 상을 주겠다는 방원의 뜻과 합치했다. 전 왕조에 절의(節義)를 지킨 인사들을 포상하되, 특히 정몽주(鄭夢周) 등을 추중할 것을 건의한 것이다. 다른 사람도 아닌 방원 자기의 지시로 죽게 한 정몽주에게 벼슬을 주라는 얘기였다.

개인적인 감정으로는 결코 유쾌하게 받아들이기 어려운 진언이었다. 또 구 왕조에 충성을 다한 정몽주를 포상한다면, 새 왕조에 불평을 품고 있는 분자들의 사기를 돋우어 주는 부작용을 우려할 수도 있다.

그러나 방원은 그 진언을 혼연히 받아들였다. 그것이 백성들의 진정한 소원이라면, 자신의 사사로운 감정 같은 것은 꺾어버려도 좋았다. 다소의 부작용도 감수할 각오였다.

즉시 정몽주에게 현정부의 최고의 관직인 영의정부사(領議政府事)를 추중하고 문충(文忠)이란 시호까지 내렸다. 뿐만 아니라 그의 자손을 정부 관직에 기용토록 기시했다.

그 달 15일엔 대대적인 논공행상을 단행했다. 제2차 왕자의 난을 평정하고 방원을 왕위에 오르게 하는 데 진력한 46명에게 좌명공신호(佐命功臣號)를 준 것이다.

이저(李佇), 이거이(李居易), 하륜(河崙), 이무(李茂), 조영무(趙英

茂), 이숙번(李叔繁), 민무구(閔無咎), 신극례(辛克禮), 민무질(閔無疾) 등 9명에게는 최고의 상훈인 진충좌명 일등(振忠左命一等)을 수여했다.

이내(李來)에게는 진충좌명 이등을, 의안공 화(義安公 和), 완산후 천우(完山侯 天祐)에게는 익대좌명 이등(翊戴佐命二等)을, 성석린(成石璘), 이지란(李之蘭), 박석명(朴錫命) 등 12명에게는 익대좌명 삼등을, 조박(趙璞), 조온(趙溫), 권근(權近) 등 22명에게는 익대좌명 사등을, 그리고 지난날 방원의 생명을 구출한 바 있는 송거신(宋居信)에게도 익대좌명 사등을 주었다.

그런 다음에야 불가피한 벌책을 내렸다.

상왕 방과를 업고 사사건건 방원측에 적대 행동을 취하여온 김인귀 일당 26명에 대한 처벌이었다. 그러나 그들에 대한 형도 지극히 가벼운 것이었다.

그들 중에 정남진(鄭南眞)은 판원주목사(判原州牧使)로 내보냈고, 조진(趙珍)은 진양대도호부사(晉陽大道護府使), 노필(盧弼)은 해주목사(海州牧使), 이지실(李之實)은 남포진병마사(藍浦鎭兵馬使), 이렇게 지방관으로 좌천하는 데 그쳤으며, 김인귀 등 극렬분자에게도 그들이 각각 원하는 지방으로 추방하는 가벼운 형을 가하였을 뿐이다.

어디까지나 벌은 가볍게 하고 상은 두텁게 주자는 방원의 새 결의의 발현이었다.

또 착한 백성들에게 보답하겠다는 방원의 결의는 구체적인 시책으로 표현되었다.

그 해 2월 23일에는 금주령(禁酒令)을 내려 특권층의 낭비와 유흥을 제지하는 조처를 취하였으며, 또 외방(外方)의 영선(營繕)을 금단케 했으니, 거기 동원되는 백성들의 노력(勞力)을 덜어주려는 배려였다.

3월 1일에는 가난하고 병든 백성들을 위해서 파격적인 지시를 내렸다. 종래 국왕이나 왕족만을 위해서 있어 온 것이나 다름이 없던 관의(官醫)들을 제생원(濟生院)으로 파견하여, 환자가 찾아올 경우 신분의 고하나 귀천을 막론하고 골고루 진료하도록 명한 것이다.

제생원은 태조 6년에 설치한 것으로서, 약재의 구입과 제약을 담당하는 기관이었다. 그리고 궁중에는 양홍달(楊弘達), 평원해(平原海) 두 의원만 입궐하도록 제한했다.

3월 23일에는 국가적인 사냥이나 유연(遊宴)을 금지하여 민폐를 없애도록 했다.

국왕 방원의 탄일(5월 16일)이 임박하자 그 날이면 으례 있어온 동악연음(動樂宴飮)을 금하고, 만일의 재사(齋事)를 파하며 조하(朝賀)를 생략하도록 했다. 국비를 절용하기 위해서였다.

그 달 20일. 무신(武臣)의 집이나 집정가(執政家)를 찾아다니며, 엽관 운동하는 행동을 강력히 금하는 시달을 내렸다.

26일에는 가난한 백성들이 그 해 정월 이전에 진 빚은, 공사간에 원금만 갚고 이자는 물지 않도록 하는 영을 내렸다. 이에 앞서 경기(京畿)지방의 안렴사(按廉使) 정혼(鄭渾)은 계본(戒本)을 올려 고리대금에 시달리는 백성들의 참상을 다음과 같이 보고한 바 있었던 것이다.

"근자 수재와 한재(寒災)로 말미암아 농산물의 수확이 격감하여 가난한 백성으로서 빚을 진 자는 더욱 더 궁핍에 몰려 빚을 갚을 수 없는 형편입니다마는, 그 물주(物主)는 기필코 원금과 이자를 함께 받아내고자 독촉하여 마지않으니, 심지어는 아들 딸을 팔아서 빚에 충당하는 백성까지 있는 형편입니다."

7월 18일, 백성들의 억울한 사정을 직접 청취할 목적으로 등문고(登聞鼓)를 설치하였다가, 8월 1일, 신문고(申聞鼓)로 개칭하였다.

조선왕조 개국 초부터 상소, 고발의 제도는 법제화되어 있었지만, 그 최후의 항고 수단을 위해서 다시 이것을 설치하게 된 것이다. 즉 대궐 밖 문루에 북을 달아 지방 관청이나 사헌부에 고소해도 해결을 못본 억울한 사정을, 국왕에게 직접 호소하고자 하는 백성들에게 그것을 치도록 한 것이다. 북이 울리면 국왕은 그 소리를 듣고 그 사건을 직접 처리하는, 소박하면서도 신속 정확한 민의상달(民意上達)의 시설이며 방법이었다.

착한 백성의 마음에 보답하는 가지가지 시책은 여러 모로 주효하였고, 새 임금 방원에게 대한 백성들의 신망과 애정은 날로 두터워 갔다.

방원으로선 비할 수 없는 기쁨이었지만, 그러나 그의 마음 한 모퉁이를 차지하고 있는 슬픔과 허전함은 조금도 가시지 않았다. 자기를 버리고 방탕길을 떠난 부왕 이성계에 대한 아픔이었다.

기록이 전하는 범위 내에서만 더듬어 보더라도, 이성계의 발자취는 종잡을 수 없이 어수선했다.

태종 원년 3월 17일엔 보개산 지장사(寶蓋山地藏寺 : 강원도 철원군)에 나타났다는 기별이 있었는가 하면, 그 다음 달인 윤 3월 초하루엔 신도 한양에 들러 흥천사(興天寺)에서 불공을 올리고는 다시 금강산으로 떠났다는 보고가 있었다. 그러다가 달이 바뀌어 4월달엔 안변(安邊), 함주(咸州 : 함흥) 등지에 양정(涼亭)을 짓고 오래 머물러 있을 눈치라는 소식이 날아들었다.

애가 탄 방원은 4월 10일, 도승지 박석명(朴錫命)을 파견하여 문안을 드리게 하는 한편, 되도록 환궁을 종용하도록 했다. 그러나 박석명은 뜻을 이루지 못하고 되돌아와 보고했다.

"태상전하의 역정은 아직도 대단하십니다. 신이 문안을 드리고자 전갈하였사온즉, 누상(樓上)에 출어(出御)하시긴 하였습니다마는 철궁에 대초명적을 재시고 호령을 하시는 통에 제대로 문안도 드리지 못하였습니다."

"그렇다면 하는 수 없구료."

방원은 자리를 차고 일어섰다.

"여가 친히 찾아가 모셔오도록 하겠소."

진심으로 그렇게 말했다. 그 기세에 여러 신료들은 숨을 죽이고 입을 열지 못했다. 아무리 부왕을 생각하는 효성에서 한 말이기는 하지만, 일국의 국왕이 먼 변방까지 몸소 행차한다는 것은 현실적으로 간단한 문제가 아니었다. 그러나 그렇다고 제지하자니 대안이 궁했다.

"신이 다녀오겠습니다. 신을 보내주십시오."

성석린(成石璘)이 자청했다.

답답하던 방원의 가슴이 약간 밝아졌다. 성석린으로 말할 것 같으면 이성계의 오랜 친구일 뿐만 아니라, 최근까지도 이성계는 그에게 극진한 우정을 보여왔다.

연전(정종 6년 12월)에 좌정승 조준(趙浚)과 우정승 김사형(金士衡)이 사의를 표명하였을 당시, 이성계는 이미 왕위를 떠난 처지였으면서도 성석린을 적극 천거하여 우정승 자리에 앉게 한 사실 하나만으로도 짐작이 가고도 남는다.

방원은 즉시 성석린의 청을 받아들여 동북면으로 파견했다. 이성계와 성석린 두 노우(老友)의 상봉에 대해서, 야사인 축수편(逐睡篇)에는 구수한 얘기 한 도막을 전해 주고 있다.

성석린은 우선 옷차림부터 세심한 배려를 하고 떠났다는 것이다. 국가의 원훈다운 거창한 것이 아니라, 소박한 선비처럼 베옷에 백마를 타고 종자 한 사람 거느리지 않고 이성계가 거처하는 안변(安邊)땅으로 향했다.

이성계의 처소 누각 밑을 청렬한 시냇물이 흐르고 있었다. 때는 음력으로 4월도 하순, 철늦은 동북지방이지만 녹음이 제법 싱그러웠다.

누각 창문을 열어젖히고 저물어가는 신록의 풍광을 음미하고 있던 이성계의 시선이, 문득 누각 아래 시내로 던져지자 그는 고개를 꼬았다 한 늙은 선비가 말을 멈추더니 봇짐에서 쌀을 꺼내어 시냇물에 씻고 불을 피워 밥을 앉히는 것이 아닌가.

"저게 누구지?"

이성계는 곧 내시를 시켜 알아보도록 했다.

"그 선비는 바로 창녕백(昌寧佰 : 성석린의 호)이올시다."

내시가 돌아와서 보고하는 말에, 반가움과 의혹의 그늘이 이성계의 양미간을 스쳤다.

"무슨 일로 왔다더냐? 또 방원이 시켜서 여를 데리러 왔다는 거냐?"

"창녕백의 말로는 볼 일이 있어서 이 곳을 지나다가, 마침 날이 저물어 말을 매고 유숙할 작정이라고 합니다."

이성계는 반신반의하면서도 다시 내시를 보내어 성석린을 불렀다.

"이것 봐, 독곡(獨谷 : 성석린의 아호), 자네도 새 임금을 위해서 나를 달래보려고 온 거지? 볼 일이 있어서 지나가던 길이라는 말은 거짓말이지?"

짓궂은 눈으로 쏘아보며 추궁했다.

"아니올시다, 대왕."

눈썹 하나 까딱하지 않고 성석린은 잡아뗐다.

"신이 만약 그러한 목적으로 왔다면, 신의 자손은 반드시 눈이 멀어 소경이 될 거올시다. 맹세합니다."

"맹세한다구?"

이성계는 떫게 웃었다.

"자네 아들과 손자, 증손자는 이미 눈먼 장님으로 태어났다는 얘기를 여는 다 듣고 알고 있거늘, 누가 또 새삼스럽게 소경이 된단 말인가."

그것은 사실이었다. 성석린의 맏아들 지도(至道)와 그의 아들 귀수(龜壽)와 그리고 귀수의 아들, 이렇게 3대가 다 태중에서부터 장님이 되어 태어났다는 얘기는 누구나 다 아는 사실이었다.

그리고 그 당시의 성석린의 나이는 64세, 이미 손자, 증손자 다 보았을 것이라는 계산도 나온다.

성석린은 빙그레 웃으며 뒤통수를 긁었다.

"이 사람아, 친구 좋다는 게 뭔가. 자네 임금을 위해서 나를 설복하고자 왔다면 솔직이 그렇게 말할 일이지, 내가 보는 앞에서 노숙(露宿)하는 시늉은 뭐며, 장님으로 태어난 아들 손자들까지 끌어다가 헛맹세는 뭔가?"

뜨끔하게 찔러대면서도 이성계의 눈은 웃고 있었다.

"전하의 형안 그러하시니, 신이 새삼 무슨 말씀을 사뢰겠습니까."

성석린은 넙죽이 머리를 조아린 다음, 말에 싣고 온 술을 가져다가 바쳤다. 국왕 방원이 보낸 궁온(宮醞)이었으며, 이 대목은 야사가 전하는 얘기가 아니라 실록에 기록된 사실이다. 그리고 여기서부터는 실록을 따라 얘기를 진행시키는 편이 오히려 실감 있는 서술이 될 것 같다.

술이 거나하게 돌자, 성석린은 솔직히 환궁할 것을 종용했다. 이성계는 껄껄 웃으며 엉뚱한 소리를 던졌다.

"경이 환궁을 청하는 말, 여가 환궁할 마음을 먹은 것보다 늦었네그려(卿之請還乃在豫欲還之後矣)."

이성계가 그렇게 미리 환궁할 뜻을 정한 이유로, 그때 마침 동북지방은 심한 흉년이 들어 굶주린 백성이 많아서 그것을 보기 민망한 때문이었다고 기록은 전하고 있지만, 진정한 저의는 그것이 아니었다.

"내 이미 마음을 굳혔으니, 경은 먼저 돌아가도록 하게. 나는 뒤따라 감세."

이성계는 덧붙여 말하고 문득 괴로운 그늘을 보였다. 그늘진 이성계의 표정을 잠시 응시하다가 성석린은 다그쳤다.

"태상전하의 우악하신 말씀 듣자오니, 신의 마음도 마치 구름 위에라도 둥둥 떠오르는 심정이온데, 만일 주상께서 이 회보를 접하신다면 얼마나 반가워하시겠습니까. 태상전하께오서 개경을 떠나신 이후 주상께선 주야로 북녘 하늘만 바라보시며 한숨 지으시는 모습, 민망할 지경이었습니다."

그러니 한시 바삐 환궁을 서둘러야 한다는 뜻을 언외에 비쳤다. 그 말이 이성계에게 감동을 준 것일까, 아니면 다른 생각이 있어서일까.

"좋아."

그는 무겁게 고개를 끄덕였다.

"독곡(獨谷)이 그렇게 말한다면, 내 자네와 함께 떠나기로 함세."

성석린은 이마를 조아려 거듭거듭 고마워한 다음, 즉시 사람을 파견하여 그 회보를 방원에게 띄워보냈다고 실록은 끝을 맺고 있다.

성석린의 급보가 방원에게 전하여진 것은, 4월 26일이었다.

그는 즉시 종친들과 여러 대신들, 특히 익륜(益倫)이란 조계승(曹溪僧)까지 대동하고 영접차 마이천(麻伊川)까지 나갔다. 마이천은 전번에 이성계를 영접했던 장단(長湍) 마천(麻川)을 뜻하는 지명인지 혹은 다른 곳인지 확실치 않지만, 어쨌든 그는 그 곳에 장전(帳殿)을 설치하고 부왕의 도착을 고대하고 있었다.

그러나 그 날도 그 이튿날도 이성계 일행은 나타나지 않았다. 사흘째 되는 28일 한낮에야 겨우 당도했지만, 사흘 동안이나 왕궁을 비우고 시간을 낭비한 불평 같은 것을 방원은 가질 여유도 없었다.

그저 반갑기만 했다. 부왕 이성계의 모습이 멀리 나타나자, 국왕의 체통도 무엇도 없이 그리로 달려갔다.

방원은 이성계가 탄 거가(車駕) 앞에 꿇어엎드려 어깨만 들먹였다.

"태상대왕마마."

익륜도 다가가서 그 앞에 꿇어엎드렸다.

"네가 웬일이냐."

익륜은 전부터 이성계가 총애하던 승려의 한 사람이었다.

"태상대왕마마를 영접차 수행하라시는 주상마마의 분부이시기에 왔습니다."

"불도들을 원수처럼 미워해 오던 네 임금이, 무슨 바람이 불었다구."

이성계는 비꼬는 것이었지만, 그의 안색은 사뭇 풀려 있었다.

"모두 다 태상대왕마마를 즐겁게 해드리시려는 성려입지요. 어디 그뿐이겠습니까. 주상마마께오서는 꼬박 사흘 동안이나 이 곳에서 기다리고 계셨습니다. 거의 침식을 전폐하시다시피 하시면서 초심하고 계셨습지요."

"그래?"

이성계는 속 깊은 눈길을 방원에게 보내고는 앞장서서 장전으로 들어갔다.

거기 마련된 용상에 좌정하자, 빙긋이 웃으며 한 마디 던졌다.

"어떠냐. 오늘도 이 애비에게 술 한 잔을 아끼겠느냐, 지난 번처럼 말이다."

뒤따라 들어와 한 옆에 서 있던 방원이, 급히 술독 있는 데로 가더니 술 한잔을 듬뿍 떠서 손수 바쳤다.

"어쩔려구? 오늘 역시 내 소매 속엔 쇠방망이가 숨어 있는지도 모를 일이 아니냐."

그러면서도 빈 소매를 홀홀 털어보이고는 단숨에 술을 들이켰다.

곧 이어 질탕한 잔치를 치르고난 다음, 이성계가 앞장서서 입경(入京)하였고 방원은 그 뒤를 따랐다.

수창궁터를 지날 때였다. 초석만 남은 처참한 궁터를 둘러보면서, 이성계는 껄껄 웃었다.

"그것, 속시원히 잘 타버렸구나."

얼핏 듣기엔 비상식적인 망언 같았지만, 이성계로선 진심이었는지도 모른다. 전 왕조의 군왕들이 군림하던 그 궁전이, 이성계에겐 항상 불유쾌한 압박감을 가하여 왔을 터이니 말이다.

오랜만에 덕수궁으로 귀환한 이성계는, 뒤따라 들어간 방원을 조용한 별실로 불러 들였다.

"너는 내가 갑자기 환궁한 까닭이 궁금하지 않느냐?"

불쑥 이렇게 물었다.

"소자 그저 아버님께서 환궁하여 주신 것만 반갑고 기쁠 따름이옵니다."

이유 같은 것은 생각해 보지도 않은 방원이었다. 이성계는 뒤에 시립하고 있는 강현을 돌아보았다.

"그것 이리 내라."

강현이 품에 지니고 있던 봉서 한 통을 바쳤다.

"읽어 봐."

익주(益州 : 전북 익산)땅에서 유배 생활을 하고 있는 방간(芳幹)이 부왕 이성계에게 보낸 편지였다.

사연은 이러했다.

개경을 떠나 외딴 변방에서 홀로 지내자니 외롭고 쓸쓸해서 견딜 수 없다는 것, 특히 부왕을 가까이 모시지 못하는 것이 무엇보다도 한이 된다면서, 어떻게 해서든지 자기를 부왕 곁에 불러 줄 수 없느냐는 내용이었다.

"너도 이미 자식을 가진 몸이니 짐작이 가겠다만, 불우한 아들놈으로부터 이와 같은 애소에 접한 아비의 심정이 어떠했겠느냐."

이성계의 언사엔 일찍이 들어 보지 못한 간곡한 정이 맺혀 있었다.

"그 편지를 받자 즉시 그놈을 내가 거처하던 안변으로 불러올릴까 그런 마음까지 가져보았느니라. 하지만 그렇게 할 경우 참새 같은 언관들과 대신들이 또 얼마나 떠들어대겠느냐. 국가의 죄인을 함부로 움직이게 했다고 별의별 소리를 다 지껄여댈 것이 아니냐. 그 뿐이 아니다."

이성계는 잠깐 말을 끊고 방원의 기색을 살폈다. 방원은 그저 머리만 조아리고 있었다.

"방간이 그 애가 과연 귀양살이를 해야 할만한 죄를 졌다고 나는 생각지 않는다. 그러나 어쨌든 국가에서 죄인으로 다스리게 된 인간을 사사롭게 좌지우지하고 싶지는 않았던 거야. 국가의 법도라는 것을 존중해야 하니까. 그리고 또 나는 일단 왕권에서 손을 뗀 몸이기도 하니 말이다."

아무리 방원을 미워하고 현 정부 대신들에게 원혐을 품고 있기는 하지만, 국법은 어디까지나 존중해야 한다는 창업주다운 배려가 절절히 느껴지는 말이었다.

"그래서 곰곰 궁리한 끝에 이렇게 돌아온 거다. 과거의 경위는 어찌
되었건, 지금은 이 나라의 군주인 너에게 청을 하자는 거야."

말하더니 이성계는 문득 고쳐 앉았다. 무릎을 모으고 두 손을 마주잡
고 고개까지 숙였다.

"아버님."

방원은 방바닥에 이마를 비벼댔다. 긍지 높은 창업주 이성계가 미워
하는 자식 앞에 머리까지 숙인 그 아픔이 견딜 수 없게 아팠던 것이다.

"고개를 드오, 주상."

말씨까지 바꾸어 높이며 이성계가 마주 엎드렸다.

"지금 이 자리는 어버이로서 아들을 대하는 사사로운 자리가 아니라,
지존한 국왕에게 일개 국인(國人)이 청원을 하고자 하는 그런 자리요.
어떻소, 주상. 내 청을 들어줄 수 없겠소. 방간을 개경으로 불러 올릴 수
는 없겠소? 주상이 만일 그런 은혜를 베풀어 준다면, 내 다시는 방탕길
을 헤메이지 않고 오래오래 개경에 머물러 있을 작정이오."

"황공합니다 아버님, 태상 전하."

방원 역시 딱딱하게 말씨를 고치면서, 그러나 그는 몸 전체로 흐느끼
고 있었다. 도도하던 긍지도 사무친 원한도 그렇듯 다 버리고 애걸해야
하는 부왕의 부정(父情)이 슬펐다.

"이 나라의 국법은 오로지 전하께서 제정하신 법이온데, 어찌 전하의
성려를 따르지 않을 수 있겠습니까. 신은 즉각 분부대로 거행하겠습니
다."

방원은 방원대로 신(臣)이라 자칭하며 다짐하고 있는데,

"태상전하께 아뢰오."

방문 밖에서 전갈하는 내시의 목소리가 날아들었다.

"의주로부터 급한 상서가 이르렀습니다."

"방간의 편지가?"

이성계는 급히 방문을 열고 편지를 받아 보았다. 그 편지를 읽어 내

려가는 안색이 흙빛으로 변했다. 떨리는 손으로 그것을 방원에게 건네 주었다.

방간이 급한 병을 얻어 사경을 헤매고 있다는 사연이었다.

"불쌍한 놈, 그토록 내 곁에 있기를 원하더니, 그 소원이 이루어지려 는 지금 죽게 되다니?"

이성계의 눈꼬리에 굵은 눈물이 맺혔다.

"외진 촌락이라 변변한 의원도 없을 터인데, 어쩌면 좋다?"

"신에게 맡겨주십시오, 태상전하. 힘 자라는 데까지 손을 써보겠습니 다."

방원은 즉시 국왕의 주치의의 한 사람인 전의감 양홍달(楊弘達)을 불 러들였다.

"너 즉시 의주로 달려가서 무슨 수를 써서라도 회안대군 형님을 구급 하여 드리도록 해라."

"고맙소, 주상."

이성계는 다시 머리를 조아렸다. 두 부자의 이번 재회는 방간의 문제 로 말미암아 일찍이 없었던 화해를 이룩한 셈이었다.

달이 바뀌어 5월 16일은 국왕 방원의 탄신일이었다. 앞에서도 언급했 지만, 방원은 그 날 으레 있어야 할 음악이나 연회를 금지시켰다.

실록이 전하는 바에 의하면, 그 이유를 방원은 이렇게 밝혔다고 한다.

"생일날이란 나를 낳아주신 부모를 위해 드려야 하는 날이거늘, 어찌 내가 유흥이나 술타령으로 흥청거릴 수 있겠는가."

그리고 그 말엔 부왕 이성계의 아픔을 아파하는 충정이 깃들어 있었 다. 방간이 위급하다는 소식을 접한 이후, 이성계는 거의 식음을 전폐하 고 하회만 고대하고 있는 형편이었다.

방원의 탄일 다음날인 5월 17일, 이성계가 애타게 고대하던 소식이 날아들었다. 익주로 달려갔던 전의감 양홍달이 돌아와서 보고를 한 것 이다.

"회안대군께서 한때 인사불성이 된 적도 있었습니다마는, 다행히 소생하셨고, 증세도 많이 회복되었습니다."

"변변치 못한 놈, 그토록 아비의 속을 태우다니."

이성계는 쓰겁게 말했지만, 그의 안색은 활짝 피어 있었다.

한편 방원은 방원대로 모처럼 환궁한 부왕 이성계의 마음을 기쁘게 하려고 갖가지로 신경을 썼다.

20일에는 한양 인소전(仁昭殿)에 안치되어 있던 강비의 진영(眞影)을 송도 광명사(廣明寺)로 옮기도록 했다. 물론 부왕 이성계가 조석으로 그리워하는 고인의 모습을 쉽게 접할 수 있도록 하자는 배려였다.

그 다음 날인 21일에는 방원이 거처하는 강안전(康安殿) 곁에 이성계의 별전으로 사용할 덕안전(德安殿)을 건립하도록 지시했다. 부왕을 조금이라도 더 가까이에서 모시자는 충정에서였다.

그 달 28일, 방원은 주식을 장만하고 덕수궁으로 이성계를 찾아갔다.

방원이 헌수(獻壽)의 잔을 바치자, 이성계는 그것을 받아들고 잠시 머뭇거리더니,

"이것 봐요, 주상."

애걸하는 것 같은 눈길을 보냈다.

"방간이 그놈의 병도 어지간히 회복됐을 때가 된 듯 싶은데?"

그러니 그를 개경으로 불러올려도 좋지 않겠느냐는 구기였다.

"신도 그렇게 마음먹고 있던 참입니다. 아버님 뜻대로 어김없이 거행할 터이오니, 과히 심려 마십시오."

방원은 지체않고 언명했다. 그제서야 이성계는 술잔을 기울여 한숨에 달게 마셨다.

6월 4일, 국왕 방원은 다음과 같은 전지를 정부에 내려 방간의 소환을 시달했다.

"경진년(庚辰年)에 있었던 일은 회안군의 본심이 아니라 박포(朴苞)에게 현혹되었을 따름이다. 이제 황제(皇帝)의 고인(誥印)까지 보내왔

으니, 군신(君臣)의 분별은 이미 정하여졌거늘 무엇을 꺼리겠는가."

방원은 즉위하는 즉시로 상국 명나라의 승인을 받기 위해서 판삼사사 우인렬(禹仁烈), 외흥삼군부사 이문화(李文和) 등을 사신으로 파견한 일이 있었다. 그러나 명나라측의 반응은 다분히 회의적이며 비판적이었다.

"조선권지국사(朝鮮權知國事) 이경(李曔 : 정종)이 풍질(風疾)을 얻어 시청(視聽)이 불편한고로 아우 방원으로 하여금 왕권을 대행하게 하였다 하거니와, 짐은 대단히 의심스럽게 여기는 바라. 경(曔)이 아우에게 양위하였음은 과연 성심(誠心)에서 나온 것인가. 부(父) 단(旦 : 이성계)이 소자(小子)를 총애하여 자리를 바꾸게 한 것은 아닐까. 아우 방원이 은밀히 불의(不義)를 행한 바는 없는가. 나라 안에 내란이라도 있었던 것이 아닌가."

하다가 윤 3월 15일 참판의흥삼군부사 이첨(李詹)을 통해서 방과의 사위(辭位)와 방원의 습직(襲職)을 윤허한다는 예부(禮部)의 자문(咨文)을 보내왔다. 그리고 5월 26일에는 명사(明使)가 고명(誥命)과 인장(印章)을 가지고 이미 압록강을 건넜다는 기별이 전하여졌던 것이다.

한편 방간의 소환 문제를 방원은 지극히 단순하게 생각하고 있었다.

부왕 이성계가 그토록 원하는 일이며 또 애걸까지 하는 심곡(心曲)에 감동하여, 자기 자신도 과거의 감정을 씻어버리고 그 같은 결단을 내렸던 것이다. 어디까지나 아버지와 형과 자기 세 사람의 테두리 안의 문제로만 간주하고 조치했던 것이다.

그러나 막상 소환령을 내리고 보니, 예상치도 않았던 반발의 바람이 휘몰아쳤다. 영삼사사 하륜, 좌정승 김사형, 우정승 이서(李舒) 등 20여명 대신들이 즉각 소를 올려 그 조치가 불가함을 역설했다. 대간에서도 일제히 들고 일어나 소환령을 철회하기를 청하였다.

방원은 당황했지만, 강경히 그 요청을 물리쳤다.

"방간의 죄 가볍지 않음은 여도 익히 아는 바라. 그러나 태상의 분부

어길 수 없으며, 여도 역시 항상 어질고 친근한 동기간의 우애를 원하여
왔은즉, 경 등이 계(啓)하는 바 비록 옳다 하더라도 따를 수 없느니라."

그러나 신료들의 반발은 수그러지지 않았다. 특히 6월 5일자로 올린
판의정부사 조준(趙浚)의 상소문은, 방간의 소환으로 왕자의 난의 비극
이 재발할는지도 모른다는 우려를 표명하고 있었다.

"금월 초4일, 도승지 박석명이 왕지(王旨)를 받들어 방간을 불러올
리려 한다고 들었습니다. 신 등이 알기로 방간은 병란(兵亂)을 일으켜
종사(宗社)에 죄를 얻었으니, 그 족속을 멸함이 율법상 마땅한 처분으
로 사료합니다. 하거늘 전하의 어지신 성덕으로 편안한 곳에서 거처케
되고 작록(爵祿)을 보유하고 있으니, 성은이 극진한 터입니다. 만약 다
시 소환하여 나라 한복판에 거처하게 한다면, 인심을 어지럽힐 뿐더러
가공할 변란이 재발하지 않을까 신 등은 우려하는 바입니다. 전하의 효
성과 우애, 위로는 태상의 마음을 위로하시고 아래로는 지친(至親)의
정을 온전히 하시고자 소환하시려는 성려, 그 효제지성(孝悌之誠) 가히
지당하시다 하겠습니다. 그러나 혹시 변란이 재발하여 다시금 악명(惡
名)을 듣게 된다면 전하의 성은은 오히려 혹독한 화를 초래케 할 것입
니다. 따라서 신 등은 엎드려 바라건대 전하께오서 대의(大義)로써 단
을 내리시어 소환령을 철회하시고, 방간을 전과 같은 곳에 안치하시어
여생을 보전토록 하시기 바랍니다."

정(情)과 의(義)를 다한 간곡한 문면이었다. 또 앞으로 있을 사태를
면밀주도하게 전망한 원려(遠慮)이기도 했다.

──내가 경솔했을까.

지나치게 정(情)에 좌우된 자기 자신을 방원은 반성해 보기도 했다.
그러나 이미 엎지른 물이었다.

이제 와서 소환령을 철회한다면 어찌될 것인가. 부왕 이성계의 분노
는 극에 달할 것이다. 아니, 그보다도 더 아프게 방원의 가슴을 쥐어뜯
는 것은, 창업주의 자존도 과거의 감정도 다 던져버리고 미운 아들 앞에

머리를 조아리던 부왕이 받을 타격과 비통이었다.

답답하다. 이럴때 한가닥 바람이라도 불어넣어 줄 창구는 하륜 뿐이었다. 그를 불러들였다.

"이런 사태에 대해서 호정 선생의 의견은 어떻소?"

간곡히 묻는 말에,

"의견이랄 것이 따로 있겠습니까."

하륜의 반응은 의외로 냉랭했다.

"신이 하고자 하는 말, 여러 사람이 올린 상소로 대변해 주었을 것으로 압니다."

"그렇다면 회안군 형님을 불러올리는 일을 중지하라 그 말이오?"

"그 이외에 또다른 어떤 방도가 있겠습니까."

"이봐요 호정 선생. 내 처지나 내 심정, 잘 알면서도 그렇게 잡아떼기만 하기요?"

방원은 매달릴 수밖에 없었다.

"아버님께선 나에게 머리까지 숙이시면서 간청하셨소. 그리고 나는 분부대로 거행하겠노라고 아버님께 확약을 드렸소. 이제 와서 소환령을 철회한다면 아버님의 진노, 어떠하시겠소."

그러나 하륜은 전에 없이 싸늘한 얼굴을 할뿐 말이 없었다.

"연전엔 몇몇 신료들의 처벌 문제만으로 그토록 노하시어, 외지로 떠나신 아버님이 아니시오? 죽다 살아난 친아드님을 가까이 두시자는 소청을 물리친다면, 더더구나 내가 분명히 언약한 그 일을 이제 와서 뒤엎는다면 큰 변이 일어날 거요. 아마 영영 나와 정부와 개경을 등지시고 떠나실 거요."

"신도 그만한 짐작 못하는 것은 아닙니다, 전하."

하륜이 겨우 입을 열었다.

"하오나 비록 그런 사태가 벌어진다손 치더라도, 회안군을 불러올려선 아니됩니다."

"무슨 소리를 하는 거요."

지나치게 비정적인 소리에 방원도 불끈하지 않을 수 없었다.

"이 나라의 국부, 사사롭게는 친아버님, 그 분을 유리 방랑케 하는 불효를 저질러도 무방하단 소리요."

"그렇습니다, 전하."

하륜은 잘라 말했다.

"대의를 위해서는 사사로운 정애(情愛)를 버려야 하는 것이 도리올시다. 더더구나 나라의 어른이신 전하께서 취하셔야 할 왕도올시다."

"부모에게 불효 막심한 자식이 되는 것이 임금의 도리라는 거요?"

"심히 황공하오나, 심한 말씀 한 마디 올리겠습니다."

두 눈을 똑바로 뜨고 하륜은 다시 말했다.

"태상대왕은 전하 한 분의 아버님이십니다만, 이 나라의 종묘사직은 모든 신료들과 백성들과 그들의 후손들의 운명을 좌우하는 막중한 것이 올시다. 그 종묘사직이 위기에 빠지게 된다면, 그것을 방지하기 위해서는 누구를 막론하고 사사로운 이해나 정의는 희생해야 하는 거올시다."

"오늘은 호정 선생, 어째 그리 지나친 말만 하오? 회안군을 불러올리면 당장 이 나라가 발끈 뒤집히기라도 할 것 같은 어투이구료."

방원은 어이없이 웃었지만, 하륜은 진지했다.

"그렇습니다. 자칫 잘못하다가 종사의 뿌리가 크게 흔들릴는지도 모를 일입니다. 거듭 사뢰옵니다마는 그 일을 잘못 처결하신다면, 전하의 대권 뿐만이 아니오라 우리 왕실, 우리 정부, 우리 강토, 우리 신민들의 운명이 뿌리째 뒤엎어질 우려가 없지 않을 것으로 사료됩니다."

하륜은 강조했고, 방원도 웃음을 거두었다.

"회안군의 소망, 태상마마를 가까이 모시자는 그 뜻, 외진 고장에 떨어져 지내는 적적함 때문만이라면 크게 개의할 바 못될는지 모릅니다. 하오나 신은 그렇게 단순하게 볼 수가 없습니다. 경진년(庚辰年)의 참패를 만회해 보려는 책략이 아닐까 하는 의심이 짙습니다."

"과연 그럴까? 아무리 남다른 야망을 품고 있던 형님이지만, 이젠 수족이 잘리고 날개가 꺾인 몸이나 다름이 없는 지경에 빠져 있으면서도, 그런 영통한 꿈을 버리지 못할까?"

방원은 회의하지 않을 수 없었다.

"한때 수족이 꺾인 것은 사실입니다만, 그러나 완전히 동강이 난 것은 아닙니다. 오히려 그 수족들이 은밀히 상처를 손질하고 녹녹치 않은 칼날을 갈고 있는 것으로 압니다."

하륜의 구기는 차차 심상치 않게 돌아가고 있었다.

"무슨 얘기라도 들었소, 호정 선생."

"신은 은밀히 사람을 놓아 회안군의 주변을 감시해 왔습니다."

"그래서?"

"근자 첩자가 보내온 정보에 의하면, 회안군의 배소에 수상한 무리들이 드나든다는 거올시다. 그 중에는 경진년 난동 때 가담했던 회안군의 수하도 섞여 있다는 것이오며, 그밖에 개국 이후 벼슬을 얻지 못해서 우리 정부를 원망하는 한량배들, 그 근처의 불량배들, 그리고 또 상왕의 측근에 감돌던 무리들, 그런 자들이 야밤중이면 찾아들어 뭔가 쑥덕거리고 있다는 보고올시다."

방원으로서는 처음 듣는 괴보(怪報)였다.

"그 뿐이 아닙니다. 회안군은 지금 안변부사(安邊府使)로 있는 조사의(趙思義)에게 자주 사람을 보내어, 뭔가 획책하고 있다는 기미가 엿보인다는 정보도 있습니다."

"조사의하구?"

범상히 흘러들을 얘기가 아니었다.

조사의는 죽은 강비와 가까운 인척이 되는 처지였다. 그런만큼 방원이나 방간에게 원심을 품고 있을 터인데, 방간이 그와 접촉을 꾀하고 있다면 심각한 문제가 아닐 수 없었다. 그리고 또 요 얼마 전까지 부왕 이성계가 거처하고 있던 바로 그 안변 지구의 병권을 장악하고 있는 실력

자이기도 하다.

"일전에 회안군이 안변으로 가고 싶다는 글월을 태상전하께 올렸다는 사실, 그 사실 역시 단순한 골육지정만으로 간주할 수는 없을 듯싶습니다."

듣고 보니 소리없이 꿈틀거리고 있는 검은 음모의 윤곽이 차차 잡히는 느낌이었다.

"그러한 회안군을 국도(國都) 한복판에 불러올려 보십시오. 이글거리는 화약덩이를 집안에 들여놓는 거나 다름이 없을 거올시다. 물론 회안군이 또다시 난동을 일으킨다고 해도, 그것을 진압할 만한 힘이 우리에게 없는 것은 아닙니다. 문제는 그 난동의 여파가 보다 더 큰 화근을 불러일으키지 않을까 그 점을 저어하는 거올시다."

하륜은 잠깐 말을 끊고 방원의 반응을 기다렸다.

보다 더 큰 화근이란 무엇을 의미하는 소리인지, 방원으로선 얼핏 파악이 되지 않았다.

"이왕 얘기가 나왔으니 탁 털어놓고 말해보구료, 호정 선생."

다그쳤다.

"말씀드리겠습니다."

하륜은 지체않고 다시 입을 열었다.

"그런 불상사가 발생할 경우, 명나라측에서 어떻게 나올까 그 점이 염려되는 거올시다. 일전에 고인(誥印)을 보내기에 앞서 공연한 트집을 잡던 명나라 조정이 아닙니까."

이경(李曔 : 정종)의 아우 방원이 은밀히 불의를 행한 것이 아닌가, 나라 안에 내란이라도 있었던 것이 아닌가, 그런 의혹을 표시하던 일을 두고 하는 말이었다.

"만일 회안군이 난동을 일으킨다면, 그것은 곧 명나라측이 트집잡으려는 함정에 고스란히 빠져드는 결과를 초래하게 될 것이 아니겠습니까. 신의 요량으로는 명나라 조정에선 이렇게 나올 거올시다."

하다가 또 하륜은 말꼬리를 흐렸다.

"계속하오, 호정 선생. 나와 호정 선생 사이에 못할 말이 무엇이겠소."

검은 불안을 한층 무겁게 느끼며, 방원은 초조했다.

하륜은 두 눈을 내리깔고 한동안 입 속으로만 응얼응얼하다가, 그 눈을 부릅뜨는 동시에 입도 열었다.

"너희들에겐 독립할 힘이 없으니 차라리 우리가 너희를 지배하겠다, 이렇게 나온다면 어찌하겠습니까."

엉뚱하게 비약하는 말같지만, 곰곰 따져보면 이유 없는 기우는 아니었다. 개국 이후의 갖가지 분쟁을 되새겨 본다면, 명나라측에 그렇듯 발목을 잡힐 근거는 얼마든지 있다.

창업주 이성계가 책립한 세자 방석을 살해했다, 그 대신 방과가 세자에 책립되어 대위를 이어받자 이번엔 방간이 난을 일으켰다. 또 그 방과가 등극한지 3년도 못되어 다시 방원에게 왕위를 돌려주었다. 그리고 또다시 내란이 일어난다면 이씨왕실엔 자주의 능력이 없다는 트집을 잡혀도 할 말이 없을 것이었다.

"차라리 연왕(燕王)이 전승(戰勝)을 거두어 중원(中原)을 평정하고 천자가 되었다면, 일이 이렇게 꾀지는 않을 것을."

방원은 아쉬운 한숨을 몰아쉬었다.

그보다 2년 전인 건문(建文) 원년, 그러니까 방과가 즉위한 이듬해 7월, 야망의 어금니를 갈고 있던 연왕은 마침내 칼날을 뽑아 들었다.

주원장의 뒤를 이어 등극한 혜제(惠帝)에 항거하여 연왕은 기병(起兵)했던 것이다. 그 군사행동을 정난(靖難)의 사(師)라 칭하면서, 중국 대륙을 내란의 피바람 속에 몰아넣었던 것이다. 그 후 그 내란은 만 2년 동안이나 계속되고 있지만, 일진일퇴, 사태는 아직도 유동적이다.

"전하의 말씀 지당하십니다. 일찍이 전하와 자별한 친교를 맺은 바 있는 연왕이 중원을 평정한다면 무슨 걱정이 있겠습니까. 하오나 지금

은 그와 같은 친교가 오히려 우리에겐 불리하게 작용하고 있는 거올시
다. 명천자측으로 본다면 연왕은 반란군의 수괴올시다. 어찌 전하를 곱
게 여기겠습니까."

하륜의 정세 분석엔 빈틈이 없었다.

방간을 불러 올리자는 데 대한 반대의 여론은 계속 비등했다.

그 달 6일, 대사헌 유관(柳觀) 등은 보다 강경하고 과격한 문면의 소
를 올린 것이다.

"방간은 종사(宗社)에 죄를 얻었사온즉 주륙(誅戮)함이 마땅한 법도
이오나, 전하의 우애지은(友愛之恩)으로 목이 붙어 있는 실정입니다.
지금 다시 불러서 경중(京中)에 둔다면 어찌되겠습니까. 비록 전일의
잘못을 징계하였다고는 하오나, 방간과 그의 당여(黨與)들의 불궤지심
(不軌之心)은 아직도 잊을 수가 없사온즉, 만약 불령(不逞)한 행동이
있을 경우 목숨조차 부지하지 못하게 될 거올시다. 그리고 방간이 지금
있는 익주(益州)는 완산(完山)과 인접한 지역입니다. 완산의 사마(士
馬)는 정강(精强)할 뿐더러 정부에 대한 반항심도 치열한 것으로 알고
있습니다. 하오니 이 기회에 방간을 외딴 해도(海島)로 옮겨 여생을 마
치도록 조처하심이 가한 줄로 압니다."

모처럼 방간의 혹을 떼어주자는데 혹 하나 더 붙여주어야 하겠다는
주장이었다. 그리고 그와 같은 여론은 날을 거듭할수록 경화되어만 갔
다. 국왕의 권능으로도 어쩔 도리가 없는 극한 상태로 치닫고 있었다.

──아버님께서는 얼마나 진노하고 계실까.

무엇보다도 방원은 그 점이 염려스럽고 괴로웠다.

극렬한 여론의 함성은 부왕 이성계도 이미 듣고 있을 것이었다.

──나는 아버님 앞에서 분명히 말씀드렸다. 어김없이 회안군 형님
을 불러올리겠노라고 다짐했다.

지금의 형세로는 그 약속을 이행할 가망이 없다. 아니 사태는 날로
악화하여 불리한 혹은 더덕더덕 붙기만 할 것이다.

——꾸중을 들어도 좋다. 차라리 속히 아버님을 뵙고 사과하자.

매를 맞을 바에는 일찌감치 맞는 것이 속이라도 편할 것이라는 시시한 계산알을 튀기자는 것이 아니었다. 사태가 더 악화했을 경우에 부왕이 겪을 아픔을 미리 덜어보자는 충정이었다.

방원은 덕수궁을 찾아갔다. 그리곤 부왕의 거실 뜰아래 꿇어 엎드렸다.

"소자 아버님께 불효막심한 죄를 지었사오니, 어떠한 질책이라도 달게 받겠습니다."

내관을 통해서 청죄(請罪)했다. 어떠한 불벼락이 떨어질 것인가 가슴을 죄고 있는데, 그 말을 전하여 거실로 들어갔던 내관이 잠시 후 나오더니 뜻밖에도 부드러운 반응을 보내왔다.

"안으로 듭시도록 하라는 태상마마의 분부올시다. 지존하신 주상전하께서 뜰에 엎디어 계시게 한다는 것은 무엄하기 그지없는 일일 뿐더러, 국가와 왕실의 체통에도 크게 관계되는 터인즉 즉각 모셔들이라는 하교올시다."

그리고는 내관 두 명이 부축하여 방원을 일으켰다.

알 수 없는 일이었다. 부왕은 과히 노하지는 않은 것일까, 아니면 태산이 진동하기 직전에 보이는 무시무시한 고요를 의미하는 것일까.

39. 沈默의 山

송구스런 마음에 떨며 부왕의 거실에 인도된 방원은, 역시 방 한구석에 꿇어엎드려 머리를 조아렸다.

할 말이 없었다. 당장에라도 작렬할 날벼락을 앉아서 기다릴 뿐이었다.

그러나 벼락은 떨어지지 않았다. 무거운 침묵만이 있었다. 조심스런 눈길을 들어 겨우 부왕을 우러러보았다.

이성계는 조용히 앉아 있었지만 그의 마음의 문은 닫혀져 있진 않았다. 두 눈을 잔잔히 뜨고 있었다. 안색도 별로 험한 것 같진 않다. 덤덤하기만 했다.

――혹시 언관들의 여론을 아직 듣지 못하신 게 아닐까.

그런 의심까지 들었다. 하지만 세상이 떠나가게 떠들어대는 그 소리가 들리지 않을 턱은 없다. 알 수 없는 일이었다.

침묵의 실랑이가 한참 동안 흘렀다. 결국 방원이 먼저 입을 열지 않을 수 없었다.

"소자 내관을 통해서도 말씀 드렸습니다만, 아버님께 죽을 죄를 졌습니다. 회안군 형님을 소환하는 일, 저 나름대로 애는 썼습니다만 대소 신료들이 극구 반대할 뿐더러, 앞으로 발생할는지도 모를 불상사를 생각하니 형님을 그대로 익주땅에 머무르게 할 수밖에 없겠습니다."

이성계는 역시 말이 없다가 한참만에 겨우 입을 열었다.

"그렇게 됐나?"

그 뿐이었다. 그 한마디가 처음이자 마지막 말이었다.

그날 뿐이 아니었다. 그 후에도 그 문제에 대해서는 쓰다 달다 일체 발설이 없었다.

그것이 방원에겐 호된 꾸중을 듣는 것보다도 오히려 괴롭고 불안했지만, 침묵의 태산은 미동도 하지 않았다. 불안한대로 그 일은 덮어두고 따로 신경을 써야 할 일이 곧이어 생겼다.

6월 12일 방원의 왕권을 정식으로 인정한다는 명 천자의 고명(誥命)과 금인(金印)을 전달하기 위한 사절이 도착한 것이다.

사신은 명나라 통정시승(通政侍丞) 장근(章謹)과 문연각대소(文淵閣待詔) 단목례(端木禮) 양 인이었다.

따라서 그들이 돌아가서 보고하는 내용 여하가 방원의 왕권에 지대한 영향을 끼칠 것은 말할 나위도 없다. 그들에게 트집을 잡히지 않도록, 그들의 기분을 상하지 않도록 세심한 신경을 쓰지 않을 수 없었다.

상국의 사신이 오면 숙소로 상용케 하는 태평관(太平館)에 갖가지 유흥시설을 마련케 하는 한편, 국왕 방원은 사모(紗帽) 단령(團領) 차림에 거창한 의장대(儀仗隊)와 군악대를 앞세우고 공복(公服)을 갖추어 입은 백관들을 거느리고, 개경 서쪽 선의문(宣義門) 밖까지 마중을 나갔다.

사신 일행을 영접하여 궁중 무일전(無逸殿)으로 인도한 후, 상국의 천자가 소국(小國)의 국왕의 즉위를 승인하는 동시에 몇마디 훈시를 곁들인 고명을 들었다.

그 내용은 예상했던 것보다도 훨씬 무난하고 평범한 것이어서 우선 마음이 놓였지만, 그런만큼 더욱 신경이 쓰이는 것은 사신의 동태와 기분이었다. 특히 조선측으로선 은근히 뒤가 켕기는 비밀이 있었다.

무일전에서의 공식적인 의식을 마치자, 방원은 면복(冕服)으로 갈아입고 사신 일행을 숙소 태평관으로 안내했다.

여기서도 한 차례 의식을 치른 다음, 질탕한 잔치가 벌어졌다.

흥겨운 음악 소리와 함께 수백명 여기(女妓)들이 눈이 부신 각색 의상을 흩날리며 들어섰다. 고려때부터 국가의 큰 잔치가 있을 적이면 으레 있어온 여악(女樂)에 소질이 있는 자를 추려서 여기(女妓)를 삼고, 그들에게 노래며 춤이며 기악 연주를 교수하여 일종의 연예단을 조직하였는데, 그것을 여악(女樂)이라고 불렀다. 특히 우리 고유의 향악(鄕樂)을 연주하는 민속적인 악단이었다.

조선왕조에 들어와서도 개국 직후인 태조 원년 7월, 국가적인 연예기관으로 아악서(雅樂署)와 전악서(典樂署) 두 기관을 창설하였는데, 여악은 전악서에 소속되었다.

왕실의 연회에 출연하는 인원도 어마어마했던 것 같다. 송나라 서긍(徐兢)이 지은 고려 국정의 견문록인 고려도경(高麗圖經)에 다음과 같은 대목이 보인다.

"여기(女妓)는 하악(下樂)이라 일컬으며 3등으로 구별된다. 대악(大樂)에는 260명이 동원되는데, 그것은 국왕이 상용(常用)하는 바라……."

그러니 이 날 출연할 여악도 그만한 인원의 큰 규모였을 것이다.

"가시리 가시리잇고 나는 버리고 가시리잇고……."

휘황한 춤과 함께 노랫소리가 울려퍼지자, 사신 장근(章謹)이 상을 찡그렸다.

"전하, 여악은 물러가게 하는 것이 좋을 듯싶습니다."

뜻밖의 소리였다. 지난 2월 6일 역시 명나라 사절로 육룡(陸龍), 임사영(林士英) 두 사람이 왔었는데, 그 때도 여악을 연주하였더니, 그들 두 사신은 입을 딱 벌리고 황홀해 하여 마지 않았던 것이다.

특히 육룡은 위생(委生)이라는 여기에게 홀딱 반해서 그 달 30일 귀환할 때까지 근 한 달 동안이나 그 여기를 끼고 놓지 않았으며, 떠날 때에는 무슨 수를 써서라도 다시 사신이 되어 올테니 기다려 달라는 언약까지 하더라는 소문이 자자했던 것이다.

그런데 이번에 온 사신은 어떠한 벽창호이기에, 여악을 연주하는 것 조차 마다는 것일까.

방원은 당혹했다.

실상 육룡의 경우, 여악과 여색(女色) 공세는 크게 주효한 바 있었다. 방원이 백관을 거느리고 영빈관(迎賓館)에서 전별할 때, 그는 넌지시 이런 귀띔까지 속삭여 주었던 것이다.

"대왕이 진심으로 상국을 섬기는 뜻 어김없이 황상(皇上)께 주달하 여 반드시 고명이 내리도록 하겠습니다."

그리고 지금 이렇게 고명과 금인이 보내진 것도, 말하자면 여악을 통 한 미인계(美人計)가 주효했을 것이라고 간주할 수도 있다. 그런데 이 벽창호는 처음부터 그것을 거절하는 딱딱한 태도로 나온다. 뭔가 불길 한 예감 같은 것이 검게 피어올랐다.

그렇다고 멍청히 저편 요구대로만 굽힐 수는 없었다.

"천사(天使 : 상국의 사신을 칭하는 말)의 말씀 그러하시오만, 이것은 우리 향토의 풍습이니 양해해 주시오."

방원은 버티어 보았다. 그렇게까지 나오니, 두 사신은 어쩔 수 없었던 것일까.

"전하의 말씀 그러하시다면, 잠시 동안만 구경하도록 하지요."

겨우 숙어지는 것이었지만, 끝끝내 여악을 즐기는 기색은 보이지 않 았다.

그 이튿날도 방원은 다시 태평관을 찾아가서 두 사신을 위한 위로연 을 베풀었다. 그러나 이번엔 처음부터 완강히 여악을 거절하고, 당악(唐 樂)만 듣겠다는 고집을 꺾지 않았다. 그들을 회유하려는 여색 공세는 완전히 실패한 셈이었다. 남은 길은 금품 공세뿐이었다.

태평관에서 돌아온 방원은 즉시 근신을 시켜서 약간의 물품을 보내보 았다. 마필(馬匹)과 거기 따르는 안장, 의복, 신, 모자, 그리고 세포(細 布) 등 당장에 필요한 일상용품들이었다. 뇌물이랄 수도 없는 미미한 물건들이었다.

그들 두 사신이 하도 딱딱하게 나오므로, 그들의 반응을 보고 정식으로 공세를 취할 심산이었다. 그러나 그들은 그런 사소한 물건조차 받지 않았다.

다시 판사농시사(判司農侍事) 설미수(偰眉壽)를 파견하여 좋은 말로 달래보도록 지시했다. 그는 원나라 고창(高昌) 출신의 귀화인이었다. 따라서 중국 말에도 능통했고 또 동족끼리 흉금을 털어놓고 얘기한다면 말발이 먹혀들지 않을까 하는 계산에서였다. 그러나 설미수가 입이 쓰도록 설득을 하자, 두 사신은 오히려 성을 내더라는 것이었다.

"국왕은 우리를 어떻게 보고 있는 거요?"

장근이 핏대를 올렸다.

"이것이 우리를 군자(君子)로서 대하는 태도요?"

단목례는 쏘아대더라는 것이다.

두 사신을 회유하려는 공작은 국왕 방원측에서만 편 것이 아니었다.

풍양(豊壤)땅 김인귀의 시골집 밀실에선, 강현과 그 집 주인 두 사람이 이마를 마주대고 밀담을 하고 있었다.

"그러니까 명나라 사신에게 계집을 바치고, 그 비밀을 밀고하라 그 말씀이시오, 김 대감?"

말하면서 강현은 고개를 꼬았다.

"회안군을 불러올리려는 계책도 실패로 돌아갔으니, 그런 수라도 써야 할 것이 아니겠소?"

그 동안 집안에만 파묻혀 있었던 때문인지, 창백하게 바랜 얼굴에 김인귀는 잔뜩 독기를 피우고 있었다.

"그 기밀이 사신의 입을 통해서 명천자의 귀에만 들어간다면, 제아무리 고명을 받았다손 치더라도 방원의 자리, 무사하지는 못할 게요."

"그야 명천자의 친위군을 지휘하던 성용(成庸)이 모처럼 연왕군을 협하(夾河)에서 격파했다가 곧이어 역전패를 당한 중요한 이유가 방원이 바친 군마(軍馬) 때문이었다고 하는 그 기밀을 알게 되면, 명천자는 즉각 고인을 거두어갈 뿐만 아니라 혹독한 보복을 가할 것이오만, 그러나 미인도 마다한 골샌님들이 계집을 바친다고 받아줄까요?"

강현이 근심하는 것을 김인귀는 일소에 붙였다.

"점잖을 빼는 개가 부뚜막에 먼저 기어 오른다는 속담도 있지 않소?"

금품 공세 역시 실패로 돌아간 그 이튿날(6월14일), 국왕 방원은 몸소 태평관을 찾아갔다. 사신이 내도(來到)한 후 연 사흘 동안이나 계속 그들과 접촉을 하고 직접 그들을 접대하게 되는 셈이다.

일국의 국왕으로서 한낱 외국 사절에게 그토록 절절 매야 하는 처지가 아니꼽기는 하다. 약소국의 국왕이라는 처지가 못내 서글프기도 하다. 그러나 아무리 불쾌하더라도, 굴욕을 느끼더라도, 그들 사신의 환심을 사야만 한다. 그것이 냉엄하고 어쩔 수 없는 국가적 현실이었다.

그날 역시 푸짐한 잔치를 차려 주었지만, 벽창호 같은 두 사신은 술잔도 별로 들지 않고 점잖만 빼다가 문득 엉뚱한 소리를 꺼냈다.

"국왕 전하께서 문예(文藝)에 조예가 깊으시다는 아름다운 소식, 저희들은 익히 듣고 있었습니다. 황공한 말씀입니다만 저희 두 사람에게 어제(御製) 한 편씩을 베풀어 주신다면 그보다 더한 영광은 없겠습니다."

두 사신이 처음으로 제시한 요구였다.

한데 그 같은 요청을 하는 저의가 문제였다.

——이 자들이 나를 시험하자는 걸까. 변방의 국왕, 글을 했으면 어느 정도나 되나 저울질해 보자는 수작일까.

자격(自激)의 불쾌감을 씹으며 두 사신의 표정을 살펴보았다. 그러나 그들의 안색엔 사람을 다루어 보려는 것 같은 오만한 기색은 없었다. 진심으로 죄송스럽다는 듯이 두 손을 마주 모으고 머리를 조아리고 있었다. 그야 그들이 설혹 자기를 시험하려는 심산에서 그런 말을 꺼냈다손 치더라도 거절할 형편은 못되었다.

"내 비록 불민하오만 어찌 감히 천사(天使)의 청을 물리칠 수 있겠소."

그저 용납할 수밖에 없었다.

잔치가 파하여 환궁한 방원은 즉시 장근과 단목례 두 사신에게, 각각 장귀사운(章句四韻) 한 편씩을 지어 보냈다.

"황제의 권고(眷顧)하심이 우리 집에 베풀어지니, 정성을 다하여 받들어 모실 따름이라."

이런 귀절로 시작된 장근에게 준 시는 평범하고 의례적인 것이 될 수밖에 없었다.

일찍이 국호를 변경하였을 때 승인해 준 명천자의 은혜와 이번에 고인(誥印)을 보내온 후의를 치하한 다음, 사신을 맞아서 반갑다는 뜻을 격조 높고 세련된 시구로 엮은 것이었다.

"황제의 덕망이 두터우사 태평성세를 이루었으며, 사신이 이렇듯 동방의 소국을 찾아주니 감격하여 마지않는다."

이런 뜻의 시는 단목례에게 준 것이었다.

그 두 편의 시를 받아든 두 사신은 놀라워하고 기뻐하며, 몇 번이나 거듭 읊조리더라고 그 날짜 실록은 전하고 있다.

"이건 우리끼리만의 얘기요만, 이 나라 국왕의 문예, 대국입네 중화(中華)입네 거드럭거리는 우리 황실 누구도 따르지는 못할 것 같소이다 그려."

장근이 한숨을 쉬고 있는데, ㄷ당 관원이 달려와 전갈한다.

"천사님네들을 뵙겠노라고 찾아온 사람이 있습니다."

찾아온 사람은 내시 차림을 한 두 명이었다. 어디서 왔느냐고 담당 관원이 묻자,

"우리는 태상전의 내관이올시다."

"태상전하께오서 천사께 궁온(宮醞)을 바치랍시는 분부가 계시어 이

렇듯 가지고 왔습니다."

하면서 각각 손에 들고 있던 주합(酒盒)을 제시하는 것이었지만, 그들의 음성은 남성을 거세(去勢)한 내시의 목소리치고도 사뭇 가냘프게 들렸다.

담당 관원이 두 사신에게 그 말을 전달했다.

"이 나라의 창업주가 보내준 주식까지 거절할 수는 없지 않겠소."

"우리가 그러지 않아도 다소 **빡빡하게** 굴지 않았나 싶기도 하니, 기꺼이 받도록 합시다."

이런 말을 주고 받고는 두 내시를 거실로 불러들였다.

"천사들께선 여인을 멀리 하신다 하기에, 멋대가리 없는 저희가 대행하는 거올시다."

한 내시가 묘하게 색정이 도는 추파를 던지며 노닥거렸다.

"태상마마께서 친히 권하시는 잔으로 여기시고 받아줍시사 하는 분부올시다."

또 한 내시 역시 아양이 자르르 흐르는 콧소리로 맞장구를 쳤다.

"그야 받다 뿐이겠는가."

장근이 자리에서 일어나 자세를 바로잡고 덕수궁이 있는 방향을 향하여 공근히 머리를 숙였다. 단목례도 그렇게 했다.

두 내시가 각각 주합을 열었다. 오늘날의 고리짝 비슷하게 생긴 주합 반쪽 칸에는 큼직한 술병을 넣었고, 다른 반쪽에는 총총한 칸막이 속에 각색 안주를 차린 그릇이 얹어 있었다. 먼 곳에 음식을 나르기에는 아주 편리한 장치였다.

"조선국은 예로부터 분명한 나라라는 얘기는 들었소만, 이토록 매사에 깔끔한 줄은 몰랐소이다그려."

단목례가 흐뭇한 눈으로 장근을 돌아보았다. 장근 역시 혀를 차며 고개를 끄덕였다.

"천사의 귀하신 몸에 만일의 변이라도 있어서는 아니될 것이오니, 저

회가 먼저 시음하고 시식하겠습니다."

두 내시는 소매 속에 따로 넣어온 그릇에 술을 따라 마시고 안주를
덜어 먹었다.

"다른 분도 아니신 태상전하께서 주시는 음식, 그렇게까지 할 필요는
없을 터인데."

두 사신은 사뭇 송구스러워했다.

시음, 시식이 끝난 다음, 두 내시는 연거푸 술잔을 바쳤다. 장근과 단
목례는 입맛까지 다셔가며 달게 마시고 먹었다.

그들의 술이 어지간히 거나해지는 기색이 보이자, 두 내시는 서로 은
밀한 눈길을 주고 받았다. 그리고는,

"오늘 따라 왜 이렇게 날씨가 더울까."

"정말이야. 끓는 물 속에 잠겨 있는 것만 같아."

토달거리면서 옷소매로 연방 이마에서 흐르는 땀을 닦는다. 8월 삼복
중이었다. 간편한 홑옷을 입어도 더위를 견디기 어려운 날씨인데, 두 내
시는 어쩐 일인지 몇겹이나 겹쳐 입고 있는 것처럼 보였다.

"과연 어지간히 무더운 날씨로구먼."

장근 역시 더위를 견디기 어려웠던지, 그 때까지 점잖게 차려입고 있
던 웃옷을 벗어던졌다. 여러 잔을 들이킨 술기운도 작용했을 것이다.

"그러면 나도 실례를 할까요?"

단목례 역시 훌훌 벗어젖혔다. 한편 두 내시는 계속 땀을 닦으며 허
덕거렸다.

"이토록 더운 날씨에 그대들은 어쩌자고 그렇게 여러 겹 옷을 입었는
고?"

민망한 얼굴로 단목례가 물었다.

"귀하신 천사님네들을 모시는데 어찌 의관을 소홀히 할 수 있겠습니
까."

"천사님네들만 편하시다면 저희들의 괴로움이 문제이겠습니까."

입으로는 아양을 떨면서도 두 내시는 견디기 어렵다는 눈치를 노골적
으로 피웠다. 그것이 도리어 미안스러워하는 감정을 부채질한 것일까.

"거 참 기특한 말이다만 우리가 사람이라면 그대들 역시 사람이거늘,
어찌 우리만 편하고 그대들은 괴롭게 둘 수 있겠는가."

"더더구나 이 자리는 허물없는 술자리니, 과히 사양말고 한 겹이라도
벗도록 하라."

장근과 단목례가 너그럽게 나오자, 두 내시는 방바닥에 이마를 조아
렸다.

"황공하신 말씀 감격하여 마지않습니다만, 천사님네들께 어찌 비례
를 범할 수 있겠습니까."

"만일 태상전하께오서 아시게 된다면, 지엄한 질책이 계실 거올시
다."

사양하면 할수록 두 사신은 더욱 측은한 마음이 드는 모양이었다.

"우리들만 있는 자리에서 있었던 일을 어찌 태상께서 아시겠는가."

"설혹 아시게 되어 그대들이 꾸중을 듣게 되더라도, 우리가 잘 말씀
드리겠으니 염려 말고 어서 벗으라."

두 내시는 서로 마주보았다. 그 눈에서 야릇한 빛이 번득였다.

"천사님네들의 말씀, 그토록 간곡하신데 끝끝내 사양하는 것도 도리
가 아니겠지?"

"그렇구 말구. 우리가 나중에 어떤 꾸중을 듣는 한이 있더라도 천사
님네 분부를 거역할 수는 없지."

기껏 생색을 내고는 한 내시가 머리에 쓴 것을 벗었다. 그것을 본 두
사신의 눈이 휘둥그래진다. 그 속에서 나타난 것은 기름내가 물씬하게
풍기는 여인의 머리채였다. 또 한 내시도 머리에 쓴 것을 벗어던졌다.
역시 여자였다.

"아니 너희들은."

경악하며 묻는 말엔 대꾸도 하지 않고, 내시로 가장했던 그들은 웃옷

도 벗어 던졌다.

눈이 부신 당저고리에 수란치마 차림이 노출되었다.

"깜찍한 계집들."

"우리가 감쪽같이 속았구나."

두 사신은 입술을 떨었다.

"왜들 그리 역정을 내시어요."

"멋대가리 없는 내시 차림보다도 이런 모양이 오히려 술자리를 흥겹게 하기에는 십상일 터인데요."

말씨까지 완연한 여자의 것으로 바꾸면서, 두 여인은 앙큼하게 재잘거렸다.

"무슨 흉계냐?"

"어느 누가 시켰느냐."

"태상이냐?"

"아니면 국왕이냐."

두 사신은 발을 구르며 힐문했다.

"어느 누가 시켜서 한 일이 아니어요."

"우리가 천사님네들을 꼭 가까이 모셔야 할 일이 있어서 그런 것이어요."

두 여인의 답변은 당돌했다.

"저희들이 올리는 말, 끝까지 들어보시어요."

"그런 다음에 벌을 내리시든 상을 주시든 뜻대로 하시어요."

빠빤스런 배짱까지 튀기며 두 여인은, 두 사신과 무릎이 마주 닿을만큼 가까이 다가앉아 있었다. 오히려 비실비실 물러앉은 것은 두 사신이었다.

"저희는 끔찍한 비밀을 알고 있어요."

"아마 천사님네들께서 들으신다면, 깜짝 놀라실 일이어요."

그리고 또 바싹 다가앉는다. 두 사신은 벽에 등을 붙인 채 더 물러앉지도 피하지도 못하고 눈만 멀뚱거렸다.

"전번에 협하(夾河) 싸움에서 천자(天子)님의 군대가 연왕의 군대에 패한 까닭을 천사님네들은 모르시겠지요?"

"모두 다 조선나라 상감이 꾸민 흉계이어요."

그것은 바로 김인귀가 강현과 속삭이던 밀담의 내용에 통하는 말이었지만, 두 사신에겐 기막힌 정보가 아닐 수 없었다.

"무슨 가당치도 않은 헛소리를 지껄이는 거냐?"

꾸짖으면서도 다음 말을 기다리는 눈치였다.

"천자님의 군대가 패전한 까닭은 조선에서 바친 군마가 형편없는 조랑말이었던 때문이어요. 상국에 바치려고 민간에서 거둬들인 말들은 모두 날랜 준마들이었지만, 상감의 지시를 받은 담당 관원이 못쓸 말과 슬쩍 바꾸어서 천자께 보낸 것이어요."

"모두 다 연왕군을 도우려는 심산이었죠. 천자님의 군대가 맥을 못쓰게 하려는 음모였던 것이어요. 조선국의 상감은 전부터 연왕과 내통한 사이니까요."

들을수록 엄청난 밀고였지만, 그것은 사실이었다.

지난 2월 30일, 명나라 조정의 요청으로 진헌마(進獻馬) 5백필을 통사(通事 : 통역관) 매원저(梅原渚)를 시켜서 요동으로 운반토록 한 일이 있었다.

그때 그 마필의 관리 책임자인 관마색제조(官馬色提調)엔 국왕 방원의 심복인 관삼군부사 조영무, 총제 유용생(柳龍生)이 임명되었었다.

주로 전라, 경상 지방에서 거둔 마필이었는데, 점검해보니 희한한 양마들이었다. 그런 준마들을 명나라 조정에 바친다는 것은 고려해야 할 문제라고 조영무가 진언했다. 천자측의 군사력을 돕고 연왕측에 불리한 결과를 초래할 것이라는 뜻에서였다.

그렇다면 잘 생각해서 처리하라고 국왕 방원은 지시했고, 조영무와 유용생은 허우대만 번지르르한 노마(駑馬)와 바꿔친 것이었다.

이런 일이 또 있었다. 사윤(司尹) 벼슬을 지내는 공부(孔俯)라는 관원이 역시 명나라 조정으로 보내는 진헌마를 의주(義州)에서 점검하게 되었을 때, 쓸만한 마필은 모두 빼돌리고 못쓸 말로 바꾸어 보냈다.

명나라 사신을 맞이한 방원이 절절 매는 이유도, 그런 비밀스런 약점을 가지고 있었기 때문이었다.

"어떠시어요, 천사님네들."

"끔찍한 얘기지요?"

깐죽거리면서 두 여인은 두 사신의 무릎에 각자 매달려 흔들어댔다.

"도대체 너희들은 누구냐."

장근이 겨우 자세를 바로잡으며 물었다.

"정체부터 밝혀라."

"그게 뭐 그리 긴한 문젠가요?"

"저희가 제보한 기밀의 내용이 중요한 거죠, 뭐."

앙큼하게 사리려는 꼬리를,

"닥쳐라."

호되게 잡아챘다.

"너희들의 정체를 파악해야 너희가 쑥닥거린 기밀이라는 것의 신빙성도 가름할 수 있을게 아니냐 말이다."

두 여인은 잠깐 귀엣말을 주고 받다가,

"말씀드리겠어요."

"저희는 대전의 궁인이올시다."

자못 고분고분 털어놓는다.

"국왕을 모시는 궁녀라? 누구를 또 기만하겠다는 수작이냐?"

자리를 차고 일어서며 단목례가 호통을 쳤다.

"국왕을 가까이 모시는 궁녀가 어찌 국왕에게 불리한 비밀을, 더더구나 우리 명나라 사절에게 누설한단 말이냐. 허무맹랑한 허보(虛報)를 날조해서 우리를 속이고 상이라도 타 먹자는 잔꾀를 부리는 거지? 그렇지?"

단목례는 발을 굴렸고, 장근은 엄한 눈으로 두 여인을 쏘아보았다.

"까닭이 있습니다."

여인들도 아양을 거두고 바로 앉았다.

"저희는 원래 태상마마를 가까이 모시던 시녀였습니다."

"천사님네들께서도 짐작하고 계실는지 모릅니다만, 지금의 상감이 정안군이라고 불리던 왕자 시절, 태상마마께서 책립하신 동궁마마를 끔찍하게도 시해하였습니다. 동궁마마와는 이복 형제가 되는 사이올시다. 태상마마께서 대위를 정종(定宗)이신 상왕께 물려주신 것도, 그런 대역 무도한 난동에 진노하신 때문이었습니다."

"어디 그 뿐이겠습니까. 그 후 정안군은 다시 내란을 일으켜서 친형님인 회안군을 기습하고 외진 촌락으로 추방하였을 뿐더러, 그 여세를 빌어 그 당시의 상감이었던 상왕을 강박하여 세자 자리에 올라 앉았던 거올시다."

"야망의 아귀 같은 정안군은 그것만으로도 부족했던지, 끝내는 상왕 역시 몰아내고 마침내는 보위를 찬탈했던 거올시다."

그 동안에 있었던 골육상잔의 참극을, 되도록 방원에게 불리한 각도로 폭로하고는 말을 이었다.

"태상마마의 비통하심은 이만저만이 아니었습니다. 한때는 개경을 떠나 산야를 유리방랑하시다가 근자에서야 환궁하셨습니다만, 정안군을 미워하시는 뜻은 날로 사모치게 맺히실 뿐입니다. 기회만 도래하면 정안군을 몰아내고 대권을 회수하시겠노라고 벼르고 계십니다."

"그래서 저희 두 사람을 국왕 측근에 들여보내시어 국왕의 온갖 기밀을 탐지하도록 지시하시었던 거올시다. 진헌마를 바꿔쳐서 상국 조정군이 큰 낭패를 보도록 한 엉큼한 흉계 역시 그런 경위로 염탐할 수 있었습니다."

두 괴녀(怪女)가 날름거리는 독한 혀끝을 착잡한 눈길로 응시하다가

장근이 몸을 일으켜 단목례와 귀엣말을 주고 받았다. 그리고는 별실로
자리를 떴다.

"무슨 꿍꿍이 속셈을 튕기고 있는 거지?"

"글쎄 말야. 생각했던 것보다는 무척 깐깐한 놈팽이들이야."

두 사신이 물러간 별실 쪽을 훔쳐보면서, 두 괴녀(怪女)는 약간 불안
스런 기색을 피웠다.

한참 후 두 사신이 나타났다. 여인들은 숨을 죽이고 그들을 지켜보았
다.

"수고들 했다."

아까와는 다르게 부드러워진 구기로 장근이 치하했다.

"우리 두 사람이 숙의한 결과, 너희들에게 상을 주기로 결정을 했
다."

"어머나!"

"역시 대국의 천사님네들은 다르시다니까."

두 괴녀가 호들갑을 떨었다.

"그리고 말이다."

야릇한 웃음을 피우며 단목례가 꼬리를 달았다.

"너희들에게 줄 상품까지 저 방에 이미 마련해 두었으니, 우리 자리
를 옮기자꾸나."

"어쩌면 좋아."

"천사님네들께서 불호령이라도 내리시지 않을까 애간장이 바싹 오그
라들던 판이어요."

신바람에 들뜬 두 밀고자를 끈적한 곁눈질로 돌아보면서, 단목례가
뭐라고 중국말로 중얼거렸다.

"아유 부끄러워, 누구를 놀리시나봐."

중국말을 해독하는 귀도 가지고 있는 것일까, 여인들은 간살을 떨었
다.

"우리가 천하일색이라면 이 세상엔 박색이라는 것이 동이 나게요?"

그러면서 두 사신의 옆구리에 각각 어깨를 비벼댔다.

"좋아, 좋아."

점잖만 빼던 두 사신이었지만, 이젠 사뭇 흐물거리면서 여인들의 잔허리를 얼싸안았다. 그리고는 별실로 끌어들였다.

"만리 타향에서 만고의 단심(丹心)을 보았으니, 가인의 타는 마음 무엇으로 위무할꼬."

장근이 노래도 아닌 소리를 가락까지 붙여가며 흥얼거리자,

"황금을 안기리까, 능라(綾羅)로 감싸리까."

단목례도 마주 흥얼 화답하는 시늉을 하다가,

"아서라. 일편단심엔 타는 손이 정이로다."

능글능글 속살 깊이 더듬어 들어갔다.

"애그그, 나 죽는다."

한 괴녀가 간드러지게 엄살을 떨었고,

"나두 죽어, 죽어."

다른 괴녀도 호들갑을 떨면서 몸을 꼬았다.

외뭉스런 이방의 사나이의 손길은 대담하고 능란했다. 여자의 허리끈을 넌지시 풀더니, 한 발로 수란치마자락을 지그시 밟아 밀었다.

두 사람이 약속이나 한듯이 똑같이 그렇게 했다. 수란치마가 어이없게 흘러내렸다.

"난 몰라."

"나두 몰라."

두 여자가 도발적인 앙탈을 떨자 다음 순간, 두 사신이 취한 행동은 해괴했다. 흘러내린 치마폭을 여자들의 얼굴에 덮어씌운 것이다. 그리고는 두 손을 뒤로 비틀어 그 허리끈으로 단단히 결박을 지은 것이다.

두 사신의 예기치 않은 행동에 여자들은 경악했고 발악을 했지만, 상관 않고 밖으로 나와 방문을 닫아 걸었다.

그러나 단목례는 꺼림칙한 그늘을 피우고 있었다.

"장공의 말씀도 계시고 해서 그 여자들을 결박은 했소이다마는, 아무래도 마음이 놓이지 않는구먼요. 저 여자들에겐 벌을 줄 것이 아니라 차라리 상을 주는 것이 우리의 처지이며 도리가 아니겠소."

"난들 어찌 그 점을 모르겠소. 준마를 노마로 바꿔쳐서 우리 조정에 보내고, 그렇게 함으로써 관군의 작전에 차질을 초래케 하여 간접적으로는 연왕군에 유리하도록 능간을 부린 조선국왕의 처사를 어찌 쾌씸하게 여기지 않겠소. 그리고 그와 같은 기밀을 우리에게 제보한 그 여자들의 밀고, 우리로선 가상히 여길 수도 있소."

장근은 침통하게 곱씹었다.

"그렇다면 그 여자들의 입을 틀어막고 감금하자고 역설하신 까닭, 아직도 그 점이 미심쩍소이다그려."

고개를 꼬는 단목례에게,

"곰곰 따져보니 그 여자들은 역시 조선국왕에게 넘겨주는 편이 유리할 것이라고 판단한 때문이오."

장근은 엉뚱한 소리를 던졌다.

"유리할 것이라구요?"

단목례의 눈꼬리가 노기를 띠며 위로 째졌다.

"내 장공과 오랜 교분을 맺어온 터이며 장공 보기를 당대에 드문 충의지사로 여겨 왔소이다만, 아마 내 눈알이 뒤집혔던 모양이오이다그려."

독기어린 소리까지 내뱉었다.

"우리 관군이 패하고 연왕군이 득승한다, 연왕이 장차 제위를 찬탈하고 조정의 신료들을 박해하게 된다, 그런 사태를 미리 계산하고 연왕과 친분이 두터운 조선국왕에게 꼬리를 치고 환심을 사둔다면, 그야 만일의 경우 장공은 목숨을 부지할 수도 있겠소이다그려. 치사하고 욕된 목숨이오이다그려."

"이봐요, 단공."

장근이 슬픈 얼굴을 하고 단목례의 손목을 잡는 것을, 그는 야멸차게 뿌리쳤다.

"내 말을 들어보라니까, 단공."

"내 귀청은 더러운 배역자의 간교한 감언이설을 듣기 위해서 뚫려 있는 건 아니오."

"답답한 군이로고."

장근은 괴롭게 웃었다.

"내 말을 듣기도 전에 어째서 그것이 치사한 교언(巧言)이라고 속단하는 거요. 조선국왕의 환심을 사려는 의도, 그 목적은 단공이 지레 짐작하는 것처럼 치사한 보신책을 강구하자는 데 있는 것은 아닌거요. 우리 조정을 위하는 나대로의 고충이외다."

그 얼굴을 곁눈질로 흘겨보며, 단목례는 입을 다물어 버렸다.

"지금 만일 조선국왕을 꼼짝 못할 궁지로 몰아놓는다면 어떠한 사태가 야기되겠소. 궁하면 생쥐도 고양이에게 덤벼든다는 속담이 있소만, 보아하니 조선국왕 그 사람, 생쥐는커녕 여차하면 사나운 범이 될 수도 있고 사자가 될 수도 있는 기상과 기백이 엿보입디다. 그렇지 않소, 단공?"

장근은 잠깐 말을 끊고 단목례의 반응을 기다렸지만, 그는 여전히 입을 떼지 않았다.

"그 여자들이 밀고한 기밀을 곧이곧대로 조정에 보고한다고 합시다. 물론 그것이 우리 두 사람의 임무의 하나일는지는 모르오만, 과연 그렇게 하는 것이 황상과 조정을 위해서 잘하는 처사일는지 나는 적이 의심스러운 거요."

일방적인 장근의 해명은 계속되었다.

"그런 보고를 받게 된다면 황상과 조신(朝臣)들은 격분할 것이며, 조선국왕에 대해서 강경한 응징책을 취하게 될 거요. 책망도 할 것이고 위협도 해보겠소만, 그렇다고 그 정도로 조선국왕을 굴복시킬 수 있다면 더 바랄나위 없겠지요. 그러나 조선국왕 그 사람, 결코 굴하지는 않을 거요. 그렇게 녹녹한 인간으로 깔보았다간 큰 낭패를 면치 못할 것이외다."

장근은 무거운 한숨을 쉬었다.

"한 나라가 다른 나라를 억압하고 제어하자면 무엇보다도 그럴만한 실력이 있어야 하지 않겠소? 대국이니 상국이니 하는 속빈 위세만으로는 실효를 거두지 못하는 거요."

장근의 논리는 냉철하고 치밀했다.

"지금 우리 조정이 처해 있는 형세를 냉엄하게 따져 봅시다. 연왕군만을 상대로 하고도 삼년이 되도록 그 자들의 난동을 진압시키지 못하는 형편이 아니오. 날로 강성하여가는 연왕군의 군사력에 오히려 눌리고 있는 실정이 아니오. 이런 판국에 조선국왕의 감정을 자극하여 그를 도발해서 마지막 발악을 하도록 몰아넣는다면, 그는 필시 노골적으로 연왕측에 붙게 될 거고, 또 그것이 어쩔 수 없는 귀추이기도 할 게요. 내가 보기에 조선의 군사력은 동방의 소국치고는 만만치 않은 강군인 것 같소이다. 전 왕조 때엔 그토록 극성을 떨던 왜구들도 숨을 죽이고 끽소리 못하는 것만 보아도 그 점은 확실하오. 그러한 조선국이 연왕군과 공동전선을 펴고 우리 조정군을 공격하게 된다면, 그러지 않아도 기울기 쉬운 조정군 측의 저울대에 큼직한 돌 한덩이를 더 지워놓는 어리석음이 아니고 무엇이겠소. 그 같은 과오를 미연에 방지하자는 고충이외다. 두 여자를 조선국왕에게 넘겨주자는 생각은 말이오."

그제서야 단복례의 얼굴에서 노기가 가시기 시작했다.

"그 여자들이 그런 말을 하지 않습디까, 태상의 밀령을 받고 국왕의 동태를 염탐했노라는 그 말. 그러니까 이 나라 국왕 부자는 심각한 암투를 하고 있는 모양이니 그 여자들을 국왕에게 넘겨준다면 국왕은 적이 고마워할 것이며, 그런 빚을 지워주는 것은 여러 모로 황상과 우리 조정에 유리할 뿐더러 연왕측에 접근하려는 움직임에 쐐기를 박는 이득도 없지 않을 게요."

"용서하시오, 장공."

이번엔 단목례가 장근의 손목을 감싸쥐었다.

"내 좁은 소견으로 그 같은 절절한 충정, 심오한 배려를 미처 헤아리지 못하고 공연히 공을 곡해하였소이다그려. 비례를 꾸짖어 주시오."

그는 깊이 고개까지 숙였다.

"오해가 풀렸다면 다행이외다. 단공이나 나나 황상과 조정을 위하는 단심(丹心)엔 다름이 없으니, 장차 불행히도 역도들이 득승을 해서 망국의 비운을 당하게 되더라도 우리 함께 이렇게 손을 잡고 죽읍시다."

두 사신은 더운 눈물이 괸 눈으로 먼 북녘 하늘을 응시했다.

그 이튿날(6월15일)도 국왕 방원은 태평관을 찾아가서 두 사신을 위해 향연을 베풀었다. 연 나흘째 계속되는 접촉이며 세번째 거듭되는 대접이었다.

그 자리에서 장근은 불쑥 이런 의향을 밝혔다.

"우리 사절들, 내일쯤 귀국길에 오를까 합니다."

그 말에 방원은 섬찍했다.

──처음부터 깐깐하게만 굴던 저자들이, 이렇게 서둘러 귀환하겠다는 저의는 무엇일까.

전번에 왔던 사신 육룡 일행과는 너무나 판이하게 냉랭한 태도다. 육룡 일행은 2월 6일에 도착하여 30일에 떠났으니, 25일 동안이나 체류한 셈이었다. 그런데 장근 일행은 겨우 닷새를 머물고 떠나겠다는 것이다.

또 육룡 일행은 그토록 장기간 체류하는 동안, 장근 일행과는 딴판으로 상냥하고 친근하게 굴었다.

도착한 지 사흘째 되는 2월 8일에는 직접 왕궁을 찾아와서 전날의 대접을 답례하는 예도를 보였다.

장근 일행은 국왕의 글부터 요청을 했지만, 육룡은 오히려 그 편에서 먼저 시 3편을 지어 바치기도 했다. 그리고 육룡은 그림 한 폭까지 그려서 증정한 바도 있다. 제(題)하되 강풍조수도(江風釣叟圖).

그런데 이번 사절들은 무엇이 못마땅해서 이렇듯 빡빡하게 구는 것일까. 그들의 저의가 어떠하건 이 편에선 성의를 다하는 시늉이라도 할 수밖에 없는 것이 방원의 입장이었다.

"천사들은 어찌하여 그토록 섭섭한 말씀을 하시오. 미처 정도 들기 전에 이별이라니, 웬 말씀이시오."

구역질이 치미는 것을 삼키며 얼레발을 쳤다. 그러나 두 사신의 반응은 여전히 얼음장 같기만 했다.

장근은 말했다.

"이미 제명(帝命)을 다한 이상, 무엇 때문에 더 머물러 있겠습니까."

도무지 이가 먹혀들지 않는다.

씁쓸하고 시무룩한 분위기 속에서 이럭저럭 잔치가 파하고 국왕 방원이 자리를 뜨려고 하자,

"죄송한 말씀입니다만, 전하께 또 한번 간청할 일이 있습니다."

이런 말을 장근은 불쑥 꺼냈다. 방원은 긴장했다.

──이 벽창호가 이번엔 또 무엇을 달라는 걸까.

그러나 청하지 않는 것보다는 나을 것 같았다.

"말씀하시오. 내 힘 자라는 일이라면, 무슨 일인들 못 응하겠소."

"그다지 대단한 일은 아닙니다."

잔뜩 굳어만 있던 장근의 안색에, 비로소 인간다운 정이 서려보였다.

"다름 아니오라 저의 숙부 장동문(章同聞)이 건강로 채석현(健康路采石縣)에 암자를 얽고 거처하고 있습니다. 그 암호(庵號)는 징심암(澄心庵)이라고 합지요. 예로부터 동방의 군자국 조선땅에는 출중한 시인묵객(詩人墨客)이 많은 것으로 듣고 있습니다. 전하께서 여러 유신(儒臣)들에게 분부하시어 징심암을 위한 약간의 시문(詩文)을 지어 주시도록 한다면, 그보다 더한 고마움은 없겠습니다."

——허허어.

방원은 장근을 고쳐보았다.

이건 에누리없는 인간적인 요청이다. 암자에 걸어놓을 시문을 요청한다는 것은, 그 문장력을 지극히 존경하는 존장이나 지극히 친애하는 지기에게나 있을 수 있는 일이었다. 아니면 상대편의 환심을 사고자 할 경우에 한한다.

어쨌든 이 편을 깔보거나 불쾌히 여기면서 하는 수작이 아님은 분명했다. 즉시 하륜, 권근 등 여러 문신들에게 지시하여 시문을 지어주도록했다. 그것을 계기로 두 사신의 태도는 눈에 보이게 호의적인 방향으로 누그러졌다.

그 이튿날 송별차 방원이 태평관에 행차하자, 그들 두 사신은 각각 시 한 수씩을 지어서 바치는 성의까지 보였다. 그러나 그 때까지도 그들의 태도가 변한 이유를 방원은 파악할 수 없었다.

의전 절차에 따라 면복으로 정장한 방원이 연(輦)을 타고 먼저 태평관을 출발했고, 사신 일행은 그 뒤를 따랐다.

서보통문(西普通門), 그 곳에서 상국의 사절들과 작별을 고하는 것이 통례였다. 먼저 명나라 황성 쪽을 아득히 바라보며 배례하는 의식을 치른 다음, 방원은 평복으로 갈아입고 사신들과 더불어 그 곳에 마련된 악차(幄次)로 들어갔다. 이별을 아쉬워하는 마지막 송별연이 베풀어지는 것이다.

그 자리에선 전에 없이 두 사신은 흥겹게 굴었다. 하다가 장근이 문득 하륜에게로 다가가더니, 귀엣말을 속삭였다.

"우리가 이번 사행에 국왕전하를 비롯해서 여러 재신들의 후의를 입은바 적지 않소만, 거기 보답할 방도가 막막해서 적이 민망스럽게 여겨오던 차에 다행히도 뜻하지 않은 정표가 생겼지 뭐요."

하륜으로선 짐작도 가지 않는 소리였다. 다음 말을 기다릴 수밖에 없었다.

"그 정표, 직접 국왕 전하께 바쳐야 마땅한 줄은 아오만, 그 물건의 성질상 오히려 비례가 되지 않을까 저어되는 바도 있고 해서, 이렇듯 하 상국에게 귀띔을 하는 거요."

그리고는 두 여자가 밀고한 내용을 소상히 전했다. 하륜은 놀랍고 기가 막혔지만, 그런 눈치를 보이지 않으려고 애쓰며 들었다.

"그래서 천사께서는 그 여자들을 어떻게 하셨나요."

"그야 우리 두 사신이나 그리고 우리 조정으로선 중대한 정보가 아닐 수 없소만, 여러 모로 심사숙고한 끝에 그 여자들을 국왕 전하께 드리기로 작정을 한 거요. 그 여자들이 쏙닥거린 말, 애초부터 듣지 않은 것이나 다름이 없게 우리 두 사신, 귀를 씻었소이다."

그리고는 속깊은 눈길로 하륜의 반응을 주시했다.

"고마우신 뜻, 뭐라고 치하해야 할는지 모르겠습니다."

미직지근한 소리를 하륜은 건넬 수밖에 없었다.

"우리가 두 여자의 밀고를 묵살하려는 데엔 까닭이 있소이다."

장근은 다시 꼬리를 달았다.

"첫째로는 이 나라 국왕 전하나 대소 신료들의 우리 황상과 조정에 대한 충성심이 극진하다는 사실을 충분히 알게 된 때문이며, 둘째로는 우리 두 사람에 대한 각별한 후의 때문이외다."

아울러 그는 태평관 밀실에 두 여자를 감금해 두었다는 사실도 일러 주었다.

장근 일행이 멀리 사라지자, 하륜은 국왕 방원에게 장근으로부터 들은 사연을 은밀히 보고했다.

"그런 곡절이 있었구먼."

두 사신의 태도가 갑자기 누그러진 이유를 이제야 알 수 있을 것 같았다. 그리고 방원 자기를 회유하려는 원려에서, 밀고자를 감금하고 그 정보를 귀띔해 주었을 것이라는 짐작도 같다. 그러니 진헌마를 바꿔친 기밀은 그들 두 사신의 가슴에 묻어 두고 누설하지 않을 것이 분명했다.

사신을 맞은 이래 전전긍긍하지 않을 수 없었던 위기를 아슬아슬하게 넘긴 셈이었다. 하지만 방원은 또 하나의 불안에 가슴을 떨었다.

"그 계집들이 태상전의 궁녀라는 소린 과연 사실일까."

그것이 사실이라면 명나라와의 국교 문제 못지 않은 심각한 사태가 아닐 수 없다. 이 나라의 창업주이며 국왕인 자기의 친아버지이기도 한 이성계가, 국가의 기밀을 강대국 사절에게 밀고하도록 지시하다니.

"있을 수 없는 일이야."

방원은 믿고 싶지 않았다.

"신도 믿고 싶지 않습니다만, 명사(明使)의 전한 바가 그러하오니, 그 여자들을 추궁하는 수밖에 없을 것 같습니다."

하륜은 그렇게 말했고, 이제 남은 길은 그 길밖에 없었다.

환궁하는 즉시 미복으로 갈아입은 방원은 하륜 한 사람만을 대동하고 태평관으로 향했다. 장근이 일러준 밀실을 열어 보았다. 여자들은 스란 치마를 뒤집어쓴 채 쓰러져 있었다. 만 하루가 지나도록 먹을 것, 마실 것 한 모금도 입에 대지 못한 때문일까, 거의 초죽음이 되었는지 늘어져 있었다.

하륜이 먼저 두 여자의 치마를 벗겨주고 마실 것을 갖다 주었다.

"너희들이 과연 태상전의 궁인이라면, 여기 계신 어른이 어떠한 분이신지 짐작이 갈 게다."

그제서야 두 여자는 눈을 비비고 방원을 우러러 보더니, 그 자리에 부복했다.

"나라님께서 친국하시는 자리다. 사실대로 고한다면 혹 살 길이 트일는지도 모르지만, 앙큼한 거짓말로 둘러대려 든다면 당장에 죽음을 면치 못하렷다"

하륜은 을러댔고,

"누가 시켜서 한 짓이냐?"

방원은 문제의 핵심부터 캐고 들었다.

"그 점에 대해선 천사님네들께 소상히 말씀드렸습니다."

"그 말엔 조금치도 거짓이 없습니다."

두 여자는 입을 모아 다짐했다.

"그러니까 태상전하의 밀령을 받고 한 노릇이라 그런 얘기냐?"

하륜이 되물었다.

"그런 줄로 아룁니다."

두 여자는 또 입을 모아 답변했다.

"닥치지 못할까."

방원이 발을 굴렀다.

"이 나라는 다름아닌 태상전하께서 혁명을 하시고 개국을 하신 나라이거늘, 어찌하여 국가에 불리한 일을 외국 사절에게 밀고하도록 지시하셨단 말이냐. 네년들, 어느 다른 누구의 사주를 받았으면서도 엉뚱하게 둘러대는 거지?"

"어느 존전이라고 감히 거짓말을 사뢰겠습니까."

"저희들이 사뢴 말씀, 믿으실 수 없으시다면 태상전에 알아보심이 좋을까 합니다."

두 여자는 앙큼하게 한술 더 떴다. 그 이상 아무리 추궁을 해보았자 다른 소리가 그들 입에서 나올 것 같지는 않았다.

하륜이 귀엣말로 방원에게 몇마디 했다. 그리고는 다시 두 여자를 향해 물었다.

"너희들의 이름은 뭐냐?"

"봉이(鳳伊)라고 합니다."

"저는 은선(銀仙)이라고 합니다."

두 여자를 다시 결박해 놓고 방원과 하륜은 밀실에서 나왔다.

"아무리 아들과 정부 대신들을 미워하시기로, 국가의 이익을 외면하는 그런 처사를 하실 아버님은 아니야."

방원은 스스로 다짐하듯 또 곱씹었지만,

"글쎄올시다."

하륜은 다분히 회의적이었다.

"어쨌든 이 문제는 철저히 규명해서 그런 농간을 꾸민 원흉을 색출해야 하오. 그렇지 못할 경우, 언제 또 무슨 흉계를 꾸밀는지 알 수 없으니 말이오."

그 날로 방원은 덕수궁을 찾아갔다. 상국의 사신을 무사히 돌려보냈으니 그 경위를 보고차 부왕을 알현하겠다는 것이 표면적인 이유였다.

이성계는 순순히 자기 거실로 아들을 불러들였다. 그러나 언젠가와 마찬가지로 굳게 입을 다문 채 바라보기만 했다.

형식적인 보고를 대강 마치고 난 방원은, 조심조심 진짜 용건을 꺼냈다.

"명사들이 떠난 연후에야 알게 된 일입니다만, 그들이 묵고 있던 태평관 밀실에 괴상한 두 여자가 감금되어 있었습니다."

이런 식으로 운을 떼고 부왕의 반응을 살펴보았지만, 이성계는 무겁게 두 눈을 내리깔 뿐이었다.

그렇게 마음의 문을 폐쇄하는 부왕을 대하면 그저 어렵고 송구스러워 방원의 입도 무거워지게 마련이지만, 오늘은 비장한 각오를 하고 달려온 그였다. 약해지려는 마음을 스스로 채찍질하며 말을 이었다.

"그 여자들의 신분을 캐물었더니 태상전에서 아버님을 모시는 궁녀라고 하질 않겠습니까. 한 여자의 이름은 봉이라고 하옵고 다른 한 여자는 은선이라는 이름이라 합니다."

이쯤 캐고 보면 가타부타 반응이 없을 수 없을 것이라고 계산하면서 방원은 숨을 죽였다.

그러나 침묵의 산은 미동도 하지 않았다.

답답하다. 철두철미 자기를 묵살하려고 하는 부왕의 고집이 야속하기도 했다.

"모두 다 말씀드리겠습니다."

그 침묵의 산에 자기 몸 전부를 던져 부딪치는 심정으로 방원은 털어 놓았다.

"그 여자들, 당돌한 짓을 했다는 거올시다. 일전에 명나라에 진헌마를 보낼 때 좋은 마필은 **빼돌리고** 못쓸 것만 가려서 보낸 사실을 명사들에게 밀고했다는 얘기올시다. 뿐만 아니라 그와 같은 매국적(賣國的)인 소행을 아버님의 분부로 말미암아 저질렀노라고 둘러대질 않겠습니까."

침묵의 입은 역시 끄덕도 하지 않았다. 맥이 풀린다.

──아버님은 왜 저토록 말씀이 없으실까.

그 같은 침묵의 의미를 측정하기 어려웠다.

부왕이 그 여자들에게 그런 지시를 한 일이 없다면, 그 일과는 전혀 무관하다면, 앙큼한 계집들이 아무런 근거도 없이 무엄하게도 태상전하를 그런 불미한 사건에 끌어들였다면, 이성계는 마땅히 격노해야 할 것이다. 날벼락이라도 내리치는 것이, 그래야만 오히려 자연스러울 것이 아닌다.

그런데 그는 일언반구도 말이 없다.

그렇게 생각하고 싶지 않지만, 그렇지 않기를 바라는 마음 간절하지만, 결국 여자들이 나불거린 말을, 태상의 밀령은 받고 그 기밀을 명사들에게 밀고하였노라는 자백을 암암리에 시인라고 있는 것이 아닐까 방원으로선 그렇게 억측할 수밖에 없었다.

섭섭하다.

──아버님은 그토록 나를 미워하고 계시단 말인가.

국가에 불리한 기밀까지 누설하면서 외세에 아부해서라도 아들인 자기를 왕좌에서 몰아내야 직성이 풀리겠다는 건가.

방원은 원망스런 마음으로 거실을 물러나왔다.

그때 풍양땅 김인귀의 시골 집에는 또 강현이 찾아와서 쑥덕거리고 있었다.

"그 벽창호 같은 명나라 사신, 모처럼 제보해준 중대 기밀을 묵살하고 그 여자들을 결박했다구?"

"그렇소이다. 뿐만 아니라 처음에는 자못 거만하게 굴던 자들이, 떠나기 직전엔 방원 일당에게 극진한 호의를 보이더라는 겁니다."

김인귀는 쓰디쓴 얼굴을 하고 애꿎은 턱수염만 뽑고 있었다.

"이일 저일 모조리 실패로만 돌아가는 형편이니, 이젠 미적지근한 손을 쓰고만 있을 것이 아니라, 좀더 과감한 결단을 내리는 수밖에 없지 않을까요, 김 대감."

목덜미에 핏대를 잔뜩 세우며 강현이 역설했다.

"최근에 입수한 소식에 의하면 안변부사 조사의(趙思義) 그 사람, 만반의 태세를 갖추고 우리가 호응하기만 기다리고 있다고 합디다."

"글쎄 말이오."

김인귀는 턱수염 한 올을 또 뽑아 날리더니 고개를 꼬았다.

"비장의 보검이란 원래 만 가지 방책이 다하였을 때에나 어쩔 수 없이 뽑는 것이 아니겠소."

"그러니 말입니다. 시생은 지금이야말로 바로 그 보검을 뽑아야 할 적기라고 생각하는데요."

"우리가 과연 그토록 궁한 지경에 몰려 있을까."

김인귀는 뽑기만 하던 턱수염을, 이번엔 느긋이 쓸어내리면서 엷게 웃었다.

"그러시다면 김 대감께선 아직도 다른 방책이 남아 있다는 말씀입니까."

"명나라 사신은 이번에 다녀가고 다시는 오지 않을 것도 아니며, 사신이 돼서 오는 자, 장근이나 단목례 같은 벽창호들만이 아닐 성싶은데."

혼잣소리처럼 씨부렸다.

"왜 육룡이란 자가 있지 않소. 위생(委生)이란 기생에게 빠져서 오래지 않아 다시 오겠노라고 찰떡같이 언약을 했으니, 그 자에게 한번 기대를 걸어 봄직도 할 것 같으외다."

어쨌든 문제는 해결이 난 셈이었다. 진헌마의 기밀을 밀고한 때문에 빚어졌던 아슬아슬한 정치적 위기는 두 명사의 배려로 이럭저럭 고비를 넘겼다. 주둥이를 나불거리던 두 여자는, 쥐도 새도 모르게 처치해 버렸다.

그러나 방원의 가슴엔 보다 큰 불안이 꿈틀거리고 있었다.

——섭섭하신 아버님.

그런 감정을 곱씹게 된 자기자신에 대한 불안이었다.

——이러다가 나는 아버님을 원망하고, 나아가서는 아버님을 혐오하게 되지 않을까.

자신의 내부에서 자기도 어쩔 수 없는 가공할 독소가 싹트고 커가는 느낌이기도 했다.

——못쓴다. 안돼.

스스로 꾸짖어보기도 했다. 그러나 그럴수록 마음 한 구석에선 암연히 반발하는 또 하나의 소리가 있었다.

——나는 아버님께 내가 할 도리는 다했다. 아니 이 세상 어느 자식보다도 극진히 섬겨왔다고 자부한다. 아버님의 혁명을 돕기 위해선 영원히 씻을 수 없는 오명도 달게 뒤집어썼다.

만인이 다시 없는 충의지사로 숭앙하던 정몽주, 모든 지성인의 정신적 사표였던 정몽주, 그를 제거하는 데 자기는 앞장섰다. 비열한 암살도 서슴지 않았다.

——나의 희생은, 나의 공적 같은 것은 무시하시고 젖비린내나는 이복동생을 세자에 책립하셨을 때도 나는 참았다.

참을 수 없는 억울함을 참았을 뿐만 아니라, 그런 섭섭한 조치를 할 수밖에 없었던 부왕의 입장을 오히려 가슴 아파하던 방원이었다.

——몇 차례나 나를 곡해하시고 나를 미워하실 적마다 어린아이처

럼 울면서 아버님께 매달렸다. 나 자신에 대한 노여움, 역겨워하심, 그
것은 얼마라도 달게 받고 견디어 왔다. 하지만 이번 일은 다르다. 나 개
인만의 문제가 아니다.

숱한 생명들의 피와 눈물로 다져지고 세워진 사직이 아닌가. 이 나라
이 정부는 부왕 이성계 개인의 것도 아니며, 또 국왕 방원 한 사람의 것
도 아니다. 문무백관, 사농공상(士農工商) 모든 나라사람 공동의 소유물
이다.

그토록 값비싸게 이루어진 국권을, 부왕은 한낱 감정의 제물로 이국
(異國)의 범의 아가리에 던져주려는 것일까. 오해의 검은 안개는 짙어
만 갔다. 번민의 나날을 보내면서 그 달을 넘긴 7월 초하루, 그러지 않
아도 쑤시는 가슴에 끔찍한 못을 박는 일을 당해야 했다.

올해 두 살난 민비 소생의 네째아들이 사망한 것이다. 출생하던 그
당시부터 약골로 태어난 그 어린것은 줄곧 골골 앓기만 하더니, 기름이
다한 등잔불처럼 이날 어이없이 숨을 거둔 것이다.

진작부터 장수하리라고는 기대하지 않았던 어린것이었지만, 막상 죽
고 보니 혈육은 혈육이었다. 자기자신의 피가 갑자기 말라붙은 것 같은
허전함을 견디기 어려웠다.

어리석은 짓인 줄은 뻔히 알면서도 방원은 몇 차례나 시신이 된 어린
것의 맥도 짚어보고, 가슴에 귀를 대고 들리지 않는 고동을 기대하기도
했다.

어버이의 마음은 자식을 길러봐야 안다고 하지만, 그보다도 자식을
잃은 어버이의 비통은 자기자신 그 일을 당해 봐야만 이해할 수 있는 것
일까.

방석 형제가 피살되고부터 그토록 애통해 하는 부왕 이성계의 부정
(父情)을 방원은 아직까지 충분히 이해해 왔다고는 할 수 없다. 때로는
지나치게 유난스럽게 군다고 지겹게 여긴 적도 없지 않았다.

방석 형제들만이 아들이냐, 우리네 형제들도 넷씩이나 눈이 시퍼렇게

살아 있는데, 그럴 것까지는 없지 않으냐고 은근히 삐죽거린 적도 있었
다. 열 손가락 깨물어 아프지 않은 손가락이 없다는 속담도 그저 그러려
니 여겨볼뿐 뼈저리게 실감한 적은 없었다.

그러나 지금 막상 어린것의 죽음을 당하고 보니, 남의 일같기만 하던
그 비통이 심골 마디마디를 후비고 쥐어뜯는 것이다.

방원 자기에게도 정실 소생의 아들만 따로 셋이나 있다. 그리고 이번
에 죽은 애는 애초부터 별로 기대를 갖지 않았던 약질이었다. 하지만 어
버이로서의 슬픔은 그런 계산으로 자위할 수 없는 깊은 차원에 맺혀 있
음을 알았다.

부왕의 슬픔을 실감있게 공명하게 되고 보니, 한때 그에게 품었던 원
망도 반발도 사뭇 사그라지는 것 같다.

방원의 슬픔을 조금이라도 덜어 주겠다는 생각이었던지, 영삼사사 하
륜, 판삼군부사 이무 등이 성대한 장례식을 치르도록 하자고 건의했다.

어버이의 정으로서는 덧없이 이 세상을 하직한 어린 혼을 위해서 그
렇게라도 해주고 싶다. 하지만 동시에 또다른 어버이의 심정을 생각하
지 않을 수 없었다.

── 방석이나 방번이 죽었을 때 그들의 시신을 과연 어떻게 처분했
던가. 아버님의 아들에겐 그토록 가혹히 굴었으면서, 내 아들이라고 해
서 야단을 떤다면 아버님의 심정 어떠하시겠는가.

방원은 쓰린 가슴을 쥐어뜯으면서도 하륜 등의 건의를 물리치고 어린
것의 시체를 간소하게 묻어 주었다.

어린것의 죽음은 방원에겐 일종의 구원이기도 했다. 부왕에 대한 감
정이 호전되자 가슴이 한결 밝아졌다.

── 무엇보다 나 자신이 옳고 어진 임금이 돼야 한다. 나의 도리를
다하고 국가와 백성들을 위해서 헌신하다보면, 아버님의 노여움도 풀리
실 날이 있으실 게다.

어린것을 잃고부터 그는 오히려 정력적으로 국사에 골몰했다.

참척(慘慽)의 아픔이 가시지도 않은 그 달 8일부터 정부 시책의 개혁과 개선을 단행했다. 육아일(六衙日) 즉, 매월 여섯번씩 정부 각 기관에서 임금에게 국사를 보고하는 자리엔 반드시 사관(史官)을 입시하도록 했다. 국사의 처리 경위를 기록해서 후세에 남기자는 원리였다.

그 달 13일에는 하륜 등이 기안한 정부 직제의 개편을 단행했다. 문하부(門下府)를 의정부(議政府)로 고치고, 낭사(郞舍)를 사간원(司諫院)으로, 삼사(三司)를 사평부(司平府)로, 의흥삼군부(義興三軍府)를 승추부(承樞府)로 개칭하여, 행정, 사법, 경제, 군사 기관의 일대 혁신을 꾀하였다.

그리고 18일에는 또 하나의 작업을 단행했다.

앞에서도 언급했지만, 처음으로 등문고(登聞鼓)를 설치한 것이다.

그것은 안성학장(安城學長) 윤조(尹慥)와 전 좌랑 박전(朴甸) 등의 건의로 이루어진 것이며, 조선왕조의 창의적인 제도는 아니었다.

일찍이 송 태조(宋太祖)가 백성들의 하정(下情)을 보다 소상히 파악하기 위해서 설치한 고사를 본받은 것이었지만, 조선왕조로선 혁신적인 조치가 아닐 수 없었다.

19일에는 다시 궁실개영(宮室改營)에 착공했다.

수창궁 화재를 당하고나자 방원은 추동(楸洞) 사제를 개축해서 왕궁을 삼을 의향을 가지고 있었다. 백성들의 노고를 아끼고 국비를 절약하자는 충정에서였다.

그러나 추동 사제는 왕궁을 앉히기엔 좁기도 했고 위치도 적당치 않았다. 그래서 방원의 장인 민제는 고려조의 권신이었던 왕흥(王興)의 저택을 구입해서 바치는 한편, 그 인근 민가까지 값을 치르고 매입한 바 있었다. 하지만 역시 적당치 않은 점이 많아서 본궁(本宮) 및 무일전(無逸殿)을 헐고 개축하는 공사에 착수한 것이다.

이렇게 다망한 나날을 보내자니 개인적인 감정 문제엔 신경을 쓸 겨를도 없었고, 그것이 또 방원에겐 적이 마음 편하기도 했다.

그러나 그와 같은 소강 상태도 오래 가진 못했다.

그 동안 감정적으로는 갖가지 격동을 겪었으면서도 행동면에서는 전에 없이 조용하기만 했던 부왕 이성계가, 또 들먹거린다는 기별을 받은 것이다. 8월 20일이었다.

그 소식을 전한 것은 방원의 비서실장격인 지신사(知申事) 박석명(朴錫命)이었다.

"태상전하께오선 금강산으로 행차하시었다가, 다시 동북면으로 향하실 의향인 듯싶습니다."

침묵의 태산이 드디어 진동한 것일까.

전 같으면 당장 달려가서 그 옷자락에 매달려 애소했을 것이다. 하지만 지금은 그렇게까지는 하고 싶지 않은 감정의 응어리가 아직도 남아 있었다.

그렇다고 그대로 방치해 둘 문제는 아니었다.

"지신사는 즉시 태상전하를 뵙고 이렇게 말씀드리도록 하오. 오래지 않아 명조(明朝)의 사신이 입경할 예정이니, 태상전하께서도 상견(相見)하심이 마땅할 것인즉 이번 행차만은 중지하시도록 청해 보오."

사신이 온다는 얘기엔 틀림이 없었다. 전번에 왔다가 기녀 위생(委生)과 재래(再來)를 언약한 바 있었던 육룡이 다시 사신이 되어 압록강 근처까지 이르렀으나, 병을 얻어 고생을 하고 있다는 보고를 받은 것이다.

그래서 왜의 평원해를 파견하여 진료하도록 지시한 바도 있지만, 육룡의 병인(病因)에 대해선 재미나는 내막이 전하여지고 있다.

저번에 다녀간 육룡이 귀국하자 명천자는 그에게 묻더라는 것이다.

"짐이 듣기에 조선이 원나라를 섬기던 당시, 여악(女樂)으로 사신을 현혹시켰다고 하거니와, 지금도 그 여악이 있었더냐."

육룡은 뜨끔했지만 천연덕스럽게 답변했다.

"없습니다. 지금의 조선의 예악(禮樂)은 중조(中朝)와 다를 바가 없습니다."

그리고는 한술 더 떴다.

"조선은 산마(産馬)의 고장이올시다. 만약 기라(綺羅)와 견사(絹紗)를 보내어 양마(良馬)를 구입토록 하신다면, 군사면에서 큰 소득이 있을 줄로 압니다."

육룡의 그런 진언은 엉큼한 속셈알을 튀기고 하는 수작이었다. 위생을 다시 만나는 길을 모색하는 술책이었지만, 단순한 명천자는 어이없이 넘어갔다.

"그러지 않아도 인왕군을 무찌르자면, 군마의 필요성이 절실한 터인즉 그렇게 하도록 하라."

그리고는 태복시좌소경(太僕寺左少卿) 축맹헌(祝孟獻)과 육룡(陸龍)을 다시 사신에 임명하여 조선으로 파견했다. 거기까지는 육룡이 계산한대로 척척 맞아떨어진 셈이었다.

그러나 그가 축맹헌과 더불어 발해(渤海) 지역에 이르렀을 때였다. 조선으로부터 귀환하는 장근, 단목례 두 사신을 만났다.

"육 주사(陸主事), 내 한마디 물어볼 말이 있소이다."

장근이 언제나 그러하듯 깐깐한 어투로 말을 꺼냈다.

"육 주사는 금년 들어 두 번씩이나 조선국에 사절로 가는 셈이오만, 전번에 다녀갔을 때 우리 황상께 뭐라고 복명을 하셨소. 내가 사행 길에 오를 때도 성상께선 조선의 여악을 조심하라는 각별한 분부가 계셨소만, 육 주사는 그 문제에 대해서 어떻게 사뢰었는지, 그 점을 알고 싶소."

육룡의 안색이 당장 새파랗게 질렸다. 그러자 곁에 있던 축맹헌이 대신 답변했다.

"그 때는 나도 마침 그 자리에 있었소만, 조선의 예악, 중조와 다를 바가 없노라고 그렇게 사뢰었소. 그것이 또 사실일 거구."

"뭐라구요?"

장근은 펄쩍 뛰었다.

"우리가 갔을 때는 수백명 기녀들이 춤을 추며 노래하는 여악이 분명
히 있었고, 우리는 그것을 거절하느라고 진땀을 빼기도 했는데, 육 주사
가 갔을 때만 여악이 없었다는 거요? 사신된 자 어찌 거짓 보고로 성상
을 기만할 수 있겠소. 내 돌아가는 즉시 사실대로 상주하리다."

육룡은 온몸을 부들부들 떨면서 어찌할 바를 몰라했다. 그 꼴을 곁눈
질로 훔쳐보며 축맹헌이 다시 말했다.

"사신의 행동이 옳고 그른 데 대해서는 외국에서 다 앉아서 평가할
것이 아니겠소. 장공이 청절(淸節)을 지키겠거든 혼자 지킬 노릇이지
육 주사를 책망할 것까지는 없지 않소."

얼핏 듣기엔 육룡을 두둔하는 말 같았지만, 좀더 새겨 듣는다면 장근
에게 소신껏 보고하라는 일종의 부채질일 수도 있다. 그 때문에 육룡은
몹시 고민을 하다가 마침내 홧병을 얻었다는 것이다.

어쨌든 불원간 사신이 입경한다는 그 말을 전갈하자 이성계는 아무
말도 입밖에 내진 않았지만, 금강산으로 떠나는 일은 그럭저럭 중단하
고 말았다.

물론 방원으로선 다행한 일이었다. 그러면서도 또다른 불안과 의혹을
느꼈다.

──아무리 내 말이 그렇더라도 사신이 온다는 이유 하나만으로 그
토록 문문히 행차를 중지하신 까닭이 무엇일까.

"육룡이란 그 자가 역시 다시 오게 됐다구?"

김인귀는 턱수염을 거꾸로 쓸어올렸다. 그가 기분이 좋을 때 하는 버
릇이었다.

역시 그의 집 밀실엔 강현이 또 찾아와서 마주 앉아 있었다.

"게다가 도중에서 병을 얻어 앓고 있다는 거올시다."

"더욱 더 잘 됐구먼. 만리 이역에서 병든 몸이라, 그런 형편일수록 살

뜰한 계집의 손길이 한층 그리워지는 법이 아니겠소."

쿡쿡쿡 희소를 씹다가,

"육룡이란 자가 홀딱 반했다는 계집이 있지 않소."

김인귀는 물었다.

"예, 위생이란 기생입지요."

"그 위생이란 기녀, 지금 어디 있는지 모르오?"

"황주(黃州)로 내려가 있다는 얘기올시다. 그 여자의 고향이 거기서 멀지 않은 곡산(谷山)이니까요."

"곡산이라? 바로 신덕왕후와 동향인 셈이구료. 그렇다면 강공도 알만한 여자가 아니겠소."

"알다 뿐이겠습니까. 집안은 비록 미천했지만, 여남은 살 때부터 뭇 사내들이 줄줄 따라 다녔습지요."

"그토록 요염한 계집이라? 강공도 어지간히 침을 삼켰겠구료."

여간해서는 그런 농지거리를 입밖에 내는 김인귀가 아니었지만, 오늘은 기분이 수수한 때문인지 제법 흐물거린다.

"무슨 말씀."

강현은 강현대로 거드름을 피웠다.

"시생이야 소시적부터 워낙 여색에 담담했던 터라 별 생각은 갖지 않았습죠만, 어쨌든 그 여자가 한번 아양을 떨면 철석 같은 대장부의 간장이라도 녹아나지 않고는 못배길 거올시다."

"알겠소. 그래서 육룡이란 중국인이 환장을 하게 된 모양이구료."

김인귀는 또 턱수염을 거꾸로 쓸어올리고는,

"이번엔 매사가 우리 뜻대로 돼 가는 것 같구료. 강공과 잘 아는 여자라니 강공이 설득하면 마다고는 아니할 게고, 더더구나 신덕왕후와 동향이라면 그 분의 원수를 갚겠다는 우리 일에 적극 협력해 줄 것이 아니겠소."

"여자의 마음이란 워낙 요사스러운 것이라 직접 부딪쳐 봐야 가부를 알 수 있겠습죠만, 좌우간 시생이 황주로 떠납지요."

강현은 몇 마디 더 귀엣말을 속삭이고는 황망히 자리에서 일어섰다.

그리고 며칠 후 의주(義州) 용만관(龍灣館), 압록강을 건너 왕래하는 양국의 사신들을 접대하는 그 사관(使館)엔, 겨우 거기까지 당도한 육룡이 누워서 광태를 부리고 있었다.

그의 병은 일종의 신경착란증이라고나 할까, 금방 태연히 앉아서 점잖은 소리를 노닥거리다가는 이내 침울한 얼굴로 아무 소리도 안하는가 하면, 갑자기 낄낄거리기도 하고 그러다간 또 훌쩍훌쩍 눈물을 짜기도 한다.

오늘도 그 중세가 돌발해서 울고 불고 하기에 방원의 지시로 파견된 평원해가 침을 놓고 있었다.

그 곁에는 축맹헌이 앉아서 쓰거운 입맛만 다시고 있는데, 밖에서 전갈하는 소리가 날아들었다.

"천사께 긴히 뵙고자 한다는 여인이 있습니다."

40. 病든 大國

"여자?"

울고 불며 콧수염에 콧물까지 범벅이 되어 광태를 부리던 육룡의 두 눈이 번쩍했다.

방문이 빼긋이 열렸다. 명나라 사절을 접대하는 영접관(迎接官)이 얼굴을 들이밀었다. 무릎으로 기어가서 그 옷자락을 끌어당기며 육룡은 숨가쁘게 물었다.

"그 여자의 이름, 위생이라고 아니해?"

"예, 그렇게 말하더군요."

영접관이 대답하는 말에 육룡은 덩실덩실 춤을 추었다.

"위생이가 왔어해. 내 사람 위생이가 날보러 왔어해."

그러다가 방문을 박차고 뛰어나가려고 했다. 그 덜미를 축맹헌이 끌어당겼다.

"진정하오, 육 주사"

그는 한 손으로 방문을 닫아 버리고는 막아섰다.

"오는 길에 장근을 만났을 때, 그가 하던 말을 벌써 잊었단 말이오?"

그 말엔 미처 날뛰던 육룡도 잠시 주춤했다.

"조선에 여악이 있다는 것을 바른대로 보고하지 않았다고 해서 그토록 육 주사를 힐난하던 장근이 아니오. 만일 재차 조선에 와서까지 사사롭게 기녀를 만났다는 소문이 전해진다면 어찌 되겠소. 장근이 그 사람 핏대를 올리며 말썽을 일으킬 거구, 또 황상께선 얼마나 진노하시겠소."

육룡은 힘없이 고개를 떨구었다. 그리고는 또 훌쩍훌쩍 눈물 콧물을 짰다. 하다가 후다닥 뛰쳐 일어났다.

"위생이가, 우리 위생이가 여기까지 찾아왔다는데, 만나지도 않고 돌려보내다니 그럴 수는 없어해. 나중에 어떤 책망을 듣건, 비록 내 모가지가 달아나는 한이 있더라도 위생이 그 사람은 만나야 해."

축맹헌을 밀치고 뛰쳐나가려고 했다. 그 옷자락을 다시 잡아챈 축맹헌, 평원해를 향해서 눈짓을 했다.

"소인이 의원으로서 한마디 말씀드리겠습니다만, 대인의 증상 심히 위독하십니다. 무엇보다도 마음의 자극이 금물이올시다. 만일 지금 이대로 그 여인을 만나신다면, 심한 충격으로 인하여 십중팔구 뇌혈관이 파열될 거올시다. 생명을 잃으실 거올시다."

"우리 사람 죽어도 좋아해. 위생이만 만나면 죽어도 한이 없어해."

"허어, 답답하십니다, 대인."

평원해는 재빠르게 침통에서 침 한 대를 뽑았다.

"그 여인도 만나시고 병환에도 지장이 없는 방도가 있다면, 그 길을 택하시는 것이 좋지 않겠습니까."

광란한 귀청에도 그 말은 먹혀든 것일까.

"그런 좋은 수가 있다면 마다할 것은 없어해."

"잘 생각하셨습니다, 대인. 팔을 걷으시죠."

"또 침을 놓아해?"

어린애처럼 상을 찡그리면서도 육룡은 한쪽 팔을 걷어올렸다.

"이 침 한 대만 맞으시면 당장 심신이 평온해지실 거올시다."

침 한 대를 꽂았다. 과연 육룡의 표정이 차차 진정되는 듯하더니, 크게 입을 벌리고 하품을 하다가 그 자리에 픽 쓰러지고 말았다.

평원해의 침 한 대엔 어떤 강렬한 수면작용이라도 숨겨져 있었던 것일까. 육룡은 깊이 잠이 들어버렸다. 그 꼴을 못마땅한 눈으로 훔쳐보다가 축맹헌은 넌지시 영접관을 불러서 지시했다.

"그 여자에게 일러라. 육 대인은 갑자기 질환이 악화되어 혼수상태에 빠졌으니 여러 말 말고 물러가라고 해라."

그러나 영접관은 잠시 후 다시 전갈한다.

"그 여인, 육 대인께 긴히 여쭐 말씀이 있다는 거올시다. 직접 만나뵐 수 없으면 서찰이라도 올리고 싶다는 거올시다."

평원해의 표정이 긴장했다. 또 축맹헌은 축맹헌대로,

"집요한 계집이로군."

쓰겁게 입맛을 다셨다.

"가뜩이나 환장을 한 위인에게 달콤한 연서 따위를 보여준다면 어찌 되라구. 뒤집힌 창자를 쑤셔대는 것이 아닌가."

"지당한 말씀이오이다만 천사 대인, 그러나 그토록 끈질긴 그 여인, 지금 거절을 당한다고 쉽게 단념하겠습니까. 무슨 수를 농해서라도 거듭거듭 편지질을 할 거올시다. 그렇게 되면 대인께선 육 대인의 원망을 사실뿐더러 육 대인의 병환 역시 한층 더 악화될 우려가 없지 않을 거올시다."

평원해가 조심조심 이런 의견을 제시했다.

"그도 그렇겠구먼."

난감한 얼굴이 되는 축맹헌을 깊은 눈으로 여겨보며 평원해는 바싹 파고들었다.

"그러니 차라리 이렇게 하시는 게 어떻겠습니까."

"어떻게?"

"대인께서 그 서찰이라는 것을 일단 받으시는 거올시다. 당분간은 육 대인에게 알리지 마시고 감춰두시었다가, 육 대인의 병환이 쾌차한 연후에 전하시는 거올시다."

그렇게 말하면서도 평원해의 안색은 살얼음이라도 밟는 것처럼 아슬 아슬하게 떨고 있었다.

"날더러 그 더러운 글발을 몸에 지니라구?"

축맹헌은 펄쩍 뛰는 것이었지만, 평원해는 오히려 안도의 숨을 몰래 삼키며 맞장구를 쳤다.

"그도 그러시겠습니다그려."

"차라리 이렇게 하는 것이 어떨까. 그 여자의 글발, 평 의원이 맡아두 었다가 적당한 기회를 봐서 육 주사에게 주든 말든 그렇게 해주었으면 좋겠구먼."

그것은 바로 평원해가 은근히 쳐놓은 그물 속에 뛰어드는 소리였다.

위생의 편지를 축맹헌더러 맡아두라는 제의엔 은근한 속셈이 있었다. 체면이라는 것을 무엇보다도 대단하게 여기는 중국의 사신이니만큼, 필 시 펄쩍 뛸 것이라는 계산알을 튀기고 한 소리였다. 하지만 그가 그 편 지를 받아두겠다고 한다면 어쩔까 하는 두려움에 떨고 있던 참이었다. 일종의 애가 타는 모험이었다.

그리고 그 모험은 성공했다.

"대인의 분부 그러하시다면 소인이 그 글발 맡아두겠습니다."

평원해는 뛰는 가슴을 누르며 밖으로 나갔다. 뜰 아래 위생이란 그 기녀가 기다리고 있었다.

"어허!"

평원해는 숨을 들이켰다.

육룡이란 중국 사절이 미치도록 빠졌다는 여자라고 하기에 얼마나 대 단한 미색일까 궁금히 여기지 않은 것도 아니었지만, 막상 그 자태를 대 하니 웬만한 일엔 좀처럼 놀라는 일이 없는 평원해도 경탄하지 않을 수 없었다.

겉으로 보기에는 어느 편인가 하면 호리호리한 부류에 속했다. 하지 만 겹겹이 걸친 의상 속에 숨겨진 속살은 더할 수 없이 풍만하리라는 짐 작이 가고도 남는다. 더더구나 의원으로서 많은 여체를 더듬어 본 평원 해였다. 환히 들여다보이는 듯했다.

머리로부터 너울을 길게 내려쓰고 있기 때문에, 얼굴이 가리어져 보이지 않는 것이 유감이라면 유감이라고나 할까.

"나는 육 대인의 질환을 치료하는 관의(官醫)요. 전하거니와 그 편지라는 것, 굳이 전해야 하겠으면 내게 주오."

말하면서 평원해는 위생에게로 다가갔다. 그러자 위생은 너울을 벗었다. 평원해는 다시 한번 경탄했다.

이목구비에 별다른 특색은 없었다. 살갗도 가무잡잡한 편이었다. 그러면서도 그 얼굴이 발산하는 분위기엔 야릇하고도 강렬한 요기 같은 것이 있었다. 첫눈에 사나이의 정을 통째로 잡아서 용해하고야 마는 매력이라고나 할까.

──저런 여자라면 육룡 그 사람만이 아니라 어느 사나이라도 과연 미칠만하구먼.

평원해는 자기도 모르게 군침을 삼키고 있는데,

"이것이어요. 이 자리에서 급히 쓰느라고 글발이 어지럽습니다만, 육 대인께 전해 주시면 그 은혜 잊지 않겠어요."

위생은 봉서 한 통을 소매에서 꺼내 주며 말했다.

그 음성은 결코 맑은 편이 아니었다. 날카로운 송곳 같은 것으로 놋쇠를 긁어대는 것 같은 그런 음향이 섞여 있었지만, 그것이 오히려 사나이의 욕정을 묘하게 찔러댄다.

"내 틀림없이 맡아두었다가 기회를 보아 육 대인에게 전달하겠으니 그만 돌아가도록 하오."

위생은 소리없는 눈웃음을 치며 발걸음을 돌렸다.

"후유우."

평원해는 자기도 모르게 한숨을 터뜨렸다. 아주 감미롭고 그러면서도 더할 수 없이 끈끈한 꿀항아리 속에서 허위적거리다가 겨우 기어나온 것 같은 기분이었다.

──여자라면 신물이 나도록 주물러보던 내가 이 무슨 꼴이지?

혼자 쓴웃음을 피우며 그 봉서를 뜯어보았다.

기생치고는 만만치 않은 교양을 쌓은 모양이었다. 급한대로 지목을
빌어서 날려 썼다는 편지였지만, 글씨도 매끈했고 문장도 반듯했다. 그
러나 그 글의 내용은 평원해에게 써늘한 충격을 주기에 충분했다.

──육룡이 그 사람에게 편지라도 전해 달라고 졸라대는 수작이 어
쩐지 심상치 않게 여겨지더니, 이런 흉계가 숨겨져 있었구먼.

심각한 눈길로 평원해는 주위를 둘러보았다.

위생의 밀서의 내용이란 다른 것이 아니었다. 명나라에 바칠 진헌마
를 바꿔침으로써 연왕군과 대전하던 조정군에게 엄청난 낭패를 보게 했
다는 비밀을 폭로한 문면이었다.

물론 그것은 강현이 김인귀와 미리 짜고 위생을 찾아가서 설득하고
지시한 내용 그대로였다. 하지만 평원해로선 그 밀계를 사전에 알고 있
을 턱이 없었다.

다만 위생의 편지라는 것에 막연히 불길한 예감이 들어서 자기가 떠
맡겠다고 나섰던 것인데, 그 위구가 적중한 셈이었다.

──앙큼한 계집.

그 봉서를 평원해는 품속 깊이 구겨넣었다. 육룡이 잠들어 있던 방으
로 다시 들어갔다. 육룡은 아직도 누워 있었다.

"받았는가?"

축맹헌이 소리를 죽이고 물었다. 평원해는 잠자코 가슴을 두드렸다.

"사연은?"

"어찌 천사께 보내는 사신을 소인 같은 천인이 뜯어볼 수 있겠습니
까."

시치미를 떼었다.

"흐음."

뜻 없는 콧소리를 흘리다가,

"갔는가?"

"예."

그때 겨우 잠에서 깨어난 것일까, 육룡이 비시시 눈을 뜨며 헛소리처럼 물었다.

"누가 갔어해?"

평원해는 몰래 의미있는 눈길을 축맹헌에게 던지고는,

"그 여인이 돌아갔다는 얘기올시다."

"누가? 위생이가?"

호들갑을 떨면서 육룡은 뛰쳐일어났다.

"진정하십시오, 천사 대인."

되도록 냉랭하게 어세를 가라앉히며 평원해는 둘러댔다.

"소인이 그 여인에게 말했습지요. 천사 대인의 병환이 위독하시니 절대 안정이 필요하다구요."

"그랬더니?"

"그 여인은 천하에 보기 드문 열녀이더군요. 몽매에도 잊지 못할 천사님께서 입국하셨다는 소식 듣고 수백리 길을 한달음에 달려온 몸이지만, 천사님의 환후에 추호라도 해가 된다면 가슴이 찢어지는 한이 있더라도 그냥 돌아가겠노라고 눈물을 흘리며 그렇게 말하질 않겠습니까."

"오! 내 위생이……"

육룡은 가슴을 두드려댔다.

"나는 죽어도 좋아해. 위생이만 만나면 한이 없어해."

뛰쳐나가려는 것을 평원해는 가로막았다.

"과히 상심 마십시오. 얼마 동안만 참으셔서 치료를 받으시고 무사히 입경하신다면, 소인이 책임지고 그 여인과 상봉하시도록 주선하겠습니다."

그것은 공연한 입발림이 아니었다. 그때 평원해는 엉뚱한 계책을 생각하고 있었던 것이다.

축맹헌과 육룡 두 사절이 입경한 것은 9월1일이었다.

육룡의 광기가 완치된 것은 아니었지만, 그렇다고 중도에서 무한정 지체할 수도 없는 노릇이었다.

그들의 사명이 군마를 구입하자는 데 있었던만큼, 다른 사절과는 달리 수의(獸醫)까지 2명이나 대동하고 왔다. 수의의 이름은 왕명(王明)과 주계(周繼)라 했다.

또 그들이 제정한 명천자의 친서는 지극히 간곡했다.

"전번에 조선국왕이 특히 가려서 진헌한 마필 3천 필은 중국의 군사력에 막강한 도움이 되었느니라."

이런 뜻의 치하의 말로 시작된 문면으로 미루어, 조선측에서 우려하고 있는 비밀은 아직도 까맣게 모르고 있는 눈치였다.

"그 같이 공순한 지성을 짐은 가상히 여기는 뜻에서 특히 태복시소경 축맹헌과 예부주사 육룡을 파견하여, 국왕 및 그 부형 친척 배신(陪臣)들에게 문기견(文綺絹)과 기타 물품을 보내어 치하하는 터이니 영수하기 바라노라."

그리고는 각자에게 배당할 품목과 수량까지 기술되어 있었다.

즉 국왕 방원에겐 문기견 6필, 약재(藥材)인 목향(木香) 20근, 정향(丁香) 30근, 유향(乳香) 10근, 진사(辰砂) 5근. 전왕 이단(李旦:이성계)에게는 문기견 5필. 별도로 국왕의 친척인 이화(李和), 이방의(李芳毅) 등 13원(員)에겐 각각 문기견 4필씩을 하사하며, 조준(趙浚), 이거이(李居易) 등 배신 24원에겐 각각 문기견 3필씩을 하사한다는 것이었다.

대국의 친자가 약소국의 국왕과 왕족, 정부 대신들에게 선물까지 보내면서 얼레발을 치고 있는 셈이었다. 그만큼 명나라 조정군에겐 군마의 필요성이 절실하다는 증좌이기도 했다.

동시에 병부(兵部)에서 보내는 자문(咨文)을 통해서 호마(好馬) 일만필을 다시 보내달라고 요청해 왔다.

앞에서도 언급한 적이 있지만, 명나라에 보내는 공물은 단순히 강대국이 약소국의 물품을 수탈해 가는 그런 성질의 것과는 달랐다. 응분한 물자와 교환하는 일종의 무역이었다.

그 달 15일, 명나라 조정에선 다시 국자감생(國子監生) 송호(宋鎬), 상안(相安), 왕위(王威), 유경(劉敬) 등 4명을 파견하여, 마필 일만필의 대가에 해당하는 물품을 앞질러 보내왔다. 그 품목은 이렇다.

문기견(文綺絹)과, 면포(綿布) 9만여필, 약재가 차량으로 150량에 우마(牛馬)도 300짐이나 되는 엄청난 물자였다.

조선에서 보내는 마필에 대한 명나라 조정의 기대가 그토록 지대한만큼, 전번에 있었던 진헌마 바꿔치기 사건은 더욱 더 누설되어서는 아니될 중대한 기밀이 아닐 수 없었다.

"어떠한 일이 있더라도 그 기밀은 지켜야 해. 위생이란 그 여자가 썼다는 편지 절대로 육룡에게 주어서는 아니될 뿐더러, 그 기녀가 다시 육룡과 만나는 일도 극력 저지해야 할 터인데."

방원은 평원해를 향해서 말하며, 무거운 한숨을 삼켰다. 그 편지에 대해서 사신들과 입경하는 즉시로 평원해는 국왕에게 보고했던 것이다.

육룡의 광기는 입경한 후에도 좀처럼 가라앉지 않았다.

9월 2일, 방원이 태평관에 행차하여 그들 두 사신을 접대하는 자리에서, 육룡은 이런 소리를 지껄였다.

"시생은 한낱 독서생(讀書生)이올시다. 그러하거늘 이번에 장근이란 자의 모함을 받아 궁지에 몰리게 되었으니, 대왕께선 박명한 나를 구해 주십시오."

등이 닿지 않는 청탁이었지만, 방원은 그저 좋은 말로 답변할 수밖에 없었다.

"나를 믿어보시오. 무슨 수가 있을 게요."

그날 연석에선 주식도 제대로 들지 않고 가끔 광태를 부리곤 했지만, 그래도 그것은 오히려 나은 편이었다.

육룡 때문에 방원과 정부 관원들이 호되게 애를 먹은 것은, 그가 입경한 지 십여일이 지난 그 달 열이튿날이었다.

그 날도 태평관을 찾아간 방원이 사신들을 접대하고 돌아가려고 할
때였다. 육룡이 매달리며 호소한 것이다. 어떻게 해서든지 한 번만이라
고 위생을 만나게 해달라는 것이었다.

물론 위생을 만나게 한다면 국가의 중대 기밀이 누설될 것은 뻔하다.
그러나 거의 미친 사람이나 다름이 없는 육룡의 청을 거절한다면 어떠
한 불상사가 발생할지도 모를 일이었다.

"내 알아서 처리할 것이니, 얼마동안만 기다려 보시오."

어물어물 무마하고 태평관을 물러나왔지만, 사태는 심각했다.

그 뿐이 아니었다. 그 날짜 실록이 전하는 바에 의하면, 밤이 이슥하
자 육룡은 목을 매고 자살까지 하려고 했다는 것이었다.

다행히 영접관(迎接官)에게 발견되어 미수에 그쳤지만, 광란한 그가
언제 또 자살을 기도할지 모를 일이며, 만일 강대국의 사절이 이 땅에
서 자살을 하게 된다면 중대한 파국을 초래할 것은 너무나 자명한 일이
었다.

"이것봐, 평의원. 저 미치광이 같은 사신을 진정시키는 무슨 묘약이
라도 없을까?"

생각다 못해 방원은 이렇게 물어보았다.

"신의 의술에도 한계가 있습니다. 일시적으로 흥분을 가라앉히거나
혹 잠들게 하거나 그런 방문(方文)은 없지도 않습니다만, 근본적으로
치유할 방도는 전혀 막막합니다."

그렇게 자신없는 답변을 하면서도, 평원해의 안색엔 묘한 자신이 넘
실거리고 있었다.

"그러지 말고 묘방이 있거든 털어놓도록 해. 어떠한 비상수단이라도
좋으니 말야."

평원해의 눈치를 재빠르게 간파한 방원이 다그쳤다.

"타개책이 있다면 가장 간단한 방법이 있을 뿐입지요.."

"그건 뭔데?"

"그 사신의 청을 들어주는 거올시다."

"뭣이? 그 기녀를 만나게 해주라구?"

방원은 기가 찼다.

"그렇게 할 경우 어떠한 사태가 초래될는지 그걸 짐작 못하고 하는 소리는 아닐 터인데?"

"위급한 환자에겐 때로 극약을 투입할 수도 있지 않겠습니까."

속모를 소리를 하다가 평원해는 문득 언성을 죽였다.

황해도 곡산부(谷山府)에서 백오십리 거리에 가람산(苛嵐山)이란 산악이 있다. 일명 하남산(河南山)으로, 북으로는 안변(安邊), 덕원(德源) 등지와 인접한 지역이었다.

그 산악 남쪽 기슭에 아늑한 한 분지가 있다. 바로 강비의 출생지였다. 마을 이름은 하남리(河南里).

송도에서 북관으로 지름길을 잡아 직행하자면, 반드시 그 곳을 통과해야 하는 서북 5도의 요충지대이기도 했다.

"저것이 바로 태상왕의 치마대(馳馬臺)."

돌을 쌓아 대(臺)를 이룬 높은 평지를 우러러보며, 승려 차림을 한 평원해가 혼잣말을 흘렸다.

지난날 이성계가 강비와 인연을 맺고 이 고장에 머물러 있었을 때 곧잘 말을 몰던 마장이라던가.

"저 영은 산유령(山踰嶺)."

이성계가 고개를 넘어서 처음으로 강비를 찾아왔다는 전설을 따라 붙인 칭호였다.

얼마를 가자니까 분지 한 가운데 불록하게 솟아있는 산봉우리에 자그마한 성터가 있었다. 주위 31보, 높이는 18척이라던가. 이 고장 사람은 역시 이성계와의 인연을 좇아 성조성(聖祖城)이라고 부른다. 그것이 또 하남리의 동구(洞口)이기도 했다.

그 고갯마루에 서서 동네를 굽어본다. 아직 이른 새벽이었다. 자욱한 안개에 덮여 있었다.

성조성에서 동쪽으로 3리쯤 접어들어간 계곡에, 바위 틈으로부터 분수처럼 솟아오르는 샘이 있다.

"필시 수라천(水剌泉)이럿다."

이성계가 식수로 삼았다는 그 샘물의 수량은 엄청나게 많았다. 하루에도 만석은 더 솟아난다는 것이었다.

"그렇다면 위생의 생가는 바로 저 전나무 숲속일 게야."

수라천 북쪽 숲속을 향해서 평원해는 걸음을 재촉했다. 황주에 머물러 있다는 위생을 찾아갔다가, 이리로 옮아왔다는 정보를 듣고 달려온 참이었다.

전나무숲이 마치 울타리처럼 둘러선 속에 아담한 초가 한 채가 있었다. 규모는 여느 민가나 별로 다름이 없었지만, 기녀가 거처하는 집이라고 생각해서 그런지, 사람의 눈길을 끄는 정취 같은 것이 느껴졌다.

사립문을 잡고 사람을 부를까 하다가,

"아니지."

무슨 생각이 들었던지 평원해는 발소리를 죽이고 안으로 들어섰다.

가인들은 아직도 아침 잠에서 깨어나지 않은 것일까, 조용하기만 하다. 안채가 있고 거기서 조금 떨어진 후원쪽에 버섯 같은 별당이 하나 보인다.

평원해는 그 별당으로 다가갔다. 얼핏 보기에도 그 임자를 짐작할 수 있는 수초혜(繡草鞋) 한 켤레가 댓돌 위에 가지런히 놓여 있었다.

평원해는 댓돌 위로 올라서려다가 숨을 들이켰다. 심상치 않은 기척을 느낀 것이다.

역시 발소리를 죽이고 뒤쪽으로 돌아갔다. 별당 뒤쪽 벽엔 자그마한 창문이 나 있었다. 평원해는 손가락에 침을 묻히고 선머슴아이처럼 구멍을 뚫었다. 한쪽 눈을 대고 들여다보다가 소리없이 웃었다.

댓돌에는 여자의 신만 한 켤레 놓여 있었지만, 그 방안 이불 속엔 혼자가 아니었다. 머리채를 헝클어뜨린 위생과 베개를 나란히 한 상투머리가 꿈틀거리고 있었던 것이다.

"아이참 영감두."

위생이 간드러진 소리를 터뜨리며 몸을 꼬았다.

"간밤엔 한잠도 못자게 들볶으고도 뭐가 부족해서 또 이러는 거예요."

"먹어두 마셔두 배가 차지 않는 것이 바로 이거야."

능글한 웃음소리와 함께 곰처럼 검은 털에 덮인 사나이의 팔이 위생의 가는 목을 끌어당겼다.

"제발 이젠 그만."

"이러지 말라구. 앞으로 네가 그 얼빠진 사신을 만나게 되면, 다시는 네 얼굴 구경도 못하게 될 것이 아니냐."

"누가 그 호인(胡人)을 만나고 싶다고 했나요? 영감이 하도 졸라대니까 마지못해 심부름만 한 거지."

욕정에 들떠 있던 사나이의 목소리가 문득 굳어진다.

"그 편지 이상한 의원놈에게 전했다면서? 그게 나는 아무래도 꺼림하단 말야."

"왜요? 의원치고도 퍽 점잖아 보이는 사람이던데요."

"그 작자는 바로 국왕이 총애하는 시의란 말야. 중간에서 어떤 농간을 부리는지 알 수 없거든."

"저를 어쩌나?"

위생도 약간 긴장했다.

"그러니까 한시바삐 육룡이란 작자를 만나서 확인을 해야 해. 아마 오래지 않아서 너를 데리러 오겠지만."

"아이 지겨워."

고개를 돌리면서도 위생의 눈은 엉뚱한 딴 꿈을 꾸고 있었다.

"내 태평관에 잠입시킨 첩자로부터 들은 얘긴데, 육룡이 그 자, 너를 만나게 해달라고 애걸복걸하더라는 거야. 그러니 국왕도 어쩔 수 없을 것이 아니냐. 그 때는 잘 주물러야 한다. 네가 팔자를 고치고 호강을 누리느냐, 아니면 천한 기생으로 늙어 죽느냐 하는 중대한 고비니까."

"글쎄요. 나 같은 년이 정말 팔자를 고치게 될까?"

"이 일만 제대로 이루어진다면 대국나라 현신(顯臣)의 어엿한 정실 부인이라도 될 수 있지."

"하지만 명나라 천자가 그냥 둘까요. 조선 여자라면 딱 질색이라던데요. 사신들을 보낼 적마다 여악도 듣지 못하게 단단히 경계를 하더라는 데요?"

"그건 그렇지만 육룡이란 그 사신이 진헌마를 바꿔친 비밀만 보고한다면, 얘기는 전혀 달라지는 거야. 전번에 그런 기밀을 탐지하고 이번에는 육룡 자신이 엄격히 검사해서 좋은 말만 골라 왔습니다 하고 생색을 낸다면, 명나라 천자, 얼마나 가상히 여기겠느냐. 너 하나쯤 데려가겠다는 청을 못들어 줄 것도 없지 않느냐 말이다."

그 사나이는 바로 강현이었다.

평원해는 아직 강현과 안면이 없다. 처음엔 위생이 남의 눈을 피해 끌어들인 정부쯤으로만 생각했는데, 그들이 주고 받는 소리를 들으니 단순히 치정으로만 맺어진 사이는 아닌 것 같다. 엉뚱한 정치적 음모로 얽히고 설켜 있음을 짐작할 수 있었다.

"무슨 팔자에 그렇게 입에 맞는 떡이 얻어 걸릴라구."

입으로는 회의하는 꼬리를 끌면서도, 위생의 눈은 은근히 타고 있었다.

"내 말을 믿으라니까. 안되면 내 열손가락에 장을 지지지, 장을 지져."

장담하는 소리에,

"예, 예. 영감만 믿겠어요."

이번엔 위생이 강현의 목덜미를 끌어안았다.

한동안 차마 눈 뜨고 구경할 수 없는 치태를 연출하다가 강현은 겨우 물러앉았다. 먹어도 마셔도 차지 않는다고 투덜거리던 욕정의 양이 이제 어지간히 찬 것일까. 늘어지게 한 번 기지개를 켜더니,

"이크, 벌써 해가 다 퍼졌나베."

주섬주섬 옷을 걸친다.

"해가 퍼지건 대낮이 되건 염려할 것 없어요. 이 별당엔 개미 새끼 한 마리 얼씬 못하게 돼 있으니까요."

그러나 위생의 눈꼬리엔 지겨운 주름살이 그려져 있었다.

"그렇지두 않지. 지금 당장에라도 국왕이 보낸 심부름꾼이 너를 데리러 들어닥치면 그 아니 낭패냐 말이다."

강현은 대님을 찾느라고 두리번거린다. 초조해진 눈길이었다.

"보기보다는 겁도 많으셔."

자리 밑에 깔린 대님 한 짝을 위생이 던져주었다.

대님이란 마음의 여유가 있을 때엔 쉽게 쳐지는 것이지만, 조급하면 조급할수록 매듭 자리가 바로 잡히지 않는다. 강현도 몇 차례나 고쳐 매다가 겨우 일어섰다.

"어느 누구를 위해서라기보다도 너 자신을 위해서야. 잘 해야 한다."

거듭 다짐하고는 밖으로 나갔다. 그 뒷모습을 흘겨보며 위생은 혀를 내밀었다.

"고양이가 무엇을 생각하는 체한다더니, 나를 위해서라구?"

콧방귀를 뀌었다.

"만일에 세상이 바뀌면 큼직한 감투라도 얻어 걸릴까 싶어서 안달을 하면서두."

자리를 개키고 경대를 끌어다가 머리를 빗기 시작했을 때에야, 참고 기다리던 평원해가 앞으로 돌아가서 인기척을 냈다.

"누구냐?"

집에서 부리는 몸종 아이쯤으로 알았던지 그렇게 물었다.

"이리 오너라."

평원해는 일부러 정식으로 불렀다.

"여기가 바로 위생 아씨댁으로 알고 찾아왔거니와 계시거든 여쭈어라. 상감마마 분부 받잡고 시의(侍醫) 평원해가 모시러 왔느니라."

그 말에 황급히 방문이 열렸다. 빗질을 하다 만 머리채를 내밀다가,

"어머나, 난 또 누구시라구요."

평원해와 한 번 만난 적이 있는 위생은, 이내 알아보며 반색을 한다. 사나이의 정을 단숨에 들이키는 눈웃음을 보낸다.

"그렇소, 바로 나요."

들어오라는 말이 떨어지기도 전에 평원해는 성큼 들어섰다.

"이를 어쩌나? 나라님께서 보내신 어사를 무엄하게도 이런 꼴로 영접할 수는 없을 텐데."

수선을 떨면서도 위생의 표정엔 별로 당황한 구석이라고는 없었다. 그만큼 알찬 심지가 속에는 도사리고 있는 것일 게다.

"그보다두 어서 상경할 채비부터 서두르시오."

그만하면 이내 말뜻을 알아들었을 텐데, 위생은 깜찍하게 딴청을 부린다.

"갑자기 무슨 말씀이신지요."

"못알아듣겠다면 얘기하겠소. 전번에 낭자와 깊은 인연을 맺은 바 있는 육 대인이 거의 실성한 사람처럼 낭자를 찾기에, 상감마마께오서도 궁휼히 여기시어 이렇게 나를 보내신 거요."

평원해가 하는 말을 듣자 위생은 고개를 외로 꼬더니, 소매로 그 얼굴을 가린다. 그리고 어깨를 들먹였다.

"왜 그러시오?"

떨떠름한 어투로 평원해는 물었다.

"너무 고맙고 황송해서요."

제법 울먹이는 소리까지 흘린다.

"대국의 귀하신 천사께서 길가에 짓밟히는 때문은 꽃만도 못한 이 몸을, 그토록 생각해 주신다니 어찌 눈물이 나지 않겠어요."

계속 들먹이는 어깨를 평원해는 날카롭게 쏘아보다가,

"낭자도 어지간히 육 대인을 사모하고 있는 모양이구료. 전번에 의주까지 달려갔던 정성도 그렇구."

슬며시 떠보았다.

"사모하다 뿐이겠어요? 하지만 그것은 그 분이 대국의 사신이라는 귀하신 몸이라 해서 그런 것두 아니구, 그 분께 매달려 호강을 하자는 것두 아니어요. 이 나라 사람들은 모두들 천한 기생이라고 업신여기는 것을, 어느 귀공녀 못지않게 끔찍이 아껴주시는 그 분의 순박한 정성에 감동한 때문이어요."

노닥거리더니 위생은 마침내 방바닥에 엎드려 흐느끼는 소리까지 내는 것이다.

"과연 희한한 일편단심이로구먼"

평원해가 비꼬인 웃음을 터뜨렸다.

"사모하는 정이 너무나 넘치고 흘러서 어젯밤 밤새도록, 그것두 모자라서 햇살이 다 퍼질 때까지 샛서방을 끌어들여 흠뻑 적셔주었구먼."

위생으로선 이미 급소를 찔리는 아픈 일침이었을 것이다.

흐느끼던 소리가 뚝 그쳤다. 그러나 다음 순간 고개를 들었을 때, 그 얼굴은 해죽이 웃고 있었다.

"다 보셨구만요."

평원해는 속으로 혀를 찼다. 그토록 아픈 데를 찔렸으면서도 추호의 당황하는 빛도 없이, 재빠르게 자세를 고쳐잡고 오히려 도전하는 기색까지 보이고 있는 것이다.

끽 소리 못할 치명타를 안겨줄 수밖에 없다고 평원해는 계산한 것일까.

"이거 뭐지?"

소매 속에서 봉서 한 통을 꺼내 던졌다. 육룡에게 전해 달라던 그 편지였다.

"아무래도 수상쩍어서 내가 뜯어봤어. 나라를 팔아먹으려는 대역무도한 글발이더구먼."

그만하면 당장 사색이 돼서 오들오들 떨어야 마땅할 것이다. 그러나 위생의 반응은 그렇지 않았다.

"나를 어쩌실래요?"

여전히 해죽해죽 웃음을 피우면서 위생은 다가앉았다.

"삶아 잡수시겠나요. 구워 잡수시겠나요. 아니면 생으로 삼키시겠나요?"

따끈한 손으로 평원해의 무릎을 잡고 매달린다.

"비밀이 그토록 어이없이 깨지고 말았으니, 제 목숨은 꼼짝없이 평의원 수중에 잡힌 셈이구만요. 약사발을 안기시겠어요, 목침을 꽂으시겠어요."

그러면서도 얼굴은 사나이의 허리를 파고들었다.

입으로는 평원해가 공세를 취하고 있는 것 같지만, 몸으로는 차라리 위생의 반격을 받고 절절 매는 형국이었다.

녹아날 것만 같다. 웬만한 사나이라면 전후 사정 헤아릴 겨를도 없이 그냥 끼고 뒹굴 판이었다. 더더구나 짙은 정사를 엿보고 뜨겁게 달아오른 여열(餘熱)이 아직도 화끈거리고 있었다.

그러나 그 불덩이에 스스로 재를 뿌릴 만한 여유는 지니고 있는 평원해였다.

"의원이란 사람을 살리는 게 소임이지 죽이는 게 일은 아니야."

위생의 양 어깨를 잡아 점잖게 일으키면서 평원해는 정색을 했다.

"아까도 말했지만 상감의 분부를 받잡고 그대를 육 대인과 만나게 하고자 이렇게 찾아온 몸이야, 나는."

"그래요?"

위생은 정색을 하며 속 깊은 시선을 던졌다.

"이제 다 들통이 난 판이니 말이지만요. 나는 진헌마 건을 밀고하려고 의주까지 달려간 계집이 아니어요. 어쩌자고 나를 육 대인과 붙여 주려고 그러시는 거죠? 그러다가 그 비밀을 쏙닥거리기라도 한다면 어쩔 셈이죠?"

"죽을 병에는 비상과 같은 극약을 투입할 수도 있는 거야. 말하자면 위생이라는 극약을 써서 반사 지경에 이른 명나라와의 병든 관계를 치유해 보자는 것이 바로 내 약방문이지."

"자신이 있으신가요?"

위생은 또 도전하는 눈웃음을 던졌다.

"의원이란 병세를 덮어놓고 좌지우지하겠다는 설익은 자신은 갖지 않는 법이야. 다만 그 병독의 흐름이 어느 곬으로 가는가 그것을 정확히 진찰하고, 목을 뽑아내는 물꼬를 틀 따름이지."

"얘기가 자꾸 어렵게 꼬이기만 하네요. 나같이 무식한 여자라도 알아듣기 쉬운 말로 얘기해 주실 수는 없을까요?"

"그렇게 하지. 한마디로 말하자면, 그대를 우리 편으로 돌려앉혀 보자는 거야."

"어머나. 이미 대역무도한 죄를 저지른 날더러, 이번엔 배은망덕한 죄 하나를 더 지으라는 말씀 같구먼요."

하얀 이를 드러내며 위생은 까르르 웃었다.

"그건 생각하기 나름이지. 그대가 만일 우리 편으로 돌아서서 상감께 충성을 다한다면, 나라를 팔아먹으려던 죄값을 충분히 갚을 수 있을뿐더러 오히려 나라를 위해서 큰 공을 세우는 셈도 될 수 있지 않은가. 그리고 그대가 신의를 지키겠다는 상대 또한 짐작컨대 대수롭지 않은 작자인듯 싶은데, 그게 누구지. 조금 전에 도둑팽이처럼 도망친 그 사내 말야."

이제는 완전히 전열을 정비한 평원해는, 유유히 적을 포위하고 얼러 댔다.

"일전에 장근과 단목례 두 사신에게 그 기밀을 밀고하려다가 오히려 죽음을 당한 두 계집이 있었지. 그들의 자백으로는 태상대왕의 밀령을 받아 그런 짓을 저질렀다고 했거니와, 아까 그 남자, 태상 측근의 사람 인가."

"옳게 보셨어요. 그리고 신덕왕후마마의 집안 사람이기도 하구요."

위생은 순순히 털어놓았다.

"신덕왕후의 친척이라?"

평원해는 문득 심각해진 눈으로 허공을 응시하다가,

"그러니까 신덕왕후 소생의 죽은 왕자들의 원수를 갚고자 금상전하 께 반기를 든다는 건가? 금상전하와 현 정부에 불리한 정보를 명천사에 게 고해 바쳐서 금상전하를 실각시키고 태상대왕을 옹립하자는 그런 음 모인가?"

누구보다도 눈이 밝은 평원해 역시 상식적인 추리의 테두리를 벗어나 지 못하고 있었다. 강현의 배후에 김인귀란 흑막이 도사리고 있으면서, 개인적인 야망을 태우고 있다는 사실까지는 뚫어보지 못하고 있는 모양 이었다.

"그리고 그대도 신덕왕후와 한 고향 태생이니만큼, 그분 소생의 왕자 들의 한을 풀기 위해서 그 음모에 가담했단 말인가?"

"글쎄요."

위생은 말꼬리를 흐렸다.

"그대의 진정이 그러하다면 위생이란 비상, 위국(危局)에 몰린 국가 를 구급할 약은 될 수 없구먼. 나라를 파멸시키는 독약일 뿐이야."

평원해는 혼자 부르고 쓰며, 침통에서 굵직한 동침 한 대를 뽑았다.

"내 방금 의원이란 사람을 살리는 것이 소임이라고 했지만, 보다 큰 것을 살리기 위해선 작은 것을 희생시킬 수도 있는 게야. 그대를 우리 편으로 돌려앉힐 수 없을 바에는 말이다."

하더니 갑자기 위생의 머리채를 움켜잡고, 그 목줄띠에 동침을 들이댔다. 그러나 위생은 눈썹 하나 까딱하지 않았다.

"내가 죽은 왕자님네 등의 원수를 갚고자 목숨을 던질만큼 그 분네들의 두터운 은혜를 입었다면, 시궁창 같은 기적(妓籍)에 파묻혀서 허우적거릴 턱이 있겠어요?"

"목숨이 아까워서 둘러대는 말 치고는 제법 그렇듯 하구먼."

평원해는 머리채를 놓고 동침을 거두었다.

"그 말이 사실이라면 이유는 뭐지, 그 자들의 음모에 가담한 까닭은?"

"내가 강 영감과 주고 받은 이야기를 엿들으셨다면 충분히 짐작이 가실 텐데요."

"진헌마 건을 미끼로 육룡에게 공을 세우게 하고, 그 덕으로 호강을 하겠다는 것이 목적이었단 말인가?"

"천한 기생의 소망이 그것 말고 어디 있겠어요."

평원해는 이윽히 위생을 응시하다가 너털웃음을 터뜨렸다.

"제법 영악한 여자로 여겼더니, 알고보니 형편없이 아둔한 계집이로구먼."

위생의 눈꼬리가 아릿하게 술렁였다.

"그대가 그 기밀을 고해 바치고 육룡이 또 명천자에게 보고한다고, 그대들 계산대로 호강을 할 줄 아는가. 어림두 없는 망상이야."

평원해는 절레절레 고개를 가로저었다.

"그대들이 태산처럼 믿는 명나라 조정, 내가 진단한 바에 의하면 그 대국은 치유할 수 없는 중병에 걸려 있어. 오늘 내일이라도 명맥이 끊어질 위독 상태에 빠져 있는 거야."

그 말은 단순한 엄포가 아니었다. 팽팽한 전력으로 일진일퇴를 거듭

하던 정부군과 연왕군이었지만, 금년 하반기에 접어들자 그 균형이 흔들리기 시작했다. 연왕 측에 유리한 전세를 보이게 된 것이다.

지난 7월, 정부군 측에서는 평안(平安)이란 맹장을 사령관에 임명하고 연왕의 거점인 북경성(北京城)의 공략을 시도했지만, 오히려 연왕 측의 반격을 받고 총퇴각을 한 바 있었던 것이다.

"내가 들은 바로는 연왕은 금년 안으로 명천자 측의 수도 남경을 공략할 작전을 세우고, 장강(長江)을 건너 진격할 만반의 태세를 갖추고 있다더구먼. 전략에 밝은 사람들이라면 누구나 다 그렇게 보겠지만, 남경과 명천자의 운명은 풍전등화와 같이 위태로운 형국이야. 결국 금년 안이나 늦어도 내년 봄까지엔 명천자는 패망할 것이고, 연왕이 새 천자로 등극할 것은 너무나 뻔하단 말야. 그렇게 될 경우 그대가 태산처럼 믿는 육룡의 신세는 어찌 될 건가."

평원해는 잠깐 말을 끊고 위생의 기색을 주시했다. 아무리 영악한 체해도 일개 기녀로선 국제 정세와 대국엔 감감 무소식인 것일까, 알차기만 하던 위생의 얼굴에도 불안한 그늘이 짙게 슬렁였다.

"만일 그대가 육룡에게 진헌마 건을 밀고하고 육룡이 그 기밀을 조정에 보고한다면, 연왕이 득세하게 될 때 어찌 되겠는가. 누구보다도 먼저 육룡 그 사람의 목은 날아가고 말 게야. 그리고 그대 신세 역시 짐작이 가고도 남지. 지난날 원나라에 공녀로 갔다가 귀현(貴顯)들의 처첩이 되었던 고려의 공녀들이, 원나라가 멸망하자 당했던 참혹한 꼴을 그대 역시 당할 수밖에 없을 게야. 그래도 좋은가."

위생의 안색은 더욱 더 불안에 떨고 있었지만, 입은 열지 않았다.

"하지만 안될 게야. 설혹 그래도 좋다고 고집을 부리더라도, 그리고 한두달 짧은 동안이나마 영화를 누려보고 싶은 생각을 먹더라도 안되지. 그대에겐 그런 욕심두 허용될 수는 없어. 내가 용서 못해, 또 이 동침두."

평원해는 다시 동침을 뽑아들었다. 그것을 위생은 곁눈질로 지켜보다가 겨우 입을 열었다.

"내가 금방 한 말을 잊으셨나봐. 내가 바라는 건 말예요. 시궁창 같은 지금 형편에서 벗어나서 편히 살아보자는 것 그것 뿐이지, 꼭 누구를 섬기고 누구만을 따르겠다는 그런 설익은 수작을 하겠다는 건 아니라고 하지 않았어요."

"역시 그대는 영리한 여자야."

느긋한 웃음을 씹으며,

"그렇다면 좋아."

평원해는 다시 동침을 거두었다.

"이것 봐요, 낭자. 뱁새가 황새 흉내를 내다간 가랑이가 째진다는 이 나라 속담이 있지?"

문득 말머리를 돌렸다.

"나는 요즘 그 속담을 자꾸 곱씹게 돼."

아주 달라진 어투로 살뜰하게까지 들리는 그런 구기로 평원해는 말을 이었다.

"뱁새로 태어났으면 말야, 좋건 궂건 뱁새들 속에 묻혀서 살 수밖에 없는 거야. 내 입으로 이런 말을 한다면 우습게 들릴는지도 모르지만, 뭐니 뭐니 해도 사람들에겐 제가 태어난 고장만한 곳은 없어. 잔뼈가 굵은 제 나라에서 살 수밖에 없을 게야. 겉보기엔 충족하고 호강스런 것 같아도, 이역땅을 굴러다니는 이민생활이란 집 없는 거렁뱅이처럼 거렁스러운 거야."

그것은 꼭 위생을 달래려고 하는 소리만이 아닌, 자기 자신의 진정한 토로일는지도 모른다. 훗날 평원해 그는 벼슬이 판전의감사(判典醫監事)에 이르렀으면서도, 고향인 대마도를 잊지 못하고 자주 왕래하게 되는 것이다.

그는 남창을 열고 아득한 남쪽 하늘을 바라보았다. 하다가,

"내가 공연한 푸념을 늘어놓은 것 같구면."

쓰거운 웃음을 씹었다. 그리고는,

"낭자의 뜻은 이제 알만하니, 그렇다면 떠나기로 할까요?"

말씨까지 높인다.

"대국의 사신을 가까이 해야 할 낭자이며 또 나라님의 부르심을 받은 처지이니 마땅히 예도를 갖추어서 모셔 가야 옳겠소만, 이 고장 사람들의 이목을 꺼리지 않을 수 없소이다그려. 승하하신 신덕왕후의 출신지란 인연 때문인지, 이 곳 사람들은 나라님께 잔뜩 반감을 품고 있는 듯하외다. 그러니 낭자가 부르심을 받았다고 해서 거창한 행차라도 차리고 떠난다면, 어떠한 불상사가 일어날는지도 모를 것이 아니겠소. 그렇지 않소?"

"평 의원의 말씀 지당하시어요."

위생도 그 의견에 찬동했다.

"잠깐 가까운 곳에라도 다니러 가는 체하면서, 빠져나가는 게 좋을 거예요."

"그 대신 곡산부에 당도하면 내 낭자를 극진히 모실 터이니, 그 때까지만 참아주슈"

그리고 잠시 후 평원해와 위생은 그 집을 빠져 나갔다.

평원해의 행색은 여전히 승려 차림이었고, 위생은 수수한 의복에 너울만 쓰고 있었다. 모르는 사람이 본다면 가까이 지내는 스님을 따라 어느 절로 불공이라도 드리려 가는 그런 차림이었다.

그들 두 남녀의 모습이 멀리 사라지자, 잣나무 숲속에서 강현이 나타났다.

"저 승려 차림을 한 자는 틀림없이 국왕이 보낸 인간일 게야. 그러니 위생이가 그 자를 따라가는 것은 우리가 꾸민 작전이긴 하지만, 과연 우리 뜻대로 일이 이루어질는지 어쩔는지."

불안한 그늘이 그의 양미간에 깊게 새겨져 있었다.

"도대체 위생이란 그 계집, 믿을 수 없는 요물이거든. 제아무리 찰떡

같이 살을 마주 비벼댈 때도, 그 살과 살 사이엔 어쩐지 싸늘한 바람이
불고 지나가는 것만 같단 말야."

　그는 연방 고개를 꼬다가 평원해와 위생이 사라진 쪽으로 발길을 옮
겼다.

　오늘도 김인귀는 애꿎은 턱수염만 뽑고 있었다. 그의 음모가 어떤 벽
에 부딪친 것일까. 그 앞에는 묘봉(妙峯)이란 승려가 마주앉아 있었다.

　"위생이란 기녀를 설득하겠노라고 떠난 강현에게서는 아직 구체적인
소식이 없지만, 들리는 말로는 의주까지 육룡을 만나러 찾아갔던 위생
이 만나질 못하고 허행을 했다면서?"

　"예, 육룡의 상급 사절격인 축맹헌이란 작자가 한사코 반대하더라는
거올시다."

　위생이 육룡에게 편지를 썼고 그것을 전하겠다던 평원해가, 중간에서
가로챈 내막은 아직 모르고 있는 눈치였다.

　"그렇다면 육룡과 위생을 만나게 할 길은 아주 막힌 셈인가?"

　"글쎄올시다. 빈도가 들은 바로는 육룡이 그 자, 위생을 마나게 해달
라고 국왕에게 간청했다는 얘기도 있습니다만, 국왕 역시 축맹헌의 눈
치를 살피는 때문인지 차일피일 미루고만 있다는 거올시다."

　진헌마 건을 밀고한 위생의 편지 내용을 방원이 이미 파악하고 있다
는 사실 역시 까맣게 모르고 있는 그들이었다. 또 명나라와의 병든 국교
를 호전시키고자 극약을 투입하는 셈치고, 평원해로 하여금 위생을 데
려 오도록 손을 쓰고 있다는 비밀에 대해선 더더구나 감감할 것이었다.

　"그러니 이렇게 멍청히 앉아서 한낱 계집의 힘만 믿고 기다리고 있을
수도 없는 노릇이 아닌가."

　"그렇습지요. 그 뿐더러 위생이 육룡과 만나는 데 성공한다손 치더라
도 마음을 놓을 수는 없습지요. 전번에 장근 등에게 붙여주려고 했던 두
궁녀 꼴이 된다면, 그 아니 낭패입니까."

"글쎄 말야."

김인귀는 또 애꿎은 턱수염만 뽑다가,

"육룡이란 그 미치광이, 위생이란 기녀만 만나게 해 준다면 무슨 짓이라도 하겠지?"

"그야 이를 말씀이겠습니까."

"그렇다면 말야, 먼 발치로만 빙빙 돌지만 말고 차라리 지름길로 뛰어드는 것이 어떨까. 새중간에 사람을 넣고 어쩌고 할 것이 아니라, 육룡 자신을……."

말꼬리를 흐리더니 다음은 귀엣말로 속삭였다.

"회한하신 계책이십니다. 그 일이라면 빈도에게 맡겨 주십시오."

장담을 한 묘봉은 밖으로 뛰쳐나갔다.

한편 위생을 데리고 귀경한 평원해가 국왕 방원에게 복명을 하자, 방원은 침통한 한숨만 흘리고 있었다.

"모처럼 그대가 그토록 수고를 했다만, 그것도 다 허사로 돌아간 것 같으이."

"무슨 일이 있었습니까?"

"아무리 신묘한 비약을 구했더라도, 환자 그것이 없고 보면 무슨 소용이겠는가."

"육룡이 없어졌단 말씀입니까."

"그 미치광이, 어젯밤에 종적을 감추었단 얘기야. 은밀히 사람을 풀어 수색을 해보았지만, 아직 행방이 묘연한 모양이구먼"

그 말을 들은 평원해는 고개를 꼬고 심각한 생각에 잠겼다.

"이것봐요, 스님. 우리 위생이 어디 있어해? 어디까지 가면 만나해?"

한 승려의 옷자락에 매달려 종종 걸음을 치면서, 노복 차림을 한 사나이가 칭얼거리고 있었다. 변장을 한 육룡이었다. 승려는 김인귀의 집에서 밀담을 나누던 묘봉이란 중이었다.

그러니까 육룡의 탈출은 김인귀가 새로 꾸민 음모인 것일까. 김인귀의 지시를 받은 묘봉이 교묘한 수단이라도 부려서 꾀어낸 것일까.

"스님, 길은 잘못 든거 아니야? 우리 위생인 북쪽에 있을 텐데, 왜 자꾸만 남쪽으로 가?"

반미치광이가 돼 있는 육룡이지만, 그런대로 어떤 의혹을 느끼기 시작한 모양이었다.

그들 두 사람은 개경 남대문을 빠져나와서 임진강을 건너고 파주를 거쳐 풍양(豊壤 : 양주) 지점에 접어들고 있었다.

"다 까닭이 있습지요, 대인."

묘봉은 유들유들한 웃음을 피우며 넉살좋게 둘러댔다.

"위생 낭자의 거처가 원래 북쪽에 있었던만큼, 일부러 남쪽으로 옮겨가서 은신을 하고 있는 것입지요."

"그거 무슨 소리야. 우리 위생이 철새도 아닌데, 가을이 왔다구 왜 남쪽땅을 찾아가해?"

혀짧은 소리로 등에 닿지 않는 말을 하면서 육룡은 고개를 꼬았다.

"잘 생각해 보십쇼, 대인. 대인께서 종적을 감추신 사실이 드러나면, 천사 일행이나 조선정부 측에서는 위생 낭자를 만나시고자 떠나신 것으로 즉각 추측할 것이 아니겠습니까. 따라서 이때껏 위생 낭자가 거처하던 황주나 곡산땅을 수색할 것이니, 그들의 눈을 속일 요량으로 엉뚱한 남쪽땅으로 피신을 하고 대인을 기다리고 있는 중이올시다."

아무 것도 모르는 육룡에겐 그럴싸하게 들린 것일까.

"우리 위생이 나하구 단 둘이서 재미 많이 보려구 아무도 모르는 곳에 숨어 있어해? 좋아 좋아."

어깨춤을 추면서 이번엔 자기가 앞장을 서서 걸음을 재촉한다.

그 때 그들 두 사람과 반대쪽으로부터 걸어오던 한 무변이 걸음을 멈추고 고개를 꼬았다. 평도전이었다.

방원이 등극하기 이전엔 그를 도와 가지가지 맹활약을 한 바 있던 그였지만, 즉위 후에는 홀연히 자취를 감추고 나타나지 않았다.

어떤 숨은 사명이 있어서였을까, 혹은 시끄러운 시국에 부질없는 잡음이라도 일으킬까 원려한 나머지 근신하고 있었던 것일까.

"저 노복 차림을 한 사나이의 말소리, 아무래도 조선사람 같지는 않은 듯 싶거니와 누구일까? 혹시 명나라에서 왔다는 사절의 일원일까. 그렇다면 무슨 까닭에 변장을 하고 어딜 가려는 걸까."

곱씹다가,

"예감이 이상해. 나라님이 되신 그 분을 위해서 오랜만에 졸자가 움직여야 할 일이 생긴 것이 아닐까."

그는 두 사람의 뒤를 밟기 시작했다.

풍양땅 도봉산(道峰山) 북쪽 기슭 음산한 그늘에 한 촌장(村庄)이 외따로 숨어 있었다.

하루 종일 볕이라고는 한 가닥도 들 기회가 없을 것처럼 보이는 응달진 터전에, 이건 또 무슨 취향인지 사면을 성벽처럼 높은 흙담으로 에워쌌다. 필요 이상 크고 튼튼해 보이는 대문은 굳게 닫혀 있었다.

짧은 가을해가 떨어지고 가뜩이나 침침한 그 집 주변을 어둠이 내리덮기 시작할 무렵이었다. 묘봉과 육룡이 그 곳에 당도했다.

"우리 사람 죽어해. 이렇게 많이 걸어보기 평생 처음이야. 이젠 한발짝도 움직일 수 없어해."

육룡은 어린아이처럼 우는 소리를 흘리며 땅바닥에 주저앉으려고 한다.

"이제 다 왔습니다. 바로 저 집입니다, 대인."

그 말에 육룡은 새삼 기운이 나는 모양이었다.

"저 집이야? 우리 위생이가 저 집에 있어해?"

그 집 대문을 향하여 달려갔다.

"위생이, 빨리 나와해. 우리 사람 왔어해."

문짝을 두드려댔다. 그러나 대문은 끄떡도 하지 않았다.

"잠시 동안만 기다리십시오. 이 집 대문을 열게 하는 방법은 따로 있습니다."

묘봉이 손에 들고 있던 목탁을 두드렸다. 승려들이 일반적으로 두드리는 그런 식이 아니었다.

'따악……'

한번 치고 사이를 두었다.

'딱딱딱'

다급하게 세 번을 두드려대고는 또 사이를 두었다가,

'따따따따딱'

다섯 번을 단숨에 두드렸다.

그것이 일종의 암호 구실을 하는 것일까, 육중한 대문이 소리도 없이 열렸다.

"자, 어서."

육룡의 등을 떠밀다시피 하면서 묘봉은 그 집 문안으로 들어갔다. 그리고 곧 대문이 다시 닫혔다.

평도전은 그들의 뒤를 거기까지 따라와 있었다. 우거진 억새 속에 숨어서 엿보면서 고개를 꼬았다.

"저 집은 바로 무인정변 당시 상왕이 은신했던 김인귀의 집이 아닌가."

혼잣소리를 흘리다가 억새를 헤치고 그 집으로 다가갔다.

어둠은 시시각각으로 짙어가고 있었다. 평도전은 잠깐 주위를 둘러보다가, 몸을 날려 가볍게 성벽 같은 흙담을 뛰어넘었다.

제법 널찍한 마당이었지만, 낙엽진 잡목들이 되는대로 뻗치고 서 있었다. 그 한쪽 구석 후미진 곳에 깜빡이는 불빛이 있었다. 발소리를 죽이고 그리고 갔다.

묘한 별채였다. 유달리 살이 굵고 견고한 방문이 하나뿐, 창문조차 없는 그런 방에서 육룡의 혀짧은 목소리가 흘러나오고 있었다.

"우리 위생이 어디 갔어해. 우리 사람이 이렇게 찾아왔는데, 왜 보이지 않아. 우리 위생이 지금 뭘하고 있어해?"

방문 뒤에 몸을 붙이고 방 안에서 흘러나오는 소리에 평도전은 신경을 곤두세웠다.

"천사 대인께는 대단히 죄송하게 됐습니다마는, 피치못할 사정이 돌발해서 위생이란 그 여인, 대인을 뵐 수 없겠다는 거올시다."

평도전도 들은 적이 있어서 알고 있는 이 집 주인 김인귀의 독특한 목소리였다.

"무슨 사정이 있어해. 우리 위생이 죽지 않고 살아 있으면, 우리 사람이 왔는데 어째 못만나해."

"죽기보다도 부끄러운 일이라던가요."

김인귀는 태연히 둘러대고만 있었다.

"부끄러워? 정든 낭군 만나는데 뭐가 부끄러워."

"귀하신 어른께 여쭙기 심히 황공합니다마는, 그 여인 지금 부정한 몸이라는 거올시다."

"부정 탔어해?"

"왜 있지 않습니까. 여인들이 한 달에 한 번씩 겪는 경도 말입니다. 그러니 그것이 끝나는 날까지는 근신을 하겠다는 거올시다."

"있을 수 있는 결백성입지요. 정절이 극진한 부인네들일수록 정이 깊은 낭군에겐 추한 태를 보이고 싶어하지 않는 법이니까요."

묘봉이 맞장구를 쳤다.

"그런 거 우리 사람 개의치 아니해. 여자란 그럴 때가 더 좋아. 보통 때보다 열 갑절 백 갑절 더 정이 깊어해. 빨리빨리 우리 위생이 데려와. 부끄러울 것 조금도 없다고 일러해."

광란한 수캐처럼 육룡은 떠들어댔다.

"알겠습니다. 천사 대인의 말씀 그러하시다면, 그 여인에게 그렇게 전하겠습니다."

　김인귀도 난처했던지 그런 말을 했다.

　평도전은 급히 뒤로 돌아가 숨었다.

　김인귀와 묘봉이 나오더니 해괴한 짓을 했다. 방문을 밖에서 잠가버린 것이다. 그리고는 방에서 멀리 떨어진 담장 밑으로 물러가더니, 이마를 마주대고 밀담을 시작했다. 그들의 말소리가 들릴만한 거리까지 접근한 평도전은 귀를 기울였다.

　"어떻게 하실 요량이십니까. 즉시 수소문을 해서 위생이란 그 기생을 불러다 줘야 하지 않겠습니까."

　묘봉의 말이었다.

　"나도 얼마 전까지는 그렇게 할 생각이었지만, 지금은 생각이 달라졌어."

　김인귀는 묘한 소리를 한다.

　"종래의 작전을 수정할까 싶으이."

　"좀더 자세히 말씀해 주십시오."

　"보아하니 육룡이란 그 자, 환장을 해도 이만저만이 아니구먼. 미친 인간이나 다름이 없단 말야. 그러니 비록 그 자에게 진헌마의 비밀을 알려준다 하더라도, 과연 제대로 명천자에게 보고할 수 있을는지 의문이거든."

　"빈도도 그 점은 우려하던 참입니다."

　"미친놈의 헛소리쯤으로 들리고, 누구도 곧이들으려고 하지 않을는지도 몰라."

　"그렇다면 우리 계책은 어이없이 수포로 돌아가고 말게 아닙니까."

　"그래서 작전을 수정하자는 걸세. 차라리 육룡 그 자를 쥐도 새도 모르게 없애버리는 것이 어떨까 싶으이."

　"죽여버리시겠단 말씀입니까."

　묘봉은 숨을 들이켰다.

"너무나 엄청난 말씀이라, 그저 간담이 떨리기만 합니다그려."

묘봉의 목소리는 정말 떨리고 있었다.

"엄청난 일이구말구."

시인하면서도 김인귀의 음성엔 대담한 웃음이 흐물거리고 있었다.

"엄청난 일이니까 한번 해보자는 걸세."

그는 가슴 설레이는 노래라도 부르듯이 뇌까리고 있었다.

"대국의 사신이 종적을 감추었다가 마침내 무참한 시체로 발견된다, 그리고 그 사실이 명나라 조정에 알려진다, 그럴 경우 조선 국왕의 입장은 어찌될까."

"희한하신 계책이십니다, 대감."

묘봉은 어둠 속에서 무릎이라도 치는 기색이었다.

"육룡이 만일 피살되고 그 사실이 명나라에 알려진다면, 두 나라의 관계는 결정적인 파국으로 치달을 수밖에 없겠지요. 얼마 전에 모처럼 회복된 국교도 다시 단절될 뿐만 아니라, 명천자 측에선 그 책임을 물어 국왕의 퇴위를 요구할 공산도 크지요."

"게다가 한술 더 떠서 부채질을 한다면 어찌 될까. 명천자에게 밀서라도 보내서 진헌마 사건을 폭로하고, 육룡이 살해된 이면엔 그 비밀이 탄로될 것을 두려워한 조선 국왕의 흉계가 작용하고 있다고 고해 바친다면 어떻게 될까."

쿡쿡쿡 김인귀는 웃었다. 묘봉도 마주 웃다가,

"하지만 이 댁에서 처치한다는 것도 생각할 문제가 아니겠습니까. 나중에 시체가 발견될 경우, 여러 가지 시끄러운 일이 있을 것이 아니겠습니까."

"물론이지. 어디까지나 국왕 측의 범행으로 돌리자면, 깊은 산중에리도 끌고 가서 처치해야겠지. 그리고……"

김인귀는 품 속에서 장도 한 자루를 꺼냈다.

"이것은 만일의 경우를 생각해서 국왕 측근의 궁인을 시켜서 훔쳐나게 한 국왕의 소지품이란 말야. 시체에 꽂아둔다면 허물은 영락없이 국왕이 뒤집어 쓸게 아닌가."

"대감의 오묘하신 계책, 귀신도 혀를 두르겠습니다."

알랑거리는 묘봉의 코끝에 김인귀는 그 장도를 들이댔다.

"자네가 해 보겠나?"

"예? 제가요?"

겁에 질린 소리를 삼키며 묘봉은 뒷걸음을 쳤다.

"빈도 비록 너절한 파계승입니다만, 살생을 할 용기는 없습니다."

"그렇구면. 자네가 머리를 깎고 목탁을 두드리는 중이라는 걸 깜빡 잊었구면."

김인귀는 발길을 돌려 행랑채를 향했다.

하인 하나를 넌지시 불러내더니, 그 장도를 내주며 귀엣말로 몇 마디 지시했다. 그리고 다시 육룡을 가두어 둔 별당으로 들어갔다.

평도전은 어둠을 누비며 김인귀가 움직이는 뒤를 따라 움직였다. 그리곤 별당 문 밖에 몸을 붙이고 또 엿들었다.

"천사 대인, 기뻐하십시오. 그 동안 시생이 입이 쓰게 설득을 해서 위생이란 그 여인의 마음을 겨우 돌려 놓았습니다."

김인귀는 그렇게 노닥거리고 있었다.

"우리 위생이가 마음을 돌려해?"

육룡은 이내 반색을 한다.

"우리 사람 만나러 온다고 했어?"

"예, 비록 부정한 몸이지만 천사 대인께서 그토록 간곡히 분부하신다면, 실례를 무릅쓰고 뵙겠다는 거올시다. 다만…"

"다만?"

"이 집에서 만나 뵙는다면 남의 이목에 띌 우려도 있고 하니, 깊은 산 중 외딴 암자에 가서 기다리겠다는 거올시다."

"후, 후후후후"

육룡은 얼빠진 웃음을 터뜨리며 덩실거렸다.

"우리 사람이 조용한 곳 좋아해. 아무도 없는 외딴 곳에서 위생이하고 단 둘이 지내면 극락이라고 생각해."

"그러시다면 즉각 모시도록 하겠습니다."

미리 장도를 주고 지시를 한 바 있는 하인을 불렀다.

"너 지금 곧 천사 대인을 모시고 위생 낭자가 기다리는 암자로 가되, 도중에서 실수가 없도록 각별히 조심하렷다."

실수라는 말에 특히 힘을 주며 말했다.

"예, 예. 잘 알아 모시겠습니다요."

굽실거리는 하인을 방 안에서 흘러나오는 불빛을 통해서 보니, 제법 힘꼴이나 쓸듯 싶은 장골이었다.

하인과 육룡은 즉시 그 집을 떠났다. 평도전은 물론 그 뒤를 밟았다.

하인이 앞장서서 향하는 곳은 김인귀의 집 뒷산, 그러니까 도봉산 북쪽 산골이었다.

"위생이 기다리는 암자, 여기서 멀어해?"

육룡은 조바심을 치고 있었다.

"예, 얼마동안만 참으십시요, 천사 대인. 쥐도 새도 얼씬 못할 호젓한 암자라 산속 깊이 한참은 들어가셔야 하겠습니다."

하인은 둘러대며 걸음을 재촉했다. 육룡은 급한 마음에 헐레벌떡거리면서 열심히 따라갔지만, 마침내 기진맥진한 모양이었다.

"이것봐, 아직도 멀어해?"

오솔길도 없는 으슥한 숲속에 접어들자, 비명을 터뜨렸다. 하인이 걸음을 멈추었다.

"천사 대인, 보행이 정 불편하시다면 소인이 부축해 올릴깝쇼?"

하인은 육룡에게로 바싹 다가섰다.

"그 말 잘 했어. 우리 사람 중국에 있을 땐 예쁜 시녀들이 언제나 부축해 주었어. 우리 위생이 만나하면 너한테 상 많이 줄 거야."

무서운 흉인(兇刃)이 기다리고 있는 줄은 까맣게 모르고, 육룡은 천진하기만 했다.

"글쎄올시다요. 소인의 손길이 시녀들과는 달라서 몹시 거칠읍죠. 천사 대인을 과연 편하게 모실 수 있을는지요."

한 손을 육룡의 겨드랑 밑으로 들이미는 체하다가, 그 손을 재빠르게 날려 입을 틀어막았다. 육룡이 몸을 꼬며 버둥거렸다.

"조용히 굴어, 미친 수캐야."

다른 한 손으로 장도를 뽑아들었다.

"내게 상을 줄 사람은 너나 위생이란 계집이 아니야. 다른 분이란 말이야."

장도의 서슬이 별빛을 퉁기며 번쩍했다.

다시 한번 칼날이 번쩍했다. 그리고 한 사나이가 상반신을 뒤로 꺾으며 나동그라졌다.

육룡은 아니었다.

육룡은 멍하니 서서 후들후들 떨고만 있었다. 위기일발에 평도전이 던진 단검이 하인의 등마루를 뚫은 것이다. 평도전이 육룡에게로 다가갔다.

"너는 또 누구야. 너도 나를 죽이려고 그래?"

겁에 질린 소리를 씹으며 육룡은 뒷걸음질을 쳤다.

"안심하십시오, 천사 대인. 졸자는 천사 대인을 구출하고자 따라온 인간이올시다. 국왕전하의 분부를 받잡고 천사 대인을 찾아다니던 무관이올시다."

평도전은 그렇게 둘러대고는 하인의 등에 꽂혀 있는 단검과 그의 손에 아직도 쥐어져 있는 장도를 거두었다.

"저를 따라오십시오. 그 자들의 패거리가 몰려오면 일이 시끄럽게 될 터이니까요."

"어디로 가는 거야."

"개경으로 모시겠습니다."

"우리 위생인 어찌 돼해. 암자에서 우리사람 기다린다구 했어?"

"그것이 다 그 자들의 음흉한 속임수올시다. 위생 낭자는 아마 개경에서 대인을 기다리고 있을 거올시다."

평원해를 따라 위생이 개경에 들어온 사실을 평도전은 아직 모르고 있었지만, 아쉬운대로 둘러댄 말이 사실과 우연히 부합된 셈이었다.

"위생이가 송도에 있어해? 그럼 우리 사람 송도 가도 좋아."

"잘 생각하셨습니다. 졸자에게 업히시지요."

평도전이 등을 들이댔다.

"대인께서 걸어가시는 것보다는, 졸자가 업고 가는 편이 훨씬 빠를 듯싶습니다."

육룡은 두말 않고 평도전에게 업혔다.

보통 사람보다 비둔하게 살이 찐 육룡을 업고도 평도전의 걸음은 나는 듯했다. 날이 훤히 밝을 무렵엔 임진강 근처 한 촌락에 당도했다.

그 촌락에서도 부유한 편에 속하는 듯싶은 민가를 두드려 어떻게 교섭을 했는지, 말 한 필과 선비의 옷 한 벌을 구해 왔다.

"이 옷을 갈아입으시고 말을 타십시오. 대인을 업고 모시기 어려운 일은 아닙니다만, 날이 밝았으니 남의 이목도 생각해야 할 것이며, 또 그런 노복 차림으로 말을 타고 가신다면 행인들의 눈에 역시 수상쩍을 것이 아닙니까."

평도전의 배려는 면밀했다.

"그 말 옳아해. 대명제국의 사신이 하인 차림을 할 수도 없고 어린애처럼 업혀 갈 수도 없어해"

앞뒤가 맞지 않는 허세를 부리면서 육룡이 옷을 갈아입으려고 할 때였다. 후방으로부터 오륙명의 괴한들이 말을 몰고 달려오고 있었다. 그들 중 한 명을 제외하고는 모두들 어깨에 활과 전통을 멘 한량 차림이었다.

"미친 수캐."

"네놈이 도망치면 어디까지 도망칠까보냐."

"꼼짝 말고 게 섰거라."

그들은 삽시간에 육룡과 평도전을 에워쌌다.

"네놈이었구나."

한량 차림을 하지 않은 사나이, 그는 유독 까까머리에 가사를 걸친 승려 차림이었다. 묘봉이었다.

"산중에서 하인을 죽이고 이 미친놈을 빼돌린 건 바로 네놈이지?"

평도전을 향해서 주먹질을 하며 힐문했다.

"왜 그것이 잘못 됐나? 대국의 사신을 유인해서 살해하려고 들던 흉한을 처치한 것이 죄라도 된다는 말인가?"

겉으로는 큰소리를 치는 것이었지만, 평도전의 안색은 잔뜩 긴장하고 있었다. 가까이서 헤아려 보니, 괴한들은 묘봉을 포함해서 꼭 여섯명이었다.

6 대 1. 무력한 육룡은 오히려 거추장스러울 판이니, 그런 비율로 평도전은 대결해야 한다.

"긴 소리 노닥거릴 필요도 없다. 당장 저 두 놈을 쏘아죽이도록 하라."

묘봉이 지시했다.

괴한들은 다시 말을 몰아 두 사람의 주위를 빙글빙글 돌면서 기사(騎射)의 자세를 취했다.

평도전이 품에서 단검을 뽑아들었다. 하더니 그는 한 손으로 육룡의 덜미를 잡아, 그를 태우고 가려고 했던 말밑으로 끌어넣었다. 동시에 단검으로 말의 등을 찔렀다.

말은 비명을 지르며 그 자리에 네 무릎을 꿇었다. 그러니까 말의 시신을 괴한들의 화살로부터 육룡을 방어하는 방패로 삼으려는 것일 게다.

"천사 대인, 꼼짝 말고 그 속에 숨어 게슈. 내 그 동안에 저놈들을 모
조리 처치하리다."

그러지 않아도 겁에 질린 육룡은, 죽은 말 배때기 밑에서 사지를 움
츠리고 꼼짝도 하지 않았다.

그렇게 되니 괴한들의 화살은 평도전 한 사람에게로 집중됐다. 그의
몸은 비조처럼 죽은 말을 방패삼아 넘나들었다. 우편에서 화살이 날아
오면 좌편으로 뛰어넘고 좌편에서 화살이 날아오면 우편으로 뛰어넘고
했다.

그러면서 기회를 보아 단검을 투척했다. 단검은 먼저 한 괴한의 목줄
띠에 명중했다.

제2의 단검을 던졌다.

언제나 품속에 십여 자루 단검을 숨겨가지고 다니는 것이 그의 호신
책이었다. 석 자루, 넉 자루, 다섯 자루, 계속 날아간 단검은 정확하게
괴한들을 쓰러뜨렸다. 남은 것은 묘봉 한 사람뿐이다.

그제서야 평도전은 투검의 손길을 멈추고 그를 향해 을러댔다.

"보아 하니 네 손엔 아무런 무기도 없는 듯싶은데 어쩔 셈이냐."

묘봉은 비겁했다.

"제발 목숨만 살려주오. 이렇게 빌겠소."

그런 그의 꼴을 모멸의 눈웃음으로 쏘아보다가 호통을 쳤다.

"좋다. 네 목숨만은 살려주겠거니와, 돌아가거든 김인귀 그 자에게
일러라. 내 천사 대인을 모시고 귀경하는 즉시로 네놈들 일당을 소탕하
러 떠날 것이니, 모가지라도 깨끗이 씻고 기다리라고 전해라."

"김인귀가?"

육룡을 데리고 귀경한 평도전의 보고를 받은 방원의 심정은 착잡했
다.

"그 뿐이 아닙니다. 신이 그 동안 각처를 편력하면서 수집한 정보에

의하면, 전하께 반기를 들려는 음모의 집단이 의외로 규모도 크고 뿌리
도 깊은 듯싶습니다. 김인귀를 중심으로 한 상왕 측근의 일당과 개경에
선 태상왕 측근의 일당, 회안군의 유배지 익주(益州)에는 그 잔당들이,
신덕왕후 출신지 곡산에는 그 분의 일족들이, 태상왕께서 한때 행행하
셨던 북녘 안변에선 부사 조사의를 중심으로 한 세력들이 각각 칼을 갈
고 있는 실정이올시다.”

자기를 반대하는 세력의 잔당들이 존재하고 있다는 막연한 추측은 방
원도 가지고 있었다. 그러나 구체적으로 그 세력들의 당맥(黨脈)과 분
포 상황을 보고 받고나니, 충격이 없을 수 없었다.

“다시 말씀드리자면 전하와 정부를 반대하는 세력은 전국 각처에 뿌
리를 내리고 있는 형편이올시다. 남으로는 삼남지방을 위시해서 동북지
방, 서북지방, 그리고 국가의 심장부라고도 할 수 있는 경기 일대에까지
그 지하의 세력은 거미줄처럼 땅굴을 파고 지상을 향하여 창검을 겨누
고 있는 형국이나 다름이 없는 실정이올시다.”

조금 과격한 비유 같기는 하지만, 그렇게 해석할 수도 있다.

“두더지 같은 그 무리들이 기회를 포착해서 창검을 휘두르며 지표로
뛰쳐나온다면 어찌 되겠습니까. 특히 김인귀 일당은 외세까지 이용해서
현 정부를 궁지에 몰아넣을 음모를 획책하고 있습니다. 이런 사태를 방
치하다간 언제 어느 때 참혹한 지진과 가공할 날벼락이 한꺼번에 터지
고 광란하는 참변을 당하는지도 모를 일이올시다.”

구사일생으로 김인귀 일당의 마수에서 벗어난 때문인지, 평도전의 어
세는 전에 없이 흥분하고 있었지만 그의 논지만은 수긍할 수 있었다.

“그러나 아직 지하의 두더지들은 수도 적고 힘도 강하진 못합니다.
땅굴 역시 지표를 뒤엎을 수 있을만큼 넓게 퍼져 있지는 않습니다. 그러
므로 신의 소견으로는, 이 기회에 그 자들이 꼼짝달싹 못하도록 뭉개버
리는 것이 상책일 듯싶습니다. 지표에 고개를 내밀고 어른거리는 자들
은 그 모가지를 도려내야 할 겁니다. 지하에 숨어 있는 자들은 영영 햇

빛을 보지 못하게 묻어버리는 거올시다."

쉽게 말하자면 반정부 세력을 지체말고 소탕하라는 진언이었다. 물론 방원도 그것이 가장 타당한 대책이라는 것을 모르는 바는 아니다. 앙화의 싹은 크기 전에 도려내야 한다는 이치도 잘 알고 있다. 하지만 그는 무거운 고뇌만 씹고 있었다.

"그대가 하는 말 잘 알아듣겠다만, 그 무리들이 떠받들고 있는 봉우리를 어찌한다? 나로서는 다치고 싶지도 않고 다쳐서도 안 될 나의 피와 살이 아닌가."

그들이 옹립하려는 맹주는 방원의 혈친들이다. 친아버지 이성계를 위시해서 친형 방과와 방간이다. 지하의 반대 세력을 수술하자면 어쩔 수 없이 그들 혈육에게도 칼날이 미치게 된다. 그것은 또 방원 자신의 아픔이기도 하기에 망설이지 않을 수 없는 것이다.

한편 아슬아슬하게 위기를 모면하고 귀경한 육룡에게 위생을 안겨 주었더니, 군소리 없이 조용해졌다. 그러나 강대국의 사절들 때문에 겪는 골칫거리가 그것으로 종식된 것은 아니었다.

말썽은 또 예기치 않은 측면에서 퉁겨져 나왔다.

마필의 대가로 엄청난 피륙과 약재들을 싣고 온 명나라 국자감생(國子監生) 4명을 위로하기 위한 잔치가 태평관에서 있었을 때의 일이었다.

그 때 송호(宋鎬), 상안(相安), 왕위(王威), 유경(劉敬) 등 국자감생 4명은 축맹헌, 육룡 두 사신보다 아랫자리에 앉게 했고, 그들을 따라온 왕명(王明)과 주계(周繼) 두 수의(獸醫)는 북향을 하고 서 있도록 했다. 다만 그들 앞에도 탁자만은 놓아 주었다.

그렇게 하는 것이 가장 온당한 범절이라고 여겨져서 취한 조치였지만, 뭣이 놀아나니까 망둥이까지 춤을 춘다는 격으로 하찮은 그 수의들이 심술을 부린 것이다.

두 사신과 국자감생 4명에게 차례로 술잔을 돌리고 난 방원이, 그래도 두 수의를 대접해 주려는 생각에서 먼저 왕명을 불러서 잔을 권하려고 했다. 했더니 왕명이란 그 자, 볼멘 소리로 투덜거리는 것이 아닌가.

"저 국자감생 네 사람, 우리와 다를 바가 없습네다. 어째서 우리 두 사람만 자리에 앉지도 못하고 서 있어야 합니까."

그리고는 주계의 옷자락을 끌고 밖으로 나가버렸다.

꼴 같지 않다. 하지만 그들 두 수의가 심통을 부린다면 마필 무역에 큰 지장을 초래할는지도 모른다. 진헌마를 선택할 경우 국자감생들은 마필의 모색(毛色)을 기록하기로 되어 있으니, 만일 그들이 트집을 잡는다면 양마도 노마 취급을 하고 퇴짜를 놓거나 헐값을 매길 우려가 없지 않다. 패씸한 기분을 누르고 축맹헌에게 귀엣말을 건네보았다.

"어떻소, 천사 대인. 수의들에게도 자리를 마련해 주고 다시 불러들이는 것이 좋지 않겠소."

그러나 축맹헌은 일축했다.

"그 자들은 원래.미천한 인간들입니다. 그런 대접을 한다는 것은 과분할 뿐더러 예도에도 어긋나는 일이올시다."

그 날은 그런대로 그럭저럭 넘겼지만 방원은 꺼림칙했다.

며칠이 지나서 방원은 다시 태평관을 찾아갔다. 두 사신과 네 명의 국자감생과 두 수의를 위해서 다시 연석을 베풀었다. 그러나 왕명과 주계 양인은 몸이 편치 않다고 둘러대며 나타나지 않았다.

아직도 꽁한 마음이 풀리지 않았구나 싶어서, 통역관(通譯官)을 그들의 거실로 보내어 달래 보도록 했다. 아나나 다를까, 그들은 돼지 같은 주둥이를 하고 투덜거렸다.

"도대체 감생들과 우리가 뭐가 달라서 층하를 해!"

"앉을 자리조차 마련해 주지 않을 뿐더러, 우리네 탁자에 놓인 음식을 보니 감생들의 것과는 딴판으로 시시했어."

국왕께선 후대하려고 했지만 축맹헌이 말려서 그렇게 됐노라고 통사가 전했다.

"축 소경, 그 자가 우리를 그렇게 깔봐? 두고 보아해."

두 수의는 이를 갈며 말했다.

그러나 마필 교역 관계의 명나라 측 수석대표격인 축맹헌은 지극히 우호적이었다.

어느 날 그는 국왕 방원을 향해 넌지시 이런 말을 했다.

"이 사람이 이 나라 국세를 곰곰 살펴보니, 창졸간에 일만필이라는 대량의 마필을 조달하기 매우 어려울 듯싶습니다. 그 실정을 우리 성상께 자세히 보고하겠습니다."

고마운 말이었다.

강대국의 환심을 사야만 할 어쩔 수 없는 현실이며 또 이 편에서 아쉬운 물품을 구입하는 교역도 요긴하긴 하지만, 일만필이라는 대량 수출은 너무나 무리한 주문이었다.

"우리나라는 원래 마필을 많이 생산하는 지역이 아니외다. 또 삼면이 바다로 둘러싸여 있는데다가 왜구의 침공이 자주 있어서 그럴 때마다 많은 기병을 동원하여 방어하지 않을 수 없는 실정이니, 솔직이 말해서 우리가 조달할 수 있는 한계는 오천필 정도가 고작일 게요."

방원은 이렇게 털어놓았고 그 선에서 양측은 교역의 양을 양해했다. 그리고 일시적으로 오천필 전량을 조달 수송할 것이 아니라, 일천필씩 몇 차례 나누어 보내기로 합의를 보았다.

그 해 10월 3일, 제1차로 수출할 마필의 조달과 품질 검사를 실시했다.

조달 방법은 이러했다. 급한대로 위로는 여러 왕족과 고관들을 위시해서 아래로는 구품관(九品官)에 이르는 관원들로 하여금, 각자 소유하고 있는 마필을 공출하게 한 것이다. 되도록 민폐를 끼치지 않으려는 배려에서였다.

또 마필을 공출한 관원들에게도 억울함이 없도록 그 가격을 세밀하게 결정 고시했다.

그 내용은 다음과 같다.

대마 상등(大馬上等)은 오승포(五升布:다섯 새의 베나 무명) 오백 필, 대마 중등(大馬中等)은 삼백오십필, 대마 하등(大馬下等)과 중마 상등(中馬 上等)은 삼백필, 중마 중등은 이백오십필, 중마 하등은 이백 필.

마필의 모색(毛色)은 네 명의 국자감생이 기록하기로 했고, 건강 상태는 두 명의 수의가 검사하도록 했다.

그 달 5일엔 국자감생 왕위(王威)가 제1차로 수송할 마필 일천필을 몰고 귀국했다.

그로부터 열하루 후인 16일에는 역시 국자감생 유경(劉敬)이 이운마(二運馬) 일천필을, 다시 십여일이 지난 28일에는 송호(宋鎬)가 삼운마(三運馬) 일천필을, 달이 바뀌어 11월12일에는 상안(相安)이 사운마(四運馬) 일천필을 운반하였다.

그런데 가장 중요한 마필의 건강 상태를 점검하는 일을 담당한 두 명의 수의의 사무 태도가 지극히 불성실했다. 키가 사척 이상 되는 말은 일률적으로 중마에 편입하였고, 삼척 이하는 덮어놓고 불합격품으로 퇴짜를 놓았다. 대마로 선정된 마필은 한 필도 없었다.

그런 식의 검사 방법, 그것만으로도 우리측은 막대한 손해를 입어야 했는데, 앙심을 품은 두 수의의 농간은 그에 그치지 않았다. 이제 나머지 일천필만 채우면 그 까다롭고 골치 아픈 부담을 모면하게 될 것이라고 마음을 놓고 있는데, 예기치 않은 말썽이 일어난 것이다.

12월 14일, 명사 축맹헌이 이른 새벽부터 대전을 찾아왔다. 그는 몹시 흥분하고 있었다.

"우리 사람들이 귀국에 사행온 이후 전하의 극진하신 후의를 많이 입었습니다. 어떻게 하면 그 은혜에 보답할까 초심하고 있는 터에, 뜻하지 않은 말썽이 생겼습니다."

그리고는 품에서 봉서 한 통을 꺼내 바쳤다. 요동지휘 하 대인(河大

人)이 축맹헌 앞으로 보낸 서신이었다.

"내가 펴보아도 무관한 글이오?"

방원이 묻는 말에,

"보시면 불쾌히 여기실 것입니다만, 이번 교역에 관한 중대사이오니 전하께서 필히 열람하셔야 할 것 같습니다."

축맹헌은 이렇게 말하고,

"괘씸한 것들."

어금니를 떨었다. 그 문면은 이러했다.

"군이 교역한 마필은 모두 다 연로(年老)하고 비루먹고 쇠약해서 쓸모가 없으니, 어째서 그런 것들을 보냈는가. 그 까닭을 알고 싶다."

방원도 울화가 치밀었다. 그러지 않아도 그와 같은 사고가 발생할 것을 우려해서 마필 교역의 책임자인 조영무를 불러 사전에 세심한 주의를 주었던 것이다.

"마필은 나누어 수송할 경우 제대로 먹이지 못하거나 잘못 다루어 죽는 말이 있으면 아니될 것이니, 서북면 지방관으로 하여금 잘 보살피도록 시달하라."

그렇게까지 신경을 써서 보낸 말들인데, 이제 와서 그 따위 트집을 잡다니 불쾌하고 괘씸하다.

"이 사람의 생각으로는 그 수의놈들의 농간인 듯싶습니다. 마필을 점검할 때에 건강 상태를 세밀히 조사하지 않았던 것도 이유의 하나이며, 또 몇몇 마필이 야위고 병든 것을 트집잡아 말썽을 부리도록 공작을 한 것도 그놈들로 짐작이 갑니다. 일전에 연석에서 푸대접을 받았다고 앙심을 품고 한 짓일 것이옵니다."

그러나 이제 와서 한낱 수의 따위를 상대로 승강이를 벌여 보았자 뾰족한 수가 생길 리 없었다. 보다 냉정히 사무적인 처리를 해야만 했다. 비록 수송마 중에 야위고 병든 마필이 있다손 치더라도, 그 책임은 우리 측에 있는 것이 아니라 저 편에 있다는 점을 분명히 밝힐 필요가 있다.

그래야만 우리 측의 손해를 미연에 방지할 수 있을 것이다. 더더구나 명나라 측에선 마필의 대가를 이미 선불해 오지 않았는가. 우물우물 흐 릿하게 굴다간 교역상의 신의가 떨어질 뿐 아니라, 양국의 국교 그 자체 가 극도로 악화될 수도 있다.

──우리 측이 아무리 약소국이며 저 편이 아무리 강대국이라 하더 라도, 죽으라면 덮어놓고 죽는 시늉만 해서는 안된다. 지렁이도 밟으면 꿈틀거려 사람의 발길을 물리칠 수 있는게 아닌가. 약자라고 덮어놓고 지기만 하면 강자는 더욱 깔보고 밟아 뭉개게 마련이야. 따끔한 가시를 보여 주어야 하겠다.

방원은 배짱을 굳혔다.

방원은 즉시 도승지인 박석명을 불러서, 요동지휘 하 대인에게 보낼 회답을 구술했다.

"교역 마필 건에 대해서 아조(我朝)에선 심력(心力)을 다하여 왔음 은 천사가 잘 알고 있는 터이다. 아조 관원이 선택한 양마를 다시 감생 과 수의가 등급을 매기고 천사가 결재한 연후에야 수송하는 충분한 절 차를 밟았다. 만약 처음부터 노약(老弱)한 마필들이었다면 어찌하여 천 사가 수송할 것을 응낙하였겠는가. 여는 일찍이 양국을 왕래하는 사신 들로부터 들은 바가 있다. 겨울철에 접어들어 목초(牧草)가 말라죽게 되면 요동관(遼東館)의 마부들은 굵게 벤 갈대를 사료로 먹인다고 한 다. 또 요동 주민들은 극도의 식량난으로 굶주림을 견디다 못하여, 마필 들의 사료를 훔쳐먹는 사례도 적지 않다고 들었다. 고로 살찐 말도 날로 야위게 되어 능히 제도(帝都)에 도착할 수 있는 것은 우리가 수송한 마 필의 삼분의 이를 넘지 못하는 것이 상례라고 한다. 어찌하여 아조의 성 의가 부족하다고 할 수 있겠는가."

이로정연하면서도 강경한 항의문이었다.

"어떻소, 천사의 의향은."

구술하는 소리를 곁에서 듣고 있던 축맹헌을 향하여 방원은 강한 시선을 던졌다.

"그와 같은 실정, 이 사람도 잘 알고 있습니다. 그래서 명일이라도 환경(還京)길에 올라 우리 성상폐하께 자세히 상주할까 합니다."

축맹헌은 어디까지나 협조적이었다. 방원은 이내 안색을 눙쳤다.

공적인 문제에 대해선 따질 것은 따져야 했고 만만치 않은 배짱도 과시할 필요가 있었지만, 사적으로 인간적으로 되도록 따뜻하게 그들 사절 일행을 대하여 주는 것이 점잖기도 하며, 외교적으로도 유리한 자세라고 마음을 돌린 것이다.

"그 동안 천사들과 맺은 정분을 생각하면 오래오래 이 땅에 머물러 주기를 바라고 싶소만, 막중한 사명을 지닌 분들이니 그럴 수도 없구, 그래서 오늘밤 유감 없는 석별의 정이라도 나누고 싶소이다그려."

이번엔 딱딱한 궁궐이 아닌 방원의 옛 사제, 추동 본궁으로 그들을 인도하여 질탕한 잔치를 베풀어 주었다.

12월 16일, 축맹헌, 육룡 등 사절이 출발하는 날에는, 국왕 방원은 백관을 거느리고 개경 서쪽 교외까지 전송을 나갔다. 그 자리에서 국왕의 명의로 흑마포(黑麻布)와 백저포(白苧布), 태상왕 및 상왕의 명의로 역시 흑마포와 백저포를 두 사신에게 선물로 주려고 하였다.

그러나 축맹헌은 간곡히 사양했다.

"우리가 입고 있는 외복들은 모두 국왕께서 하사하신 물품이 아닙니까. 전하의 은혜 그토록 두터우시거늘, 무엇을 또 주시려 하십니까."

조금 과장된 말이긴 했지만, 그런 사실이 없었던 것은 아니다.

축맹헌이 도착하는 즉시로 국왕 방원은 그에게 장금속향대(裝金束香帶)를 선물로 기증하였고, 그는 그것을 허리에 띠고 있었던 것이다.

"또 이 사람이 전하의 후의를 사양하는 데엔, 어쩔 수 없는 까닭이 있습니다."

그는 말을 이었다.

"전하께서 주시고자 하는 물품, 간곡한 정표 이외엔 별 뜻이 없음을 이 사람은 잘 알고 있습니다. 그러나 그와 같은 사실을 요동지휘 하가가 알게 되면 어찌 되겠습니까. 엉큼한 모함의 자료로 삼는지도 모릅니다. 솔직히 말씀드리겠습니다. 우리가 뇌물을 받고 교역마 선택에 공정을 기하지 않았을 것이라고 헐뜯을 우려도 없지 않으며, 그렇게 될 경우 그 누가 전하께 미칠까 이 사람은 저어하는 바 올시다."

충분히 수긍할 수 있는 말이었다.

"그렇다면 육 대인은 어떻소."

축맹헌과 함께 떠나기로 된 육룡을 방원은 돌아보았다. 그는 거의 얼빠진 사람처럼 멍청한 눈길을 허공에 띄우고 눈물만 닦고 있었다.

한때 위생을 안겨주자 그의 광태도 제법 가라앉는 듯싶었지만, 막상 귀국길에 오르기로 결정을 보자 선머슴아이처럼 울고 불고 가관이었다.

그것을 축맹헌이 어르고 달래고 해서 겨우 여기까지 끌고 나온 것이다.

"우리 사람 모함 받는 것, 지긋지긋합네다."

또 눈물 콧물 닦으며 겁에 질린 소리를 흘렸다.

"우리 위생이하고 헤어져 떠나야 하는데, 선물 같은 것 받으면 뭣합네까."

그리고는 소매자락으로 얼굴을 가렸다.

그 때까지 처져 있다가 사신들과 함께 떠나기로 한 나머지 감생들을 위해서도 선물은 준비되어 있었다. 그들은 선물에 침을 삼키면서도 축맹헌의 눈치를 살폈다.

"우리 사람들은 어떻게 하는 것이 좋습네까. 받아야 합네까, 받지 말아야 합네까."

"안되지."

축맹헌은 무겁게 고개를 가로저었다. 그러다가 말썽 많은 왕명과 주계 두 수의를 향해 짓궂은 눈길을 던졌다.

"너희들만은 얘기가 달라. 모처럼 조선국에 왔다가 선물 하나 안겨주지 않으면, 또 무슨 수작을 부릴는지 알 수 없으니까."

그것은 그들의 농간을 호되게 꼬아 주는 소리였지만, 사욕에 눈이 벌 건 두 소인에겐 오히려 다행하게만 들린 것일까, 연방 허리를 굽실거리 며 선물을 받아들었다.

"하지만 천사께 아무런 정표도 못하니 적이 섭섭하오이다그려."

방원은 진심으로 그렇게 말했다.

곰곰 생각해 보니 강대국의 사신도 사람 따라 많은 차이가 있다. 육 룡 같은 주착이 있는가 하면, 장근, 단목례 같은 딱딱한 벽창호도 있다.

그러나 축맹헌은 정은 정대로 받아들일 줄 알면서도 사리는 엄격히 판별하는 탄력성을 지니고 있다. 말하자면 균형 잡힌 외교관이라고나 할까.

"과히 심려마십시오, 전하. 이 사람이라고 빈손으로 돌아가는 것은 아니니까요. 저 짐 보십시오."

그의 뒤에 대기하고 있는 짐수레를 가리켰다.

"저 짐 속엔 귀국에서 생산된 놋쇠 비수 열 자루와 은탕관 하나가 들 어 있습지요. 그것이면 선물로는 충분합니다."

그러나 그 물건들도 선물로 받은 것이 아니었다. 그가 응분한 대가를 지불하고 매입한 물품들이었다.

41. 嘉禮色

축맹헌 일행을 떠나보내는 것으로 대명 외교는 그럭저럭 매듭을 지은 셈이었다.

그러나 그 때를 기다리고 있었다는 듯이 방원의 속을 썩이는 일이 또 일어났다. 부왕 이성계가 마침내 개경을 떠나버린 것이다. 뿐만 아니라 소요산(消遙山) 기슭에 별궁을 짓고 거기서 눌러 있을 의향이라는 소식이었다.

부왕의 심곡은 충분히 짐작이 간다.

분노의 불덩이는 아직도 이글거리고 있을 것이다. 일전엔 금강산을 거쳐서 동북면으로 떠나려고 하다가, 명나라 사신의 이목도 있고 해서 일단 중지하긴 했지만, 그들이 귀국한 지금 더 이상 참고 눌러앉기를 바라기는 무리한 일이었다.

소요산이라면 개경에서 그다지 멀지 않은 지점이기도 하다. 그것까지 굳이 말리겠다고 고심할 수는 없었다. 다만 객지에서 어떻게 지내시는지 아들된 심정으로선 그것이 더 궁금했다.

판승녕부사(判承寧府事) 정용수(鄭龍壽)를 파견하여 문안을 드리도록 했다. 정용수는 태상왕을 모시던 기관인 숭녕부의 최고 책임자였다.

며칠만에 그가 돌아와서 보고했다.

"신 등은 태상전하께 간곡히 진언하였습지요. 그 곳에 오래도록 머무르시기 위한 별궁을 건축하신다는 것은, 여러 가지 폐단이 많으니 중지하십사고 사뢰었습지요."

그렇게 생색을 내면서 정용수는 방원의 눈치를 핼끔핼끔 살폈다. 그가 부왕 측근에 붙어 있으면서, 간사한 농간을 부린다는 정보를 방원은 접수한 바 있다. 그러니 그의 말을 액면대로 받아들일 수는 없었지만, 그래도 그저 듣기는 했다.

"그랬더니 태상전하께서 말씀하시기를, 모두 다 훗날을 위해서 하시는 일이니 상관지 말라고 그러시질 않겠습니까."

"여가 문안차 찾아뵙겠다는 말씀도 드렸는가?"

그를 파견할 때 그 같은 전갈을 하도록 지시한 바 있었던 것이다.

"이를 말씀이겠습니까, 전하."

정용수는 한 순간도 안정할 줄 모르는 눈알을 굴리며 나불거렸다.

"그랬더니?"

"이 해도 이미 다 저물어가는 세말인즉, 새해에나 찾아오시도록 너희 주상께 여쭈라고 그렇게 말씀하셨습니다."

방원은 뭔가 꺼림한 그늘을 느꼈지만, 부왕의 동태에 대해서 그 이상 쑤석거리지 말고 방관하기로 마음을 정했다.

뒤미처 달갑지 않은 소식이 날아들었다. 부왕 이성계는 추위가 한창인 동지섣달인데도 불구하고, 별궁 건축 사업을 서두르고 있다는 기별이었다.

본궁의 노예들을 위시해서 강원도, 충청도 지방의 민간인까지 동원하여 노역을 강요하고 있다는 것이었다. 날씨는 춥고 땅은 얼어서 동원된 인부들의 고통은 이만저만이 아니라는 비난도 날아들었지만, 방원은 귀를 막고 그 이상 용훼하진 않았다.

——아버님에 대한 원성은 곧 나에 대한 원성이 되겠지만, 아버님이 원하시는 일을 위해서라면 몇 마디 욕을 먹은들 어떠하겠는가.

해가 바뀌어 태종 2년 정월 8일, 그 날은 소요산 행재소로 부왕 이성계를 찾아가 문안을 하기로 내정한 날이었다.

그러나 전날 밤부터 갑자기 감기가 들어서 제대로 기신도 어려운 형

편이었다. 하는 수 없이 도승지인 박석명을 파견하여, 대신 문안을 드리
도록 이르고 침전에 누워 있는데 하륜이 입궐했다.

"전하께서 갑자기 미령하시다는 기별 받잡고 문후차 예궐하였습니
다."

입으로는 점잖게 말하면서도 웃는 눈길로 방원을 지켜보고 있었다.
방원은 떨떠름한 눈으로 그 시선을 받으면서 어색한 웃음을 씹었다.

"어젯밤은 어찌나 들볶였던지 한잠도 잠을 자지 못했더니, 그만 독감
에 걸리고 말았구료."

"아니 누구에게 무슨 일로 그토록 괴로움을 당하셨단 말씀입니까?"

하륜도 대강 그 내막을 들어 알고 있었지만, 시치미 뚝 떼고 반문했
다.

"누군 누구요, 중궁이지. 새해 들어 서른 여덟살이니 앞으로 한두 해
면 불혹지년(不惑之年)이 아니오. 하거늘 아직도 투기심은 여전하거
든."

어젯밤 초저녁이었다. 궁내외 문제가 이럭저럭 조용해진 안도감도 작
용했겠지만, 저녁 수라 시중을 들던 한 궁녀에게 마음이 동했다. 별로
빼어난 미색은 아니었다. 다만 중늙은이가 다 된 왕후 민씨나 역시 한물
간 비 엄마 김씨에겐 없는 싱싱한 젊음이 있었다.

또 그 궁녀가 풍기는 분위기도 방원의 취향에 맞는 꼴이었다. 외도라
고 하기보다는 훨씬 가벼운 장난기 같은 기분으로 건드려 보았다.

시간도 오래 끌지 않고 내보냈지만, 그것을 입번(入番)한 궁인이라도
있어서 고해 바쳤던지 민씨가 새파랗게 질린 얼굴로 뛰어들었던 것이
다.

남정네는 구미만 동하면 이것저것 군것질도 할 수 있을지 모르지
만, 그 남정네 하나만 하늘처럼 믿고 사는 여자는 어쩌라는 거여요, 바
람을 피우는 것도 좋고 외도를 하는 것도 좋지만 그건 젊은 시절에나 있
을 수 있는 일이 아닐까요, 다같이 늙어가는 처지에 어쩌면 그렇게 독한

못을 가슴에 박아 줍니까, 제가 늙었다는 것, 저 자신 잘 알고 있지만요, 그럴수록 낭군이 젊은 것에 손찌검을 한다는 것을 알게 되면 자신의 늙음이 더욱 느껴지고 더욱 서러워져서 견딜 수 없는 법이어요, 차라리 죽느니만 못하다고 그런 푸념을 쏟아놓다가, 제 분에 못이겼던지 게거품을 물고 실신을 하고만 것이다.

그래서 의녀(醫女)를 부른다, 약을 먹인다 해서 겨우 깨어나자, 변명하고 사과하고 달래느라고 한잠도 잠을 못이루다가 감기가 들고만 것이었다.

"이것 봐요, 호정 선생. 내 중궁을 돌려보내고 곰곰 생각해 보니 뭔가 잘못된 구석이 있는 것 같으이. 옛적 어느 군왕은 아방궁까지 짓고 주지육림에 묻혀서 살았다고 하지만, 그런 흉내까지는 못내더라도 눈에 드는 궁녀 한둘쯤 건드릴 수 있는 이유는 있어야 할 것이 아닌가. 그렇게 생각하지 않소, 호정 선생. 선생도 다같은 사나이니 말이요."

하륜은 엷은 웃음을 계속 피우며 천천히 고개를 끄덕였다. 방원은 눈이 부신 듯한 눈을 껌벅껌벅하다가,

"그렇다고 뭐 내가 호색하자는 욕심에서만 이런 소리를 하는 것은 아니오."

문득 정색을 한다.

"나도 임금 자리에 앉게 된지 벌써 세해째나 되지 않소. 여러 모로 왕권을 굳혀야 할 시기가 왔다고 보아야 하겠구."

하륜도 정색을 하며 다음 말을 기다렸다.

"우리 조선왕조가 개국하고부터 거듭거듭 회오리친 골육상잔의 참극, 그 진원(震源)을 냉엄히 따지고보면, 무엇보다도 왕권의 뿌리가 공고하지 못했다는 점을 지적하지 않을 수 없을 거요. 다시 말하자면 우리 왕조를 창업하시고 우리 왕조의 통치자로 군림하시게 된 아버님조차도 당신의 소신을 충분히 펴실 수 없게 한 다른 세력이 기승을 부렸다는 사실이, 곧 그 참화의 병인이 아니고 무엇이었겠소. 어리고 변변치 못한

계자(季子)를 왕세자에 책립하신 실책도 그 때문이었구."

신덕왕후 강비의 영향력을 두고 하는 말이었다.

"그러나 그렇게 말하는 나 자신의 처지를 곰곰 생각해 보니, 외척들의 기세는 오히려 아버님 재위시보다도 더하면 더했지 덜하진 않은 형편이구료. 아버님 때에는 신덕왕후 그 분 한 분의 힘만이 두드러지게 작용을 했었지만, 지금은 어떻소? 중궁 혼자만이 아니라 그 사람의 친정 아버지, 친정 아우들까지 제멋대로 고갯짓을 하며 설치는 판국이란 말이오."

방원의 자기 반성은 냉철하고 면밀했다.

"그야 그 동안 내 장인이나 처남 형제들이 나를 위해서 수고들을 한 것은 부인할 수 없는 사실이오만, 그러니만큼 그들은 그 공을 코끝에 내걸고 날로 기세를 올리는구료. 지난날엔 나에게 왕권을 안겨 주기 위해서 뛰던 그들이지만, 이렇게 나가다간 앞으로는 오히려 그 왕좌를 안으로부터 곪고 썩게 할 독벌레의 구실을 할 우려가 짙다는 얘기요."

그런 문제는 하륜의 입장으로선 경솔히 입끝에 올릴 성질의 것이 아닌 때문일까, 그는 그저 듣고만 있었다.

"나는 이 기회에 단을 내리자는 거요. 때가 늦기 전에 외척들의 발호를 억제하기로 마음을 굳힌 거요. 그러자면 물론 밖으로부터 처족들의 기를 꺾는 손도 써야 하겠지만, 무엇보다도 그들이 업고 기대는 중궁의 힘을 견제할 세력을 키우겠다는 것이 나의 당면한 대책이요. 물론 내 측근엔 비 어미 김씨가 측실(側室) 구실을 하고 있는 셈이지만, 출신이 너무 미약하단 말야. 또 성품도 유약해서 중궁을 견제하기는 고사하고 그 눈치만 살피며 설설 기는 판이거든. 그래서 중궁과 제법 맞설 수 있는 가문 출신의 똑똑한 규수를 후궁에 들여앉히는 것이 어떨까, 그런 생각을 하고 있는 거요."

"전하의 말씀 잘 알아듣겠습니다."

하륜은 비로소 입을 열었다.

"신은 문득 전 왕조의 선례를 생각하게 됩니다그려. 고려왕조를 세운
태조 왕건의 경륜 말씀입니다."

완곡한 어투였지만 그 말이 무엇을 뜻하는지 방원에겐 이내 짐작이
갔다. 고려 태조 왕건의 후궁 정책(後宮政策)은 얼핏 생각하기엔 극도
로 문란한 듯 여겨지지만, 곰곰 따져보면 면밀한 정치적 배려가 베풀어
져 있었음을 알 수 있다.

정실부인 신혜왕후 유씨(神惠王后 柳氏)는 정주(貞州) 지방의 토호
의 딸로서 왕건의 혁명에 지대한 내조의 공을 세웠지만, 왕건 그는 그밖
에도 숱한 후비들을 들여앉히고 거느렸던 것이다.

제2부인 장화왕후 오씨(莊和王后 吳氏)는 나주(羅州) 지방의 토호의
출신으로 제2대 혜종(惠宗)을 낳았다.

충주(忠州) 출신의 제3부인 신명순성왕태후 유씨(神明順成王太后 劉
氏)는 제3대 정종, 제4대 광종의 생모이다.

황주(黃州) 출신의 제4부인 신정왕태후 황보씨(神靜王太后 皇甫氏)
는 대종(戴宗)의 모친이다.

제5부인 신성왕태후 김씨(神成王太后 金氏)는 신라의 마지막 임금인
경순왕의 백부 김억렴(金億廉)의 딸로서 안종(安宗)과 현종(顯宗)의
모후, 그리고 제6부인 정덕왕후 유씨(貞德王后 柳氏)는 시중 유덕영(柳
德英)의 딸이다.

이렇게 왕후나 왕태후의 칭호를 내린 후비만 해도 여섯명이나 되는
것이다. 그런데 여기서 주목해야 할 점은 그 후비들이나 후궁들이 거의
다 강력한 정치력을 행사하는 원훈, 권신들의 딸이 아니면 부강한 경제
력을 보유한 토호의 딸들이었다는 점이다.

특히 지역적인 안배에 세심한 신경을 쓰고 있다는 것을 알 수 있다.

정실부인 유씨가 왕건의 출생지 근처인 정주(貞州) 출신인가 하면,
호남 지방 나주 출신의 여인, 호서 지방 충주 출신의 여인, 서북 지방 황
주 출신의 여인, 그리고 영남 지방 경주(慶州) 출신 등 전국 동서남북

각처의 여성들을 총망라하고 있다.

그것은 어느 한 후비와 그 족속들이 강성한 권세를 장악하는 폐단을 견제하는 동시에, 지역적인 편중의 폐풍도 미연에 제거하자는 심원한 배려였을 것이다.

"그야 고려 태조의 선례를 전적으로 닮을 필요는 없겠습니다만, 다소의 참조는 있으심이 좋을 듯싶습니다."

하륜의 구기는 아직도 입을 사리는 듯했지만, 문제의 핵심은 빼놓지 않고 제시한 셈이었다.

"그러자면, 그 일을 구체적으로 진행시키자면, 어떠한 방책을 취하는 게 좋을까."

방원도 사무적인 곬으로 몰고 들어갔다.

"무엇보다도 광명정대하게 일을 처리하셔야 하겠습지요. 사사롭게 어느 집 누구의 딸을 지목하시고 맞아들이시는 것보다는, 국가적인 집행기관을 신설하시고 그 기관으로 하여금 정당한 절차를 밟아 처리하도록 하심이 좋을 듯싶습니다."

"그렇겠지. 그래야만 내가 사사로운 욕심에서 어느 규수에게 눈독을 들이고 가까이 하려 한다는 비방의 말문도, 미연에 틀어막을 수 있겠구면."

방원은 조금 씁쓰레한 웃음을 웃으면서도 그의 표정은 밝았다.

"그 뿐이 아닙니다."

하륜은 조심조심 그러면서도 구체적으로 파고 들었다.

"공적인 기관에 의한 집행과 아울러 떳떳한 명분을 세워야 하겠습니다. 역대 왕조에선 어떠한 식으로 궁호지의(宮壺之儀)를 처리하였는지 구체적인 전례를 고찰하고, 그 중에서 본받을 만한 점을 본받아야만 상하가 저항없이 수긍할 거올시다."

하륜은 그런 의견도 제시했다.

"좋은 말이요. 전에 없던 일을 중뿔나게 시작한다는 것은, 어느 면으로나 모가 날 터이니까."

이제 후궁 문제엔 방원은 슬며시 뒷전으로 처지고, 하륜에게 고삐를 넘긴 셈이었다.

"그러기 위해서는 전하 한 분의 빈어(嬪御) 문제에 그칠 것이 아니라, 경대부(卿大夫), 사대부(士大夫)의 처첩제도까지 이 기회에 밝히시고 규정을 하신다면, 보다 폭넓은 시책이 될 뿐더러 국가 만년의 강유(綱惟)를 유지할 수도 있을 거올시다."

방원은 즉시 예조(禮曹) 및 춘추관(春秋館)에 지시하여, 삼대 이하 역대의 비빈, 시녀의 수를 고검(考檢)하여 보고하도록 하였다.

곧 이어 예조에선 다음과 같은 보고서를 제출했다.

"신등이 상고한 혼의(婚儀)에 의하면, 제후(諸侯)는 정실 한 명에 후궁이 아홉 명이오며 경대부는 일처이첩(一妻二妾), 사대부는 일처일첩으로 되어 있습니다. 널리 후사를 구하게 하면서도 방종한 음풍(淫風)을 예방하기 위한 배려로 사료됩니다. 전 왕조의 혼례제도는 분명치 않습니다마는, 혹은 그 수가 지나치게 많아서 기강이 문란한 사례도 있사오며, 그 수가 극도로 제한되어 후사가 단절되는 경우도 없지 않았습니다. 그러므로 전하께서는 궁호지의(宮壼之儀)를 제정하시어, 경대부나 사대부에 이르기까지 그 제도를 준수함으로써 후사가 끊기거나 풍기가 문란함이 없도록 인륜의 근본을 바로잡으심이 가한 줄로 아뢰옵니다."

"제후에겐 후궁이 아홉이라?"

그 보고서를 훑어본 방원은, 마침 그 자리에 배석한 하륜에게 떨떠름한 웃음을 보냈다.

"나도 일국의 군왕이니 그만한 후궁은 거느릴 자격이 있다는 얘긴데, 아홉 명까지는 필요 없어. 한 두 명이면 족할 거요."

그리고는 하륜의 진언에 따라 후궁 간택의 정식기관인 가례색도감(嘉禮色都監)을 설치했다. 그 기관의 최고 책임자인 제조(提調)에는 하륜 그리고 김사형(金士衡)과 이무(李茂) 두 정승을 임명했다.

　가례색도감에서 제일 먼저 착수한 사무는 전국에 금혼령(禁婚令)을
내리는 일이었다. 국왕이 후궁을 간택할 때까지 쓸만한 규수가 다른 남
자와 결혼하는 것을 예방하는 조처였다.

　그렇다고 전국의 모든 여성에게 금혼령이 해당되는 것은 아니었다.
우선 같은 왕족인 종실의 딸들은 제외된다. 국왕과 혈통이 같다고 볼 수
있는 이씨 성을 가진 여성들도 제외 대상에 든다. 국왕의 후궁은 깨끗한
처녀라야 하므로, 유부녀는 물론 한번 결혼을 했다가 남편을 여읜 과부
들도 대상 밖이다. 또 소실 소생의 서녀(庶女)나 신분이 낮은 천민의 딸
도 될 수 없다. 다만 사대부의 딸로서 묘령의 미혼녀들의 명단만을 국가
에 제출하도록 하고, 그 명단을 점검하여 가려낸 규수들을 궁중에 소집
하여 일종의 면접 시험을 실시하는 것이다.

　예상 못한 바는 아니었지만, 후궁 간택에 대한 반발은 즉각 일어났다.

　금혼령이 내려진 그날 저녁, 검교참찬(檢校參贊) 벼슬을 지낸 바 있
는 조호(趙瑚)라는 인사가 하륜의 집을 찾아왔다. 그는 하륜과 가깝게
지내오는 터였지만, 툭 하면 말썽을 잘 일으키는 위인이었기에 하륜은
경계하는 눈부터 보내지 않을 수 없었다.

　전 왕조 우왕 9년에는 농토 문제로 환관과 다투다가 수안(遂安)땅으
로 장류(杖流)되었는가 하면, 공양왕 원년에는 김저(金佇)의 옥사에 연
루되어 유배된 적도 있다.

　또 바로 지난해(태종 원년) 팔월달에는 지금주사(知錦州事) 안속(安
束)이란 관원과 노비의 소유권 쟁탈 싸움을 해서, 평주(平州)로 유배되
었다가 겨우 풀려나오기도 했다.

　"내 하 대감께 긴히 여쭐 말씀이 있어서 이렇듯 찾아왔소이다."

　벌써부터 흥분에 들뜬 어투로 그는 말을 꺼냈다.

　"오늘 여흥부원군(驪興府院君)을 만나지 않았겠소."

　방원의 장인 민제(閔霽)를 두고 하는 말이었다. 조호는 민제와도 기
까운 사이였다.

"그 자리엔 부원군의 아들 무구, 무질 형제도 합석하고 있었소이다
만, 이런 끔찍한 소리를 합디다그려."

그러나 하륜은 듣는 지 마는 지 실눈에 부라질만 하고 있었다.

"바로 하 대감을 헐뜯고 저주하는 소리였소."

그래도 하륜의 태도는 여전히 태연했다. 조호는 잠깐 김이 빠진 얼굴
이 되었지만, 다시 어세를 돋우었다.

"나라사람들이 하 대감 보기를 정도전과 똑같이 보고 있다는 거요.
대역무도한 간흉 정도전 말이오. 그토록 하 대감을 꺼리고 미워하고 있
는 터이니 하 대감의 권세도 오래 가진 못할 것이라는 거요."

하륜은 잠깐 눈을 뜨고 조호를 정시하다가 다시 내리깔았다.

"여흥부원군으로 말할 것 같으면 전에는 하 대감과 아주 자별한 사이
였는데, 근자에 와선 툭 하면 대감을 비난하는 소리를 흘립디다."

방원이 즉위하기 직전이었다. 그 때 좌정승 자리를 차고 앉아 있던
민제가 갑자기 사표를 던졌다. 그 당시 우정승이었던 하륜과 부역(賦
役) 문제로 언쟁을 하다가 말문이 막히자 그런 행동을 취한 것이다.

그 때부터 하륜에 대해서 좋지 않은 감정을 품어온 것은 사실이겠지
만, 이제 새삼스럽게 저주하는 말까지 떠들어대는 것은 무슨 까닭일까.

"입 밖에는 내지 않았소만, 필시 하 대감이 가례색도감의 일을 주재
하게 되신 데에 앙심을 품은 때문일 거요. 주상께서 후궁을 간택하시고
성총이 새 후궁에게 쏠리게 된다면, 민가네 세도는 추풍낙엽의 꼴이 되
고 말겠으니 이를 갈 수밖에 없지 않겠소?"

겁을 주는 말인지 알랑방귀를 뀌는 소리인지 분간하기 어려웠지만,
하륜은 마침내 입을 열고 의연히 쏘아주었다.

"사생(死生)은 하늘의 뜻에 달린 거요. 옛사람들 중에는 소신을 관철
하다가 억울한 죽음을 당한 지사가 있는가 하면, 요행히 죽음을 면한 사
람도 있소이다. 옳고 그름은 후세 사람들이 공정하게 논할 것이니, 내
무엇을 두려워하겠소."

간택의 절차는 제법 번거롭고 까다로웠다. 제1차 면접 시험 때엔 사전에 서류 심사를 거쳐, 궁중에 소집한 후보자들을 한 자리에 모아놓는다. 그리고 각 후보자가 앉을 방석 앞에는 처녀들의 부친의 성명을 적어놓는다.

국왕 및 자문역을 담당한 종친들이 그들을 둘러보며 대체적인 인물고시를 한다. 그것을 일컬어 초간택(初揀擇)이라고 했다. 거기서 뽑힌 후보자들을 재소집해서 실시하는 시험을 재간택이라고 했고, 마지막으로 세번째 실시하는 삼간택을 거쳐 최종적인 결정을 보는 것이다.

삼간택이 실시된 것은 그 달 21일이었다.

간택된 규수는 전에 성균관 악정(成均館樂正)을 지낸 바 있는 권홍(權弘)의 딸이었다. 집안도 그만하면 나무랄 데 없는 명문이었다.

규수의 조부 권균(權鈞)은 고려조 때 참찬문하부사를 지낸 재신이었고, 부친 권홍 역시 고려조 때 문과에 급제한 준재였다. 한때 간관(諫官)으로서 정몽주의 당파로 몰려 유배된 적이 있는 경골한이기도 했다.

특히 권홍의 재종조모(再從祖母)는 여성의 귀감이라는 칭송이 자자하던 열녀였다. 일찍이 원나라에 공녀로 갔다가 황태자비로 책립되는 행운을 잡았지만, 원나라가 멸망하자 미처 피신을 못하고 명나라 군사에게 붙잡혔다. 그러나 굴복하지 않고 스스로 목숨을 끊었던 것이다.

그런 뼈대있는 가문의 출신인 데다가 권씨의 인품 또한 몇마디 질문을 통해서도 방원의 마음에 흡족했다. 그 날로 권홍의 집에 가례의 예물격인 물품이 전달되었다.

실록이 전하는 그 품목은 다음과 같다.

단자(緞子) 9필, 견(絹) 20필, 정오승포(正五升布) 250필, 쌀 100섬, 콩과 팥 100섬 등 대단한 수량이었다.

일이 그렇게까지 구체적이며 실제적으로 진행되고 보니, 방원의 처족들의 반발은 치열해질 수밖에 없었다. 시앗을 보게된 민비는 불쾌감이 극에 달한 것일까, 그 문제엔 입을 봉하고 일체 언급을 하지 않았지만 처남 형제들은 사력을 다해서 암약하고 있었다.

달이 바뀌어 2월 11일 뜻밖에도 상왕 방과가 사람을 파견하여, 후궁 간택 건을 힐난했다. 방과가 전한 말은 이러했다.

"주상은 무엇이 부족해서 새삼스럽게 후궁을 취하려고 하는가. 여는 비록 정실 소생의 아들이 없는 터이지만, 소시적의 정을 생각해서 차마 빈어(嬪御)를 거느리지 못했다. 하물며 주상은 정비 소생의 왕자가 여럿이나 있지 않은가."

뭐 묻은 개가 뭐 묻은 개를 나무라는 격이었다. 그의 말대로 정실 소생은 없었지만 그가 숱한 여인들을 건드려 많은 서자, 서녀를 낳게 했다는 것은 누구나 다 아는 사실이다. 지씨(池氏), 기씨(奇氏), 문씨(文氏), 이씨(李氏), 윤씨(尹氏) 등의 배를 통해서 낳은 서자만 15 형제, 서녀가 8 자매나 되는 것이다.

결국 민가네 형제들이 쑤석거리는 바람에, 자기 허물은 생각지도 않고 입을 놀리게 된 것이겠지만 반발은 그에 그치지 않았다.

"신 등도 후궁 간택엔 반대올시다."

방원의 심복 중의 심복이라 할 수 있는 이숙번과 도승지인 박석명까지 들고 일어났다.

"주상께선 이미 왕자님만도 세분이나 두고 계시는 터이오니, 후사를 위한 후궁 간택이라는 명분도 내세울 수는 없습니다."

박석명은 그렇게 말했고,

"결국 누가 보나 전하께서 호색하시는 나머지, 취하신 처사로밖에 해석할 도리가 없을 겁니다."

이숙번은 좀더 노골적으로 쏘아댔다. 하지만 방원은 그들에게 구구한 변명은 하지 않았다.

하자면 할 말은 많다. 하륜과 주고받은 외척 세력의 견제책을 피력한다면, 그들도 말문이 막힐는지 모른다.

그렇다고 아무에게나 털어놓을 성질의 것은 못된다. 만일 그 같은 비밀을 경솔히 노출시켰다간, 그렇지 않아도 잔뜩 독이 오른 민비와 그의 친정 식구들의 반발에 부채질만 하는 어리석음을 저지르게 될 것이다.

현재 민씨 일가의 세력은 이 나라 권력 구조 구석구석에 녹녹지 않은 뿌리를 박고 있다.

──그들이 마지막 발악을 하게 된다면.

골육상잔극 못지않은 외척 반란의 피바람이 회오리칠 우려도 배제할 수는 없다.

──천천히 천천히 하는 거야.

방원은 어금니를 깨물며 다짐했다. 외척의 독한 뿌리를 제거하되, 되도록 부작용이 적도록 신중을 기해야 한다.

"상왕의 말씀 그리고 경등의 충언, 내 충분히 알아들었으니 그만 물러가도록 하오."

좋은 말로 두 사람을 달래 보낸 다음, 하륜을 불러들였다.

"끝까지 밀고 나가기는 해야 하겠지만, 예상 외로 반발하는 기세가 심한 듯싶은데 어찌하는 것이 좋겠소."

하고 물었다.

"반발의 바람이 극성스러우면 그 바람이 잠잠해질 때까지 기다려 보는 수밖에 없겠습지요."

하륜의 생각도 방원과 같은 모양이었다.

"그러자면?"

"이미 간택은 끝난 거나 다름이 없지 않습니까. 권씨를 궁중으로 맞아들이는 절차만이 남았으니, 기회를 보아 단행하시면 그만이 아니겠습니까."

"하지만 그 때 또 한바탕 풍파가 일 것이 아니겠소."

"그렇기 때문에 기회를 기다리자는 거올시다. 아니면 기회를 만들 수도 있는 일이 아니겠습니까."

"어떻게?"

"민씨 일문이 상왕을 움직여서 압력을 가하여 왔으니 이 편에서는 보다 더 높으신 분의 힘을 빌리는 것이 좋지 않을까, 신은 문득 그런 생각을 해보았습니다."

"높으신 분?"

"태상전하가 계시지 않습니까."

하륜은 엉뚱한 소리를 꺼내고는 다음 말은 소리를 죽여 부연했다.

경기(京畿)의 소금강(小金剛)이라고 불리는 소요산(逍遙山). 봄이면 철쭉꽃이 눈을 태우고 여름이면 유수한 계곡미, 가을이면 단풍이 좋다고 하지만, 지금은 정월달도 하순 그런 풍광과는 거리가 먼 엄동이다. 계곡도 능선도 땅도 바위도 얼어붙어 기를 못펴는 속에서, 정정히 울려오는 돌 쪼는 소리만이 어지러웠다.

그 달 28일, 방원은 문안차 이 곳으로 부왕 이성계를 찾아왔다. 여러 종친들과 원로 대신들이 수행하는 거창한 행차였다.

아직 행궁 건설의 역사가 한창 진행중이어서, 이성계는 임시로 막차를 치고 거처하고 있었다.

사서 고생을 한다는 말이 있다. 개경으로 돌아가기만 하면 무엇 하나 아쉬울 것 없는 전각과 시설들이 고스란히 기다리고 있는 터인데, 이렇게 추운 날씨에 이런 산골에서 더더구나 노령의 몸을 떨면서 행궁 건설을 서두르는 부왕의 고집이 방원으로선 딱하고 가슴 아팠다.

문안 인사를 치르고 나자, 방원 일행이 미리 준비해 온 음식을 차려 놓고 질탕한 잔치가 벌어졌다.

술들이 거나하게 돌자 이성계와 가장 허물이 없는 옛 친구 성석린이 또 입빠른 소리를 꺼냈다.

"신이 이 곳에 당도하여 보니, 가슴 쓰린 일이 두 가지가 있습니다."

이성계는 그저 덤덤한 눈으로 성석린을 건너다 보았다.

"하나는 이런 추위 속에서 노역에 종사하는 인부들, 석공들, 목수들의 고생하는 정경이 불쌍하옵고, 그보다도 태상전하께서 겪으시는 불편이 신자된 도리로서 뵙기에 심히 민망하고 황공합니다."

"그러니까 또 언젠가처럼 환궁을 종용하겠다 그런 말인가?"

어조 역시 덤덤하게 이성계는 반문했다.

"그렇습니다. 신 등은 아무리 생각해 보아도 이 같은 외진 곳에 행궁을 지으시려고 하시는 태상전하의 진의를 짐작할 수가 없습니다그려."

"진의라야 별 것이 있나. 조용한 곳에서 잡념없이 부처나 섬기겠다는 그런 뜻이지."

"그 말씀도 이해가 가지 않습니다. 하필이면 소요산이라야만 염불을 하실 수 있으시고 송경(誦經)을 하실 수 있으신지요."

성석린은 빈틈없이 파고 들었지만, 이성계는 허허로운 웃음을 흘리며 뇌까렸다.

"자네들의 의향, 내 일찍부터 모르는 바는 아니었어. 하지만 내가 부처를 섬기려는 데엔 다른 뜻이 있는게 아니야. 다만 아들 두 녀석과 사위 한 놈, 그들의 명복을 빌자는 거지."

물론 무인정변 때 피살된 방석 형제와 경순공주(慶順公主)의 남편 이제(李濟)를 두고 하는 말이었다.

"자네들도 생각해 보게나. 그 애들을 혐오하고 그 애들을 죽여 없앤 다른 아들이 임금노릇을 하고 있는 개경에 앉아서, 염불인들 해서 뭣하며 경인들 읽어 무엇 하겠나. 죽은 아들놈들과 사위놈의 혼백이 있다면, 개경땅엔 얼씬도 않을 걸세. 원통하고 분해서라도 말일세."

그 말에 성석린도 말문이 막혔고, 여러 종친들과 원로 대신들도 고개를 들지 못했다. 특히 방원에겐 면상에 얼음물을 뒤집어 씌우는 것 같은 독한 소리였다.

방원은 그 이튿날 하루를 더 묵어 부왕을 위한 잔치를 또 베풀었다.

얼음 같은 원혐에 맺힌 소리를 듣던 순간부터 그는 절망하고 있었다. 부왕과의 거리는 영영 좁혀질 수는 없을 것이라는 절망이었다. 그러면서도 굳이 하루를 더 묵고 부왕을 위로하려는 데에 방원의 외로운 눈물이 있었다.

——— 억지로 지으시는 표정이라도 좋다. 단 한순간이라도 아버님이 웃어주시는 온안(溫眼)을 뵙고 돌아가고 싶다.

이틀째 되는 잔치 자리에선 방원은 누구보다도 먼저 취해보려고 애를 썼다. 헌수(獻壽)의 술잔을 몇 잔이나 부왕에게 바쳤고, 자기에게 돌아오는 술잔은 사양없이 다 받아 마셨다. 술이 어지간히 취하자, 그는 드물게 응석까지 부렸다.

"아버님, 서투른 춤이나마 소자 한번 추어보겠습니다."

그리고는 장춘불로지곡(長春不老之曲)을 스스로 반주삼아 흥얼거리며 덩실덩실 춤을 추기 시작했다.

춤은 몽금척(夢金尺)이라고 불리는 향악무(鄕樂舞). 일찍이 태조 이성계가 하늘의 뜻을 받아 새 왕조를 창업하게 되었다는 전설적 일화를 무용화한 춤이다.

이성계가 아직 등극하기 이전이었다던가. 한 꿈을 꾸었는데, 신인(神人)이 금척(金尺)을 받들고 하늘에서 내려오더니 문무를 겸전하고 민망(民望)이 두터운 그대에게 이것을 주겠노라고 하면서, 그 금척을 이성계에게 주었다는 것이다.

금척은 곧 왕권을 의미하는 것으로 해석되었으며, 그 장면을 무용화한 그 춤은 특히 이성계가 왕위에서 물러난 정종 때부터 이성계를 위한 잔치 자리에선 으레 상연되는 종목이었다.

하지만 대개의 경우 무용수들이 출연해서 보여주게 마련이지, 지존한 국왕이 몸소 춤 춘다는 것은 파격적인 예외가 아닐 수 없었다.

처음에는 거의 무표정한 얼굴로 그것을 바라보던 이성계의 안색에, 차차 착잡한 그늘이 서리기 시작했다. 그것은 무엇일까.

문득 그의 입이 열렸다. 아들이 흥얼거리는 곡에 맞추어 간간이 구호를 던졌다. 하다가 그 자신 비틀비틀 일어나더니 마주 추기 시작했다.

그 정경이 제삼자의 눈에는 화기애애하게만 비쳤을 것이다. 한때 반
목하던 부자가 오늘 이 순간을 계기로 다시 화해하여 질탕히 동락(同
樂)하는 아름다움으로만 보였을 것이다.

그러나 방원이 느끼는 것은 달랐다.

겉으로는 흥겹게 춤을 추는 것 같으면서도, 부왕 이성계의 내면으로
부터 방사되는 것은 얼음처럼 싸늘한 서릿바람이었다. 겉으로는 무슨
말을 하고 무슨 행동을 취하건, 속에는 아들의 정(情)을 완강히 거부하
는 성벽이 쌓여 있었다.

그렇다면 그의 춤은 무엇을 의마하는 것일까. 의미는 없다. 아들이 춤
을 추니 자기도 추어볼 수밖에 없다는 서글픈 광대의 연기를 보였을 뿐
이다.

국왕 일행은 2월 초하루에야 환궁길에 올랐다. 임진강을 건너서 잠깐
휴식을 취할 때였다. 하륜이 다가와서 속삭였다.

"신이 뵙기에 전하와 더불어 태상전하께서 연귀창화(聯句唱和)하시
며 춤을 추시던 그 때가 절호의 기회였던 듯싶었습니다만."

하면서 아쉬운 얼굴을 했다. 왜 그 때 후궁 간택에 관한 협조를 청하
지 않았느냐는 뜻이었다.

실상 두 부자가 한창 어울려 돌아갈 때, 하륜은 몇 차례나 의미 있는
눈짓을 보내곤 했다. 방원도 그것을 눈치 못챘던 것은 아니지만, 끝끝내
거기 관한 말은 입밖에 내지 않았던 것이다.

"내가 너무 취했던 모양이구료. 술에 취했든지 춤에 취했든지 그 문
제는 깜빡 잊어먹었지 뭐요."

그렇게 얼버무려 두었다.

부왕에게서 느껴지던 거부의 찬바람에 대해선, 누구에게도 자신의 두
뇌나 다름없는 하륜에게까지도 말하고 싶지 않았다.

"그보다도 일단 가례색도감을 해산하고 금혼령을 해제하는 게 좋을
듯 싶소."

하륜은 잠깐 생각에 잠기는 듯 하더니, 방원의 괴로운 심정을 이내 알아차린 것일까.

"그것도 좋겠습지요. 여론의 바람을 재우기 위해서 한걸음 후퇴하는 것도 하나의 작전일 수 있으니까요. 뿐만 아니라 병을 주자면 먼저 약부터 안겨주는 배려도 있어야 할 것 같습니다."

아리송한 소리를 흘리고는 몇 마디 귀엣말을 더 속삭였다.

방원 일행이 귀경한 다음날, 둘째 처남 민무질이 명나라로부터 돌아왔다.

그는 얼마 전 사은사(謝恩使)로 가게 된 예문관직제학 이담(李擔)을 따라 서장관(書狀官)의 소임을 띠고 명나라로 사행하였던 것이다.

곧 이어 명나라 측 사신 반문규(潘文奎)가 명천자가 보내는 면복(冕服)을 가지고 도착할 것이라고 그는 보고했다. 상국 명나라 천자가 조선국왕에게 주는 정복인 것이다.

"특히 황공하옵게도 황상폐하께오서는 구장지복(九章之服)을 보내시겠다는 거올시다."

민무질은 신바람을 피웠다. 신바람을 피웠지만 대단할 것은 없다.

장(章)이란 곤룡포(袞龍抱)에 수 놓은 무늬의 수를 말하는 것인데, 천자는 일월성신(日月星辰) 등 십이장(十二章)이며, 산용화충(山龍華蟲) 등 구장지복(九章之服)은 삼공(三公)이나 제후(諸侯)의 복장에 해당된다. 아무리 약소국이라도 독립된 국가의 군주의 복장으로는 별로 명예로울 것이 못되지만, 그렇다고 거기 명천자의 호의가 내포되어 있지 않은 것도 아니었다.

지난날 부왕 이성계에게 내려진 복장은 구경(九卿) 이하가 착용하는 칠장지복(七章之服)이었던 것이다. 말하자면 방원을 이성계보다 한 급 위로 취급하여 준 셈이다.

뒤미처 도착한 반문규를 통해서 보내온 칙서(勅書)에도 그 뜻을 누누이 역설하고 있다. 조선국왕을 명천자 자신의 골육이나 다름없이 생각하고 친애하는 정을 표시했다는 것이다.

어쨌든 민무질로서는 자랑할만한 일이었고, 방원은 그에게 후한 상을 주었다. 병을 주기 전에 던져주는 약사발이었다.

처족들에게 약을 던져주는 공작은 계속되었다.

그 달 초열흘에 실시된 생원시(生員試)에서 막내처남 민무회를 다른 응시자 두 명과 함께 합격시킨 것이다.

생원시는 과거의 예비고시와 같은 성격을 띤 시험으로서, 합격자는 성균관에 입학할 자격과 하급 관료에 취임할 자격이 부여된다. 그런데 우쭐거리는 민무회 등 처남들에게 의정부에선 재를 치는 진언을 했다.

그 당시 새로 생원시에 급제한 자, 즉 신은(新恩)은 사흘 동안이나 그 영광을 자랑하기 위한 시가행진(市街行進)을 하는 풍습이 있었는데, 그럴 때면 마치 지체 높은 귀인의 행차처럼 길을 인도하는 하인이, '예라, 게 섰거라' 외치면서 행인들의 통행을 제지하는 위세를 부렸다.

그것을 금지하자는 것이었다. 마침 입경한 명나라 사신들이 보면, 비웃음을 살 염려가 있다는 것이었다.

민부회의 맏형 민무구는 펄펄 뛰며 그 진언에 반대했다.

"신생원의 가갈(呵喝)은 우리의 향풍(鄕風)입니다. 비록 사신이 듣더라도 무슨 해가 되겠습니까. 금하시는 일이 없도록 바랍니다."

방원은 웃으면서 민무구의 의견을 채택했다. 역시 약을 먼저 주자는 계산이었다.

민무질은 민무질대로 한술 더 떴다. 명사 반문규를 자기 집에 불러다가 대접을 하겠다고 청했다. 명나라에서 돌아올 때 반문규와 동행한 일이 있었다는 것이 이유였다.

물론 이 기회에 강대국의 사신과 친분을 두터이함으로써 자신의 정치적 세력을 강화 확대하자는 것이 속셈이겠지만, 방원은 모르는 체하고 그 청을 들어 주었다.

그 다음 날인 11일엔 정식으로 가례색도감을 해산하고 금혼령을 해

제했다. 서서히 기회를 기다리겠다는 심려(深慮)에서 취한 제반 조치였지만, 그러나 과히 기다릴 필요는 없었다. 급변한 국제 정세가 방원에게 강력한 자신을 심어준 것이다.

그것은 명사 반문규가 소임을 마치고 귀국한 이틀 후인 3월 6일이었다. 성절사(聖節使 : 명나라의 황제나 황후의 생일을 축하하러 가던 사신)로 갔던 참찬의정부사(參贊議政府事) 최유경(崔有慶)이 귀국하여 엄청난 희소식을 전한 것이다. 그는 잡인을 물리친 국왕 방원과 단 둘이서만의 자리에서 이렇게 보고했다.

"그 동안 여러 해를 두고 내란을 거듭하던 명나라의 판도가 이제는 결정적으로 굳혀질 모양입니다. 연왕의 군세 날로 강성하여져서 싸우면 반드시 승리를 거두는 데 비하여, 황제의 군사는 비록 수는 많습니다만 형편 없는 약골들이어서 싸우면 패하는 것이 상례라고 들었습니다."

연왕 측의 승리는 곧 방원의 국제적인 지위의 향상 강화를 의미한다. 방원 자기와 은밀한 친교를 맺어왔으며 정치적인 입장도 상통하는 점이 많은 연왕이 득세한다면, 현재보다 몇 갑절 자신을 지지해 줄 것이었다.

말하자면 국제 문제에 대해선 훨씬 신경을 쓰지 않아도 좋게 된다. 국내 정정(政情)만 정비한다면, 방원의 왕권은 확고하게 틀이 잡힐 것이다.

──이젠 주저말고 밀고 나갈 뿐이다.

단을 내렸다. 그 이튿날로 방원은 결심한 바를 실천에 옮겼다.

별궁 한 채를 치우게 한 다음 은밀히 환관 몇 명과 시녀 몇 명을 권홍의 집에 파견하여, 그의 딸 권 규수를 맞아들이게 한 것이다.

물론 되도록 민비의 신경을 자극하지 않으려는 배려에서였지만, 그러나 마침내 민비의 반발은 폭발하고 말았다.

그 전경을 그 날짜 실록이 전하는대로 옮기면 이렇다.

국왕 방원의 옷자락을 잡아 흔들면서 민비는 울부짖었다.

"상감께선 어쩌면 그렇게 옛일을 잊을 수 있으시어요. 저는 상감과 더불어 간난(艱難)을 함께 받았고 화란을 같이 겪으면서 국사에 전념하지 않았던가요. 그런데 이제 와서 이토록 저를 저버리실 수 있으시단 말씀이어요."

그 뿐이 아니었다. 민비는 마침내 단식투쟁까지 단행하여, 국왕 방원은 며칠 동안이나 정무를 볼 수 없을 지경이었다고 역시 실록은 전하고 있다.

물론 방원은 그 같은 반발을 참고 견디기는 했지만, 후궁 간택 건에 대해서 실질적인 양보는 추호도 하지 않았다.

급변하는 중국 대륙의 풍운의 여파는 해동반도에도 밀어닥쳤다.

3월 3일엔 요동 방면으로부터 남녀 피난민 구십여명이 국경을 넘어 의주로 몰려들었다는 보고에 접했다. 정부에서는 판내자사(判內資事) 유귀산(庾龜山)을 파견하여 실정을 염탐하도록 지시했다.

그들 피난민들의 말은 이러했다. 지난 2월 18일 연왕군과 싸우던 천자 측의 군대가 대패하여 뿔뿔이 도망을 치다가, 민가를 약탈하기 때문에 견딜 수 없어서 조선땅으로 피난을 왔다는 것이다.

고무적인 소식이었다. 방원은 그들 피난민을 강원도와 동북면(함경도) 지방에 분산 거주시키고, 당장 먹고 지낼 의복과 식량을 배급하는 온정을 베풀었다.

그 달 26일에는 명나라 관군의 도망병 이천여 명이 강제로 몰려들었다는 보고가 있었다.

4월 3일에는 이성(泥城) 병마사가 급보를 보내왔다. 지난 3월 29일에 요동 주재 명나라 관군 오천여 명이 도망병을 쫓아 압록강변에 당도하였다는 것이다. 방원은 즉시 정부 대신들과 의논하고는, 우리 땅에는 도망병이 들어온 사실이 없다고 퉁겨버렸다. 이젠 멸망의 구렁으로 치닫는 명나라 조정의 콧김을 더 이상 엿볼 필요는 없게 되었다는 것이 지배적인 의견이었다.

4월 5일에는 서복면 도순문사 이빈(李彬)이 입경하여 보고했다. 동녕위(ﾏ寧衛 : 요양) 천호 임팔라실리(林八剌失里)라는 자가 반란을 일으키고 심양(瀋陽), 개원(開原) 두 지역의 군마를 살해한 다음, 포주강(鋪州江 : 동가강)을 건너 조선땅에 망명하겠다고 요청해 왔다는 것이다.

그 날 다시 서북면으로부터 날아든 보고에 의하면, 도망병 사십여 명이 강계(江界) 대안에 이르러 양식을 구걸하더라는 것이었다.

도망병을 쫓아온 요동군이 돌아가거던 그들 가운데 망명을 원하는 자들을 받아들이도록 하라고 지시했다. 정세는 뒤숭숭했지만 모두 다 방원에겐 강한 자신을 심어주는 사건들이었다.

한편 태상왕 이성계의 소요산 별궁이 준공된 것은 3월 초아흐렛날이었다. 그러나 공사는 그것으로 끝난 것이 아니었다.

이성계는 경기우도도사(京畿右道都事) 이명덕(李明德)을 불러서 이런 의향을 피력했다.

"아무래도 전각 한 채를 더 지어야 하겠어. 귀한 손이 찾아올 경우, 접대할 처소가 마땅치 않단 말야."

이명덕은 그 뜻을 의정부에 보고하였고, 국왕 방원은 즉각 경기도 지방의 백성들을 동원하여 역사에 종사하도록 지시했다. 방원으로선 개경에서 가까운 그 곳에나마 부왕이 마음을 붙이고 오래오래 조용히 머물러 주는 편이 차라리 다행이라고 체념하고 있었다. 그러기에 그 요구대로 지체않고 손을 쓴 것이다.

그 달 19일, 방원은 다시 소요산 행궁으로 부왕을 찾아갔다. 별궁의 준공을 축하할 겸 급변하는 대륙의 정세를 상의하기 위해서였다. 특히 이번에는 간편한 융복으로 갈아입고 궁시(弓矢)까지 몸에 지니고 떠났다.

사냥을 좋아하는 부왕과 하루쯤 들놀이를 해보려는 심사에서였다. 삼월 중순이니 계절도 좋았다. 그러나 방원은 또 실망하지 않을 수 없었다.

대륙의 정세에 관해선 부왕 이성계는 입을 봉하고 한 마디도 언급하지 않았다. 그 점은 미리 예상하지 못한 것도 아니었다. 하지만 부왕이 무엇보다도 즐겨하던 사냥을 권하자, 예기치 않던 소리가 되돌아왔다.

"또 피를 보라는 거냐? 사람이건 짐승이건 피를 흘리는 꼴을 보는 건 이젠 지긋지긋해."

다 늙어가는 나이에 염불삼매(念佛三昧)의 세월을 보내는 처지이니 살생은 삼가겠다는 말로 풀이할 수도 있는 소리였지만, 그런 단순한 해석 이상의 가시가 그 말에선 아프게 느껴졌다. 방원은 무안하고 섭섭했다. 모처럼 어버이가 좋아할 것이라고 가슴 설레며 달려가서 권한 것을, 그런 것 보기도 싫다고 퇴짜를 맞은 어린아이처럼 서글프기만 했다.

방원 일행은 19일부터 23일까지 닷새 동안이나 소요산 별궁에서 체류했다. 그 동안 방원은 날마다 잔치를 베풀었고 많은 술을 들이켰다. 술이라도 퍼마시지 않고는 배기기 어려운 심사였다. 보다못해 이숙번과 환관 김완(金完)이 제지할 정도였다

그 곳을 출발하여 환궁하기로 된 23일엔, 주곤(酒困)이 하도 심해서 늦도록 기신을 못할 형편이었다.

이럭저럭 방원 일행이 돌아가자, 마치 기다리고나 있었다는 듯이 이성계의 거실을 찾아드는 사나이가 있었다. 김인귀였다.

그의 시골집이 그 곳에서 멀지 않은 까닭도 있고 해서, 그는 밤낮을 가리지 않고 불쑥불쑥 나타나곤 했다.

"상감 일행이 다녀갔습지요? 뭐니뭐니 해도 효성만은 지극한 것 같습니다요."

나풀거리면서 이성계의 눈치를 훔쳐보았다.

"효성."

곱씹는 이성계의 얼굴에 허허로운 웃음이 깔렸다.

"나에게 마디마디 골병을 안겨준 그놈이, 이제 와서 효성이 무슨 효성."

"하오나 태상전하께오서 이 곳에 행행하신 지 서너달 동안에 벌써 두 차례나 문안차 예방이 있지 않았습니까. 지존하신 상감이 말씀입니다."

얼핏 듣기엔 마치 방원을 두둔하고 칭송하는 것 같은 어투였다. 그러나 이 능청맞은 모사, 또 무슨 흉물스런 계산알을 퉁기고 있는 것일까.

"예방도 귀찮고 문안도 귀찮아. 차라리 조용히나 지내게 버려두었으면 좋겠구먼."

이성계는 두 눈을 내리깔았다.

"그야 쓸데없는 인간들이 들락거리지 않는다면 조용하기는 이를 데 없는 곳입지요. 이제 별궁도 준공됐으니 태상전하께오선 영영 이 곳을 떠나시지 않으시겠습니다그려."

목구멍 속에 어떤 갈고리 같은 것을 감추고 나불거리는 그런 소리였다.

"그대도 그렇게 보나? 내가 이 곳에 별궁을 지은 것은, 더더구나 추위가 혹심한 한겨울에 가엾은 백성들을 혹사하면서까지 역사(役事)를 서두른 목적이, 내 몸 하나 편하자는 데 있을 거라구 그렇게 보나? 이젠 세상을 버린 거나 다름없는 이 늙은 몸이 말야."

다시 눈을 뜨고 지그시 김인귀를 건너다보았다.

"그야 신도 그렇게 생각하곤 있지 않습니다. 필시 어떤 깊은 곡절이 계실 것이라고 은근히 궁금히 여기고 있었습지요."

여기 닿으면 저리 매끈, 저기 부닥치면 이리 매끈, 김인귀의 혀 끝은 제멋대로였다.

"내 얘기할까. 이 곳에 별궁을 지은 참 목적이 무엇인지 들려줄까?"

과묵한 이성계였지만 지금은 입이 무겁지 않다. 김인귀란 인간에겐 사람의 신경을 슬금슬금 풀어주는 숨은 재주라도 있는 것일까.

"누가 물으면 으레 죽은 아들놈들과 사위의 명복을 빌기 위해서라고 답변을 하지만 말야, 실은 그것만이 목적은 아니야. 요즈음 날로 미미하여 가는 이 나라 법계(法界)에 사소한 도움이라도 됐으면 하는 충정에서야."

이성계는 자세를 바로잡고 음성도 가다듬었다. 어떤 중대한 선언이라도 하려는 것 같은 그런 분위기였다.

김인귀는 반사적으로 고개를 떨구었다.

"다들 알다시피 내가 혁명할 뜻을 품고 일을 꾸미던 그 당시엔, 어쩔 수 없이 유생들과 손을 잡았느니라. 또 우리 왕조를 세우는 데 그들의 도움이 컸던 것도 사실이야. 하지만 그 때나 지금이나 불법(佛法)을 신봉하고 불타를 섬기는 마음엔 추호의 변함도 없어. 본시 사람의 지혜나 능력은 유한한 것이지만, 천지만물을 섭리하시는 신불의 힘은 무한하다는 것을 믿고 두려워하는 마음 또한 한시도 버린 적이 없느니라. 비록 전 왕조 때엔 일부 불도(佛徒)들의 잘못으로 국사에 좋지 않은 영향을 끼친 점도 없지 않았지만, 그것은 그 불도들 개개인의 잘못이지 불문(佛門)이나 신불 그 자체의 허물은 아니거든."

이성계는 잠깐 말을 끊고 두 손을 모아 합장을 했다.

"그런데 말이야, 유생 출신의 재신들이나 관료들은, 마치 신불 그 자체에 잘못이나 있는 것처럼 불법을 백안시하고 불도들을 탄압하려 들거든. 그 사람들은 자기네들만 사리 판단에 밝은 것처럼 자부하고 있지만, 그리고 눈에 보이지 않는 부처나 내세(來世)를 믿는 사람들을 어리석은 중생(衆生)처럼 업수이 보고 있지만, 그 자들의 지혜나 판단력이라는 게 뭐 그리 대단한가. 자기가 이해할 수 있는 테두리 안에서만 뱅뱅 돈다는 것은, 결국 좁은 세계에서 바둥거리는 우물 안의 개구리에 지나지 않아. 아둔한 자기네 소견으로만 국사를 처리하고 나라의 기강을 좌우하려고 굴다간, 이 나라 인심은 날로 매마르고 각박해져서 국가 그 자체가 물기 없는 수목처럼 시들어버릴 우려도 없지 않은 거야."

김인귀는 거리가 먼 얼굴을 하고 한눈을 팔다가, 문득 이성계와 시선이 마주치자 당황히 고개를 까딱거렸다.

"이를 말씀입니까, 전하. 지당하시고 심원하시고 크옵신 태상전하의 뜻을, 그 따위 부유(腐儒)들이 어찌 헤아리겠습니까."

그런 얄팍한 얼레발과는 상관없이 이성계는 길고 아득한 곳을 응시하는 것 같은 눈으로, 그리고 자기 자신에게 다짐하듯 말했다.

"지금 왕권을 움켜잡고 있는 방원이 그 애도 그렇거든. 저 자신 과거라는 것에 급제를 했고 많은 유생들과 어울려 지냈으며, 또 권세를 잡기 위해서 그 자들을 끌어들이고 그 자들의 힘을 빌린 때문이기도 하겠지만, 나의 아들들 중에선 가장 신심(信心)이 희박한 위인이야. 그러한 국왕이 위에 앉아 있고 소견머리 좁은 유생들이 수족이 되어 국정을 요리하고 있으니, 이 나라의 법계(法界)는 날로 쇠퇴하여 질 수밖에 없지 않겠나. 바로 그 점이야."

이성계의 언성이 절로 높아졌다.

"가물거리는 우리 불문의 명맥, 그것을 수호하자는 것이 이 늙은이의 마지막 소원이자 책무이기도 한 것이야. 이 소요산에 별궁을 지은 것도 다 그 때문이지."

그래도 김인귀는 아직 이성계의 말뜻을 알아듣지 못하는 표정이었다.

"절을 만들자는 거야. 처음부터 사찰을 건립하겠다고 밝히면, 말 많은 참새들이 또 이러쿵 저러쿵 조잘대며 말썽을 부리겠지만, 내가 거처하기로 지은 궁을 내가 신봉하는 불문에 희사하겠다는 데 저희가 뭐라고 지껄이겠나."

훗날 그의 소망은 사실로 이루어지게 된다.

세종실록 지리지(世宗實錄地理志)에 의하면, 별궁 북쪽에 소요사(逍遙寺)란 사찰을 건립하게 되었고, 세종 6년에는 태조 이성계의 원당(願堂)이라 해서 전(田) 백오십 결(結)을 급여하였다는 것이다.

"또 일전엔 송도 숭인문(崇仁門) 안에 궁실(宮室)을 짓자고 요청한 일도 있었는데, 그 건물 역시 나중에 절을 만들기 위해서였어."

그것은 지난 2월 2일에 있었던 일이며, 고려 태조 왕건이 광명사(廣明寺)를 건립한 전례를 답습한 것이기도 했다.

"그러시다면 전하."

비로소 김인귀가 신바람을 피우며 물었다.

"이 별궁을 절로 만드신다면, 앞으로 다시 다른 곳으로 행행하실 예정이십니까?"

"물론이야."

이성계는 지체않고 언명했다.

"장차 한양에도 갈 거구, 금강산에도 갈 거구, 혹은 동북면에도 가서 되도록 많은 시찰을 건립하거나 중수하자는 것이 나의 소망이니라."

"지당하고 또 지당하신 말씀이십니다."

김인귀는 더욱더 신바람을 피웠다.

"국가에서 하지 못하는 일, 상감도 손 대지 못하는 일을 태상전하께오서 이룩하신다면, 이 나라의 국기(國基)는 진실로 반석처럼 든든해질 거올시다."

묘한 뜻이 숨겨진 말이었지만, 이성계는 액면대로 받아들였던지 그저 고개만 끄덕이고 있는데, 누가 배알하러 왔다는 전갈이 날아들었다.

"이게 누군가."

내관의 인도를 받고 나타난 사람을 대하자, 이성계는 반색을 했다. 한 노승이었다.

"자네가 출가(出家)했다는 얘기, 이미 들어서 알고 있었네만, 그렇게 막상 법복(法服)을 입은 걸 보고 자못 신기하구먼."

그는 다름아닌 이지란(李之蘭)이었다. 이성계와 의형제처럼 지내온 고우였다.

연전에 이성계가 광야를 방황하던 그 때, 먼 발치에서 그 뒷모습을 목송(目送)하며 뇌까리던 말, 대왕이 가실 곳은 신도 장차 가야 할 길이라고 다짐하던 그 푸념을 앞질러 행동에 옮긴 것이다.

"청해군(靑海君), 아니 지금은 그 따위 군호로 부르지 않겠지. 두란(豆蘭)이, 역시 나에겐 그렇게 부르는 편이 정다워. 어쨌든 자네 마침 잘 왔네. 내 비록 몸은 속세를 벗어나지 못했지만 마음은 이미 출가한 것이나 다름이 없으니, 자네와 짝을 지어 남으로 북으로 혹은 동으로 산 좋고 물 좋은 곳을 찾아다니며 불전(佛殿)이나 불사(佛寺)를 세울 만한 터전을 물색한다면 얼마나 좋겠나."

이지란은 한쪽 귀에 손을 갖다 대고 이성계의 말을 들으려고 애를 쓴다. 그 때 그의 나이 72세, 스스로 아우를 자처하지만, 실은 이성계보다 네 살이 맏이였다. 그토록 늙은 귀청이니 웬만한 소리는 듣기에 힘겨운 것일까.

그러고 보니 얼마 전까지도 그토록 정정하면 그의 몸 전체에서 노쇠 현상이 짙게 느껴진다.

"황공합니다, 대왕."

이지란은 겨우 입을 열다가 쿨룩쿨룩 괴로운 기침을 한참 터뜨렸다.

"감기라도 걸렸나?"

근심스런 얼굴로 이성계가 물었다.

"아니올시다."

역시 기침 섞인 목소리로,

"낫살이나 먹고 보니 해소병이 쇠어 툭하면 쿨룩거리게 됩니다그려."

"조심을 해야지."

"우애하신 말씀입니다만, 그럴 시기도 이미 지났나 봅니다. 신도 역시 대왕을 모시고 불문을 위해서 조그만 보탬이라도 되었으면 하는 것이 숙망이었습지요. 하오나 이젠 그만한 기력도 없을 지경으로 쇠잔하였으니 어찌하겠습니까."

"왜 그런 마음 약한 소리를 하나."

"신의 수명 누구보다도 신이 잘 알고 있습니다. 오래 살아야 한두 달이겠습지요."

그리고는 또 기침을 터뜨렸다. 듣기만 해도 이 편까지 괴로워지는 그런 기침이었다.

"신은 오는 길에 이 곳에서 귀환하는 상감 일행을 만나뵈었습니다. 청을 드렸습지요."

그만한 말을 하는 것도 몹시 짐스러운지, 이지란은 쉬엄쉬엄 말을 이었다. 이성계는 침통한 얼굴로 듣고만 있었다.

"신이 죽거든 본토의 풍습을 따라 장사를 지내주십사 하구요."

그는 여진족 출신이라 그가 말하는 본토의 풍습이란 여진족 토풍(土風)을 의미하는 것이다.

"대왕께서도 익히 아시고 계시겠지마는, 신의 본토 사람들이 타국에서 객사했을 경우 그 시체를 태워서 고향 땅으로 보내게 하는 것이 상례가 아닙니까. 그래서 그렇게 해주십사고 간청을 드렸습지요."

이성계는 할 말을 찾지 못했다. 입에 발린 위무의 말 따위, 그런 소리로 얼버무리기엔 너무나 깊고 살뜰한 사이였다.

"사람두 참."

겨우 그렇게 말하고는 고개를 외로 꼬았다. 뜨거운 것이 눈시울에 맺히는 걸 느낀 때문이었다.

"아주 몸저 눕기 전에 마지막 작별을 고하고자 왔습니다. 부디 대왕께서는 만수무강하시어 오래오래 이 나라 민초(民草)들과 불도(佛徒)들의 수호주(守護主)가 되어 주시기 기원합니다."

공근히 엎드려 두 번 절하고는 비틀비틀 몸을 일으켰다.

"왜 벌써 일어서는 건가. 기왕 왔으니 며칠이라도 푹 쉬면서 쌓인 회포나 풀지 않구서."

"신인들 어찌 그럴 정곡(情曲)이 없겠습니까마는, 사나운 맹수일수록 추하게 죽는 꼴을 아무에게도 보이지 않는다고 하지 않습니까. 더구나 가까운 사이일수록 그런다고 하지 않습니까. 신에게도 아직 그럴만한 기백은 남아 있습지요."

이지란은 또 한번 읍하고 방문을 열었다.

"한번 마음을 정하면 아무도 꺾지 못하는 자네 고집이니까, 말리지는 않겠네."

이성계도 몸을 일으켜 고우를 따라 방문을 나섰다.

"하루 이틀쯤 먼저 가고 나중 가는 차이는 있을지언정, 자네나 나나 갈 곳은 오직 한 곳 뿐이 아닌가. 만일 먼저 가거든 내가 몸 담을 곳도 마련해 놓고 기다려 주게나."

이지란은 잠깐 몸을 돌려 합장을 하고는 쿨룩쿨룩 기침소리와 함께 사라졌다. 이성계 역시 합장을 하고 목송하다가, 뒤따라 나선 김인귀를 돌아보며 뇌까렸다.

"저것이 곧 인생이니라. 한참 때는 산야를 뒤엎듯이 호령을 하던 맹수도, 가는 날이 오면 저렇게 갈 수밖에 없는 거야. 그걸 모른단 말야, 방원도. 그리고 신불을 거부하는 유생이란 자들도."

과연 이지란의 수명은 길지 않았다. 소요산으로 이성계를 찾아 다녀간 지 불과 보름도 못되는 4월 9일, 마침내 숨을 거두었다는 소식이 이성계의 처소에 날아들었다.

시호는 양렬(襄烈), 훗날 태조 이성계의 묘정(廟庭)에 배향된다.

봄은 여인의 계절이라고들 하지만, 봄과 더불어 간택된 후궁 권씨는 계절과 호흡을 같이하며 물이 오르고 꽃을 피우는 듯했다.

처음 별궁(別宮)에 들게 된 삼월 초승, 그 무렵만 해도 눈발을 몰고 독살을 피우는 꽃샘의 바람 결에, 오들오들 떨기만 하는 어린 봉오리였다. 손이 닿으면 되려 차가워지고 움츠러들기만 했다.

하다가 진달래, 개나리, 살구꽃이 만발하고 철쭉이 핏빛처럼 타오르는 음력 4월에 접어들자, 권씨의 화방(花房)에도 봄은 찾아들었다.

굳게 고리를 걸고 열 줄을 모르던 화문(花門)도 방실방실 미소하며 양풍(陽風)을 영접하였고, 바람이 화심(花心) 깊이 돌진하여 노호하면 그에 지지 않겠다고 노래를 부른다. 꾀꼬리, 종달새, 뻐꾸기, 까막까치

모두들 흥겹게 지저귀다가 마침내 바람이 광란하면 그 바람이 무색하게 춤을 춘다.

계절 따라 피고지는 꽃의 세시(歲時)를 전혀 체험 못한 방원은 아니지만, 철이 바뀌어 새로 피는 꽃은 언제 대해도 신선하고 흥겨웠다.

간밤의 바람이 전에 없이 야단스러웠던 때문인지, 곤히 든 잠이 문득 깼다. 금침 한쪽 반이 허전해진 때문인지도 모른다. 잠에 취한 손으로 허위적거리다가 눈을 비벼 보았다. 역시 한 이불 속에 여인은 없었다.

방 한구석에 물러앉아 모침히 등을 보이고 있다.

——벌써 날이 밝았는가.

방원은 그쯤 생각했다.

항상 깔끔하고 엽엽한 권씨는 흐트러진 머리털 한 올 사나이에게 보이지 않으려고 신경을 쓰는 것 같았다. 잠에서 깨어보면 단정히 여민 옷매와 깨끗이 단장을 한 얼굴로 언제나 기다리는 권씨가 방원의 머리맡엔 있었다.

——뭘 하고 있는 걸까.

슬며시 장난기가 고개를 든다. 숨을 죽이고 상반신을 일으켰다. 남자의 눈을 피해서 영위되는 여인의 아침 화장은, 금단의 장막 뒤의 비밀처럼 호기심을 자극한다.

——오늘은 꼭 봐주고 놀려 주리라.

슬금슬금 무릎 걸음으로 다가갔다. 하다가 주춤했다.

이상하다. 아무리 뒷모습이지만 화장하는 자태치고는 선이 딱딱하다. 아니 야릇한 긴박감 같은 것까지 발산하고 있는 듯싶다.

어깨에 손을 얹어보았다. 후닥닥 놀라지는 않더라도 수줍게 몸을 피할 줄 알았는데, 돌처럼 굳어만 있었다.

"뭘 하구 있누?"

비로소 입을 열고 얼굴을 들여다보다가 방원은 무안해졌다. 울고 있는 것이다. 두 눈에서 줄줄이 소리 없는 눈물을 흘리고 있는 것이다.

"허어, 참."

어색하고 민망한 김에 어깨를 흔들었다.

"왜 그러누? 친정 식구 생각이 나서 그러나? 아니면 어느 궁인이라도
속을 썩이나?"

방원의 지체, 방원의 연배로선 권씨는 어디까지나 어리고 여린 화초
에 지나지 않았다.

그러나 그 화초가 당돌한 소리를 되던졌다. 화초는 반문했다.

"저를 그런 여자로 아시고 간택하시었나요?"

꼬집는 소리겠지만 방원에겐 아픔보다 오히려 간지러움에 가까웠다.
고사리 같은 어린애의 손톱으로 각작거리는 기분을 방불케 하는 쾌감이
기도 했다. 절로 짓궂어진다.

"궁인들이 아니면 중궁인가? 중궁이 또 투기라도 부리던가?"

"그런 일쯤에 겁이 난다면 일찌감치 거미줄에 목을 매고 죽었을 것이
어요."

손톱은 예상 외로 표독했다.

"허허허."

속으로 혀를 차면서 내친 걸음에 더 떠보았다.

"그도 저도 아니면 뭐지? 그대 눈에서 그토록 눈물을 짜내는 것이 어
떤 괴물이지?"

"저는 부끄럽고 창피해서 혀라도 깨물고 죽었으면 싶사와요."

권씨는 한번 어깨를 흔들고 두 손바닥에 얼굴을 파묻었다.

"희한한 소리 다 듣겠구먼. 이 나라의 규수로 태어나서 임금의 후궁
노릇을 한다는 것이 그토록 창피하단 말인가? 여가 듣기엔 상하 귀천을
막론하고 모든 규수들이 그대를 부러워한다던데."

일부러 언성을 높이며 얼러본다. 권씨가 등을 팩 돌렸다. 아직도 눈물
이 남은 눈으로 방원을 쏘아보았다.

"제대로 후궁 구실을 하고 있다면 어찌 감히 그런 소리를 하겠습니

까. 상감의 말씀 아니 계셔도, 하늘 아래 부러울 것이 없는 영광으로 알고 있을 것이어요."

"그런데?"

"모르시고 물으시는 말씀입니까."

"글쎄."

대강 짐작은 갔지만, 방원은 일부러 딴청을 해보였다.

"후궁, 후궁 하시지만요, 전하. 제가 후궁을 자처할 만한 어떤 은혜를 베풀어 주셨습니까. 중궁마마의 노여움을 꺼리시어 이런 외진 구석에 처박아 두시고, 그리고 간택된 지 벌써 한 달이 넘었는데도 공적으론 아무런 봉작(封爵)도 없으시지 않으셨습니까. 지금의 처지로선 언제 무슨 바람이라도 한번 불면, 제 신세 어찌되겠습니까. 가지에서 떨어진 가랑잎처럼 흩날려버릴 형편이 아닙니까."

말하자면 국왕의 사사로운 정은 받았지만, 정식으로 신분을 보증할만한 조치를 취하지 않고 있는 데 대한 항의였다.

"난 또 뭘 가지구 그런다구."

떨떠름한 웃음을 흘리면서도, 방원은 속으로 탄복했다.

"내가 보긴 잘 봤어. 그만하면 쓸만 해."

그러면서도 한술 더 떠보았다.

"그대를 봉작하는 일쯤은 어렵지 않지만, 중궁이 또 강짜를 부리면 어쩌지?"

"누가 언제 제 욕심만 부리겠다고 졸랐습니까?"

하더니 나머지 말은 귀엣말로 속삭였다.

그리고 그 달 18일, 권씨를 정의궁주(定義宮主)에 봉하는 동시에, 맏아들 제(禔)를 원자에 책봉하는 조치가 취해졌다. 권씨의 신분을 보장하는 동시에, 민비에게도 불안을 주지 않기 위한 배려였다.

42. 北의 바람

날이 가고 달이 바뀔수록 대륙의 풍운은 다급하게 소용돌이치고 있었다.

재차 사신이 되어 내방했던 축맹헌이 지난 3월 20일 귀환차 개경을 출발한 바 있었지만, 20일쯤 지난 4월 10일 되돌아왔다. 요동땅에도 들어가지 못했다는 것이다.

압록강만 한 발짝 건너도 패잔병, 반란군 그리고 도적들이 준동을 해서 무법 천지를 이루고 있어, 언제 어느 손에 죽을는지 겁이 나서 여행을 못하겠다는 얘기였다.

명나라 측의 사신만이 아니었다. 이 쪽에서 명나라로 파견하는 사신도 길이 막히어 사고를 연발했다.

도총제(都塚制) 조견(趙狷)을 사은사(謝恩使)로 파견하려고 했더니, 여행길이 위험하다는 소식을 듣자 갑자기 병이 났다는 핑계를 대고 아예 길을 떠나려고 하지 않았다. 조정에선 그를 축산도(丑山島)로 유배시켰다.

충계 박경(朴經)은 축맹헌과 같이 길을 떠났지만, 도중에 제멋대로 돌아왔다는 죄로 통진(通津 : 김포)땅에 유배되었다.

5월 18일, 앞서 요동땅에서 반란을 일으킨 임팔라실리(林八剌失里) 등이 평양으로부터 상경하여 예궐했다. 국왕 방원은 그를 푸짐하게 접대하라는 지시를 내렸다. 뿐만 아니라 바로 그날 명나라 좌군도독부(左軍都督府)로부터 도망병을 송환하라는 요청이 날아들었지만 일소에 붙였다.

기울어져가는 명나라 조정의 콧김을 지금도 엿보아야 할 아무런 이유가 없었다.

그 달 30일엔 명나라 측의 도망병과 피난민 남녀노유 869명의 입국을 허락하고, 풍해도(豊海道 : 황해도) 지방에 거처를 정해 주었다.

만일의 사태에 대비하여 우리측의 경비 태세도 강화했다. 평양(平壤), 안주(安州), 의주(義州), 이성(泥城), 강계(江界) 등 서북 지방에 새로 다섯 성을 구축하기로 결정했다.

그러한 어느 날, 그러니까 삼복 더위가 한창 맹위를 떨치던 6월 중순경이었다. 밤이 이슥하도록 잠을 이루지 못하던 국왕 방원이, 새벽녘에야 겨우 눈을 붙였는가 싶더니 괴상한 꿈을 꾸었다. 명나라로부터 사신이 와서 천자의 조서(詔書)를 전달하는데, 문득 그 얼굴을 보니 사신은 바로 연왕(燕王)이었다.

어찌된 일이냐고 물을 수밖에 없었다. 연왕은 미소하며 답변하기를, 귀하와 나 사이에 사신을 보내고 어쩌고 할 번거로운 절차가 무슨 소용이겠는가, 서로 무릎을 마주대고 기탄없는 환담을 나누고 싶어 이렇게 직접 왔노라고 하더니, 다시 그 얼굴이 사신의 얼굴로 변하였다.

잠이 깨자, 마침 도승지(都承旨) 격인 박석명이 들어섰다.

"아무래도 명나라 조정에 일대 변혁이 일어난 듯싶구먼."

말하고는 방금 꾼 꿈 이야기를 들려주었다.

"다시 없는 길몽이올시다."

박석명은 들뜬 소리로 풀이했다.

"칙사란 곧 명천자를 대행하는 신분이온데, 그 칙사의 얼굴이 연왕으로 변했다면 연왕이 곧 제위에 등극했거나 오래지 않아 등극할 조짐이 아니고 무엇이겠습니까. 뿐만 아니오라 새 천자가 몸소 내방하였으니, 앞으로는 우리 조선왕조의 지위가 전보다는 훨씬 향상될 징후올시다."

방원의 몽조(夢兆)를 뒷받침하는 희보가 날아든 것은, 그로부터 오래지 않은 9월 28일이었다.

서북면 도순문사(都巡問使)가 보내온 비보(飛報)였다.

강방우(康邦祐)라는 통역관이 요동으로부터 귀환하여 평양에 이르렀는데, 그가 제보한 내용을 다시 도순문사가 급보한 것이다.

"지난 6월 13일, 연왕군은 경사(京師)를 공함(攻陷)하였사오며 건문황제(建文皇帝 : 혜제)는 봉천전(奉天殿)에 불을 지르게 하고 스스로 전중(殿中)에서 목 매어 자결하였다고 합니다. 그때 후비 궁녀 사십인이 순사(殉死)하였다는 풍문도 있습니다."

건문제의 최후에 대해선 이설도 없지 않다.

낙성(落城) 직전 천자가 자결하려고 하자 몇몇 근신이 눈물로 제지하는 한편, 미리 준비해 둔 도첩(度牒 : 승적부)과 가사(袈裟), 승모(僧帽), 짚신, 현금 등을 주어 지하도를 통해 탈출하게 했다는 것이다.

어쨌든 명 황실 숙질간의 처절한 제위 쟁탈전도 최후의 결판이 난 셈이었다. 그것도 방원이 소망하던 방향으로 말이다.

보고서는 계속되었다.

"7월 17일엔 연왕이 황제위에 등극하였다 합니다. 도찰원첨도어사(都察院僉都御史) 유사길(兪士吉), 홍려시소경(鴻臚寺少卿) 왕태(汪泰), 내사(內史) 온전(溫全), 양녕(楊寧) 등이 조서를 받들고, 이 달 16일에 이미 압록강을 건넜다 하오며, 역사(力士) 2인과 환자(宦者) 3인도 수행한다는 거올시다."

보고서를 읽고 난 방원의 감회는 착잡했다.

──여보시오, 연왕.

꿈에 나타났던 그의 얼굴을 되새기며, 남모르는 소리를 곱씹었다.

──나는 일찍이 형제들을 상대로 골육상잔의 참극을 겪다가 이복동생들을 죽게 했고, 당신은 나이어린 조카를 죽였구료. 내가 조선왕조의 제3대 군왕이 된 것처럼 당신도 명제국 제3대 황제가 되었으니, 우리 두 사람의 운명 어쩌면 이렇듯 닮은 데가 많소.

——닮다 뿐이겠소?

소리 없는 연왕의 응수가 들리는 듯했다.

——혹 훗날의 사가(史家)들은 속 모르는 붓방아를 찌을는지도 모를 거요. 동방의 귀하와 중원의 내가 거의 때를 같이 하여 골육의 피를 빨아먹고, 또 두어 해를 전후해서 국권을 강탈하였노라고.

연왕의 환상은 침울하게 웃고 있었다.

——하지만 나나 당신이나 그 사가들의 같은 붓끝으로, 이런 기록을 남기도록 할 거요.

방원은 자부했다.

——동방의 이름 없는 여인의 몸에서 태어난 이방원과 주태(그가 고려의 공녀 소생이라는 설은 앞에서 소개했다)가 각각 욕되고 거친 가시밭길은 걸었으나, 훗날의 조선국의 번영과 명제국의 융성은 오로지 그두 중흥주(中興主)의 피와 땀과 눈물의 결실이라고.

그것은 또 방원의 엄숙한 맹세이기도 했다.

대륙의 풍운은 방원에게 유리한 방향으로 정착을 본 셈이었지만, 그러나 그렇다고 안이하게 기뻐하고만 있을 형세는 못되었다.

연왕의 즉위를 통보하는 조서를 휴대한 명나라 새 정부의 사절이 이미 압록강을 건넜다고 한다. 그렇다면 긴급히 해결해야 할 골칫거리가있다. 바로 부왕 이성계의 동태였다.

모처럼 소요산 별궁에 안주할 것처럼 보이던 이성계가, 다시 거처를옮긴 것이다. 거리는 거기서 멀지 않은 같은 양주(楊州)땅이었지만, 어쨌든 천보산(天寶山) 회암사(檜巖寺)로 옮겨 앉은 것이다.

지난 6월 9일에 있었던 일이다.

총 건평 262간이나 된다는 굉궐한 대가람(大伽藍)이었지만, 이성계는 그것을 중수(重修)하고 아울러 궁실(宮室)을 짓겠다는 의향을 피력했다. 이번에도 방원은 그 의견을 존중했다. 군사 150명을 파견하여, 그역사에 종사하도록 조치했다.

그리고 다시 7월 13일엔 이성계의 정신적 스승인 무학대사 자초(自超)를 그 절의 감주(監主)로 위촉했다. 물론 부왕 이성계를 기쁘게 하기 위해서였다.

그러나 정권이 바뀐 상국의 사신이 오게 된다면 얘기는 다르다. 그들이 태상왕의 안부를 묻게 될 경우, 뭐라고 답변한단 말인가.

그들 사신의 눈에 조선국왕 부자간의 반목이 심한 것으로 비친다면, 향기롭지 못한 부작용을 초래할 우려도 없지 않다.

도승지 박석명을 불러서 의견을 물어보았다.

"사신들이 입경하기 전에 손을 써야 할 거올시다. 태상전하의 환궁을 종용해야 하겠습지요. 오래지 않아 태상전하의 탄신일이 아닙니까?"

앞으로 열흘 남짓 남아 있는 10월 11일은 바로 이성계의 생일이었다.

"평일도 아닌 탄신날에 왕도를 비우시고 산사(山寺)에 은둔하고 계심을 알게 된다면, 명나라 사신들은 몹시 수상히 여길 거올시다."

"하지만 아버님께서 우리의 청을 들어주실까?"

상국의 사신이 올 적마다 되풀이해서 당하는 말썽이었고, 되풀이해서 골치를 썩이는 난제였다.

"신이 가서 간청해 보겠습니다."

박석명은 즉각 회암사를 향해 떠났지만, 그 이튿날 풀이 죽어 돌아왔다. 그의 안색만 보아도 일이 틀어졌다는 것을 짐작할 수 있었지만,

"뭐라고 말씀하시던가."

묻지 않을 수 없었다.

"태상전하께선 한말씀으로 잘라 말씀하시질 않겠습니까. 이미 속세를 버리신 당신이시니, 조용히 버려두었으면 좋겠노라는 분부올시다."

"명나라 사신 온다는 말씀도 사뢰었는가?"

"이를 말씀입니까. 뿐만 아니오라 탄신일을 왕도에서 맞아주십사고 간청했습지요."

"그랬더니?"

"명나라 사신들이 만나겠으면 저희들이 나를 찾아올 것이며, 생일 잔치 같은 건 생각만 해도 번거롭다고 그런 말씀이올시다."

역시 부왕의 마음의 장벽은 두껍기만 했다.

또 하나의 시급한 과제는 연왕의 즉위를 축하하는 하등극사(賀登極使)를 파견하는 일이었다. 강대국의 새 통치자에게 축하의 뜻을 표하는 성외는 앞으로의 선린 관계를 위해서 시급하고도 중대한 문제였다. 그리고 그 사절은 조선 정부에서 최고 직책을 맡고 있는 중신이라야 했다. 그러자면 좌정승이나 우정승을 파견해야 하겠는데, 예기치 않은 차질이 발생했다.

방원은 좌정승 김사형과 우정승 이무 그리고 영사평부사(領司平府事) 하륜을 불러 의향을 물었다.

"우정승은 요즘 몸이 불편하다고 하니, 먼 길을 가기는 어렵겠구료?"

그런 식으로 말을 꺼냈다. 그에 앞서 우정승 이무는 신병을 이유로 두 차례나 사표를 제출한 바 있었던 것이다.

그렇다면 그 임무는 좌정승 김사형에게로 돌아가는 것이 자연스런 순서였다. 그런데 김사형이 뜻하지 않은 소리를 하며 꽁무니를 뺀 것이다.

"신도 역시 몸이 편치 않아서 진작 사직할 뜻을 사뢰고 싶었습니다마는, 성의(聖意)를 괴롭혀 드림이 황공해서 말을 못하고 있었습니다."

그러나 김사형의 속셈은 뻔했다. 비록 연왕이 전승을 거두어 새 통치자로 군림하게 되었다고는 하지만, 아직도 대륙 각처에는 전 천자의 잔당들이 잠복하고 있을 우려를 배제하기는 어렵다. 사행 도중에 그들로부터 어떤 위해를 당하지 않을까 겁을 먹고 몸을 사리는 것일 게다.

──야속하고 괘씸하다.

그러나 그런 감정보다도 당면한 과제의 해결책이 시급했다. 답답한 눈길을 허공에 띄우며 한숨만 몰아쉬고 있는데,

"신이 가겠습니다."

하륜이 나섰다.

"두 분 정승이 못가시겠다면 신이라도 가야 하지 않겠습니까."

김사형과 이무는 고개를 외로 꼬고 귀밑만 붉히고 있었다. 방원은 물끄러미 하륜을 응시하다가, 그의 눈꼬리에 눈물이 맺혔다.

──모두들 제각기 나를 위해서 견마지로를 다하는 심복처럼 굴고 있지만, 진정 나의 수족이 될 사람은 이 사람 뿐일 게야.

하륜의 눈언저리도 흥건히 젖어 있었다. 방원이 곱씹는 외로움을 그도 씹고 있는 것일까.

"호정 선생이 간다면 그 아니 고맙겠소만, 하등극사는 이 나라 조정의 중신들 중에서도 으뜸가는 수신(首臣)을 파견해야만 예가 될 터인데, 호정 선생의 관직이 너무 가벼운 것 같구료."

당연한 배려였지만 몸을 사리는 두 정승에 대한 따끔한 일침이기도 했다.

그때 하륜이 맡고 있던 영사평부사(領司平府事)직은 경제 관계만을 담당하는 장관직에 불과했던 것이다.

"신이 방금 사의(辭意)를 표하지 않았습니까."

목구멍에 걸리는 그런 어투로 김사형이 말했다. 이왕 말을 꺼냈으니 생색이나 내보자는 속셈일까.

"그렇지, 경이 사직하면 좌정승 자리가 비게 되겠구면. 그러니 부득불 호정 선생을 그 자리에 임명할 수밖에. 또 좌정승 직함을 지니게 된다면, 하등극사로서의 자격도 충분하겠구."

두 정승의 콧대를 꺾어주는 단을 내렸지만, 그러나 방원의 가슴은 개운치 않았다.

명나라 새 정권의 사절 일행이 입경한 것은, 이성계의 생일 바로 이튿날인 10월 12일이었다. 생일날에도 태상왕 이성계가 왕도에 있지 않은데 대한 의혹을 받는 위험만은 아슬아슬하게 모면한 셈이었다.

국왕 방원은 면복을 갖추고 여러 신료들을 거느리고는 개경 서쪽 교외까지 나아가 그들 일행을 영접했다.

새 천자가 보낸 조서의 내용은 자신이 제위를 쟁탈한 데 대한 명분과 이유와 경위를 변명한 말로 채워져 있었다. 국가의 대권이 간신들에게 돌아가고 골육상잔의 피바람이 휘몰아친 때문에, 부득불 기병(起兵)하지 않을 수 없었다고 역설했다.

천지조종지령(天地祖宗之靈)이 보우하고 장사들이 역전 분투한 덕으로 승리를 거두었지만, 처음부터 멀리 황성을 공략할 의향은 없었노라고 해명했다. 그리고 하북(河北) 지방에 머물러 정세를 관망하고 있었으나, 건문제(建文帝) 측근의 간신들의 발호가 하도 극심하므로 그들을 제거하거나 회개시키고자 경사(京師)를 공함(攻陷)한 것인데, 간악한 권신들의 핍박으로 뜻밖에도 건문제는 불을 지르고 자결했던 것이라고 강변했다.

제왕, 대신들 그리고 여러 씨족들이 연왕 자기를 태조, 즉 주원장의 정당한 계승자라고 입을 모아 옹립하므로, 종묘사직을 중히 여기는 뜻에서 대통을 잇고 황제위에 등극했다는 판에 박은 소리도 덧붙였다.

그러므로 조서 내용은 신기할 것은 없었지만, 뒤미쳐 색다른 일 한두 가지가 벌어졌다.

사절 일행 중에는 내관 세 명이 끼여 있었다. 국왕이 차리는 정식 연회에는 참석시킬 신분이 못되므로, 좌부대언(左副代言) 김한로(金漢老)에게 그들을 따로 대접하라고 지시했다.

그 연회가 파하고나자 정귀(鄭貴)라는 이름의 내관을 위시한 세 명이, 국왕 방원 앞에 나아가 공근히 절하였다. 새 천자의 조서를 받들고 온 내사(內史) 온전(溫全)이 의미있는 눈길로 방원을 바라보며 말했다.

"전하께선 저들 세 사람을 보시고 뭔가 느끼시는 점이 없으십니까."

방원으로선 알아듣기 어려운 질문이었다. 그저 미소를 보이며 고개를 꼴 수밖에 없었다.

"실은 저 세 사람, 전하의 백성이올시다. 이 나라가 고향입지요. 어릴

적 왜구들의 포로가 되어 떠돌아다니다가 중국에 이르러 성장한 자들이
올시다. 성상폐하의 각별하신 배려로 사절을 따라 환향하였습니다만,
부모들의 얼굴도 알아보기 어렵다고 하니 얼마나 가련합니까. 또 저 사
람들은 우리 성상폐하를 위해서 적지 않은 공을 세웠습니다. 전하께서
는 저 사람들이 부모를 만날 수 있도록 진력해 주시기 바랍니다."

방원은 새삼 그 세 내관을 돌아보았다. 비록 이국인의 복장을 하고
이국 사절을 따라 온 그들이었지만, 자신의 백성이란 말을 들으니 절로
살뜰한 정이 간다.

방원은 즉시 관계 기관에 시달하여 그들 세 내관의 부모를 찾아주도
록 했다. 그런지 십여일이 지나서 기구한 운명의 세 내관은 마침내 부모
형제들을 만나게 되었고, 정부에서는 그들 가족에게 각각 쌀 오십석을
하사했다.

유사길(兪士吉)과 왕태(汪泰) 등 이번 사절은 전에 없이 사무적이고
능률적인 면을 보였다.

관례대로 국왕 방원이 태평관을 찾아가서 그들을 접대하고자 하자,
상사(上使) 유사길은 한사코 거절했다. 값비싼 대가를 치르고 수립된
명나라 새 조정은, 그런 허례허식을 가장 배격한다는 것이었다.

그런가 하면 자기들은 조선국의 국정에 어두운 형편이므로, 몇 가지
물을 말이 있으니 이조(吏曹)와 호조(戶曹)의 관원을 만나게 해 달라는
색다른 청을 했다.

의정부에서는 이조전서(吏曹典書) 김첨(金瞻)과 호조전서(戶曹典書)
진의귀(陳義貴)를 사신관으로 파견했다. 그들 두 사람은 각각 고려왕조
때부터 여러 관직을 역임해 온 쟁쟁한 관원들이었다. 그들과 명나라 사
신 사이에 오고간 질의 응답 내용은 그 당시의 관료 제도와 운영 실태를
간략하게나마 여실히 말해 주고 있기에, 실록에 기재된 바를 따라 소개
하고자 한다.

유사길은 먼저 김첨에게 물었다.

"이 나라 관등(官等)은 몇 등급으로 나뉘어 있는가."

"구 등급이 있소이다."

"관료의 인선이나 봉작(封爵)에 관한 사무는 이조에서 장악하고 있는가."

"그렇소이다."

"관료의 인선이나 기용은 어떠한 절차를 거쳐서 하는가."

"관료의 자격을 고시하는 과거에 육과(六科)가 있소이다. 문과(文科), 무과(武科), 음양과(陰陽科), 외과(外科), 율과(律科), 역과(譯科) 등이 곧 그것이외다. 문과는 예조로 하여금 삼십삼인을 시취하게 하며, 무과는 병조로 하여금 이십팔인을 취하게 하도록 되어 있소이다."

"봉작이나 증작(贈爵)은 어떻게 하는가?"

"공이 있는 자에겐 봉작을 하며, 그 부모를 추증하는 거올시다."

"그와 같은 제도, 중국과 다를 것이 없구먼."

유사길은 혼잣말을 흘리다가, 다시 외관(外觀)에 관해서 질문했고 김청은 답변했다.

"부주군현(府州郡縣)이 있으며, 부의 수행은 삼등으로 나누는데, 부윤(府尹), 대도호부사(大都護府使)·부사(府使)가 곧 그것이외다."

"지방 관아의 수는 얼마나 되는가."

"삼백일흔둘이외다."

"관원을 임명하고 파견하는 절차는 어떻게 하는가."

"이조에서 현량(賢良)하고 공정한 자를 가려뽑아, 주상께 계문(啓問)하여 파견하는 거올시다."

"백성을 괴롭히거나 착취하는 예는 없는가?"

"엄중히 가려뽑아 파견하는 터인데, 어찌 백성을 해치는 일이 있겠소이까. 그리고 또 도관찰사를 보내서 수령의 어질고 그렇지 않음과 민생의 실태를 순찰하도록 되어 있소이다."

"모두 다 좋은 제도로구먼."

두 사신은 새삼 탄복하는 것이었다. 어쩌면 우리 정치제도가 자기네보다 훨씬 미개할 줄로 알았던 선입견이, 이 기회에 말끔히 씻겨졌는지도 모른다.

그들은 다시 조세제도와 농지법, 병역법 등에 관해서도 날카로운 질문을 던졌지만, 이번엔 진의귀가 빈틈없는 답변을 해서 그들을 거듭거듭 감탄케 했다.

10월 15일 하륜은 하등극사로 명나라를 향해 출발했다. 지의정부사 이첨(李詹)이 부사로 수행했다. 또 판한성부사 조박(趙璞)이 따로 하정사(賀正使:신년을 축하하는 사절)의 임무를 띠고 동행했다.

그 날 국왕 방원은 선의문 밖까지 하륜 일행을 전송하는 후의를 보였다. 그 명목은 명나라 천자에게 바칠 표문(表文)을 위한 것이라고 했지만, 방원의 진의는 그런 것만이 아니었다. 앞으로 몇달 동안이라도 자신의 두뇌나 다름이 없는 하륜과 헤어져 있어야 하는 데 대한 아쉬움이 크게 작용했다.

"이렇게 호정 선생을 멀리 보내면, 마치 임자 없는 빈 집에 혼자 있게 되는 것처럼 허전하겠구료."

방원은 진심으로 그렇게 말했다. 그야 이번 사행에 다른 사람 아닌 하륜이 나서게 되었다는 것은, 어느 의미에선 다행일는지도 모른다.

강대국의 새 천자 주태와 방원 자기 사이엔 과거에 범상치 않은 친분이 있기는 하지만, 어쨌든 정권이 바뀌었으니 새로운 입장에서 국교를 맺어야 했다. 새 천자가 방원의 왕위를 승인하는 문서(文書)도 받아와야 할 것이고, 국왕의 표상(表象)인 금인(金印)도 받아와야 할 것이다.

사실 새 천자와의 정분을 생각하면 어렵지 않은 문제라고 낙관할 수도 있지만, 부왕 이성계가 개국한 이래 그 문제 때문에 겪은 외교적 애로를 생각한다면 안이하게 방심할 성질의 것도 아니었다.

하륜만한 인재라야 능히 그와 같은 중책을 완수할 수 있을 것이다. 하지만 하륜이 나라를 비운 그 동안에 국내에서 예기치 않은 불상사가 발생한다면 어찌할 것인가. 누가 그를 대신해서 자신의 두뇌 구실을 해 줄 것인가.

방원은 그 점이 불안했다.

"이제 이 나라는 전하의 나라올시다. 임자는 어디까지나 전하올시다. 어찌 그렇듯 황공한 말씀을 하십니까."

하륜은 답변했지만, 그것은 또 혀끝에만 사탕발림을 하는 속없는 겸사의 말만은 아닐 것이다.

──나는 이 나라의 임자라?

방원은 곱씹었다.

──여차하면 모든 짐을, 모든 어려움을, 모든 아픔을 나 혼자 감당하고 헤쳐나가야 한다는 말이렸다.

자신과 의욕을 불러일으키라는 충고일 게다. 그래도 방원은 불안했다. 그 불안이 현실적인 난국으로 엄습하고 그 고된 짐을 어쩔 수 없이 혼자 걸머지지 않을 수 없는 사태가 오래지 않아 돌발했다.

하륜이 떠난 지 사흘이 지난 그 달 19일, 그 날은 봄날처럼 화창한 날씨였다.

명나라 사절 일행 중에서 내사 온전(溫全)과 양녕(楊寧) 두 사람이 회암사로 이성계를 예방했다. 이성계는 좋은 낯으로 그들을 접대했지만, 그들이 돌아가자 문득 심각해진 안색으로 왕사 자초를 향해 물었다.

"이 곳에서도 오래 있지 못하겠구료, 시끄러워서."

자초도 심각한 눈길을 마주 보내다가,

"벌써 싫증이 나신 모양입니다그려."

어투는 농담처럼 흐물했지만, 그의 안색은 어둡기만 했다.

"싫증이 났느냐구?"

이성계는 밝게 웃었다.

"대사께만 말이오만, 좋은 핑계가 생겼다고 하는 편이 옳을 거요. 이 곳을 떠날 수 있는 핑계 말이오."

자초는 어두운 표정으로 듣고만 있었다.

"내가 이 절에 더 머물러 있어야 할 까닭도 이젠 없지 않소. 대사가 감주로 계시게 됐구, 대소 건물들도 유감없이 증수됐구, 운영 자산도 그만하면 넉넉하게 됐구."

지난 8월 8일이었다. 이성계의 요청에 따라 국왕 방원은 회암사에 전 (田) 120결(結)을 급여했다. 일년에 쌀 360석이 생산되는 농토였다.

그리고 그 날은 또 방원의 세 살 난 딸아이가 사망한 날이기도 했다.

"그러니 새 절터를 물색하거나, 여기보다 옹색한 사찰을 찾아가서 도움을 주어야 할 것이 아니겠소. 그것이 다 늙은 내가 불제자로서 할 수 있는 봉사가 아니겠소."

"고마우신 말씀입니다, 대왕."

자초는 잠깐 두 손을 모으다가 물었다.

"가시면 어느 방면으로 가실 의향이십니까."

"보개산 심원사(寶蓋山 深源寺)나 안변 석왕사(安邊 釋王寺)엘 들러 볼까 싶으오."

"그러시다면 동북면으로 가시게 되겠습니다그려."

자초의 얼굴이 더욱더 어두워진다.

"그것도 늙은 탓인지 요즘은 부쩍 고향땅이 그리워지는구먼."

"그러시겠습지요. 열매나 나뭇잎이 가을이 오면 모태나 다름 없는 땅을 찾아 떨어지듯이, 사람도 연로하면 출생한 고장을 찾게 되는 것이 어쩔 수 없는 인정이겠습지요."

계절은 이미 조락의 늦가을이 지난 초겨울이었다.

"하오나."

자초는 문득 자리에서 일어섰다. 불쑥 창문을 열고 아득한 먼 하늘을 응시하더니,

"어떻습니까 대왕, 이 곳에서 겨울을 나시고 봄에나 행행하심이 좋을 듯 싶습니다만,"

꺼림한 어투로 전했다.

"왜 무슨 불길한 조짐이라도 느껴지는 거요?"

"꼭 짚어서 그렇게 말씀드리긴 뭣합니다만, 빈도 느끼기에 금년 따라 북녘바람이 유달리 차고 극성스러울 듯싶습니다."

"난 또 무슨 얘기라구."

이성계는 대수롭지 않게 웃어넘겼다.

"제아무리 차다 한들 내가 낳고 잔뼈가 굵은 고향 바람이 아니오. 나같이 심화(心火)가 끓는 늙은이에겐 오히려 시원할 수도 있겠구면."

새삼 무엇에 도전이라도 하려는 것 같은 거친 구기였다.

"대왕의 뜻이 정 그러시다면 어쩔 수 없겠습지요. 하늘이 섭리하는 명(命)은 사람의 얄팍한 지혜로 헤아리지는 못하는 법이니까요."

자초는 다시 두 손을 모으고 묵상에 잠겼다.

그때 그 방 방문 밖에선 한 사미가 몸을 붙이고 엿듣고 있었다. 하다가 발소리를 죽이고 물러가더니 산문 밖으로 사라졌다.

속세에 살던 사람이 속세를 떠나 불문을 찾을 때엔, 삭발염의(削髮染衣), 머리를 깎고 검은 옷을 입는다. 그것은 속세와의 인연을 행동으로 단절하는 준결한 절차이다. 또 그것은 이 승에 몸을 담고도 이 승을 버리고 저 승에 있으려는 전신(轉身)을 뜻하기도 한다.

설매도 머리를 깎고 납의(衲衣)를 걸치고 정든 송도땅을 떠날 때엔, 이 세상 모든 것과 영영 결별할 각오를 굳히고 있었다.

팔도강산 어느 곳보다도 가장 외진 변경으로 지목되던 동북면을 찾아간 것도, 지역적으로나마 과거의 생활과 가장 격리된 별천지로 떠나자는 마음에서였다.

그야 그러한 의식 속에는 방원의 고향을 찾는다는 어떤 감상적 생각이 깔려 있지 않은 것은 아니었지만, 어쨌든 속된 눈을 감고 세상사와는 전혀 관계 없는 은둔의 늪 속에 깊이 잠기려는 체념의 길에는 틀림이 없었다.

그래서 석왕사(釋王寺) 근처 한 암자를 찾아들어 송경삼매(誦經三昧)로 나날을 보내고 있었다. 그러나 제아무리 외진 산사(山寺)도 이승은 이승이었다. 현실을 완전히 외면한 별천지는 아니었다.

어쩌다가 답답한 사연을 알고 찾아드는 부인네들이 있다. 속세의 오뇌를 털어놓고 푸념을 한다. 그들이 원하는 것은 아득한 영생(永生)이 아니라, 발등에 불이 떨어진 현실의 해결책이었다. 구도(求道)의 갈증을 풀자는 것이 아니라 당면한 인생 문제의 자문이었다.

처음엔 속세를 버리고 출가(出家)한 몸이니, 그런 문제엔 개입하고 싶지도 않았고 개입할 자격도 없다고 따돌려 버렸다.

하다가 거듭거듭 그런 통사정을 듣게 되자, 설매의 생각도 차차 달라졌다. 괴롭고 답답한 이웃이 바로 눈앞에서 몸부림을 치고 있는데, 그것을 외면하고 홀로 초연히 자기 혼자만의 안심입명(安心立命)을 추구하는 것이 과연 불제자로서의 마땅한 길인가 하는 의혹이 들기 시작했다. 그래서 한두마디 위로의 말이나 충고의 말을 건네지 않을 수 없게 되었다.

속세의 소용돌이 속에서도 가장 혼탁하던 화류(花柳)의 풍진(風塵)을 누비며 쓴맛 단맛 다 맛본 설매였다. 규중 깊이 갇혀 살던 여느 여성들로선 상상도 못할 체험도 했고 견문도 쌓아 왔다.

그저 느끼고 판단되는 몇 마디 충고가 그들에게는 긴한 약이 된 것일까. 소문이 꼬리를 이어 그 암자를 찾아오는 부인네들이 날로 늘어났다. 주로 바깥 세상과 폐쇄된 생활을 하는 양가집 부인네들이었다.

오늘도 한 점잖은 부인이 설매를 찾아왔다. 이 안변 일대에선 최상류급 여성에 속하는 부사 조사의(趙思義)의 부인 홍씨(洪氏)였다.

홍씨 역시 답답한 일을 당하면 설매를 찾아왔다. 물론 설매의 전신(前身)에 관해선 까맣게 모른다.

"오늘은 또 무슨 일이 있으셨기에 이렇듯 행차하셨습니까, 부인."

찾아오는 부인네들의 얼굴만 대해도 그들이 통사정하고자 하는 문제의 내용이, 대강 짐작이 갈만큼 설매의 눈은 닦여져 있었다. 그러면서도 이렇게 앞질러 묻는 것은, 홍씨 부인의 안색이 심상치 않게 굳어 있었기 때문이었다.

"댁에 무슨 우환이라도 계신지요."

물으나마나한 소리나마 거듭 던져보게 되는 것은, 오늘 따라 어쩐지 설매 자신까지 그 긴장 속에 말려들 것 같은 불안이 느껴지는 때문이었다. 그래도 홍씨부인은 쉽게 입을 열지 않았다. 허공을 응시하는 얼굴빛은 창백하기만 했다.

설매도 눈길을 허공에 띄웠다. 절로 입끝에 오르는 것은 가슴이 답답할 적이면 애송하는 의상조사(義湘祖師)의 법성계였다.

> 법성원융 무이상(法性圓融無二相)
> 제법부동 본래적(諸法不動本來寂)
> 무명무상 절일체(無明無相絕一切)
> 증지소지 비여경(證智所知非餘境)

법의 성품이 둥글어서 두 가지 상이 없으며, 모든 법이 움직이지 아니하고 본래부터 고요해서, 이름도 없고 상도 없고 모른 것이 끊어졌으니, 전성한 이가 알 바이지 다른 사람이 알 바는 아니라.

"그렇습지요. 다른 사람이 알 바는 아닙지요."

혼자 풀이하며 곱씹더니,

"스님."

비로소 홍씨부인이 입을 열었다.

"우리네들은 툭하면 여필종부(女必從夫)라는 말을 내세웁니다만, 우리 아낙된 사람들 무슨 일이건 남편이 하는 일을 따라야 하겠습니까?"

숨이 턱에 닿을 것 같은 절박한 어투였다. 그리고 지극히 쉬운 문제 같으면서도, 경우에 따라선 극히 까다로운 질문이기 때문이기도 했다.

"글쎄올시다."

잠깐 동안을 두었다가,

"세상 만사가 판에 박은 듯이 일률적인 것은 없습니다. 각 사람이 헤아리려야 할 옳고 그름도, 그때 그때 당하는 일을 따라서 판단해야 하겠습지요."

뒤를 두면서 그쯤 말해 보았다.

"그러면 한 마디 더 여쭙겠습니다. 남편된 사람이 큰 잘못을 저지르고 있다고 여겨지는데도, 여자의 몸이라 해서 그냥 따라야 하겠는지요."

역시 답변하기 쉬운 질문은 아니었다.

"따르느냐 따르지 않느냐 그 문제보다도, 남편된 분이 하는 일의 잘잘못을 판별하는 눈이 과연 정확한가 아닌가 그 점이 더 중요하지 않을까 싶습니다."

거듭 뒤를 사리는 말을 하자, 홍씨부인의 입이 또 무거워진다. 두 눈을 내리깔고 한참 동안 골똘히 생각에 잠기다가,

"실은 나도 그 점이 분명치 않아서 답답합니다. 남편이 하는 일이 과연 잘하는 일인지 잘못하는 일인지, 그 점이 모호하고 아리송해서요."

다시 입을 열었다.

"어떠한 일이 있으셨습니까. 빈도가 들어도 무관한 일이라면 좀더 자세히 말씀하시지요. 빈도 비록 아는 게 없으니 도움은 되지 못하겠습니다만, 시원히 말씀하시면 부인의 답답증이라도 풀리지 않겠습니까."

"내가 이렇게 찾아온 것도 바로 그 때문이지요. 우리 집 사또 영감이 엄청난 일을 꾸미고 계시지 뭡니까?"

그리고는 자기 말에 놀라 불안에 떠는 눈을 두리번거렸다.

"얘기를 꺼내기 전에 스님께 먼저 다짐해 두어야 하겠습니다. 내가 하는 말 누구에게도 발설하지 마셔야 합니다. 너무나 엄청난 일이니까요."

절박한 사람치고는 홍씨는 제법 신중한 조심성을 보였다.

"아시다시피 빈도, 속세를 버린 불제자올시다. 어떠한 얘기건 한 귀로 듣고 한 귀로 흘려버릴 수업만은 쌓았습니다. 하지만 부인께서 미덥지 못하다고 여기신다면 아예 말씀을 마시는 게 좋겠습니다."

그렇게 꼬리를 단 말이 오히려 홍씨를 자극한 것일까.

"이왕 말을 꺼냈으니, 속시원히 얘기를 하지요."

바싹 다가앉았다.

"바로 어제 저녁나절이었습니다. 수상한 객이 우리 사또를 찾아왔습니다. 전에 검교참찬문하부사를 지낸 김인귀란 사람이라던가요."

김인귀(金仁貴)라는 성명 석자, 듣기만 해도 설매로천 충격을 받기에 충분했지만, 그것을 감추고 되도록 덤덤한 표정을 지어보였다.

"사또를 찾아오는 객도 많습니다만, 그 사람이 왔다는 전갈을 듣자마자 내 가슴은 공연히 후들거리질 않겠습니까. 무슨 끔찍한 풍파를 몰고 오는 불길한 먹구름처럼 여겨지더군요. 그래서 점잖지 못한 행동인 줄은 알면서도, 그 사람과 사또가 주고 받는 말을 엿들었지 뭡니까."

조사의와 마주앉은 김인귀는 첫마디부터 엉뚱한 소리를 던졌다.

"때가 왔소. 우리가 기다리던 절호의 기회가 도래했소이다."

홍씨부인의 귀엔 어리둥절하기 만한 소리였지만, 조사의는 이내 그 뜻을 알아차린 것일까.

"그 동안 서울서 무슨 일이 일어났던가요."

군침을 삼키며 다가앉았다.

"조 부사도 소문은 들으셨겠소만, 우선 우리의 눈의 가시가 얼마동안이나마 나라를 비우게 된 거요."

"하륜, 그 자 얘깁니까."

"그렇소이다. 그 자가 명나라로 사행을 갔으니 일러도 두어 달 안에는 귀국하지 못할 게고, 그 자가 없는 국왕 방원은 한쪽 팔이 끊어진 등신이나 다름이 없으니, 이 기회에 거사를 한다면 곰배팔이 덜미를 잡고 흔드는 거나 다름이 없지 뭐겠소."

"나도 그 점에 대해선 생각하지 않은 바는 아닙니다만, 아직도 국왕 좌우엔 녹녹지 않은 장재(將才)들이 도사리고 있거늘, 우리가 거사를 한다고 과연 승산이 있을는지 망설여집니다그려."

"그 뿐이 아니외다. 또 한 가지 희소식이 있소이다. 이건 방원의 수족 정도가 아니라 그의 머리보다도, 아니 몸둥이 전부와도 비길만한 크낙한 분이 우리 품에 뛰어들게 됐지 뭐요. 바로 태상께서 석왕사로 행차하실 거라는 정보를 입수한 거요. 내가 매수한 회암사의 한 사미가 제보한 것이니 믿어도 좋을 거외다."

"태상께서 석왕사로?"

조사의의 언성이 흥분에 떨렸다.

"그러니 그 분을 옹립하고 일을 일으킨다면, 방원 일당을 거꾸러뜨리기란 여반장이 아니겠소?"

거기까지 엿들은 홍씨는, 겁이 나서 자리를 뜨고 말았다는 것이다.

"처음에는 그저 겁만 나더군요. 남편과 그 객이 주고받는 얘기, 역적 모의로 들릴 수도 있는 끔찍한 소리가 아닙니까."

그렇게 말하면서도 홍씨의 구기엔 두려움만이 있는게 아니었다.

"뜬눈으로 밤을 지세웠습니다. 만일 그 얘기가 누설되거나 비록 거사를 하더라도 낭패로 돌아갈 경우, 우리 집안 식구들 그리고 일가 친척들까지 뼈도 못추리게 될 것을 생각하니 기가 막히더군요."

기가 막힌 것은 오히려 설매편이었다. 하지만 그런 내색을 극력 감추며 듣고만 있었다.

"사람의 마음이란 야릇합니다. 처음엔 겁만 나더니 그런 두려움이 차츰 가라앉자, 또다른 생각이 고개를 돌지 않겠습니까. 남정네들이 하는 일을 아녀자의 좁은 소견으로 왈가왈부할 수 있을까 하는 의혹을 갖게 되더군요. 꼭 실패할 경우만 지례짐작하고 겁을 먹어야만 하나. 만일 그 일에 성공을 한다면 어찌 될까. 태상마마께서 혁명을 하시고 객국을 하실 때에도 그 같은 위험을 무릅쓰시지 않았나. 또 지금의 상감이 왕권을 쟁취하게 된 것도 역시 목숨을 내걸고 싸운 때문이 아닌가. 산에 가야 범을 잡을 수 있듯이, 큰 일을 하려면 그만한 위험은 각오해야 하지 않겠나. 이런 저런 생각들이 꼬리를 이어 피어오르고 보니, 어느 편이 옳고 그르며 어느 편이 이롭고 해로운지 갈피를 잡을 수가 없게 되더군요."

요컨대 홍씨부인이 털어놓은 푸념은, 국왕 방원에게 치명적인 위험이 육박하고 있다는 흉보였다.

그것도 이미 버리고 온 속세에서 회오리치는 피안(彼岸)의 풍진에 지나지 않는다고, 초연히 방관한다면 물론 그만이다. 또 방원에 대한 사사로운 여정(女情), 개인적인 미련이라면 어지간히 끊게 되었다고 자부할 수도 있다. 하지만 방원의 안위 그 자체가 송두리째 흔들리는 그것까지 외면할 수는 없었다.

"스님의 생각은 어떠하신지요."

홍씨는 물었다. 그러나 그 물음엔 그다지 절박한 것은 이미 없었다. 하고 싶은 얘기 다 털어놓고 난 개운한 구기였다.

"처음에도 말씀드렸습니다만 아무 것도 모르는 빈도, 어찌 그런 엄청난 일에 왈가왈부할 수 있겠습니까. 다만 부인께서 하시는 말씀 듣고만 있어도, 부인의 답답하심이 한결 풀릴까 해서 귀를 기울였을 뿐입지요."

그쯤 얼버무려 두었다.

"거듭 말씀드리지 않아도 염려는 없겠지만요, 오늘 얘기는 정말 흘려버리셔야 합니다, 스님."

마지막 못을 박아놓고 홍씨는 총총히 사라졌다. 홍씨를 보내고나자 설매는 구체적으로 그 정보를 분석해 보았다.

따질수록 문제는 중대했다. 단순한 일개 수령이 어떤 허욕에서 난동을 일으키려고 하는 그런 하찮은 사태가 아니었다. 그들은 다름아닌 태상왕 이성계를 업고 칼을 휘두르겠다는 것이다.

그들이 이성계를 옹립하는 데 성공한다면 사태는 어찌될 것인가.

국왕 방원은 이 나라 왕조의 창업주이며 부왕이기도 한 이성계와 무력 대결 하는 궁지에 몰리게 될 것이다. 그것은 국리(國利)나 당리(黨利) 면으로 보아도 비극적인 변고이며 엄청난 위협이지만, 그보다도 방원의 심적인 타격이 설매로선 한층 가슴 아팠다.

이성계에 대한 방원의 충정을 설매는 누구보다도 잘 알고 있다. 그것은 관습적인 효성이나 본능적인 골육지정에 그치는 차원의 것이 아니다. 이성계는 곧 자기 이상의 신성한 존재였다.

만일 그가 조사의 일당의 옹립을 수락하고 아들과의 무력 대결을 천명하게 된다면, 방원은 차라리 그 앞에 무릎을 꿇고말 것이다. 왕권도 무엇도 다 던져버리고 어린애처럼 목놓아 울런지도 모른다.

물론 두고 보아야 알 일이지만, 설매로선 그렇게 분석하고 판단할 수밖에 없었다.

——무엇보다도 태상마마께서 이 곳에 오시는 것을 막아야 한다.

결론은 그것 뿐이었다. 그러자면 조사의의 음모를 시급히 방원에게 제보해야 한다.

그러나 누구에게도 부탁할 성질의 일은 아니었다. 신속하고도 기밀을 요하는 일이니만큼, 설매 자신이 나설 수밖에 없다. 모처럼 속세를 버린 몸이 또다시 속세의 아귀다툼 속으로 뛰어드는 데 대한 저항도 없었다. 방원을 염려하는 설매의 심곡은 아직도 그토록 절실했다.

그 날로 그 암자를 떠났다.

비밀을 요하는 행로일수록 남의 눈엔 평범하게 보여야 한다. 가까운 마을에 탁발이라도 다니러 나선 것 같은 그런 차림을 했다. 그런만큼 그 행로는 훨씬 힘들고 고달플 것이었다.

안변서 송도까지는 줄잡아 오백 리, 도보로 가자면 더더구나 아녀자의 걸음으로는 근 열흘은 잡아야 한다. 뿐만 아니라 도중에 또 어떤 위험이나 장애물이 기다리고 있을는지 모를 일이었다.

조급하고 불안한 마음으로 남산역(南山驛), 용지원(龍池院), 고산역(高山驛) 등을 거쳐 철령(鐵嶺) 고개에 접어들었을 때였다.

우려하던 장애물이 나타난 것이다. 얼핏 보기에도 건달배가 아니면 산적의 끄나풀 같은 행색의 패거리가 앞길을 가로막은 것이다.

합쳐서 세 놈, 어디서 한 잔 걸치기라도 했던지 대낮부터 갈짓자 걸음으로 마주 오다가, 설매와 부닥치자 걸음을 멈추었다.

"이것봐."

그 중에서 유달리 땅딸한 한 놈이 퀴퀴한 게트림을 하면서 패거리들을 돌아보았다.

"그 주막의 고 계집말야, 홍돈가 홍두깬가 하는 고것이, 우리 손에 옴도 붙지 않았는데 뿌리치고 도망치질 않았나."

"그게 어쨌다는 거야, 이놈아."

땅딸이와는 반대로 장대처럼 껑드런 키다리가, 콧수염 끝에 매달린 막걸리 방울을 핥으면서 되물었다.

"그런데 보란말야."

또 게트림을 하면서 땅딸보는 설매를 향해 한쪽 눈을 찡긋해 보였다.

"이놈아, 개 눈엔 뭣만 보인다지만, 뵈는게 없느냐 말야. 저건 중이 아냐."

곰처럼 비둔하게 생긴 녀석이 제법 점잖을 빼며 나무랐다.

"중이건 나발이건 한꺼풀 벗기면 다 그게 그거지 뭐야. 고깔을 썼건 장삼을 걸쳤건 있을 건 다 있을 게 아닌가."

땅딸보는 노닥거렸고.

"그러고 보니, 이 스님 상판도 제법 곱상한 걸."

키다리가 이마를 비벼대듯 하면서 설매의 얼굴을 들여다 보았다.

지난날의 설매라면 그 따위 건달배쯤 몇 마디 독설로 거뜬히 쫓아버릴 수도 있었지만, 지금은 형편이 다르다. 우선 길을 재촉해야 한다는 조급한 마음이 앞섰고, 또 호젓한 산 속이라는 장소도 문제였다.

"부처님을 섬기는 몸, 지나치게 희롱하시면 불벌(佛罰)을 받으십니다요."

여유 없는 소리를 쏘아대고, 그들 틈을 빠져나가려고 했다. 그것이 굶주린 짐승들에겐 오히려 비릿한 바람을 넣어준 것일까.

"죽어서 지옥불에 떨어질망정 이 승에서 우화등선, 극락맛을 보는 게 나는 좋더라."

키다리는 설매의 양 어깨를 끌어 안았고,

"나두 그래."

땅딸보는 잔허리에 매달렸다. 다만 뚱뚱보 혼자만이 조금 겁에 질린 눈으로 멈칫거리고 있었다.

설매는 더욱 허둥거렸다. 그 동안에 살아온 정결한 생활이 어느 새 준엄한 결백성을 심어준 것일까, 그들의 손길이나 입김 그 자체가 못견디게 역겨웠다. 또 초조한 마음도 작용했다. 전후 좌우 헤아릴 겨를도 없이 두 놈의 손을 뿌리쳤다. 그리고 달렸다.

"요것 봐라."

야수들은 어금니를 드러냈다. 비틀거리면서도 제법 날렵하게 추적했다.

길은 오르막길이었다. 제아무리 안간힘을 써보았자 건장한 사나이들의 걸음을 이겨낼 도리는 없었다. 궁지에 몰린 설매는 몸을 날렸다. 산길 한 쪽은 깎아지른 벼랑이었다. 그리로 내려뛴 것이다.

"보기보다는 앙칼진 삵팽이야."

"오늘은 정말 재수 옴 붙었어. 한 년도 아니고 두 년씩이나 놓쳤단 말이야."

씨부렁거리는 소리를 아득히 들으면서 설매는 정신을 잃었다.

얼마나 그런 실신 상태가 계속되었을까, 심한 통증을 느끼며 문득 정신이 들었다. 하다가 숨이 막히게 놀랐다. 거무튀튀한 사나이의 얼굴이 마주 닳을 듯한 거리에서, 자기의 얼굴을 들여다보고 있는 것이다.

그놈들이 짓궂게 뒤쫓아 온 것이 아닌가 싶어 가슴이 내려 앉았지만, 몽롱한 눈에나마 비친 그 얼굴은 세 놈의 것과는 달랐다.

"이제 정신이 드셨소, 스님."

듣는 목소리도 점잖았다. 다시 여겨보니 제법 의관을 갖춘 한 무변이었다.

"어머나!"

설매는 눈을 비볐다. 평도전이었다.

그는 평원해처럼 설매의 기방에 자주 드나들지는 않았지만, 한두 번 만난 기억은 있었던 것이다. 오히려 얼핏 알아보지 못하는 것은 평도전 측이었다. 머리를 깎고 이승(尼僧) 차림을 한 엉뚱한 변모 때문일까.

"졸자, 일찍이 여자 스님과 친분이 없거늘, 누구실까?"

고개를 꼬다가,

"옳거니."

그제서야 겨우 알아본 모양이었다.

"설매님이 아니요."

놀란 소릴 터뜨린다.

"기우(奇遇)라 속세를 버리고 불문에 들어가셨다는 얘기, 바람결에 들은 듯은 하오만, 이런 데서 만날 줄은 몰랐소이다그려."

그리고 그런 봉변을 당한 까닭을 물었다. 불량배들의 행패를 피하다가 벼랑에서 내려뜬 경위를 간추려 설명한 다음,

"그보다 중대한 일이 있어요. 상감마마께 급히 아뢰어야 할 큰 변이 일어날 것만 같아요."

김인귀와 조사의 일당의 음모에 대해서 아는대로 소상히 이야기해 주었다.

"촌각을 다투는 급한 일인데 내가 이렇게 발을 다쳤으니, 나 대신 댁이 빨리 서울로 올라가서 상감마마께 여쭈도록 하세요."

실신했다가 정신을 차리던 순간, 심한 통증을 느낀 것은 한쪽 발목을

몹시 다친 때문이었다.

"또 내 발이 성하더라도 나보다는 역시 댁이 빠르지 않겠어요."

그 근처엔 평도전이 타고 온 듯싶은 말 한 필이 매어 있었다.

"김인귀 그 자의 동정이 아무래도 수상하더니."

평도전은 입술을 깨물었다.

전번에 명사 육룡이 유괴 당한 사건이 있은 이후, 평도전은 은밀히 김인귀의 동태를 염탐해 왔다. 하다가 어느날 홀연히 김인귀가 종적을 감추었다는 정보를 입수했다. 백방으로 기밀을 탐지하고 달려가던 길에, 우연히 설매를 만난 것이다.

"세상 돌아가는 일, 나 같은 아녀자로선 잘 알 수 없지만요, 이번 일은 아무래도 우리 상감마마께 큰 위험이 될 것 같으니 속히 손을 쓰시도록 하세요."

설매로선 그 점만이 초조하고 다급했다.

"알겠소이다."

평도전은 깊이 고개를 끄덕이고는,

"설매님은 어떻게 하시겠소."

하고 물었다.

"댁께서 그 일을 맡아주신다면 나야 암자로 돌아가야겠지요. 그래야 조사의 일당이나 조사의 처 홍씨의 의심을 사지 않을 거구요."

"그 암자 어디쯤이오."

평도전은 무심코 물었고 설매도 무심코 가르쳐 주었지만, 그것이 얼마 후 평도전이 당할 어려운 고비에 큰 도움이 되리라고는 두 사람 누구도 미처 예견하지 못했다.

평도전은 말을 잡아타고 설매의 곁을 떠났다. 처음에는 개경 쪽을 향해서 달리다가 문득 말머리를 돌렸다.

"이렇게 아니다. 그런 중대한 문제, 아녀자들이 주고 받은 말만 믿고 보고한다는 건 경솔해. 역시 직접 내 눈으로 보고 내 귀로 들어야지."

빈틈없는 책사 평도전도 그런 헤식은 판단을 내리고, 안변 쪽을 향해 말을 몰았다.

그 무렵 국왕 방원은 부왕 이성계로부터 한 가지 요청을 받았다.

징파나루(澄波蘿 : 임진강 상류 연천 서쪽에 있는 나루터)에서 명사 온전(溫全)을 대접하겠으니, 별시위(別侍衛 : 일종의 장교단)를 파견해 달라는 것이었다. 그 말을 전한 것은 태상왕 측근의 판승녕부사(判承寧府事) 정용수(鄭龍壽)였다.

그에 앞서 온전은 금강산으로 유람차 떠났는데, 그가 돌아오는 길목에서 영접하는 것이 여러 모로 편리할 것이라고 했다. 그 말을 방원은 액면대로 받아들이고 반가워했다. 이성계가 마음을 돌리고 명나라 새 조정과의 외교 문제에 협력해 주는 태도로만 해석했다.

즉시 변현(邊顯) 등을 위시한 몇몇 별시위와 종친들과 그리고 기녀, 악사들까지 딸려 보냈다.

그런 일이 있은 지 잠시 후 태상왕의 처소의 각종 열쇠를 맡고 있는 사약 박영필(朴英弼)이, 대제학 이직(李稷)을 찾아왔다. 박영필은 이직의 천거로 벼슬길에 오른 사람이었다.

"대감, 아무래도 큰 변이 일어날 것만 같습니다."

그의 어투는 심상치 않았다.

"명나라 사신을 접대하신 태상마마께오선, 곧 이어 별시위를 거느리시고 동북면으로 행행하실 것 같습니다."

그 말에 이직도 긴장했다.

"그래서 어떻게 됐나, 별시위들은 순순히 따라나서던가."

"그야 반대한 사람도 없지는 않았습지요."

별시위의 인솔자 격이었던 변현은, 즉각 반대 의사를 표시했다는 것이다.

"태상전하께오서 사신을 접견하시겠다고 하시기에, 주상전하께오서는 신들을 파견하셨던 것입니다. 태상전하께오서 멀리 동복면으로 행행

하실 뜻이 계심을 몰랐으므로, 양식이나 그밖의 준비를 미처 못하였습
니다. 그러하온즉 신 등은 분부 봉행하기 심히 난처합니다."

그러자 이성계는 눈물까지 흘리며 말하더라는 것이다.

"너희들은 모두 내가 키운 자들이 아니냐. 이제 와서 나를 배반한단
말이냐."

그 말에 변현도 아무 말 못하고 고개만 숙이더라는 것이다.

이직은 즉시 우정승 이무(李茂)를 찾아갔다. 박영필로부터 들은 정보
를 전했다. 이무는 곧 입궐하여 국왕 방원에게 그와 같은 소식을 아뢰었
다. 그리고는 이성계의 동북면 행을 제지해야 한다고 간절히 진언했다.

"아버님께서 또"

방원은 입이 썼다.

그때 만일 그가 조사의 일당의 음모를 알고 있었더라면, 좀더 강력한
손을 썼을는지 모른다. 그런데 설매의 모처럼의 제보를 받고도 안변으
로 향한 평도전은, 아직 개경에 나타나지 않았던 것이다.

방원은 도승지 박석명을 불렀다.

"경이 아버님을 찾아가 뵙고 잘 말씀 드려보도록 하오. 되도록 아버
님의 마음을 상하는 일없게 완곡히 여쭈어야 하오."

그런 지시를 내렸을 뿐이다.

태상왕 이성계의 행재소를 찾아간 박석명의 진언은 과연 부드럽고 완
곡했다.

"태상전하께오선 이미 양녕(楊寧), 온전(溫全) 두 사신을 접견하셨을
뿐만 아니라, 이번엔 또 이렇듯 도로상에서 온전을 영접하시는 성려, 명
나라와의 국교(國交)를 위해서 크게 감축할 일로 압니다. 하오나 양녕
이나 온전 두 사신은 어디까지나 상부사(上副使)를 수행한 종사관에 지
나지 않습니다. 그러하오니 그들을 접견하시고 접대하신 이상, 상부사
역시 보셔야 하지 않겠습니까. 또 상사 유사길(兪士吉)과 부사 왕태(汪
泰)는 태상전하 뵙기를 지극히 소원하고 있습니다. 일차 개경에 들르시

어 그들 사신을 인견하심이 어떠하시겠습니까. 이것은 우리 주상전하의
말씀이기도 합니다."

박석명의 언사가 미적지근한 탓도 있었겠지만, 이성계의 반응은 덤덤
하면서도 냉랭했다.

"사신이 찾아온다면 그야 접견할 수도 있겠지만, 내가 가서 만나볼
것까지는 없지 않은가."

그리고는 몇몇 근신들과 별시위들을 거느리고 안변 석왕사를 향해 떠
났다. 십일월 초하루였다.

박석명이 돌아와서 복명하는 말을 들었을 때만 해도 방원은 그다지
심각하게 생각하진 않았다. 그야 부왕이 개경에서 가까운 회암사를 떠
나, 멀리 안변까지 간다는 일은 물론 바람직하지는 못하다. 그러나 이왕
방랑길에 오른 몸, 멀고 가까운 차이는 있어도 어쩔 수 없는 일이 아니
냐고 스스로를 달랬다.

전과 다른 점이 있다면 별시위를 거느리고 떠난다는 차이이지만, 그
장교단이라는 것도 변현(邊顯), 조홍(趙洪), 안우세(安遇世) 등을 비롯
한 십오명에 지나지 않았다. 일국의 창업주가 먼 길을 가자면 오히려 그
경호를 위해선 부족한 인원이란 아쉬움조차 느낄 형편이었다.

방원은 즉시 환관 김완(金完)을 뒤따라 보내어, 부왕에게 문안을 드
리도록 했다. 이왕 떠나시는 길 무사하기만 바라는 뜻에서였다.

김완이 돌아와서 보고하는 말을 듣자, 방원은 더욱 마음이 놓였다. 부
왕 이성계는 이렇게 말하더라는 것이다.

"여가 즉위한 이래 한번도 조종(祖宗)의 능을 참배하지 못하여 항상
마음에 걸리던 차에 이제 다행히 한가한 몸이 되었으니, 먼저 동북면에
가서 선릉(先陵)을 성추(省楸)하고 그런 다음에 금강산 구경이나 하고
돌아갈까 한다. 지금 내가 그 일을 하지 않는다면 훗날 무슨 면목으로
지하에서 조종을 뵈올 수 있겠는가. 사람들은 내 뜻을 모르고 나의 행동
을 언짢게 말하는 모양이지만, 그들 역시 부모가 있을 것인즉 내 심곡을

짐작할 수 있으리라."

그 뿐이 아니었다. 따로 이자분(李自芬)이란 별시위 한 사람을 파견하여, 교군들의 의관이 몹시 상하였으니 스물여섯 벌만 급히 보내달라는 부탁까지 했다.

방원으로선 마음을 놓을 수밖에 없었다.

이성계 일행이 금화(金化)땅 도창역(桃昌驛)에 당도한 것은 그 달 초나흘날 저녁나절이었다. 그러니까 백오십리 정도의 거리를 가는데 사흘이나 걸린 셈이다.

그 점으로만 미루어 생각해도 한가한 유람길 같았지만, 바로 그날밤 예기치 않은 이변이 발생한 것이다.

그 곳 도창역에 당도한 일행이 그날밤을 묵을 악차(幄次)를 설치하느라고 분주히 돌아가고 있을 때였다.

별시위의 일원이었던 안우세(安遇世)가 수상한 것을 발견했다. 전부터 이성계 측근의 무관이었던 함승복(咸承復), 배상충(裵尙忠) 두 사람이 이마를 마주대고 수군거리더니, 말을 몰고 어디론지 사라져버린 것이다. 그것이 마음에 걸려 안우세는 악차 밖을 서성거리고 있었다.

그렇게 밤도 오경(五更 : 오전 3시쯤)이나 되었을까, 한 장막 안으로부터 심상치 않은 소리가 흘러나왔다.

"정 부사는 알고 계신지요. 초저녁 때부터 함승복, 배상충 두 사람이 보이질 않는데, 그 사람들 어딜 갔을까요."

신효창(申孝昌)이란 내관의 목소리였다.

"내가 그걸 모르면 누가 알겠소."

큰 소리를 치는 것은 정용수에 틀림이 없었다.

"그 사람들 틀림없이 안변으로 달려갔을 게야. 태상전하께서 그리로 행행하시는 중이시니, 급히 군마를 징발하도록 하라고 이르기 위해서일거요."

"군마를요? 무엇에 쓰게요."

"답답한 소릴 하는구먼. 군마란 원래 전역을 치를 때 필요한 것이 아니겠소."

"그렇다면 난을 일으키겠다 그런 얘깁니까."

신효창의 음성이 겁에 떨렸다.

"좋도록 생각하구료."

느물거리는 정용수의 말고리엔 웃음이 흐물거리고 있었다.

"태상전하께서도 아시는 일입니까?"

신효창은 다시 물었다.

"우리 태상전하, 언제 당신의 깊으신 뜻을 경경히 내색하십디까."

"어쨌든 큰 변이 발생할 조짐엔 틀림이 없겠습니다그려. 이번 일을 급히 주상전하께 아뢰어야 할 텐데 어떻게 해야 좋지요?"

"이것 봐요, 신공. 큰 일을 당할수록 사람이란 신중해야 하는 거예요. 자세한 내막도 모르고서 공연히 촐랑거리다간 되려 큰 화를 당하게 마련이지."

접주는 소리를 들으며 안우세는 서둘렀다. 그날 밤으로 그 곳을 떠나 말을 몰고 치달린 그는, 그 이튿날 초경(初更 : 하오 8시)엔 개경에 당도하여 국왕 방원에게 직계(直啓)하였다는 기록이 그 날짜 실록엔 보인다.

그러니까 이성계 일행이 만 3일을 걸린 여정을 안우세는 10여 시간 동안에 주파한 셈이었다. 친히 안우세를 인견하고 그 같은 급보를 들은 방원은, 소리 없는 눈물을 흘리더라고 역시 그 날짜 실록은 전하고 있다.

그 눈물의 의미는 무엇일까.

마음의 장막을 겹겹이 내려깔다가 마침내는 부자상잔(父子相殘)의 전운(戰雲)까지 피우려는 부왕에 대한 야속함일까. 왕권이란 것에서 가시관의 아픔을 새삼 통절히 느낀 때문일까.

한참만에 눈물을 거둔 방원은 안우세에게 밀령을 내렸다.

"너는 다시 동북면으로 돌아가되, 아무도 모르게 태상전하 행재소에 잠입하여 그 후의 동태를 탐지하도록 하라."

그리고는 다시 호군(護軍) 김옥겸(金玉謙)을 불러 지시했다.

"너 역시 동북면으로 급행하되, 도순문사(都巡問使) 및 각 고을 수령들에게 군마 징발을 엄금한다는 영을 전하라."

설매는 암자에 돌아와 있었다.

철령(鐵嶺)에서 안변까지 근 백리길을 상한 다리를 끌고 달려오고 보니 상처도 덧나서 고생이었지만, 그보다 더한 것은 마음의 불안이었다.

평도전은 무사히 상경했을까. 조사의 일당의 음모를 상감께 사뢰었을까. 상감은 또 태상왕의 거동을 제지하는 데 성공했을까. 궁금하기만 했다.

그날 밤도 그런저런 근심 걱정에 잠을 못이루고 있는데, 문득 암자 밖에서 인기척 같은 것이 느껴졌다. 이런 한밤중에 외딴 암자를 찾아올 사람이 있을 리 없었지만, 불안에 예민해진 신경 때문일까 누군가 밖에 있는 것만 같았다.

방문을 열어보았다.

동짓달 초승달이 잠깐 반짝했다가 서산에 잠긴지도 한참이 되는 한밤중이었다. 밖은 어둡기만 했다. 눈에 띄는 것은 아무 것도 없는 듯싶었다. 도로 방문을 닫으려고 하다가 설매는 귀청을 돋우었다. 뭔가 들리는 것 같았다. 신음 소리 같기도 했다.

방문 밖 뒷마루로 나가 보았다. 그랬더니 소리는 바로 발밑에서 올라오는 듯싶었다. 뒷마루 밑을 살펴보았다. 어둠 속에서 희끄무레한 것이 꿈틀거리고 있다.

"누구요?"

소리를 죽이고 물어보았다.

"물, 물 한 모금."

다 죽어가는 소리나마 그렇게 들렸다. 등잔불을 가져다가 비춰보았다. 뜻밖에도 평도전이었다.

"이게 웬 일이예요."

놀라는 설매의 말에,

"역시 설매님의 암자."

평도전의 음성에 생기가 살아났다.

"나 물 한 모금부터 주시오."

냉수 한 그릇을 떠다 주었다. 한숨을 들이켜고나서 평도전은 몸을 일으켰다.

"졸자, 지금 쫓기고 있소. 급히 숨어야 하겠소."

어둠 속을 두리번거렸다. 방 한 간에 부엌 하나 달린 간단한 암자였다. 으슥한 은신처가 따로 있을 수 없었다.

"우선 방 안으로 들어오세요."

그 길밖에 없었다. 무엇보다도 추위가 혹심했고, 또 방안이라면 여승이 혼자서 거처하는 암실(庵室), 설혹 추적자들이 들이닥치더라도 함부로 수색하지는 못할 것이었다.

"너무 밝소이다."

비틀거리며 방안에 들어선 평도전이 등잔불을 껐다.

비록 속세를 버린 몸이지만 여자는 여자였다. 한밤중에 호롱불 하나 없는 어둠 속에서 사나이와 단 둘이 있게 된다는 것은 조심스런 일이 아닐 수 없었지만, 평도전의 절박한 어투로 미루어 그런 것까지 따질 사태는 아니었다.

그대로 버려두었다. 잠시 침묵이 흐른 다음,

"언제 서울서 돌아오셨나요?"

설매가 물었다. 그러나 평도전은 가쁜 숨만 몰아쉴뿐 대답이 없었다.

"제 말씀 상감께 전하셨겠지요."

다시 묻는 말에도 대답이 없더니, 갑자기 평도전이 다가앉는 기색이 느껴지며 사나이의 넓적한 손이 설매의 입을 틀어막았다.

"조용히 하시오, 설매님."

평도전의 목소리는 굳어 있었다.

그 때까지만 해도 이 엉뚱한 왜무(倭武), 어둠을 틈 타서 야수의 이빨을 드러내는 것이 아닌가 하고 설매는 몸서리를 쳤지만, 곧 이어,

"저 소리를 들어보시오."

속삭이는 소리에 마음을 놓는 동시에, 또 다른 긴장에 말려들어갔다. 들릴락말락한 소리였지만, 여러 사람의 발소리가 이 암자를 향해 다가오고 있었다.

"그놈들일 게요. 이 근처엔 은신할 만한 다른 건물이 없으니, 이 암실을 수색하러 들 게요. 방문을 걸고 잠든 체하시다가 그 자들이 정 떠들어대거든 적당히 둘러대도록 하시오."

그 말대로 방문을 걸고 숨을 죽였다.

발소리는 점점 가까워 온다. 하다가 암실 밖에서 뚝 그치더니 조용해진다. 방 안의 기색을 엿듣고 있는 것일까.

한참 지나서 방문을 두드린다. 모르는 체했다.

"스님 계십니까."

이번엔 부르면서 또 두드린다. 그제서야 설매는 겨우 잠에 취한 것 같은 소리로,

"누구요?"

되물었다.

"우리는 안변 진관에서 온 포졸들이외다."

"안변 진관에서요?"

또 되묻고는,

"그러면 사또부인께서 보내신 사람들인가요? 부인께선 한밤중에도 곧잘 사람을 보내시더니."

딴청을 하면서 방문을 비꿋이 열어보았다. 포졸들은 칠팔명쯤 될까,

그러나 사또부인 운운한 엄포가 따끔하게 먹혀든 모양이었다.

"이거 몰라뵈었습니다요."

굽실거렸다. 용기를 얻은 설매는 암실 밖으로 나섰다. 방문을 슬며시 뒤로 닫으며,

"무슨 일이 있었소? 이런 한밤중에."

슬쩍 떠보았다.

"예, 저 흉악한 도적 한 놈이 도망을 쳐서요."

연방 굽실거리며 한 포졸이 하는 말이었다.

"저런."

"혹시 그런 놈 모르시겠지요?"

"글쎄요. 그리고 보니 조금 전에 누군가 암실문을 두드리기에, 겁이 나서 잠자코 있었더니 그냥 가버리던데요. 그게 바로 그 도적이었을까."

천연스럽게 둘러댔다.

"바로 그놈일 거다. 그럼 가보세."

예상했던 것보다 순순히 포졸들은 물러갔다. 그들의 발소리가 아주 멀리 사라지자, 설매는 방안으로 들어가 불을 켰다.

그제서야 눈여겨보니, 평도전의 몰골은 말이 아니었다. 얼굴이 온통 상처 투성이었다.

"어찌된 일이에요?"

묻지 않을 수 없었다.

"설매님의 말을 듣고 곧장 서울로 직행했더라면 좋았을 것인데, 졸자 공연한 재주를 부리다가 이런 낭패를 당했소이다."

조사의 일당의 음모 내용을 보다 정확히 파악하겠다고 안변 진관 청사에 잠입했다가 발각되어, 모진 고문을 당하고 사흘 동안이나 갇혀 있었다는 것이다. 겨우 탈출은 했지만 그 동안 꼬박 굶은 때문에, 우선 배를 채우려고 설매의 암자를 찾아왔다는 것이다.

43. 密使들

　　북으로부터의 거친 바람은 날이 갈수록 기세를 더했고, 또 복잡다양한 양상으로 휘몰아쳤다.

　　그 달 초승, 해괴한 범법자가 수사 당국에 체포되었다. 범인은 얼마 전 명사 육룡을 납치하는데 앞장섰던 묘봉(妙峯)이란 승려와 김여생(金呂生)이란 관원이었다.

　　그들의 죄상은 이렇다.

　　개경 부근 어느 촌락 한 민가를 묘봉과 김여생이 찾아갔다. 그 집에는 미색(美色)으로 소문난 처녀가 있었다. 그때 묘봉은 김여생을 등에 업고 있었는데, 그 처녀의 집 사람들을 향해 말하더라는 것이다.

　　"이 분은 다름아닌 상왕(上王)마마시라, 도보로 모시기에 황공해서 이렇듯 업어서 모시거니와, 오래지 않아 복위하실 것이니 너희 집 딸을 바치면 금시 발복은 틀림이 없을 게야."

　　그게 무슨 망언이냐고 펄펄 뛴 그 집 사람들은, 즉시 그 두 사람을 잡아다가 관가로 끌고 갔다는 것이다.

　　치사한 치한들이 시골 처녀를 꾀어보려고 꾸민 어설픈 어릿광대짓쯤으로 보아 넘기면 그만이겠지만, 다른 사람도 아닌 상왕을 자칭하고 더더구나 복위 운운하는 불온한 언사까지 입에 담았다는 사실은, 시국이 시국이니만큼 민심에 끼치는 영향 또한 심상치 않았다. 엉큼한 정략적 흉계가 숨겨져 있는지도 모를 일이었다.

　　곧 이어 또 다른 괴상한 사건이 발생했다.

성총(省聰)이란 승려가 역시 수사기관에 체포되었는데, 그는 엄청난
유언비어를 퍼뜨리고 다녔다는 것이다.

"회안군(방간)이 대군을 거느리고 입경하였으니, 이제 곧 세상이 뒤
집힐 것이다."

김여생과 묘봉은 주살(誅殺)되었고 성총에겐 장 백도를 때리는 형이
가하여졌지만, 태풍전야의 먹구름과 같은 불길한 사건들이었다.

한때 잠잠하던 언관들이 또 들고 일어났다. 회안군 방간에 대해서 공
격의 화살을 퍼부어댔다.

아니 땐 굴뚝에서 연기가 날 리 없다. 그런 유언비어의 이면엔 방간
일당의 음흉한 공작이 꿈틀거리고 있을 것이니, 그를 멀리 제주도로 이
치(移置)시켜야 한다고 주장했다.

그러나 방원은 그 같은 진언을 거부했다. 방간에 대한 동기간의 정도
정이었지만, 그 같은 조치를 취했을 경우 부왕 이성계가 받게 될 마음의
타격이 가슴 아팠던 것이다.

그런 불길한 먹구름은 마침내 구체적인 비바람을 몰고 들이닥쳤다.

부왕 이성계의 유일한 고우였던 얼마 전에 별세한 이지란의 아들 이
화영(李和英)과 이화미(李和美) 형제가, 처자를 거느리고 동북면으로부
터 도망쳐 왔다. 그들이 부친 이지란의 유언을 따라 그의 유해를 고향땅
에 장사 지내고 돌아오다가 철령(鐵嶺)을 넘으려 할 때였다.

돌연 백여명 기병이 앞을 가로막았다. 필시 무슨 변이 일어났을 것이
라고 추측한 이화영은, 아우 이화미에게 눈짓을 하고는 상복을 벗어던
지고 갑옷으로 갈아입었다. 창검을 휘두르며 돌격을 감행했더니, 기병
들의 뿔뿔이 흩어져 겨우 도망쳐 올 수 있었다는 것이다.

조사의 일당이 반란의 준비를 서두르고 있다는 구체적인 정보를 보고
한 것은 김옥겸(金玉謙)이었다. 안우세의 보고를 받은 즉시로 동북면에
파견된 김옥겸이 귀경한 것은 그 달 11일이었다.

그 며칠 동안에 김옥겸이 겪은 체험은 파란과 모험의 연속이었다.

그 날짜 실록이 전하는 그의 복명서(復命書)는, 그 동안의 경위를 간결하면서도 실감있게 묘사하고 있다.

우선 안변에 당도한 김옥겸은 부사 조사의를 찾았다.

조사의는 흰 눈으로 김옥겸을 흘겨볼뿐 한 마디 인사말도 하지 않더니, 수하를 시켜서 김옥겸이 차고 있던 패검(佩劍)과 마패를 탈취하도록 했다.

그 곳을 탈출한 김옥겸은 문주(文州 : 함경남도 문천)로 달려갔다. 조사의의 수하 박양(朴陽)이란 자가 그 고을에 들어가서 장정들을 징집하고 있다는 소식을 듣고 박양을 만나보았다. 그 역시 김옥겸에게는 한 마디 말도 건네지 않고 징집 서류만 작성하고 있었다.

다시 영흥부(永興府)로 가서 부윤 박만(朴蔓)을 만났다. 그는 눈물이 글썽한 얼굴로 이런 말을 했다.

"처음에 조사의가 모병하는 통첩을 띄운 것을 보고, 나는 대경실색했소. 즉시 사람을 파견하여 주상께 제주토록 했고, 다시 영흥부의 갑병(甲兵)을 보내달라는 통첩을 접하자 역시 서울로 사람을 파견했는데, 그 사람들 개경에 당도했습디까."

그런 얘기 못들었다고 김옥겸이 답변하자, 박만의 안색이 헬쑥해졌다.

"아마 내가 보낸 사람들, 도중에서 모두 조사의 일당에게 붙잡힌 모양이구료."

그리고는 수연히 말을 이었다.

"나도 애당초 이 곳을 도망칠까 했소만 장수된 몸으로 경솔히 번진(藩鎭)을 버릴 수도 없는 형편이니, 모름지기 군이 급히 귀경해서 이 같은 사실을 주상께 아뢰도록 하오. 대로는 위험하니 간도(間道)로 가는 것이 좋을 게요. 군이 만일 잡히는 날이면, 군은 말할 것도 없고 나 역시 살기는 어려울 거요."

그리고는 검 한 자루와 상등마 한 필을 내주었다. 즉시 그 곳을 떠난 김옥겸은 영풍(永豊)땅에 이르렀다.

길에서 한방(韓方)이란 자를 만났다. 김옥겸과 전부터 안면이 있는 무변이었다.

그는 몇마디 인사말을 나누고 지나쳐 갔지만, 그의 눈치가 아무래도 꺼림했다. 아니나 다를까, 그날 밤 영풍의 어느 촌가에 방을 빌려 묵고 있으려니까, 한방이 보낸 장정 십여명이 달려들었다. 그들은 김옥겸을 결박 감금하고 방문 밖에서 감시했다. 밤이 이슥하자 그들이 조는 눈치여서 그 틈을 타고 김옥겸은 그 집을 탈출했다.

뒤미쳐 장정들이 쫓아왔다. 고산역(高山驛)까지 도망친 김옥겸은 산속으로 뛰어들어 겨우 추적자들의 눈을 피할 수 있었으며, 거기서부터는 줄곧 산길을 더듬어 귀경했다는 것이다.

이제 조사의 일당의 반란 음모는 의심할 여지가 없게 된 것이다. 더더구나 그 무렵에야 개경에 돌아온 평도전의 보고는 그것을 한층 굳게 입증했다.

버려둘 수는 없다. 반란의 싹이 자라기 전에 조속히 뭉개버리는 것이 상책이다. 하지만 방원은 좀처럼 결단을 내리지 못했다. 부왕 이성계를 생각해서였다.

일개 수령 조사의가 반란을 도모하는 데 그친다면, 그 사실 자체만도 불상사에는 틀림없지만 결정적인 타격은 아니다. 대군을 동원해서 토벌한다면 결국은 소탕될 것이다.

그러나 공교롭게도 부왕 이성계가 지금 그 지방을 향해 떠난 것이다. 조사의 일당이 이성계를 둘러메고 설치게 된다면, 국면은 전혀 달라진다. 또 조사의가 감히 반란을 꾀한 것도, 그런 공산을 면밀히 계산하고 믿는 때문일 것이다.

전란이 터지면 결국 조선왕조의 창업주이며 태상왕이기도 한 이성계와 현 국왕 방원과의 무력 정면 충돌로 발전하게 될 것이다. 형제들과의 골육상잔극, 생각만 해도 몸서리가 쳐지는 방원이었지만, 부왕 이성계와의 대결은 그에 비길 성질의 것이 아니다.

심정적으로는 자기 자신보다도 더욱 존중하는 부왕이 아닌가. 그에게 화살을 겨눈다는 것은, 자기 자신에게 그렇게 하는 것보다도 오히려 더 아프고 괴로운 일이었다.

아직 부왕의 진의는 확실치 않다. 조사의 일당과 은밀한 연락이 있었는지 혹은 전혀 무관한지조차 알 길이 없지만, 어쨌든 부왕과 조사의를 분리시키는 일이 무엇보다도 급선무였다. 그러자면 어떠한 손을 써서라도 부왕을 동북면에서 모셔 와야 한다.

11월 8일, 이성계와 정분이 두터운 상호군 박순(朴淳)을 동북면으로 파견했다. 그러나 그는 함주(咸州: 함흥)에 이르러 박만을 위시한 각 고을 수령들에게, 조사의의 반란에 가담하지 말도록 역설하다가 피살되었다는 소식이 날아들었다.

이것은 태종실록에 기록된 사실이지만, 《연려실기술(燃藜室記述)》 등 야사가 전하는 얘기는 보다 복잡하고 상세하며, 특히 그 무렵의 이성계의 동태와 심정을 추리하는 데 시사하는 바 크다.

개경을 떠날 때, 박순은 종자 한 명 거느리지 않았다. 무슨 생각을 했던지 새끼 달린 어미말을 타고 출발했다. 안변에 이르러보니 그가 개경을 출발한 다음 날, 태상왕 이성계는 역마(驛馬)를 타고 함주로 떠났다는 것이다.

그 같은 소식은 박순에겐 고무적이었을 것이다. 애당초의 목적지였던 안변에 머물지 않고, 다른 고장으로 이성계가 떠났다는 사실은 무엇을 의미하는 것일까.

안변은 바로 조사의 일당의 군사적 본거지이다. 이성계가 만일 그들에게 옹립될 것을 승낙했다면, 떠날 이유는 희박하다. 더구나 역마를 이용했다고 한다. 조사의 일당과 제휴했다면, 떠나더라도 초라한 역마를 이용할 필요는 없을 것이다. 거창한 행렬에 삼엄한 호위병을 거느렸어야 할 것이다.

어쩌면 조사의 도당들에게 말려드는 것을 꺼린 나머지, 일종의 피신책을 취한 것이 아닐까.

함주 귀주동(歸州洞)에 있는 경흥전(慶興殿)은 이성계의 옛 저택이었다. 상왕 방과도 그 집에서 낳았고, 국왕 방원도 거기서 출생한 유서 깊은 잠저(潛邸)였다.

함주로 들어온 이성계는 물론 그 집을 거처로 삼았다.

그러던 어느 날, 이성계가 거실에 앉아 있으려니 밖에서 말울음 소리가 들려왔다. 듣는 사람의 가슴을 후비고 드는 애달픈 소리였다.

창문을 열고 내다보았다.

어떤 무변이 말 한 필을 타고 있는데, 그 말이 뒤를 돌아보며 슬피 우는가 하면, 거기서 조금 떨어진 나무에 매인 망아지 하나가 마주 운다. 어미말과 새끼말이 서로 떨어지는 것을 서러워하는 정경이었다.

이성계는 야릇한 충격을 느꼈다. 이윽고 무변이 말에서 내리더니 어미말을 새끼말과 한 나무에 매주었다. 두 말은 코끝을 마주 비비며 좋아했다.

"암, 그래야 하구말구."

이성계는 자기도 모르게 뇌까렸다.

무변이 도보로 이 편을 향해 걸어왔다. 박순이었다. 그를 인견한 이성계는 물었다.

"어째서 망아지를 어미말과 떼어놓으려고 했는가?"

"처음부터 두 말이 서로 떨어지지 않으려고 하는 것이 측은해서 여기까지 데리고 왔습니다마는, 아무래도 거추장스러워서 떼려고 했더니 그렇듯 슬퍼합니다그려. 비록 미물이라도 지친(至親)의 정은 어쩔 수 없는 듯싶습니다."

물론 박순으로선 생각하는 바 있어 하는 말이었으며, 어미말과 망아지에 대해서 취한 태도도 속셈 있는 연기였지만, 그것이 이성계의 감정엔 깊이 먹혀든 모양이었다.

한동안 침통한 얼굴을 하더니,

"어쨌든 잘 왔네. 그러지 않아도 무료하던 참이니, 오랜만에 장기나 두어봄세."

이런 말을 했다. 이성계가 동극하기 이전엔 박순과는 좋은 장기 친구였다.

장기판을 가져오게 해서 몇 수 두었을 때였다. 창밖에서 또 이상한 소리가 들렸다. 무슨 짐승이 죽어가는 것 같은 비명이었다.

창문을 열어보았다. 처마밑에 생쥐 한 마리가 피투성이가 되어 버둥거리고 있었는데, 그 생쥐를 끌어안고 어미 쥐가 지르는 소리였다. 어쩌다가 생쥐가 처마 끝에서 떨어지자, 뒤따라 뛰어내린 어미쥐가 애통한 나머지 통곡하는 것일까.

못볼 것을 보았다는 듯이 이성계가 고개를 외로 돌렸다. 그 표정을 이윽히 지켜보고 있던 박순이, 장기판을 밀치고 그 자리에 부복했다.

"전하, 신이 여쭐 말씀이 있습니다."

이성계는 고개를 꼰채 듣기만 했다.

"한낱 미물에 비유한다는 것은 황공하기 그지없는 소리입니다마는, 지금 주상의 심곡, 어미와 떨어진 망아지와 다를 것이 없으며, 주상께서 놓이신 처지, 처마에서 떨어진 생쥐와 한가지로 비참하십니다."

그런 말을 했다.

박순은 이어 조사의 일당이 반란을 도모하고 있다는 정보를 소상히 전하고는,

"주상께서 무엇보다도 우려하시는 바는 역도들의 흉계의 소용돌이 속에 태상전하께서 함입(陷入)하시지 않으실까 하는 점입니다. 만일 사태가 그렇게 돌아가는 날이면, 태상전하의 본의는 아니시더라도 주상은 곧 처마끝에서 추락하시어 피투성이가 되실 거올시다. 그렇게 된 연후에 어버이되신 정을 베푸시더라도 때는 늦을 줄로 압니다."

묵묵히 듣고만 있던 이성계가 장기판을 끌어 당겼다.

"한 판 더 두되, 이번엔 내기장기를 두도록 함세."

드물게 느긋한 미소를 피우며 말했다.

"내가 이기면 내가 하자는대로 해야 할 것이며, 자네가 이기면 자네가 하자는대로 함세."

그때 그들 두 사람이 주고 받는 이야기를 방문 밖에서 엿듣는 사람이 있었다. 이성계를 따라 여기까지 온 별시위 이자분(李自芬)이었다. 그는 즉시 몇몇 동료들을 불러모아 한동안 수군거렸다.

장기는 결국 박순의 승리로 돌아갔다.

"전하께서 언약하신대로 이젠 신의 소청을 들어주셔야 하겠습니다."

박순이 따지자,

"장부일언중천금(丈夫一言重千金)이라고 하지 않았나."

이성계는 껄껄 웃었다.

"그러시다면 말씀 드리겠습니다. 하루 속히 환경하십사 하는 것이 바로 신의 소청입니다."

이성계는 또 밝은 웃음을 피우며,

"잘 알았다니까. 자네는 먼저 돌아가 있도록 하게. 주상이 얼마나 기다리고 있겠나."

확실히 언명은 하지 않았지만, 귀경하겠다는 약속이나 다름이 없었다. 박순은 즉시 그 자리를 물러나와 개경으로 향했다.

그의 뒤를 이자분을 위시한 몇몇 자객들이 추적했다. 그리고 박순이 응흥강(應興江) 강변에 이르러 배에 오르려고 하자, 뒤쫓아온 자객들이 칼을 휘들러 참살했다.

그 경위를 야사에선 보다 흥미 본위로 묘사하고 있다.

박순이 떠나자 이성계를 모시고 있던 여러 근신들이, 그를 죽여야 한다고 강경히 주장했다.

그를 죽일 생각이 없는 이성계는 한참 동안 시간을 끌며 망설이다가, 그가 이미 응흥강을 건너 갔으리라고 여겨질 즈음에야 한 신하에게 칼을 내주며 말했다는 것이다.

"만일 이미 강을 건넜거든 그 이상 쫓지 말라."

그러나 박순은 공교롭게도 중도에서 병이 나서 지체하다가 겨우 웅홍강 강변에 당도했을 때 죽음의 사자의 추적을 당했다. 막 배에 오른 그의 허리를 사자의 칼이 동강을 냈다는 것이다.

그래서 누군가의 시구에는 박순의 운명을 읊은 이런 대목이 있다.

'반은 강 속에 있고 반은 뱃속에 있다(半在江中半在船).'

어쨌든 박순은 애석하게 죽었고 그의 죽음은 이른바 함흥차사(咸興差使)의 비극의 대표적인 사례라 할 것이다.

소위 함흥주필(咸興駐畢)이라고 일컫는 이성계의 북행(北行)의 동기나 이유를, 아들 방원에 대한 혐오 즉 감정적인 측면에서만 찾는 것이 일반적인 경향이다. 또 각종 야승(野乘)들 역시 그런 각도에서 흥미 있는 일화로 엮어보이기도 한다.

그러나 그 당시의 왕조실록 등 문헌을 검토해 보면, 인식을 달리할 수도 있는 여건이 발견된다. 이른바 함흥차사, 태상왕 이성계를 설득하기 위한 밀사로는 여러 사람이 파견되었다.

우선 11월 9일에는 왕사 자초가 태상왕 행재소로 향했다. 이성계가 경신(敬信)하는 고승이니만큼 국왕 방원의 뜻을 잘 전달하고, 이성계가 속히 돌아오도록 손을 쓸 수 있을 것이라고 실록은 이유를 밝히고 있다.

그러나 그가 이성계를 만났다는 기록은 보이지 않는다. 다만 오산설림(五山說林) 같은 야승에 다음과 같은 일화가 보일 뿐이다.

무학대사 자초가 함흥으로 이성계를 찾아갔더니,

"대사도 또한 나를 달래러 왔소?"

힐문을 하더라는 것이다. 자초는 미소를 띠며,

"전하께서 제 마음을 모르십니까. 빈도가 전하를 가까이 모시게 된지 수십년이 지났지 않습니까. 빈도가 이렇게 찾아온 것은, 전하의 적적하심을 위로하려는 충정에서 일뿐이올시다."

그렇게 답변한 자초는 말끝마다 방원의 단점을 들어 헐뜯었다. 자신이 역겨워하는 아들이긴 하지만, 제삼자가 헐뜯는 소리를 들으면 불쾌한 것이 아버이의 정이다. 이성계의 안색에 못마땅한 그늘이 서리는 것을 포착한 자초는, 그제서야 정색을 하고 충고했다.

"방원에게 죄가 없다고는 할 수 없습니다마는, 그렇다고 전하께서 그토록 고초를 겪으시며 이룩하신 대업을 장차 누구에게 맡기려고 하십니까. 다른 아드님들은 이미 세상을 떠났고 상왕은 왕위에서 물러났으며, 회안군은 내란을 도모하다가 쫓겨난 형편입니다. 만약 방원에게서 왕권을 빼앗을 수 있다손 치더라도 누구에게 그것을 돌려주시겠습니까. 뭐니뭐니해도 전하의 혈육인 그 사람에게 맡겨두는 수밖에 없지 않습니까."

그 말에 이성계도 겨우 마음을 돌렸다는 것이다.

그러나 그 애기는 신빙성이 희박한 구전(口傳)이 아니면, 훨씬 후에 가서 있었던 일이 아닌가 싶다.

자초가 개경을 떠난 지 근 한 달이 지난 12월 2일, 그 때 평양까지 흘러간 이성계는 이런 넋두리를 했다.

"여가 동북면에 있을 때에도 국왕은 여에게 문안하는 사람 하나 보내지 않았고, 맹주(孟州)에 있을 때 역시 그랬으니 어찌 원망스럽지 않겠는가."

그러니까 적어도 그 때까지는 이성계가 직접 어느 사자(使者)도 만나지 못했다는 사실이 증명된다. 무학대사 뿐만 아니라 박순 역시 만나지 못했을 공산이 크다. 따라서 수많은 차사(差使)를 살해하였다는 속설도 뒤집어지게 된다.

여기서 눈을 조사의의 반란과 그의 동태로 돌려야만 진상은 파악될 수 있을 것이다.

왕사 자초를 파견하고도 마음이 놓이지 않은 방원은, 다시 안평부원군 이서(李舒)와 익륜(益倫), 설오(雪悟) 두 승려를 이성계의 행재소로 파견했지만, 그들은 철령(鐵嶺)에서 길이 막혀 되돌아오고 말았다. 물론 조사의 일당의 저지를 받았을 것이다.

부왕 이성계를 반도들의 세력권에서 뽑아내려는 공작은 모조리 실패로 돌아간 셈이었다.

게다가 불온한 흉보는 또 날아들었다. 동북면 일대의 민심을 수습하기 위한 국왕의 교서를 반포할 사명을 띠고 파견되었던 상호군 김계지(金繼志)의 귀환 보고였다.

그 보고 내용은 조사의 일당의 역모(逆謀)가 날로 구체화해 가고 있음을 충분히 확인케 하는 것이었다.

"처음에 신은 기사(騎士) 아홉 명을 인솔하고 회양(淮陽)땅에 이르렀습니다. 거기서 다시 기사 열명을 더 얻어서 철령을 넘고자 하였습니다마는, 이미 조사의 수하의 무사 두 명이 관문을 지키고 있었습니다. 그 자들을 베고 다시 북상하다가 김을보(金乙寶)라는 자를 만났습니다. 각 고을에 비치된 군량과 마초(馬草)를 징발하러 다니는 자였습니다. 목을 베어 효수(梟首)하고 안변에 이르렀습니다. 엄인평(嚴仁平)이란 자가 장정들을 징집하고 있는 중이었습니다. 역시 목을 베어 관문(館門)에 효수하고 귀환한 것입니다."

정부에서 파견된 첩보원치고는 드물게 성공적인 활약을 한 특례였지만, 그가 보고 겪은 사실은 심상한 것이 아니었다. 특히 조사의의 군사력이 철령까지 진출하고 있다는 정보는 심각한 문제였다.

철령은 조사의의 본거지 안변에서 팔십오리나 남쪽에 위치하고 있으며, 동북면으로 진격하자면 반드시 거쳐야 할 천연의 요새였다.

반란의 전운은 바야흐로 동북면 전역을 휩쓸 기세였다.

조선왕조 개국 이후 만 십년, 그 동안 몇 차례 피바람이 불지 않은 것은 아니었지만, 그것은 왜구들의 국지적인 침투가 아니면 왕자의 난과 같은 소규모의 무력 충돌에 지나지 않았다.

이번 동북면의 난동이 악화된다면, 건국 이후 최대 최악의 전란으로 발전할 기운이 농후했다.

그와 같은 위급한 정세에 직면했을 경우 말 많은 언관들이나 정부 대신들은 핏대를 올리며 대비책을 역설하는 것이 통례였지만, 그 무렵의 실록에선 그런 기록을 발견할 수가 없다.

방간을 제주도로 쫓아보내야 한다는 등 다분히 파벌적인 주장에는 열을 올리면서도, 조사의의 반란에 대해선 어느 누구도 단 한 마디 언급한 위인이 없었던 것이다.

부왕 이성계를 설득하기 위한 차사(差使)를 파견한 것도 방원 혼자서 판단하고 취한 조치였고, 여러 첩보원을 밀파해서 조사의 일당의 기밀을 탐지해 오도록 한 것도 방원 혼자서 한 일이었다. 따라서 앞으로의 초급한 대책도 혼자서 강구하고 결정해야 할 외로운 입장이었다.

새삼 하륜의 지혜가 아쉬웠다. 하륜을 명나라로 파견한 조치가 이제 와선 뉘우쳐진다.

그가 곁에 있다면 이렇듯 외롭지는 않을 것이다. 방원이 미처 생각지 못한 적절한 계책도 안출할 것이며, 결단을 내리지 못하는 문제에 대해서도 명쾌한 해결책을 제시해 줄 것이다.

자기네들 개인의 이해 관계가 얽히지 않은 상황에 대해선 몸만 사리고 참새 같은 주둥이까지 봉해 버리는 야속한 신료들, 그 자들 백명 천명보다도 하륜 한 사람이 얼마나 필요한 존재인가를 새삼 실감하게 된다.

──부질없는 넋두리.

방원은 쓴 입을 다셨다. 아무리 외롭고 허전하더라고 지금의 상황하에선 자기자신의 힘만을 믿고 의지하는 수밖에 없다.

──그것이 곧 왕관이란 이름의 가사관의 아픔일 게다.

물론 날로 세력을 확대해 가고 있는 조사의 일당을 그대로 버려둘 수는 없다. 치기는 쳐야 한다. 다만 그들의 수중에 말려들어간 부왕 이성계를 빼내지 못하고 있는 현실이 문제였다.

덮어놓고 동북면으로 토벌군을 파견한다면, 그것은 곧 부왕 이성계를 무력으로 공격하는 것이나 다름이 없다. 부왕의 진의가 나변에 있는지 명확하진 않지만, 적어도 겉으로는 누구의 눈에나 그렇게 비칠 것이다.

그리고 또 무력을 행사할 경우, 부왕 이성계의 감정을 자극하고 악화시킬 위험성도 농후하다. 아직은 아들과 정면 충돌까지 할 생각은 가지고 있지 않을는지 모른다. 조사의 일당에게 말려들어 본의아닌 궁지에 빠져 있는지도 모른다. 그러나 정부군이 북진을 단행한다면 궁지 높은 이성계는 진노할 것이다. 아들놈이 무력으로 아비를 치려고 한다는 그런 고까운 감정이 오히려 조사의 일당과 밀착을 촉진하는 불행한 결과를 초래하게 될는지도 모른다.

이럴 수도 없고 저럴 수도 없는 경지에 빠져 있는데, 오랜만에 황희(黃喜)가 예궐했다. 그를 대하자 방원은 다소 밝은 마음이 되었다.

방원이 등극하기 이전엔 한동안 황희와의 접촉이 두절되었었다. 늘 바른 말만 하는 때문에 정계나 관계에서 소외된 때문이기도 했다.

그가 35세 되던 태조 6년에는 별다른 잘못도 없이 벼슬자리에서 쫓겨났다가 다시 복직은 되었으나, 몇 해 후 또 쫓겨나는 불우한 풍파를 거듭거듭 겪은 황희였다.

그는 형조, 예조, 병조, 이조의 정랑(正郞)을 거쳐 지금은 도평의사사(都平議使司)의 경력(經歷) 벼슬을 맡고 있다. 품계는 종 4품이지만 그 기관의 실권을 장악하고 있는 실속 있는 자리였다.

그가 그 자리에 승진하게 된 데엔 이런 일화가 있다.

도승지격인 박석명은 상왕 방과와 특수한 친분을 맺은 사이였다. 젊었을 때엔 같은 이불을 덮고 잘 정도로 절친했다. 방과가 왕위에 오르자 여러 관직을 거쳐 도승지에 임명되었다.

그러다가 방과가 양위하고 방원이 등극했다. 박석명의 인품과 능력을 높이 사고 있던 방원은, 지신사(知申事)라고 명칭이 변경된 비서실장 자리에 그대로 유임시켰지만, 그러나 박석명은 그런 위치가 거북했던지

국왕에게 여러 차례 사의(辭意)를 표했다. 방원은 물론 받아들이지 않았지만, 어느 날 농담삼아 물어보았다는 것이다.

"경과 같은 인재가 또 있다면 여의 측근에 기용해도 좋거니와, 그런 인물이 과연 있을까."

그 물음에 박석명은 즉각 황희를 천거했고, 그 때문에 승진 길이 열렸다는 것이다.

"안변부사 조사의가 반란을 도모하여 각 고을의 장정들을 징집하고 있다는 소식은 이제 누구나 다 알고 있는 일입니다만, 조정에선 아무런 대책도 세우고 있지 않은 듯하오니 적이 답답합니다."

그런 말을 황희는 꺼냈다.

반가웠다.

정부 요직을 차고 앉은 대신들이나 병권을 쥐고 있는 군부의 요인 어느 누구도, 몸을 사리느라고 입밖에 내지 않는 문제를 자진해서 거론한 황희의 마음이 고마웠다. 이럴 수도 없고 저럴 수도 없는 자신의 고충을 방원은 솔직이 털어놓았다.

"영단을 내리셔야 하겠습지요."

황희는 한 마디로 잘라 말했다. 지금 그의 나이도 불혹에 접어든 갓 마흔 살, 그러나 아직도 강하고 직선적인 패기는 남아 있었다.

"그야 조정에서 대군을 파견하게 될 경우 태상전하의 노여움을 불러 일으킬 우려가 없는 것은 아닙니다. 그렇다고 반도들의 준동을 언제까지나 방치할 수는 없지 않습니까. 이대로 시일을 끌다간 동북면 일대는 말할 것도 없고, 서북면 일대까지 그 자들의 판도에 들어갈는지 모릅니다. 뿐만 아니라 그 일대엔 알타리족, 우디거족, 우량하족 등, 여진족의 만만치 않은 세력이 뿌리를 내리고 있습니다. 만일 조사의 일당이 그 자들까지 규합하고 게다가 태상전하를 맹주로 옹립한다면, 이 나라의 국토와 그리고 왕실이 두 동강으로 분단되는 끔찍한 사태에 이를 수도 있지 않겠습니까."

충분히 있을 수 있는 우려였다.

"조사의 일당을 토벌해야 한다는 것은 움직일 수 없는 지상 과제올시다. 다만 토벌하되 어떻게 토벌하며, 태상전하에 대한 명분을 어떻게 세우느냐가 문제인 줄로 압니다."

그 말에 방원의 귀가 번쩍 띄었다. 이 때까지 자기 혼자서 맴돌고 있던 답답한 선을 한 걸음 딛고 넘어선 느낌이었다.

"바로 그거라. 그 문제만 해결된다면, 내 무엇을 망설이겠는가."

방원은 매달리듯 황희의 얼굴을 주시했다.

"무릇 군사행동엔 무엇보다도 선행하는 것이 명분이올시다."

황희는 말하면서 깊은 눈으로 방원을 마주 보았다.

"명분 없는 군사행동이나 대의에 어긋나는 무력행사란 결국은 실패로 돌아간다는 것이 역사의 진리올시다만, 우리에겐 충분한 명분이 있습니다."

황희의 구기엔 자신이 만만했다.

"변경의 일개 수령이 도발한 반란을 국가의 안녕질서와 민생의 안정을 위해서, 국가의 이름으로 응징 진압하자는 거올시다. 그리고 태상전하에 대한 명분도 떳떳합니다."

바로 그 점이었다. 부왕 이성계가 거처하고 있는 행재소를 향해서 자기 휘하의 병력을 투입시키더라도 떳떳할 수 있는 명분이 아쉬웠던 것이다.

"피상적인 눈으로 본다면, 혹 잘못 해석할 수도 있을 거올시다. 조사의를 토벌하는 군사행동이 곧 태상전하에 대한 무력행사나 다름이 없다는 억설을 농할 수도 있을 거올시다. 하오나 한 가지 엄연한 사실을 간과해서는 아니됩니다. 아직도 지금까지는 태상전하께오서 조사의 등 역도들 측에 가담하셨다는 확증도 없으며, 주상전하나 우리 정부를 상대로 항쟁하시겠다는 의사를 표명하신 바도 없습니다. 다만 불행하게도 태상전하의 행재소가 역도들이 준동하고 있는 지역 내에 있다는 사실만이 문제올시다. 이렇게 따지고 들어간다면, 명분은 스스로 선명하지 않겠습니까."

듣고보니 고무적인 무엇이 보이는 것 같기도 했지만, 방원에겐 아직 확실한 것이 잡히지 않았다.

"태상전하로 말씀하자면 주상전하께는 지친(至親)하신 어버이시며 우리 왕조의 지존하신 창업주이십니다. 그러하신 어른이 역도들에게 에워싸여 계십니다. 귀하신 아버님을, 존중하는 국부(國父)를 그러한 곤욕의 구렁 속에 방치하는 것이 옳겠습니까. 아니면 역도들을 소탕하고 그 어른을 구출하는 것이 신자(臣子)된 도리이겠습니까. 결론은 자명(自明)합니다."

묘하게 돌고 돈 논리였지만, 결국 떳떳하고 명확한 명분을 부각시키고 있었다.

방원은 마침내 단을 내렸다. 즉각 토벌군의 편성을 서둘렀다.

반란군이 준동하고 있는 일선 지구인 동북면과 그 후방 지역인 강원, 충청, 경상, 전라도 방면의 도통사에 조영무(趙英茂)를 임명했다. 반란군의 세력이 번질 우려가 있는 서북면 도절제사엔 이빈(李彬)을, 안주도(安州道) 도절제사엔 이천우(李天祐)를, 동북면 강원도 방면의 도안무사(都安撫使)에는 김영렬(金英烈)을, 풍해도(豊海道) 도절제사에는 유양(柳亮)을 각각 배치했다.

또 이구철(李龜鐵)을 중군도총제(中軍都摠制)로, 강사덕(姜思德)을 우군총제(右軍摠制)로, 한규(韓珪)를 중군총제(中軍摠制)로 삼았다.

그리고 또 조사의가 차지하고 있던 안변도호부사(安邊都護府使) 자리엔 유구산(庾龜山)을 기용 발령했다.

어마어마한 규모의 편성이었다. 일개 변경의 반도들을 소탕하기 위한 토벌군이라기보다도, 전면적인 대전란에 대비하고도 남을 만한 대군(大軍)이었다. 그런만큼 군사적으로는 압도적으로 우세하다는 자신이 있었다. 그러나 며칠이 안 가서 그 자신을 뿌리째 뒤흔드는 급보가 날아들었다.

"조사의 일당과 그리고 아버님까지?"

방원은 악연했다.

조영무, 이천우, 이구철 등이 거느리는 토벌군의 대병단이 발행(發行)한 것은 그달 13일이었다.

그로부터 닷새가 지난 18일, 조사의가 거느리는 반란군의 주력부대가 엉뚱한 방향으로 이동을 했다는 보고였다. 뿐만 아니라 불과 며칠 전에 함주에 이르러 정착하는 듯싶던 이성계도 그들과 함께 옮아갔다는 것이다. 더더구나 그 목적지는 서북면 고맹주(古孟州:지금의 평남 맹산)라고 한다.

무슨 수작일까.

조사의는 안변의 수령직을 이용해서 그 고장을 중심으로 반란 세력을 키워 왔고 강화해 왔다. 그러한 지연 관계를 미루어 보더라도 병원(兵員)의 동원, 군량의 보급, 민간인의 협조 등, 어느 모로 따지거나 동북면을 거점으로 삼는 편이 유리할 것은 말할 나위도 없다.

그 유리한 지리적 조건을 포기하고, 생소한 서쪽 땅으로 전진(轉進)한 이유는 무엇일까.

정부군과 접전이라도 있었다면 또 모른다. 강력한 병력에 밀려서 어쩔 수 없이 퇴각을 했다면 이해할 수도 있지만, 단 한번의 전투를 치렀다는 보고도 없다. 그럴 시간도 없었을 것이다.

조영무 등 동북면 방면의 군단은 그보다 닷새 후인 21일에야 철령에 당도할 예정이었다.

이 궁리 저 궁리 하다가 방원은 입술을 깨물었다. 아차 하는 기분이 들었다.

각 지역의 전투 부대를 편성할 때, 어느 방면보다도 동북면에 큰 비중을 두었다. 반란군의 본거지가 그 방면이었고, 조사의 일당이 그 곳을 떠나리라고는 예측하지 못했기 때문이었다.

그야 서북면에도 일부 병력을 파견하긴 했지만, 그것은 반란군이 동북면에서 항전을 하다가 그 방면으로 패주할 경우 퇴로를 차단시키기 위한 별동대에 불과했다.

따라서 병력도 미약한 상태임은 물론이다.

그러나 지금 그 방면으로 이동했다는 조사의의 부대는, 도망칠 구멍을 찾아서 헤매이는 무력한 패잔병들이 아니다. 한 명의 병졸도 한 대의 화살도 손실하지 않은 주력 부대가 고스란히 이동한 것이다.

──엉큼한 놈!

요는 작전면에서 정부군은 어이없이 한대 맞은 격이 되었다. 동북면을 본거지로 완강히 항전할 기세를 보인 것은, 교묘한 위장술이었을 것이다. 철령 관문에까지 수비병을 배치했었다는 사실도, 역시 속임수였을 것이다.

그런 허세를 과시하면 정부측에선 응당 그 방면에 대군을 투입할 것이라고 미리 계산한 조사의는, 어쩌면 진작부터 비밀리에 병력의 이동을 서둘렀는지도 모른다.

어쨌든 정부군의 주력부대는 적도 없는 먼 산야를 헛되이 방황하게 되었다. 그 틈을 타서 반란군은 서북면 취약 지대를 어이없이 휩쓸고 말 것이었다.

더더구나 그 동안 어떤 공작을 농했는지는 모르지만, 부왕 이성계까지 그 방면으로 끌고 갔다고 하지 않는가. 그놈의 세력이 서북면에 뿌리를 박는다면 전략면(戰略面)으로나 그 위험성은 동북면에 비할 바가 아니다.

서북면엔 예로부터 이 나라의 제 2 수도로 간주되어온 평양이 있다. 만일 그 곳을 도읍 삼아 괴뢰정권이라도 수립하고 부왕 이성계를 맹주로 올려앉힌다면 어찌될 것인가.

특히 그 지역은 상국 명나라의 사신이 왕래하는 요로이다. 명나라 측에서 파견하는 사신을 가로막고 농간을 부린다면, 국제적인 면에서도 위협이 아닐 수 없다.

그리고 또 동북면에 비해서 수도 개경을 넘보는 거리가 훨씬 단축되기도 ᄂ ᄀ.

길은 하나 뿐이었다. 서북면의 군사력을 강화하는 방도 뿐이었다. 군사력도 문제였지만, 민심에 끼치는 영향도 그에 못지 않게 중요했다.

방원은 더욱 초조했다. 구중궁궐 속에 안한(安閑)히 앉아서 사태의 추이만 지켜보고 있을 수는 없었다.

그는 또 하나의 결단을 내렸다.

몸소 일선지구 가까이 진출해서 정부군의 작전을 보다 신속히 지휘하는 한편, 그 고장 주민들에게 국왕의 위용을 과시하기로 마음을 굳힌 것이다.

그 달 21일, 개경을 출발하여 금교역(金郊驛 : 황해도 금천) 북쪽 지점에 일단 행재소를 설치했다. 그 동안 서울은 민제(閔霽), 성석린(成石璘), 우인열(禹仁烈), 최유경(崔有慶) 등 중신들로 하여금 수비하도록 지시했다.

그러나 사태는 호전되진 않았다. 오히려 악화일로를 치닫고만 있었다. 그가 금교역에 도착하자마자, 안주 도절제사 이천우로부터 쓰디쓴 패보가 전하여진 것이다.

그보다 이틀 전인 19일, 이천우는 유격대 백여 기(騎)를 고맹주로 잠입시켰다. 반란군을 급습하고 태상왕 이성계를 구출해보려는 작전이었지만, 실패에 돌아갔을 뿐만 아니라 백여 기가 모조리 반란군의 포로가 되었다는 것이다.

그 뿐만이 아니었다. 20일 밤에는 고맹주 예전(古孟州 艾田 : 맹산군 저전면 저창)에 주둔하고 있던 이천우의 부대가 오히려 반란군에게 포위되어, 이천우는 아들 이밀(李密) 등 겨우 10여 기만을 거느리고 혈로를 뚫고 탈출했다는 것이다.

작전면에서도 정부군은 어이없게 당했고, 실전에서도 초반전부터 패배의 쓴 잔을 맛본 것이다.

그리고 곧 이어 지은주사(知殷州事) 송전(宋典)이란 지방관이 북으로부터 도망쳐 왔는데, 그의 보고는 반란군의 규모를 비교적 상세히 파악할 수 있는 귀중한 정보였다.

"이천우가 패적(敗績)하던 당시, 신은 역도들에게 사로잡혔었습니다. 그때 반란군의 도진무(都鎭撫) 임순례(任純禮)라는 자가 신에게 양언한 바 있습니다. 그 자들의 병력은 육칠천 명이나 되며 장차 우량화족(尤良哈族) 등 야인들이 합세하기로 되어 있으니, 앞으로 수만 대군으로 불어날 것이라고 자랑이 대단하였습니다. 신이 겨우 그 곳을 탈출하여 오다가 목도한 바에 의하면, 반란군은 사십명 혹은 삼십명 때로는 이십명씩 패를 지어 산재해 있었으며 그 중에는 기회를 보아 도망치는 자도 적지 않았습니다."

말하자면 반란군의 강점과 허점을 아울러 전해 주는 제보였다.

정보란 그것을 잘 요리하고 활용을 하면 구급의 약이 되지만, 잘못 다루면 독이 될 수도 있다는, 송전의 정보가 그런 성질의 것이었다.

방원은 몇몇 신료들을 소집하고 그 정보의 활용책을 물었다. 그 자리엔 금교 행재소까지 방원을 수행하여 온 중요 신료들이 참석했다.

이거이(李居易), 이숙번(李叔蕃), 심귀령(沈貴齡) 그리고 전번에 동북면에 밀파되어 누구보다도 성공적으로 사명을 수행한 바 있는 김계지(金繼志) 등이었다.

"지은주사 송전의 보고에 의하면 적의 병력이 녹녹지 않은 듯 여겨지기도 합니다만, 그 자들이 떠들어대는 숫자를 액면대로 받아들여도 고작 육칠천에 지나지 않는다고 하지 않습니까. 비록 관군의 많은 병력이 동북면으로 몰려 있는 형편이기는 합니다마는, 서북면의 병력만 규합하더라도 어찌 육칠천 오합지졸들을 무찌를 수 없겠습니까."

이숙번의 주장이었다. 정면으로 대공세를 취해서 단숨에 밟아 뭉개자는 의견이었으며, 저돌적인 이숙번다운 단순한 작전이기도 했다.

"그야 어느 누구인들 그렇게 하고 싶지 않겠습니까마는, 역도들의 수
중엔 태상전하께오서 잡혀 계십니다. 성급한 공격을 취하다가 태상전하
신변에 무슨 변이라도 생기면 어찌하겠습니까."

이거이가 신중론을 폈다.

방원이 가장 우려하는 바도 바로 그 점이었다.

"신이 한 말씀 드리겠습니다."

김계지가 나섰다.

"요컨대 태상전하를 안전히 구출해 모시면서 역도들을 소탕하는 것
이 지상 과제올시다. 그러자면 고지식한 힘의 공세만으로는 성공을 거
두기 어렵습니다. 기발한 계책이라도 강구해서, 역도들 스스로가 갈라
지고 찢어지고 흩어지도록 해야만 할 거올시다."

"말하자면 역도들이 자멸하도록 유인하자는 얘기 같은데, 과연 그 같
이 희한한 묘책이 있겠는가."

답답한 마음으로 방원은 물었다.

"그 계책은 송전이 보고한 역도들의 동태에서 찾을 수 있습니다. 역
도들 중에는 도망하는 자가 적지 않다고 합니다. 짐작컨대 그 자들이 고
향 동북면에서 조사의 일당의 모병에 응모한 것은, 남들이 그렇게 하니
까 깊이 사려할 겨를도 없이 부화뇌동한데 지나지 않을 거올시다. 그러
나 멀리 서북면으로 이동을 하고보니 낯선 고장이 서먹하고 불안스럽기
도 할 것이오며, 고향 생각도 간절해질 거올시다. 그와 같은 인정의 허
점을 교묘히 찌른다면, 억지로 긁어모은 오합지졸들, 제풀에 뿔뿔이 흩
어질 공산도 없지는 않습니다."

그 자리에선 구체적인 전략까지는 밝히지 않았지만, 김계지의 구기엔
자신이 만만했다. 방원은 그를 서북면 병마사에 임명하고 상당수의 전
투 병력을 맡겼다.

그리고 다시 서북면의 병력을 보강하는 인사 조치를 취했다.

이거이를 좌도도통사(左道都統使)에, 이숙번을 도진무(都鎭撫)에,

민무질을 도병마사(都兵馬使)에, 이지(李至), 이행(李行), 한규(韓珪)
등을 조전절제사(助戰節制使)에 임명했다.

11월 25일, 김계지는 새로 일선 부대장에 임명된 김우(金宇), 심귀령
(沈貴齡), 이순(李淳), 최사성(崔士成) 등과 더불어 전선을 향해 발행했
지만, 그에 앞서 그는 은밀히 한 심복을 불렀다.

김천우(金天祐)란 사나이였다.

얼핏보기엔 어딘가 모자라 보이는 위인이었다. 눈은 사팔눈, 항상 초
점 잃은 시선을 허공에 띄우고만 있었다.

그런 인간을 김계지는 어디다 써먹으려는 것일까. 그러나 김계지는
그에게 오랫동안 귀엣말을 속삭였다.

"제가 할 일, 겨우 그것 뿐입니까요."

사팔눈을 껌뻑거리며 김천우는 투덜거렸다.

"장군께서 은밀히 부르시기에 대단한 일이라도 맡기실 줄 알았더니,
결국 저더러 병신 구실을 하라는 분부시군요."

그의 구기엔 약간의 불만까지 넘실거리고 있었다.

"어따, 이 사람아. 크게 슬기로운 사람은 얼핏 보기에 어리석은 것 같
다는 말도 있지 않은가. 내가 일러준대로 잘만 하면, 자네는 일약 일등
공신이 될 수도 있는 게야."

김계지는 얼레발을 쳤고, 김천우는 어디론지 사라졌다.

부대를 이끌고 북상하면서 조사의 일당의 정보를 김계지는 여러 모로
수집하고 있었다.

고맹주에서 이천우의 부대를 격파한 조사의 군은 일단 서북쪽으로 진
로를 바꾸어 덕주(德州：평남 덕천)를 점령했다가 다시 서남쪽으로 꺾
어져서 안주(安州)로 향하였으며, 그곳 살수(薩水)변에 진을 치고 있다
는 보고였다.

그때 관군의 일선 부대는 그보다 남쪽에 진을 치고, 역도들의 남진
(南進)에 대비하고 있었다.

조사의 군에게 패배의 쓴 잔을 마셨던 이천우는 부대를 재정비하고 자성(慈城:평남 순천군 자산)에 포진하고 있었으며, 이빈(李彬)이 거느리는 부대는 그보다 남쪽인 강동(江東)을 지키고 있었다.

김계지의 부대가 자성에 당도하여 이천우의 부대와 합류하자, 그 때까지 종적을 감추었던 사팔눈 심복 김천우가 나타났다.

"어떤가, 그 동안 쓸만한 불씨를 얻어보았나?"

김계지는 넌지시 물어보았다.

"글쎄올시다요. 그게 과연 불씨가 되는지 어떨는지는 모르지만요, 부싯돌 노릇쯤 할만한 작자는 물색해 놓았습지요."

멍청한 얼굴이었지만, 김천우는 그런대로 자신을 보였다.

"조사의 그 자의 조카뻘이 된다나요. 제법 똑똑한 척하는 젊은 사람이지만요, 조사의하고는 뜻이 잘 맞지 않는 듯싶더구만요. 특히 조사의의 아들 조흥(趙興)하고는 개와 고양이처럼 으르렁거리는 사이라고 합니다."

"그만하면 과연 부싯돌 구실은 할 수 있겠구먼."

김계지는 다시 몇 마디 귀엣말로 지시했고, 김천우는 또 어디론가 사라졌다.

그날 밤 김계지와 이천우의 부대는 자성을 떠나서 북으로 향했다. 한편 금교 행재소에선 국왕 방원이 노희봉(盧希鳳)이란 내관을 불러서 밀령을 내리고 있었다.

"이제 곧 반란군과 일대 접전이 벌어질 게다. 그렇게 될 경우 무엇보다도 염려스러운 것은 아버님의 신변이야. 너는 즉시 조사의의 진영에 잠입하되, 만일의 경우 아버님을 호위 탈출시키도록 만전을 기하라."

그리고는 다시 평도전을 불러서 별도로 은밀한 지시를 했다.

"그놈이 바로 관군의 첩자란 놈이냐."

조사의는 약간 어이없다는 얼굴을 했다. 그 앞엔 김천우가 끌려와 있었다.

"예, 새벽녘에 진중을 순찰하자니까 이놈과 또 한 놈이 기웃거리고 있질 않겠습니까. 누구냐고 힐문했더니, 두 놈이 도망을 치다가 이놈 한 놈만 잡혔소이다."

그렇게 보고 하는 것은 다른 사람 아닌 조화(趙和)였다.

"관군의 첩자치고는 변변치 못한 놈이로고."

사팔눈을 두리번거리는 김천우를 내려다보며 조사의는 실소를 흘렸다. 그의 좌우엔 아들 조흥을 위시해서 강현(康顯), 홍순(洪洵), 김자량(金子量), 박양(朴陽), 박만(朴蔓), 임순례(任純禮) 등 막료들이 자리를 같이 하고 있었다.

그들 역시 경멸하는 눈길을 김천우에게 던지고 있었다.

"제 생각으로는 제대로 첩자의 사명을 띤 놈은 도망친 그놈이 아닌가 싶습니다. 이 사팔뜨기는 그저 건성 따라다니던 졸개에 지나지 않겠습지요."

그런 투로 조화가 자신의 해석을 피력하자,

"여보, 사람을 어떻게 보는 거요."

김천우가 펄쩍 뛰는 시늉을 했다.

"안주도 도절제사 이천우 장군의 휘하에서도 문무를 겸전한 준재로 이름 높은 김천우란 인물은 바로 나란 말이요. 도절제사 어른과 비록 성은 다르오만, 함자가 똑같은 것만 미루어도 짐작이 갈 것이 아니겠소."

좌중에 웃음이 터졌다.

"전번에 우리에게 혼줄이 난 이천우의 부하라?"

"어리석은 장수 밑엔 변변치 못한 약졸들만 모이게 마련이라더니, 뭐 저런 게 있어."

그들은 좋은 노리개감이 생겼다는 식으로 흐물거렸다.

"이것 봐, 이천운가 김천운가 하는 그 친구, 네가 과연 그토록 대단한 인재라면 아는 것두 많겠구먼."

조흥(趙興)이 그의 곁으로 다가갔다.

"묻기만 해요. 손뼉이 부닥치면 소리가 나듯이, 내 거침없이 척척 궁금증을 풀어줄 거요."

어깨를 으쓱거리며 김천우는 큰 소리를 쳤다.

"우리가 새삼 궁금히 여기는 일이라구 별로 없다만, 네가 안다는 것이 어느 정도인가 시험을 해보자는 거야."

"글쎄 묻기만 하라니까요."

"그렇다면 묻겠는데, 지금 정부에서 파견한 관군의 병력이 얼마나 되지? 누가 얼마만한 병력을 거느리고 어느 지점에 포진하고 있지?"

"고작 묻고 싶다는 게 그 정도요?"

사팔눈으로 좌중을 둘러보며 김천우는 코웃음을 쳤다.

"묻는 말에 대답이나 하라니까."

조흥이 조금 짜증 섞인 소리를 던졌다.

"정 궁금하다면 일러줄 것이니 귓구멍이라도 파고 똑똑이들 들어봐요."

그는 한번 큰 기침을 하며 거드름을 피우고는,

"우선 동북면으로 파견된 병력인데, 도통사인 조영무 장군이 거느리는 병력이 댁들은 얼마나 된다고 생각하슈."

오히려 느물느물 되물었다.

"아마 엄청난 대군이 동북면으로 향했을 것이라고 댁들은 지레 짐작을 했을 거요. 그래서 허겁지겁 서북면으로 도망쳐 왔겠지만, 그게 큰 오산이라 그 말이오."

김천우는 엉뚱한 소리를 터뜨렸다.

"댁들이 서북면으로 이동할 기미를 조정에선 미리부터 포착하고 있었던 거요. 그래서 소문만은 동북면에 대군을 투입하는 것처럼 퍼뜨렸소만, 막강한 정병들은 은밀히 서북면에 집결해 두었다 그 말이오. 말하자면 관군을 빠뜨리려고 댁들이 파놓은 함정에 댁들 자신이 고스란히 빠져든 거나 다름이 없다 그런 얘기요."

"얼토당토 않은 헛소리."

조사의는 일소에 붙이려고 했지만, 그의 표정은 부자연스럽게 굳어 있었다. 그리고 여러 막료들의 안색은 완연히 일렁이고 있었다.

"되는대로 씨부렁거린다고 곧이 들을 사람은 없다만, 네놈 지껄이는 소리 끝까지 들어나 보자."

조홍 역시 불안한 그늘을 피우면서도 입으로는 탕탕 을러댔다.

"도대체 서북면 일대에 얼마만한 병력이 배치돼 있다는 거냐."

"놀라지 마슈. 서북면 도절제사 이빈(李彬) 장군을 위시해서, 이천우 장군, 최운해(崔雲海) 장군 등이 거느리는 수만 대군이 이미 맹주 땅에 이르러 있고, 다시 황주(黃州)와 봉주(鳳州)지간에는 사만여명 정예들이 대기하고 있으니, 댁들이 비록 일기당천의 용사들이라 하더라도 기천 병력쯤으로 당해 내기는 어려울 거요."

좌중은 더욱 수런거렸다. 조사의는 한동안 심각한 침묵을 씹고 있다가 막료들을 향해 못을 박았다.

"보아하니 저 첩자란 자, 머리가 이상한 놈인 듯싶으니 그 말 믿을 건 못되지만, 하지만 그 자가 지껄인 소리가 꼬리를 달고 전파되면 휘하 장졸들의 사기에 미치는 바 적지 않을 것인즉, 여기서 들은 얘기는 일체 발설하는 일이 없도록 하오."

그리고는 다시 조화를 향해서 지시했다.

"그 첩자, 그대가 맡아서 감시하되, 일체 잡인과 접근시키지 말도록 하라."

조화는 즉시 김천우를 끌고 자기 막사로 들어갔다.

"내 김공을 다시 봤소이다. 겉으로는 어리숙한 체하면서 언변이 대단하시더구먼."

그는 혀를 찼다.

"병신이 제법 육갑을 합디까?"

김천우는 히죽거리다가 조화의 곁으로 바싹 다가앉았다.

"오늘 밤이 마지막 고비요. 그 일의 성공 여부에 따라서 노형이 햇볕을 보느냐 못보느냐가 판가름날 뿐더러, 노형의 생사도 좌우되는 거요."

"염려 말라니까. 사내자식 한 번 죽지 두 번 죽는답디까."

조화는 표독하게 다졌다.

김천우가 하던 말은 일체 발설하지 말라고 조사의는 단단히 함구령을 내렸지만, 발 없는 말은 삽시간에 반란군 장졸들의 귀청을 파고 들었을 뿐만 아니라 엄청난 꼬리에 꼬리를 달고 부풀어졌다.

"우린 이제 꼼짝없이 죽었네."

"관군의 병력, 십만이 넘는 대군인데다가, 삼면으로 우리를 물샐틈 없이 에워싸고 있다는 걸세."

"빈 틈이 있다면 살수 강물 뿐이라더구면."

그 날 11월 27일 밤도 이슥해서였다.

"불이야!"

소리를 지르며 두 사나이가 막사에서 뛰쳐나왔다. 김천우와 그리고 그에게 매수된 조화였다. 조금 전까지 김천우가 감금되어 있던 막사에서 불길이 치솟고 있었다.

"관군이오. 관군이 쏜 불화살이오."

그러지 않아도 김천우가 발설한 말과 그 말이 꼬리를 단 풍문에 전전긍긍하고 있던 반도들이었다. 허겁지겁 뛰쳐나와 살 구멍을 찾느라고 야단들이었다.

"동쪽도 서쪽도 남쪽도 빈틈없이 관군이 에워쌌다. 북쪽 살수를 건너야 살아남을 수 있다."

조화는 또 외쳤다. 그 말에 호응이라도 하듯이, 어둠 속으로부터 함성이 울려퍼졌다. 반도들은 앞을 다투어 살수로 몰려 갔다.

조사의와 그의 막료들도 막사에서 뛰쳐나왔다.

"게 섰거라, 이놈들아."

"도망하는 자는 가차없이 참하리라."

소리소리 지르며 위협해 보았지만, 겁에 질린 오합지졸들의 귀엔 먹혀들 리 없었다.

요며칠 전까지도 동짓달 추운 날씨에 살수 강물은 꽁꽁 얼어붙어 있었다. 그것만 믿고 도망병들은 도보로 뛰어든 것이었지만, 엊그제부터 갑자기 봄날처럼 누그러진 날씨에 얼음도 사뭇 풀려 있었다.

강변 여기저기서 비명이 터졌다. 얼음이 꺼져서 숱한 도망병들이 빠져 죽은 것이다. 실록에 의하면 그 수가 수백명에 달했다고 한다.

그래도 반도들은 계속 강으로 몰려들었다. 조사의의 좌우에 남아 있는 병력은 겨우 오십여 기 뿐이었다.

"안되겠소이다. 일단 혈로를 뚫고 피신했다가 재기를 도모해야겠소이다."

강현이 급한대로 그런 대책을 진언했다.

"그럴 수밖에 없겠구먼."

어이없이 당한 변에 어리둥절하고 있던 조사의는 침통하게 뇌까리다가,

"태상대왕은 어찌 되셨는가. 피신을 하자면 그 분부터 모셔야지."

물론 이성계를 아끼는 마음에서가 아니라, 끝끝내 그를 이용하자는 심사일 게다.

막료들을 이끌고 이성계의 막사로 달려갔다. 그러나 이성계의 막사는 텅 비어 있었다. 주야로 그 막사를 경비하던 두 명의 파수군이 등에 칼을 맞고 쓰러져 있었다. 누가 재빠르게 잠입해서 납치해간 모양이었다.

"오호라."

조사의는 땅바닥을 치며 탄색했다. 어둠 속에서 또 함성이 터졌다.

"이러고 있을 수는 없습니다. 우리들만이라도 피신을 해야 합니다, 아버님."

조홍이 재촉했다.

"오호라."

조사의는 또 비명 같은 소리를 흘리고 말을 잡아탔다.

북으로 살수를 굽어보는 언덕에 한 누각이 세워져 있다.

백상루(百祥樓), 고려 충숙왕(忠肅王)의 어제시(御製詩)가 걸려 있는 것으로 미루어, 역사가 오랜 누각임을 알 수 있다.

그 난간에 의지하고 이성계는 묵묵히 서 있었다. 그의 곁에는 방원이 밀파한 노희봉이 시립하고 있었고, 그보다 조금 떨어진 위치엔 평도전 이 버티고 서서 경계의 눈을 밝히고 있었다.

조화의 막사에서 불길이 오르는 것과 때를 같이 해서, 미리 잠입한 노희봉과 평도전은 두 경비병을 찔러 죽이고 막사 안으로 뛰어들었다. 이성계는 시녀 하나, 내관 한 명 거느리지 않고 혼자 앉아서 염불만 외고 있었다.

조사의 일당에게 납치되다시피 이곳 서북면으로 옮겨온 이성계의 좌 우엔, 누구 하나 얼씬도 못하게 했다. 만사가 귀찮기 만한 때문일까. 사 람이 얼씬거리면 잡념이 생겨서 제대로 염불도 못하겠다면서 고독을 고 집했다.

노희봉, 평도전이 뛰어들어도 그는 지그시 눈을 내리깔고만 있었다.

이 곳은 위험하니 피신을 하셔야 한다고 노희봉이 한쪽 팔을 부축했 고 평도전이 다른쪽 팔을 부축하자, 이성계는 저항없이 그들에게 몸을 맡겼다. 아직 맥은 뛰고 체온은 남아 있었지만, 산송장을 방불케 하는 몰골이었다.

급한대로 호젓한 이 백상루로 모셔온 것이었지만, 무엇을 생각하고 있는지 어떠한 감회에 젖어 있는지 이성계는 한 마디의 말도 없었다.

"이제 끝났습니다, 태상전하. 역도들은 산산히 흩어져서 도주하였습 니다."

노희봉이 그렇게 말해도 아무런 반응도 보이지 않았다.

"반도들을 소탕하는데 약간의 시일이 걸린 까닭은, 오로지 주상전하의 극진하신 효성 때문이올시다. 태상전하께 만의 하나 위해(危害)가 계실까 저어하시어 만전을 기하신 거올시다."

그래도 이성계는 듣는지 마는지 미동도 하지 않았다.

갑자기 평도전이 몸을 날려 다가오더니 한 팔로 이성계의 옆구리를 끌어안고 한 팔로는 노희봉의 어깨를 찍어누르며 누각 바닥에 몸을 붙였다.

그러자 곧 이어 수십 기의 말굽소리가 들려왔다.

"조사의의 잔당들."

노희봉이 속삭이는 입을 평도전이 급히 막았다. 발굽소리는 누각 아래서 멎었다.

"아무래도 이대로 떠나기는 께름하단 말야."

조사의의 목소리였다.

"우리가 그만한 병력을 규합할 수 있었던 것도 태상왕이란 늙은이의 후광(後光) 때문이 아닌가. 우리 중에 그 늙은이가 엎혀있다는 소리에 이놈 저놈 모여든 것이니, 이제 그 늙은이가 우리 수중에 없다는 걸 알게 된다면 개미새끼 한 마리 기어들지는 않을 게야."

조사의의 언사는 전에 없이 무엄하고 걸쭉했다. 물론 저희들이 아쉬워하는 이성계가 듣고 있으리라고는 상상도 못했을 것이다.

"그야 그런 점도 없지는 않소만, 쥐도 새도 모르게 꺼져버린 그 늙은이, 이 밤중에 어디서 찾는단 말이오."

그렇게 투덜거리는 것은 강현이었다.

"공연히 꾸물거리다가 날이 밝으면 어찌 하실려구요. 도망칠 구멍조차 막혀버릴 게 아니겠어요."

조흥도 안달을 했다.

"찾아야 해."

조사의는 고집했다.

"그 늙은이, 우리들의 목숨의 줄이나 다름이 없어. 그 늙은이 없이는 도망을 친들 헛일이지. 결국은 우리 모두 잡혀서 죽고말 게다."

"에이잉, 그놈의 늙은이."

그렇게 입맛을 다시는 것은 이자분(李自芬)의 목소리였다. 그는 별시위의 일원으로 이성계를 수행했던 자이지만, 그 동안 조사의 일당에게 들러붙은 것일까, 언사까지 조사의를 닮아 무엄하기 이를데 없다.

"이제 와서 왜 이토록 애를 먹이는 거지? 그 놈의 늙은이, 어디로 숨어 버렸을까."

다른 사람은 몰라도 자신이 측근에서 부리던 자가 그 같은 방자한 욕지거리를 지껄여대니, 이성계는 더 참고 들을 수 없었던 것일까.

"어험."

큰 기침을 하며 상반신을 일으켰다. 평도전과 노희봉은 당황했지만, 이미 어쩔 수 없는 일이었다.

"누구냐."

외치면서 조사의의 패거리들이 누각 위로 뛰어 오른다.

"전하를 부탁하오. 나는 급히 다녀올 데가 있소."

노희봉에게 귓속말로 속삭인 평도전은, 난간 너머로 몸을 날렸다. 이성계가 다신 한번 큰 기침을 했다.

조사의와 그의 수하들은 어둠 속을 두리번거리다가, 겨우 이성계의 존재를 확인한 모양이었다.

"전하."

"태상마마."

허겁지겁 그 곁으로 몰려들었다.

"신 등은 얼마나 전하를 찾아 헤맸는지 모르옵니다. 한시바삐 동북면으로 달려가서 재기를 도모해야 할 처지올시다만, 전하의 안부가 염려스러워 이렇듯 망설이고 있던 참이오이다."

걸쭉한 욕지거리를 씹어대던 그 입을 닦지도 않고 조사의는 노닥거렸다.

"신은 이번 싸움에 수천명 수하를 잃었사오이다만, 전하께서 이렇듯 건승하시니 그저 기쁘고 마음 든든할 뿐이올시다."

얼레발이었다.

"한때나마 전하를 가까이 모시지 못한 죄, 꾸지람을 하신다면 달게 받겠사옵니다만, 앞으로는 한시도 전하를 이탈하지 않을 각오올시다."

언사는 번드레했지만, 뒤집어 해석하면 앞으로는 절대로 이성계를 놓치지 않고 묶어두겠다는 엄포나 다름이 없었다.

"여가 싫다고 한다면?"

비로소 이성계가 무거운 입을 열었다. 뜻하지 않은 말에 조사의를 위시한 패거리들은 숨을 들이켰다.

"똑똑히들 들어라."

그 때까지 상반신만 일으켰던 이성계가 전신을 일으켰다.

"여가 개경을 떠난 이후 각처를 방랑한 까닭이 무엇인 줄 아느냐. 까닭은 오직 하나 뿐이었느니라. 이 나라 방방곡곡에 불도(佛道)의 뿌리를 박고자 함이었느니라. 동북면으로 향한 이유도 마찬가지였어. 그러다가 본의 아니게 너희들의 음모에 말려들 위험을 느꼈던 거야."

"음모가 아니올시다."

항변하려는 조사의의 말문을,

"닥쳐라!"

엄하게 이성계는 틀어막았다.

"그 음모에 말려들 위험을 느꼈기에, 너희들의 본거지였던 안변을 떠나서 함주(咸州:함흥)로 옮겨갔던 거다. 하지만 네놈들은……."

이성계의 언사가 차차 거칠어지기 시작했다.

"네놈들의 패거리는 함주 내 집을 급습하고 여를 강제로 예까지 끌고 오지 않았느냐."

내막은 그러했을 것이다.

조사의 등 반도들이 안변에서 서북면으로 이동할 때, 그들의 일부 병력은 함흥으로 달려가서 이성계의 거처를 포위했을 것이다.

그야 입으로는 별소리 다 늘어놓았을 것이다.

신덕왕후와 방석 형제의 설원(雪冤)을 목적으로 창의(倡義)한 의병들입네, 태상대왕을 옹립하고 방원 일당을 소탕하고자 궐기한 의거입네 등등 거창한 명분을 휘둘러댔겠지만, 실지로 그들이 취한 행동은 거의 무방비 상태의 노대왕을 강제로 납치한 것이나 다름이 없었을 것이다.

"하오나 태상전하께오선 신 등의 청을 물리치진 않으셨습니다. 신 등이 하자는대로 순순히 응해 주셨습니다."

이번엔 강현이 맞섰다.

"그야 그렇다. 너희들의 청을 여는 군이 뿌리치지 않았느니라. 그 까닭을 알고 싶으냐?"

한때 거칠어졌던 이성계의 구기가 무겁게 가라앉았다.

"여가 너희들을 따라 나선 것은 너희들의 강압이 두려워서도 아니었으며, 더더구나 너희들의 흉계에 가담할 의향이 있어서도 아니었느니라. 매사가 귀찮았을 뿐이야. 여는 이미 속세를 버린 몸, 그리고 또 너희들은 결국 패할 것을 알고 있었으니까."

그 말에 조사의의 숨결이 거칠어졌다.

"너희들은 과연 패망했다. 아직도 방원을 괘씸히 여기는 마음 여에게 없지는 않다만, 그러나 하늘은 그놈을 두둔하고 계심을 뒤늦게나마 깨달았느니라. 방원이 왕좌를 차지하게 된 것도, 너희들이 그렇게 어이없이 자궤(自潰)한 것도 모두 다 천명이야. 알겠느냐?"

이성계는 한 걸음 조사의에게로 다가섰다.

"알았으면 깨끗이 단념을 하는 거다. 부질없는 발악은 천의(天意)를 거슬리는 죄가 될뿐더러, 더욱더 깊이 스스로의 묘혈을 파는 어리석은 짓이야."

"전하의 말씀 그러하시오만."

어금니를 갈면서 조사의는 양언했다.

"우리는, 조사의는 결코 단념하지 않겠소이다. 기필코 방원 일당을 소탕하여 신덕왕후마마와 두 분 왕자님의 원혐을 풀어드리고 회안군 나리도 다시 햇볕을 보게 할 것이오이다. 그 일당이 무도하게 탈취한 이 나라의 국권을 창업주이신 전하께 돌려드릴 거올시다."

"뭐라구?"

이성계는 쓰겁게 웃었다.

"여가 언제 누구에게 나라를 빼앗겼단 말이냐. 내가 싫어서 내 손으로 던져준 왕권을, 어느 누가 무엄하게 돌려주느니 어쩌느니 지껄이는 거냐."

조사의는 또 말문이 막히는 모양이었다. 그는 한동안 가쁜 숨을 몰아 쉬며 씨근덕거리다가,

"좋소이다."

다시 둘러댔다.

"전하께서 그러하신 의향이 없으시더라도 명분은 또 있습니다."

44. 百姓이 하늘이어니

"상왕전하는 어떠하시더이까. 무도한 아우에게 대위를 물려주고 싶으셔서 물려준 것은 아니오이다. 그 아우가 음흉한 정략과 포악한 무력을 휘둘러대며 강압하는데 견디다 못하시어, 물러앉으신 것이 아니오이까. 그 대권을 찬역(簒逆)한 역신(逆臣)으로부터 회수하여 왕정을 복고(復古)하려는 대의가 되는 거올시다. 또 상왕께서 마다하신다면 회안대군도 있사오이다. 그 분은 곧 방원의 형님 되시는 분이니, 형제의 서열로 따져보더라도 그 분을 옹립한다는 것은 순리에 합당한 정도(正道)가 아니고 무엇이겠사오이까."

조사의는 강변했다.

"아직도 내 말을 못알아 듣느냐?"

이성계는 되쏘았다.

"모두 다 하늘의 뜻이라니까. 방과가 왕위를 내놓은 것 역시 하늘의 뜻이며, 방간이 골육상잔극을 일으켰다가 패한 것도 역시 하늘의 뜻이거늘, 어찌 새삼스럽게 그 애들을 들먹거리려 하느냐."

"신의 생각은 다르오이다. 지금 이 시점의 형세만으로 하늘의 뜻을 운운하기는 어려운 줄로 아오이다. 앞으로 우리가 방원 일당을 섬멸하고 왕권을 쟁취하게 된다면, 그때 가선 그것이 곧 하늘의 뜻이 아니겠사오이까."

"그렇습니다. 마지막에 웃는 자가 진정으로 웃는 것이며, 최후의 승리를 거두는 자라야만 참된 천명을 받은 자라고 할 수 있을 거올시다."

강현도 합세했다.

"그러니 태상전하께서는 우리와 행동을 같이 하셔야 합니다. 그것이 바로 천명에 순응하시는 길입니다."

"만일 전하께서 끝끝내 우리들의 소청을 뿌리치신다면, 우리는 부득불 하늘의 뜻을 받들기 위해서라도 우리들의 실력을 행사할 수밖에 없겠소이다."

묘하게 둘러대면서 조사의는 수하들에게 눈짓을 했다. 칠팔명 장졸들이 이성계를 에워쌌다.

"실력을 행사하겠다구? 여를 강제로 끌고 가겠다는 거냐."

"좋도록 해석하시구료."

이 때까지 잔뜩 공대하던 언사까지 허물어뜨리며, 조사의는 다시 수하들에게 눈짓을 했다. 조홍과 이자분이 좌우로부터 달려들어 이성계의 양 팔을 움켜잡았다.

"무엄하다, 이놈들아."

노희봉이 발을 구르며 소리를 질렀다.

"시끄럽다, 고자놈."

조사의가 발을 들어 노희봉의 옆구리를 걷어찼다. 굉장한 각력(脚力)이었다. 노희봉의 몸은 허공에 치솟더니, 난간 너머로 거꾸로 떨어졌다.

"자, 이젠 순순히 댁이 역설하는 하늘의 뜻을 따르도록 하시지."

조홍과 이자분은 이성계를 끌고 앞장섰고, 그 뒤를 조사의와 그의 수하들이 호위하며 따랐다.

"허허어, 어리석은 놈들이로고."

차라리 연민에 가까운 소리를 흘리며 이성계는 그들에게 끌려갔다.

누각 아래까지 이성계를 끌고 간 반도들은 그의 몸을 번쩍 들어 마필 위에 올려놓았다. 그리고는 각각 말들을 잡아탔다.

"이랴."

조홍이 채찍을 들어 이성계가 탄 말을 후려쳤다. 말이 코를 붐며 앞

발을 높이 들었다. 그 말고삐를 누군가가 잡고 매달렸다. 노희봉이었다.

조사의의 발길질을 맞고 난간 너머로 떨어졌던 그가, 어둠 속으로부터 달려나와 최후의 저지를 시도한 것이다.

"집요한 고자놈."

조흥이 장검을 뽑아 말고삐를 끊어버렸다. 말은 자못 치달렸고, 노희봉은 땅바닥에 굴렀다.

"저놈들 잡아라! 역적놈들 잡아라!"

절규하며 그 뒤를 쫓았지만, 말굽소리는 멀어지기만 했다.

"전하, 태상전하."

땅바닥을 치면서 울부짖고 있는데, 또다른 말굽소리가 들려왔다. 평도전과 그의 인도를 받은 관군들이었다. 말에서 뛰어내린 평도전이 울부짖는 노희봉을 안아 일으켰다.

"한 걸음 늦었구료. 전하가 그놈들에게."

말끝을 맺지 못한 채 노희봉은 흐느끼기만 했다.

"어서 그놈들을 추적합시다."

서둘러대는 평도전의 소매를 관군을 거느리고 온 김계지가 끌어당겼다.

"덮어놓고 쫓는 것만이 능사는 아닐 거요. 생쥐도 궁하면 고양이의 콧등을 무는 수가 있지 않소. 그 자들을 너무 궁지에 몰아넣었다간, 오히려 태상전하의 신변이 위태로울 거요."

그리고 소리를 죽이고 몇 마디 더 속삭였다.

이성계를 납치한 조사의 일당은 날이 훤히 밝을 무렵엔 덕주(德州)땅에 접어들었다.

덕주읍 동남쪽을 대동강 상류가 가로지르고 있었다. 거기까지 당도한 반도들은 주춤하지 않을 수 없었다. 그들의 본거지인 안변으로 돌아가자면 부득불 그 강을 건너야 할 텐데, 방법이 없었던 것이다.

며칠 전 동북면으로부터 올때에도 그 강을 건너기는 했으나, 지금은 사뭇 사정이 달라졌다. 그 때는 날씨가 추워서 강물이 결빙되어 있었지만, 갑자기 풀린 날씨 탓으로 그 얼음이 거의 다 녹아버린 것이다.

또 물살이 하도 급해서 배를 띄울 수도 없었고, 띄울만한 배를 갑자기 구할 수도 없었다.

"하는 수 없다. 상류로 더 거슬러 올라가 보는 거야."

말머리를 돌리려고 하는데, 그 상류로부터 함성이 터졌다. 수백 기의 관군이 앞을 가로막고 있는 것이다. 뒤를 돌아보니 그쪽 역시 관군에게 차단되어 있었다.

어젯밤 김계지는 수하 병력을 두 패로 나누었다. 한 패는 자신이 거느리고 지름길을 달려서 반도들의 앞길을 막았으며, 나머지 병력은 평도전이 거느리고 반도들의 뒤를 쫓게 한 것이다.

진퇴유곡에 빠진 조사의는 어금니만 깨물고 있었다.

"하늘의 뜻은 어쩔 수 없다고 하지 않았느냐."

이성계는 같은 말을 또 했다. 괘씸한 역도들을 비꼬는 소리라기보다도, 그들을 가련히 여기고 타이르는 그런 어투였다.

"그놈의 하늘의 뜻, 우리 편을 들도록 만들어 줄 뿐이다."

조사의는 몸을 날렸다. 이성계의 등 뒤로 옮아 타고는, 단검을 뽑아 등마루에 들이댔다.

"방원의 주구들은 듣거라. 너희들이 우리가 갈 길을 열어준다면 이 늙은이를 곱게 끌고 가겠거니와, 끝끝내 앞길을 방해한다면 어찌되는가 알겠지."

조사의는 마지막까지 발악이었다. 그러나 이성계는 태연했다.

"어리석은 인간아, 여를 해친다고 너희들의 살길이 트일 것 같으냐."

"이왕 죽을 바에는 너도 죽고 나도 죽자는 거다. 이 나라의 창업주 이성계와 목숨을 맞바꾼다면, 과히 밑지는 장사는 아니거든."

이젠 말지껄이까지 마구 나오는 판이다.

"나야말로 속세를 버린 노물(老物), 언제 죽어도 아까울 것은 없다마는, 너희들이 굳이 도망치고 싶다면 한번쯤은 길을 터줄 수도 있느니라."

이성계의 언사는 점잖고 부드러웠다.

"무슨 뜻이오?"

조홍이 다가오며 물었다.

"여를 군이 끌고 가겠다고 고집하지 말고 놓아둔다면, 그 대가로 너희들 역시 도망치도록 버려두겠다 그런 얘기니라."

"이 늙은이, 우리를 바보 천치로 아느냐. 네가 내 손아귀에 있으니까 방원의 주구들이 우리에게 손을 못대는 거지, 너를 놓아준다면 어찌 되지? 당장 우리에게 달려들 것이 아니냐."

"그 점은 염려 마라. 여가 못하도록 지시하마. 적어도 너희들이 안변에 도착할 때까지는 손을 대지 못하도록 엄히 시달하겠다. 그러면 될 게 아니냐."

"그 말을 어떻게 곧이 듣는단 말이냐."

조사의는 코웃음을 쳤다.

"가련한 소인이로고."

이성계는 마주 웃었다.

"소인의 좁은 소견으로 대인의 금도를 헤아리기는 어렵겠다마는 듣거라. 장부의 한 마디는 천금보다도 무겁다고 했으니, 제왕의 한 마디는 억만금보다도 더 무겁지 않겠느냐. 내가 만약 목숨이 아까워서 식언을 한다면, 장차 무슨 낯으로 문무 신료들과 만백성을 대할 수 있겠느냐."

그래도 믿으려고 하지 않는 조사의의 옷자락을 조홍이 끌어당겼다.

"속는 셈치고 믿어봅시다, 아버님. 그 길 이외엔 우리가 살 길은 없지 않습니까."

"그 말이 옳소이다."

"그렇게 합시다."

　강현을 비롯한 여러 수하들도 조홍의 의견에 동조했다. 이젠 구차한 목숨이나마 어떻게 해서든지 연명해 보자는 치사한 욕심에만 매달리게 된 것일까.

　"말썽 많은 늙은이."

　조사의는 뿌드득 이를 갈면서 몸을 날렸다. 자기가 타고 있던 말로 옮겨 탄 것이다.

　"관군의 장병들은 듣거라."

　이성계는 약속대로 지시했다.

　"길을 터주도록 하라. 가증한 역도들이긴 하지만, 이 나라의 창업주 이성계에게 충성을 다하겠으면 즉각 여의 뜻을 따르도록 하라."

　김계지는 즉시 수하 장졸들로 하여금 길을 트게 했고, 역도들은 앞을 다투어 도망쳤다. 아슬아슬한 위기를 벗어났다.

　태상왕 이성계의 신변은 이제 완전히 확보되었다. 그 기쁜 소식을 누구보다도 국왕 방원에게 속히 알려야 했다.

　"내가 가겠소."

　그렇게 자청하고 나선 것은, 안주 이웃 고을인 연산(延山 : 영변)부사 우박(禹博)이었다. 그는 김계지의 부대가 역도들의 진영을 포위할 때, 휘하 병력을 거느리고 달려와서 합류했던 것이다.

　그 날 하루를 안주에서 쉬고 난 이성계는, 다시 동북면으로 돌아가겠다고 했다. 방원에 대한 감정이 아직도 깨끗이 풀리지 않은 것일까, 혹은 이번 분쟁에 시달리고 보니 더욱 더 세상사가 귀찮아진 것일까.

　물론 김계지와 평도전은 개경으로 귀환하도록 극력 종용했다. 동북면에 또 어떠한 함정이 기다리고 있을는지 모른다는 우려도 피력해 보았고, 그보다도 국왕 방원이 애타게 고대하는 충정을 생각해서 일단 귀경하시는 아량을 베풀어 주십사고 간청도 해 보았다.

　그러나 이성계는 좀처럼 뜻을 굽히려고 하지 않았다.

　그렇게 실랑이를 벌이고 있는데, 홀연 무학대사 자초가 나타났다. 그 동안 그는 동북면을 돌며 이성계를 찾아 헤매다가, 이제야 겨우 이 곳에 당도한 것이다.

"아직도 그 고집 버리지 못하십니까, 대왕."

자초는 준절히 힐난했다.

"대왕의 아프신 심곡, 빈도 충분히 짐작이 가기에 이 때까지 입을 다물어 왔습니다마는, 오늘은 심한 소리를 해야 하겠습니다."

이성계는 조금 어리둥절한 눈으로 왕사(王師)를 건너다 보았다.

"그리고 또 되도록이면 정사엔 간여하지 않으려고 조심을 해왔습니다만, 전 왕조 때 신돈(辛旽)이 승려의 몸으로 지나치게 국정(國政)에 개입하였다가 도리어 나라를 그릇친 전철을 밟지 않으려고 애써왔습니다만, 하지만 이제는 더 이상 몸을 사리고만 있을 수는 없습니다."

"말씀해 보시오, 대사. 매를 맞아야 한다면 나도 오랜만에 맞아보고 싶구료."

눈이 부신 눈으로 이성계는 자초를 건너다 보았다.

"솔직이 여쭙겠습니다. 무인년(戊寅年)에 있었던 변고를 위시한 이 나라의 모든 분란, 그 요인이 어디에 있는 줄 아십니까. 그 책임이 누구에게 있는 줄 아십니까. 그 점을 대왕께선 곰곰 성찰하셔야겠습니다."

자초의 어세는 강경했고, 이성계는 겸허히 귀를 기울였다.

"물론 사람에 따라서 해석은 구구합니다. 금상(今上)을 반대하는 처지에 있는 사람들은 모든 책임을 금상에게 돌리는가 하면, 그 분을 두둔하는 사람들은 회안군이나 또는 이번 반란 사건의 경우, 조사의에게 허물을 씌우려고 합니다. 그러나 빈도의 생각은 다릅니다. 모든 불행의 원천적인 책임은, 바로 이 나라의 창업주이시며 국부이신 태상대왕께 있다고 보는 거올시다."

"나에게?"

이성계는 고개를 꼬았다.

"그렇습니다. 눈이 짧은 사람들은 그 점을 간과하는 모양입니다마는,

태상전하의 책임이야말로 누구보다도 크고 무거운 줄로 압니다.”

자초는 잘라 말했다.

“모든 불행은 애당초 의안대군 방석을 세자에 책봉하시는 실책에서 발단되었다고 보아야 하겠습니다. 형제의 서열을 무시하시고 개국의 공로를 눈감으시곤, 어린 왕자에게 새 나라의 대권을 물려 주시고자 하신 편협하신 처사가 화란의 불씨였습니다. 만일 그때 세자 책봉 문제를 현명히 처결하셨더라면, 무인년의 골육상잔극은 미연에 방지할 수 있었을 거올시다. 그러니 방석 형제를 죽음으로 몰아넣은 것은 다른 누구의 죄가 아니라, 바로 대왕의 편애(偏愛)로 말미암았음을 깊이 되새기셔야 하겠습니다.”

이성계는 아픈 얼굴을 하며 고개를 외로 꼬았다.

“그 후 회안군이 야기한 골육상잔극의 요인은 또 무엇이겠습니까. 만일 대왕께서 방원을, 금상을 혐오하고 증오하시는 기색을 보이시지 않았더라면, 회안군도 그런 만용을 내지는 못했을 거올시다. 방원을 타도하는 것은 곧 부왕의 뜻에 합당한 처사라고 은근히 믿는 구석이 있었기에, 회안군은 감히 거병한 것이 아니겠습니까. 그리고 이번 조사의의 반란도 그렇습니다. 대왕께서 만일 동북면으로 행행하실 것을 고집하시지 않았더라면, 그 자가 무엇을 믿고 그런 엄청난 일을 저질렀겠습니까. 듣자하니 그 자들은 난동을 부리는 동안, 줄곧 대왕을 납치하다시피 했다고 합니다. 결국은 무인년의 변란도 방간의 난동도 조사의의 반란도, 그 불씨는 모두 대왕께서 뿌리신 거나 다름이 없습니다.”

자초는 잠깐 말을 끊고 자세를 고쳐잡았다. 그리곤 고개를 숙였다.

“십년 동안 가슴 속에만 묻어온 생각을 이제 속시원히 털어놓았습니다. 빈도의 말이 잘못이라고 여기신다면, 대왕께서는 서슴지 마시고 이 목을 참하십시오.”

이성계는 괴롭게 웃었다.

“대사의 말씀이 아니라도, 나 역시 두고두고 그런 죄책감을 곱씹어

오던 터였소. 다만 나도 인간이기에 자신의 감정을 제어하지 못했을 뿐이오."

"아니올시다, 대왕."

자초는 다시 고개를 들었다.

"대왕은 인간이시기 이전에 이 나라의 창업주이십니다. 이씨왕실의 존장이시기 전에 만백성의 어버이올시다. 하늘이 대왕의 창업을 돕고 허용한 것은, 대왕이나 이씨 문중이 국권을 쥐고 흔들게 하려는 뜻에서가 아니었을 거올시다. 하늘이 아끼고 사랑하는 이 나라 백성들의 살길을 터주려는 뜻에서였을 거올시다. 백성은 곧 하늘이올시다. 하지만 개국 이후 있어온 갖가지 분쟁은, 그 백성을, 하늘의 뜻을 외면하였을 뿐만 아니라 그 백성들로 하여금 죄없이 시달리고 짓밟히고 피 흘리고 죽게 하였습니다. 고집을 버리십시오, 대왕. 이제 사사로운 원혐 따위는 끊어버리십시오, 대왕. 지금 환궁을 서두르셔야 합니다. 그것은 금상을 위해서나 왕실을 위해서도 바람직한 일입니다마는, 그보다도 화평과 안정을 갈구하는 백성들을 위해서올시다. 하늘의 뜻에 순응하시는 길이올시다."

자초는 그렇게 결론을 내렸고, 이성계는 몇 번이나 고개를 끄덕였다.

조사의 주력 부대가 궤멸되었다는 첩보와 함께 태상왕 이성계가 무사히 구출되었다는 희보가 금교 행재소로 날아든 것은 28일 저녁 나절이었다.

연산부사 우박(禹博)이 440리나 되는 길을 하룻밤 하룻낮에 치달려 제보한 것이다.

물론 반가운 소식이었다. 중대한 당면 문제 두 가지가 함께 해결된 셈이었다.

그러나 사태는 완전히 수습된 것이 아니었다. 조사의를 위시한 역도들의 핵심 세력은, 그들의 본거지인 동북면으로 도주했다고 한다. 무슨 수를 써서라도 그들은 재기의 칼날을 다시 갈 것이다.

특히 이 무렵부터 밝혀지기 시작한 조사의 일당의 구성원의 면면은 새삼 방원을 놀라게 했다. 일개 지방 수령의 반란 조직치고는 의외로 범위가 넓고 뿌리가 깊었다.

애초부터 조사의가 수하에 부리던 심복들이라든지 그의 권속들의 가담은 응당 있을 법한 일이었지만, 별도로 포섭을 했거나 내통한 자들의 명단은 도저히 그럴 수 없는 얼굴들이며 신분들이었다.

영흥부윤 겸 도순문사 박만(朴蔓), 그러니까 김옥겸이 정보 수집차 그 고장에 갔을 때 정부측에 협력하는 체하던 그도, 알고 보니 조사의와 내통했다는 혐의가 농후했다.

관찰사의 지방 행정을 보좌하기 위해서 중앙에서 파견된 경력(經歷) 벼슬을 하던 허형(許衡)이라든지, 도진무(都鎭撫) 박문숭(朴文崇), 지의주사(知宜州事) 황길지(黃吉至) 등은 응당 반란군 소탕에 앞장서야 할 직책을 띠고 있으면서도 그들을 방조했다는 사실이 드러났다.

특히 서해안 정주(定州) 고을의 목사직을 맡고 있었던 박관(朴貫)은 사전부터 조사의와 내통을 하고 반란 음모에 적극 참여하였다는 것이다. 반란군이 서북면으로 전선을 이동 확대하는 데 성공한 이면엔, 그의 지원과 협조가 크게 작용했을 것이다.

영흥(永興) 고을의 소윤(少尹) 노릇을 하고 있던 김권(金港)이란 자는, 반도들 누구보다도 악랄하게 설친 극렬분자였다.

또 정부로부터 중요 직책을 맡고 파견되었던 도진무 임순례(任純禮)는 조사의의 참모장격으로 반란군을 총지휘했다. 특히 충격적인 정보는 정용수(鄭龍壽), 신효창(申孝昌) 양 인의 반역 행위였다.

정용수는 태상 이성계를 모시는 기관인 숭녕부(崇寧府)의 최고 책임자였고, 신효창 역시 그 기관의 당상관이었다. 이성계로 하여금 역도들의 수중에 깊이 말려들도록 공작한 원흉은, 바로 그들 두 측근이었을 것이다.

또 있다. 조사의의 아들 조홍은 이성계가 동북면으로 향할 때 수행한 16명 별시위(別侍衛)의 일원으로 끼어 있었던 것이다. 조사의의 비수(匕首)가 호위를 가장하고 이성계의 옆구리를 위협하고 있었던 것이나 다름이 없다.

비록 그들의 주력부대는 붕괴되었다고 하지만, 그토록 녹녹지 않은 핵심분자들이 건재하고 있는 이상 다시 세력을 만회할 위험을 외면할 수는 없다.

──만일 그 자들이 야인들과 합작을 하고 끈질기게 준동을 한다면 어찌될 것인가.

불안은 여전하다. 그러한 판국에 정부군에 불리한 실책이 또 저질러졌다. 동북면 파견군의 총사령관격인 조영무가 대군을 거느리고 성급하게 귀환한 것이다.

물론 조사의의 주력부대가 서북면으로 이동했다는 사실을 뒤늦게 안 조영무는, 상대할 적도 없는 지역에 대군의 발을 묶어놓을 수도 없고 해서 취한 조치였을 것이다. 다만 반도들의 잔당이 다시 동북면으로 되돌아간 결과를 놓고 따지자면 경솔한 실책이 아닐 수 없다.

그래도 도안무사 김영렬이 거느리는 부대만은 그 지역에 남겨두었다고 하니, 불행중 다행이라고나 할까. 어쨌든 새로운 각도에서 전략을 세워야만 했다.

앞으로의 조사의 일당은 전면 대결을 회피하고 집요한 유격전을 펼 공산이 크다. 조속한 시일 내에 그들 잔당의 씨를 말리지 않는다면, 시국은 오래오래 시끄럽고 불안해지기만 할 것이었다. 더더구나 동북면 일대에 들짐승처럼 흩어져 있는 야인들과 손을 잡고 준등을 계속한다면, 완전 소탕은 거의 불가능한 국면에 빠져들는지도 모른다.

그러자 명나라로 간 하륜의 생각이 또 간절해진다. 항상 방원의 지략이 벽에 부딪칠 때마다 묘하게 그것을 뚫어주던 그의 지모가 목마르게 아쉬웠지만, 이제 와선 어쩔 수 없는 푸념일 뿐이었다.

　결국 가시관의 무거움이나 아픔은 혼자서 지탱하고 해결할 수 밖에 없다는 고독을 거듭 씹고 있는데, 조사의의 주력부대를 궤멸시킨 김계지가 돌아왔다. 이번 반란 사건을 계기로 비로소 두각을 내민 소장 장령이었지만, 지금의 방원으로선 가장 맏을 만한 참모였다.

　"지나치게 심려하실 것은 없을 줄로 압니다."

　그렇게 자신이 만만한 구기가 듣기에 우선 마음 든든했다.

　"태상전하께오서는 무학대사가 모시고 평양으로 떠났습니다. 대사의 설득으로 조속한 시일 내에 환경하시지 않을까 신은 그렇게 짐작합니다."

　김계지의 전망은 밝았다.

　"또 조사의의 잔당들도 그렇습니다. 평도전이 은밀히 그 뒤를 밟고 있는 중이 올시다. 그 사람의 지략이라면 빈틈없는 손을 쓸 거올시다."

　방원의 우려를 덜어 주려는 위무의 말 이상의 힘이, 김계지의 언사엔 담겨 있었다.

　"문제는 패잔 반도들이 세력을 회복하지 못하도록 견제하는 한편, 그 자들을 조속히 일망타진하는 방략뿐인 줄로 압니다."

　"바로 그거야. 그 방책이 막막하단 말야."

　방원이 답답한 한숨을 씹자, 김계지는 대수롭지 않은 얼굴로 잘라 말했다.

　"이제 알몸뚱이나 다름없이 된 몸으로 쫓겨다니는 패거리들, 손을 끊고 발만 묶어 버린다면 독 안에 든 쥐가 아니고 무엇이겠습니까."

　김계지로서는 자못 자신있게 하는 소리였지만, 방원의 귀에는 막연하게만 들렸다.

　"손을 끊고 발을 묶는다?"

　곱씹을 수밖에 없었다.

　"이제 와서 그 자들이 뻗을 수 있는 손은 무엇이겠습니까. 미리 내통은 했으면서도 미처 합세를 하지 못한 야인들의 병력이올시다. 그것을 앞질러 차단해 버리는 거올시다."

김계지는 보다 구체적인 계책을 피력했다.

"발은 또 어떻게 묶지?"

"조사의의 잔당 중엔 서울에 부모나 처자를 남기고 간 자들이 적지
않습니다. 그 권속들을 체포, 구금하고 그 사실을 그 자들에게 전파한다
면, 자연히 정(情)에 발이 묶여 꼼짝도 못하게 될 거올시다."

기발한 묘책은 아니었지만, 그러면서도 사태 수습의 활로에는 틀림이
없었다.

방원은 즉시 조온을 동북면 찰리사(察理使)에 임명하는 한편, 그 일
대에 산재해 있는 야인들의 추장을 만나서 조사의와의 관계를 끊도록
설득할 것을 지시했다. 이제 패망의 구렁에서 허덕이는 조사의 일당을
끝끝내 방조하려는 자는 조선왕조를 적대시하는 적으로 돌리고 가혹한
응징이 있겠지만, 그 자들과 손을 끊고 성의를 보인다면 후한 보상을 베
풀 것이라는 조건도 아울러 제시하도록 했다.

곧이어 개경에 사람을 급파하여 김권(金縺), 황사란(黃似蘭), 손효종
(孫孝宗), 강현(康顯), 조홍(趙洪) 등 조사의의 당여들의 가족을 체포,
구금하도록 조치했다.

"무엇보다도 괴수 조사의의 발을 단단히 옭아매야 합니다."

김계지가 다시 진언하는 말에 따라 순위부천호(巡衞府千戶) 곽경의
(郭敬儀)를 동북면으로, 지사(知事) 전시귀(田時貴)를 서북면으로 밀파
했다.

동북면에 잔류한 김영렬과 그의 휘하 부대는 그런대로 현명한 조치를
취하고 있었다.

조사의가 본거지로 삼고 있던 안변 읍내를 점령하고 관아를 접수했으
며, 특히 조사의의 처 홍씨를 위시한 가족들을 재빠르게 체포, 투옥했던
것이다. 안변 근처에 이르러 그 소식에 접한 조사의 일당은, 하는 수 없
이 읍 동북쪽 20리 지점에 있는 학성산성(鶴城山城)으로 들어가 농성할

태세를 보였다.

학성산성은 역사가 오랜 고성이었다. 일찍이 신라시대에 변경의 요진 (要鎭)으로 구축하였다는 산성인데, 성벽의 높이는 12척, 둘레는 3천9 십3척이나 된다던가.

북으로는 의주(宜州 : 원산) 앞바다가 환히 바라보이며, 동으로는 동해바다를 굽어보면서 남대천(南大天) 깊은 물이 허리를 끼고 도는 천험의 요새였다.

그 산성을 재기의 본거지로 삼은 조사의 일당은, 인근 장정들을 재규합하느라고 은밀한 공작을 펴고 있었다.

그 방법이 교묘하고 악랄했다. 이번 발란통에 조사의 일당에 가담했던 장정들은 말할 것도 없고 그 일가 친척들까지 조정에선 역적으로 몰고 있어, 앞으로 관군은 그들을 이 잡듯이 색출하여 잔혹하게 처형할 것이니 목숨을 부지하겠으면 산성으로 모이라는 말을 유포시키고 있었던 것이다. 그래서 밤이면 적지 않은 주민들이 산성을 찾아 몰려든다는 것이었다.

조사의 일당의 뒤를 쫓다가 안변 읍내로 김영렬을 찾아간 평도전이 그런 얘기를 듣고 있는데, 국왕이 밀파한 곽경의가 당도했다.

"역도들의 감언이설에 속지 말도록 아무리 선무(宣撫)를 해 보아도, 이 고장 주민들, 우리 말엔 귀도 기울이지 않는구먼. 초록은 동색이라고 한다더니, 비록 역도들이라고는 하지만 이 고장에 뿌리를 박은 조사의 일당의 말이 오히려 곧이 들리는 모양이오."

김영렬은 적이 난처한 얼굴이었다.

"이대로 버려두었다간 예측할 수 없는 막강한 세력으로 불어날지도 모를 형편입니다그려."

평도전도 짙은 우려를 보였다.

"전하께선 바로 그 같은 사태를 원려하시고, 시생을 급파하신 거올시다. 역도들의 발을 묶어 버리자는 계략입지요."

곽경의는 국왕과 김계지가 세운 작전을 전달했다.

"발은 이미 묶어 놓은 것이나 다름이 없소. 그 자들의 권속이 우리 수중에 잡혀 있으니 말이오. 하지만 방금 말한 것처럼 역도들은 산성에 숨어 앉아 있으면서도 세력을 강화하고 있는 형편이니 문제가 아니겠소."

김계지의 계략도 벽에 부닥칠 수밖에 없는 현지의 실정이었다.

"지금의 형편으로는 오히려 그 자들의 발을 묶느니보다는 그 자들을 산성 밖으로 유인해 내서 일거에 소탕하는 방책이 더 아쉬운 거요."

천혜의 요새에 농성하고 있으니 섣불리 공격을 가했다간 이 편의 출혈만 막심할 것이고, 그렇다고 그대로 방치해 두자니 반도들로 하여금 병력을 증강하는 시간만 벌게 해 주는 셈이었다.

"그 자들을 밖으로 끌어낼 미끼를 찾고 있는 중이오만, 그것이 잘 보이지 않는구료."

김영렬이 안타까워하자,

"미끼라면 희한한 것이 있지 않습니까, 그 자들의 발목을 묶고 있는 바로 그 끄나풀이올시다. 그 끄나풀을 어르고 달래서 약간만 조종한다면, 역도들은 제 발에 기어나올 거올시다."

평도전의 말이었다.

"그러니까 조사의의 군속들을 통해서 산성의 반도들을 유인해 내자는 얘긴 확실히 묘안이긴 하오만, 그 구체적인 방법은?"

김영렬은 구미가 당기는 모양이었다.

"졸자에게 맡겨두십시오."

평도전은 장담하고는,

"다만 조사의의 권속들을 지키는 옥졸을 갈았으면 싶습니다. 여차하면 일기당천의 역량을 발휘할 수 있는 역사가 좋을 거올시다."

그리고는 한동안 소리를 죽이고 밀의를 거듭하다가, 그는 석왕사 근처 설매의 암자를 찾아갔다.

"또다시 스님의 노고를 끼쳐야 할 일이 생겨서 졸자 이렇듯 찾아왔습니다.”

거두절미 그렇게 나오는 평도전의 말을 들으며 설매는 긴장했다.

조사의가 마침내 반란을 일으켰다는 흉보는 호젓한 이 암자에도 재빠르게 날아들었다. 자연히 그 귀추에 애를 태우지 않을 수 없었다. 그러나 사태는 어수선하고 유동적이었다.

응당 이 고장에서 결전을 치를 줄 알았던 반란군이 서북면으로 이동했다는 소식, 태상왕 이성계를 맹주로 옹립했다는 풍문, 모처럼 막강한 병력으로 진군해 오던 관군의 대부대가 되돌아갔다는 얘기, 그런가 하면 조사의 일당이 다시 나타나 학성산성에서 농성을 하고 있다는 정보, 도무지 갈피를 잡을 수가 없었던 것이다.

그런데 지금 또 이렇게 평도전이 불쑥 찾아와서, 뭔지 설매 자기의 행동을 촉구하는 기미였다. 궁금했다.

“스님께선 조사의의 처와 가까운 사이시니 필히 스님의 힘을 빌려야 하겠소이다. 오로지 나라님께 충성을 다하기 위함이올시다.”

다시 말을 꺼낸 평도전은, 나라님이란 어휘에 특히 힘을 주었다.

“한 마디로 말하자면, 조사의의 처를 만나주십사 하는 거올시다.”

그러면서 평도전이 부연한 구체적인 용건에 설매는 당혹했다. 물론 그것은 평도전이 미리 강조한 것처럼, 국왕 방원을 위해선 대단히 긴요한 사명이었다.

사사로운 감정 같아선 적극 협력하고 싶다. 하지만 설매의 양심, 더더구나 불제자(佛弟子)로서의 도리라는 거기서 쓰디쓴 저항을 느끼는 것이다.

“나라님을 위하는 일이라면, 그리고 나 혼자만 힘이 들거나 고생을 하는 데 그치는 일이라면 조금도 주저할 것은 없겠습니다마는, 그러나 그 일이 곧 나를 믿어온 사람을 속이고 꾀어서 함정에 빠뜨리는 행위나 다름이 없으니 몹시 괴롭습니다.”

자기 심정을 솔직히 피력했다.

그거야 전번에 조사의의 처 홍씨가 남편의 음모를 누설했을 때에도, 그 정보를 방원에게 전하고자 죽을 고비까지 넘긴 사실이 없는 것은 아니다. 그러나 그것은 어디까지나 정보의 제공에 지나지 않았다. 홍씨부인을 꾀거나 속이거나 그런 교활한 술책을 농한 것은 아니었다.

"그 점은 해석하기에 달렸다고 졸자는 생각합니다. 만일 조사의의 처를 이대로 버려두었다간 죄없는 많은 백성들이 희생될 뿐더러, 조사의의 처 자신도 결국은 죽음을 면치 못할 것이외다. 하지만 그 여자가 스님의 말씀을 듣고 따른다면, 불가(佛家)에서 가장 꺼려하는 무익한 살생을 회피하게 되는 동시에 조사의의 처와 가족들까지도 살 길이 트이는 거올시다."

평도전은 그렇게 역설했다.

"약속할 수 있으실는지요. 부인과 가족들의 목숨만이라도 살릴 수 있다는 걸 믿어도 좋을는지요."

설매가 따지는 말에,

"좋소이다. 졸자 책임지고 언약하겠소이다."

평도전은 가슴을 두드리며 장담했다. 그렇게까지 나오는 이상, 끝끝내 망설이고만 있을 수는 없었다.

그 날 저녁 무렵 조사의의 가족들이 수감된 옥사에 설매가 나타났다. 평도전의 제안으로 교체된 옥졸 한 명이 옥문을 지키고 있었다.

옥졸 노릇을 할 위인이 아니었다. 전에 전서(典書) 벼슬까지 지낸 바 있는 조중생(曺仲生)이란 어엿한 사대부였다. 김영렬 휘하에서 누구보다도 무술에 출중하고 힘이 장사여서, 만일의 경우에 대비한 조처였다.

설매가 나타나자 그는 처음엔 제지하는 체 했지만, 몇 마디 승강이를 하다가 결국은 홍씨부인과의 면회를 허락했다. 그 뿐이 아니었다. 두 사람이 마음놓고 대화를 나눌 수 있도록, 옥문에서 멀리 물러가서 등을 돌리고 있었다. 물론 사전에 평도전으로부터 어떤 연락이 있었을 것이다.

홍씨부인은 그저 반색을 했다. 설매가 나타난 이면엔 어떤 계책이 숨겨져 있는지 알고 있을 리가 없었다. 그리고 설매와 방원과의 관계 역시 아직도 모르고 있는 홍씨부인이었다.

"부인께서 옥고가 극심하시다는 소식 듣고, 빈도 백방으로 구출해 드릴 수 있는 방도를 생각해 보았습지요."

설매가 소리를 죽이며 그렇게 말을 꺼내자, 홍씨는 감격했다.

"누구 한 사람 거들떠보지도 않는 몸을 스님께서 이렇게 찾아주시니, 마치 지옥에서 보살님을 만나뵙는 것만 같습니다."

목이 메는 소리로 치하했다.

"줄 닿는데는 샅샅이 수소문하다가 오늘에야 겨우 희한한 소식을 얻어들은 거올시다. 틀림없이 부인께서 옥고를 모면하실 수 있는 소식이 올시다."

그 말 올가미에 홍씨는 물론 어이없이 걸려들었다. 어떻게 하면 살아날 구멍을 찾을 수 있겠느냐고 매달렸다.

"다른 얘기가 아니올시다. 내일은 관군의 도안무사 김영렬의 생일날이라고 하더군요. 가학루(駕鶴樓)에서 질탕한 잔치를 베푼다는 거올시다."

가학루는 안변 읍내에 있는 누각이었다.

"그 동안 별다른 전투도 없이 지루하게 허송세월만 한다고 불평이 자자한 장졸들을 달래기 위해서, 푸짐한 주식을 먹일 예정이라나요. 그러니 내일 밤쯤은 관군의 장졸들, 상하를 막론하고 모두가 곤드레가 되겠지요. 그 틈을 타서 산성에 계신 사또 어른께서 이 옥사를 급습하신다면 부인과 온가족이 쉽게 이 곳을 탈출하시게 될 거올시다."

물론 평도전과 사전에 짜고 꾸며댄 말이었지만, 홍씨는 조금도 의심하려들지 않았다.

"그런 희한한 소식, 그 기밀을 누군가 산성의 사또께 전해 드려야 하지 않겠어요? 그래야 사또께서도 손을 쓰실 터인데, 어떻게 하면 좋을까요."

앞질러 안타까워만 한다.

"그런 심부름쯤 빈도가 할 수도 있습니다만, 사또께서 과연 제 말을 믿어 주실는지 그게 염려스럽습니다. 또 산성 요소 요소에는 경비하는 장정들이 지키고 있을 터인데, 그 사람들의 제지를 물리치고 사또 계신 처소까지 들어가는 것도 문제올시다. 그래서 생각다 못해 부인을 뵙고 의논하고자 온 것입지요."

"사또를 만나실 수 있게 하고, 스님의 말씀을 믿도록 하면 되는 거지요."

홍씨는 잠깐 생각에 잠기더니, 손가락에서 옥가락지 한 쌍을 뽑아 주었다.

"이것을 가지고 가시어요. 내가 항상 몸에 지니고 있던 물건이니, 산성을 지키는 사람을 통해서 사또께 바치게 한다면 일은 제대로 될 것이어요."

그렇게 천진하게 믿어주는 홍씨에게 거듭 미안한 생각이 들었지만, 설매는 모질게 마음을 다잡고 옥사에서 물러나왔다.

그 길로 학성산성을 향해 걸음을 재촉했다. 산성으로 올라가자면 울창한 숲속의 한가닥 오솔길을 따라 누벼 가야만 했다. 내놓고 경비병이라도 버티고 서 있으면 오히려 일은 쉽겠지만, 그 오솔길에 들어서도 사람 하나 보이지 않았다. 더더구나 어둠이 짙게 덮인 한밤중이었다. 어지간히 담이 큰 설매도 불안한 걸음을 등골에 느끼며, 조심조심 걸음을 옮겼다.

어둠이 짙어 시야가 가리어지면, 사람은 청각에 의지할 수밖에 없다. 나뭇가지를 흔들고 지나가는 바람 소리, 멀고 가까운 곳에서 날아오는 짐승의 울음소리, 그런 것에 신경을 쓰며 얼마를 걷다가 설매는 긴장했다. 발소리였다. 소리라기보다도 인기척이라고 하는 편에 가까울 정도로 미미한 것이었지만, 그러나 그것은 확실히 설매 자기를 목표로 전후 좌우로부터 육박해 오고 있었다.

반사적으로 멈추어지려는 걸음을 설매는 그대로 계속 옮겼다. 자신이 어떤 행동의 변화를 보인다면, 보이지 않는 적을 오히려 자극하지 않을까 하는 우려 때문이었다.

드디어 발소리가 분명히 들리는가 싶더니, 앞길을 시꺼멓게 가로막는 것이 있었다. 두 명의 장골이었다. 그리고 동시에 뒤로부터 좌우 양 어깨를 억센 손아귀가 찍어 눌렀다.

"누구냐."

"뭣하러 왔지."

소리를 죽이며 물었다.

"왜 오면 안되는 곳이요?"

처음부터 문문한 구석을 보여선 오히려 불리할 것이라고 계산하면서 설매는 반박했다.

"이 산성에 농성하고 계신 조 사또께선 백성들이 모여드는 것을 대단히 반겨 주신다고 들었소만, 그건 뜬 소문이었을까?"

"백성도 백성나름이야. 힘꼴이나 쓰는 장정들이 필요한 거지, 아무 쓸 모도 없는 아녀자들이 아니란 말이야. 보아하니 승려 차림은 하고 있지만, 그대는 여자가 아닌가."

"여자라고 덮어놓고 업신여기는 게 아니오. 일기당천의 대장부보다도 더 큰 일을 할 수도 있는 거예요."

"무슨 뜻이지?"

"옥중에 계신 사또 부인의 분부를 받고, 사또께 사뢸 말씀이 있어서 찾아온 사람이오."

"사또 부인이 보내셨다는 증거라도 있는가?"

그 옥가락지를 빼주었다. 한 사나이가 받아 가지고는 어둠 속으로 사라졌다.

얼마 후 되돌아오는 발소리와 함께,

"사또께서 모셔 오라는 분부시오."

그런 소리가 날아왔다.

그들이 설매를 안내한 곳은 산성 정상부에 설치된 막사였다. 불빛이 휘황한 속에 교의를 차고 앉은 조사의를 중심으로, 몇몇 막료들이 둘러앉아 있었다.

"옥에 갇힌 안사람 심부름을 왔다구?"

그 옥가락지를 만지작거리며 조사의는 물었다.

"부인께서 원통하시게 옥고를 치르고 계시다는 소리를 듣고, 빈도 문안차 찾아가질 않았겠습니까."

"그랬더니?"

"그 옥가락지를 뽑아 주시며 필히 사또를 찾아뵙도록 하라는 분부를 하시더군요."

조사의는 이윽히 설매를 뜯어보다가,

"여승은 내 안사람과 어떠한 사이지? 어떠한 인연이 있기에 그런 일을 맡게 된 거지?"

마치 신문이라도 하는 조로 캐고들었다.

"빈도 오래 전부터 부인을 모셔왔습니다. 부인께서 자주 빈도의 암자를 찾아 주셨습지요. 시주도 많이 해주시고 은혜가 극진했습니다. 부인의 분부시라면 무슨 일인들 못하겠습니까."

마음 한구석에 쓰디쓴 저항을 느끼기는 했지만, 설매는 그렇게 말하지 않을 수 없었다.

조사의는 또 날카롭게 설매를 뜯어보다가,

"나에게 할 말이란 그게 뭐지?"

마침내 그렇게 물었다. 설매는 잠깐 막료들을 둘러보고는,

"이 자리에서 말씀을 드려도 무관할는지 모르겠습니다."

조금 경계하는 빛을 보였다.

"무관하다 뿐인가. 이 사람들은 내 수족이나 다름없는 사람들이니, 염려 말고 말해 보라."

조사의는 재촉했다. 그도 속으로는 은근히 궁금한 모양이었다.

"부인께서 옥을 빠져나오실 수 있는 좋은 기회를 포착하셨다는 거올시다."

조사의의 두 눈이 크게 벌어졌다.

"내일이 바로 관군의 도안무사 김영렬의 생일날이라고 합니다. 가학루에서 질탕한 잔치를 베푼다고 하오며, 따라서 옥사의 경비도 무척 소홀할 것이니 그 기회를 놓치지 마시고 구출해 주십사 하는 말씀이셨습니다."

"생일 잔치를 한다고 과연 경비를 소홀히 할까?"

조사의는 회의적이었다.

"또 있습니다. 미리부터 부인께선 옥졸 하나를 매수해 두셨기 때문에 기회를 보아 옥문을 빠져나오실 길은 있지만, 거기서부터 산성까지 오시는 게 큰 문제라고 하시더군요. 특히 심한 고문으로 혼자선 보행이 불가능하시다는 거올시다."

"죽일 놈들!"

조사의는 주먹을 떨었고, 그의 곁에 앉아 있던 아들 조홍은 어금니를 갈았다.

"그러니 누군가가 옥중에 들어가서 부축해 모셔올 수밖에 없겠습지요."

"그렇다면 더욱 난감하지 않은가. 옥에서 빠져나오기도 어려운 일이거니와, 바깥 사람이 옥 안에 들어가기도 쉬운 일은 아닐 터인데."

실망하는 조사의에게,

"그 점은 과히 염려하지 않으셔도 좋을 듯싶습니다. 부인께서 매수한 옥졸과 밀약이 돼 있다는 거올시다. 한두 분쯤 부인을 부축할 분은 옥에 들어갈 수 있도록 손을 쓸 것이라는 거올시다."

설매는 그런 말을 했다.

"한두 명쯤."

곱씹으면서 조사의는 좌중을 둘러보았다.

"소자가 가겠습니다, 아버님."

조흥이 나섰다.

"어머님께서 모진 고문을 당하시고 걸음도 걷지 못하실 형편이라고 하니 소자 아들된 마음에 간장이 녹아나듯 합니다만, 어머님을 급히 구출해 내야 할 절박한 이유는 또 있습니다."

그 말에 다른 막료들도 짚이는 바가 있었던지, 서로를 의미 있는 눈길로 주고 받았다.

"어머님의 구출 여부는 산성에 모인 장정들의 사기를 크게 좌우하는 중대문제라고 보아야 하겠습니다."

조흥은 부연했고, 당료들은 다시 고개를 끄덕였다.

"오늘 저녁 나절이었습니다. 성 안을 순시하다가 몇몇 장정들이 수군거리는 소리를 들었습니다. 다른 사람도 아닌 당신의 부인이 옥에 갇힌 것도 구해내지 못하는 사또께서, 어떻게 큰 일을 하시겠느냐는 그런 얘기였죠. 그와 같은 불신감, 비단 그 장정들 뿐만 아니라 이번에 새로 모인 모든 장정들이 은밀히 품고 있는 감정이 아닌가 싶습니다."

조흥은 솔직이 털어놓았고,

"그 말이 옳소이다."

참모장격인 임순례도 그 말을 거들고 나섰다.

"이번 기회에 사또 부인을 구출하는 데 성공한다면, 휘하 장정들의 사기는 충천할 거올시다. 그것은 곧 우리의 힘을 과시하는 반면, 관군의 취약함을 입증하는 결과가 될 거올시다."

조사의는 한동안 말이 없다가 결연히 자리를 차고 일어섰다.

"내가 가겠소."

의표를 찌르는 소리에 좌중은 어리둥절했다.

"우리가 구출하자는 사람은 다름아닌 나의 처요. 내가 나서지 않고 누가 나서겠소."

"사또의 말씀 그러하시오만, 그건 아니됩니다."

그렇게 반대 의견을 표시한 것은 강현이었다.

"사또는 우리의 총수가 아닙니까. 그런 위험한 일에 몸소 뛰어드셨다가 어떤 변이라도 당하신다면, 우리는 완전히 멸망하고마는 거올시다."

"위험한 일이니까 내가 나서겠다는 거요. 내 처를 구출하는 일에 내가 앞장서지 않고 몸을 사리어 다른 사람을 내세운다면, 그러지 않아도 뒤숭숭하게 동요되고 있는 장정들, 나를 어떻게 생각하겠소. 나를 어떻게 믿고 따르겠소."

"사또 부인을 구출하는 일도 중요한 일이긴 합니다만, 이 기회에 차라리 관군을 기습하는 것이 어떻겠습니까."

영흥소윤(永興少尹)을 지내다가 조사의 일당의 극렬분자로 전향한 김권의 제안이었다.

"내일은 김영렬의 생일날이라고 해서 모든 장정들이 술을 퍼마시고 흥청거릴 모양이라고 하니, 관군을 무찌르기엔 다시 없는 기회가 아니겠습니까."

"신중을 기해야 하오."

그 제안을 임순례가 반대했다.

"아무리 술타령을 하고 흥청거리더라도 관군의 병력은 우리보다 월등하오. 정면으로 맞붙는다면 솔직이 말해서 우리에겐 승산이 없소. 그리고 이번에 다시 관군과 싸우다가 패하는 날이면, 우리는 재기불능의 구렁으로 빠져들고말 거요."

일당 중에선 군사문제에 가장 정통한 임순례의 발언을 누구도 반박하진 못했다. 거기다 조사의가 한 마디 부연했다.

"기다립시다. 오래지 않아 야인들 여러 부족이 합류하기로 돼 있으니 은인자중하는 거요. 서둘러야 할 일은 역시 내 처를 구출하는 그 일 뿐이오."

결국 홍씨부인을 구출하는 작전엔 조사의 자신이 앞장서기로 했고,

그의 아들 조홍이 수행하기로 했다. 만일의 경우를 생각해서 심복 당료 30명이 변장을 하고 옥사를 포위하는 대비책도 세웠다.

그 이튿날 안변 읍내는 축제 기분에 들떠 있었고, 저녁 나절이 되자 술에 취한 장정들이 비틀거리며 거리를 누비는 등 어수선한 분위기를 보이고 있었다. 그 속을 변장을 한 조사의 부자와 설매가 옥사를 향해 걸음을 재촉하고 있었다.

옥사 근처에 이르자 설매가 걸음을 멈추었다. 귀엣말로 조사의 부자에게 몇마디 소곤거리더니 어디론지 사라졌다.

얼마 후 설매가 다시 나타났다. 옷보따리 같은 것을 들고 있었다.

"옥졸의 의복입니다. 부인께서 매수한 옥졸이 다른 옥졸들을 술에 취하게 하고 벗겨온 것이라뇨? 두 분께서 이 옷을 입고 들어가시면 누구도 의심하진 않을 거올시다."

으슥한 구석에 들어가서 옥졸의 옷을 걸쳐 입은 조사의와 조홍 부자는 옥사로 향했다.

옥사 앞엔 술이 거나한 문지기가 지키고 서 있었지만, 옥졸의 옷을 입은 조사의가 손을 흔들어 보이자 취한 때문인지 혹은 어둠이 짙어서 정체를 간파할 수 없었던지, 쾨쾨한 게트림을 뱉으며 어서 들어가라는 시늉을 했다.

설매는 설매대로 그 귀에 두어 마디 속삭이자, 무사히 통과시켜 주었다. 감방 앞은 조중생이 혼자 지키고 서 있었다.

"사또님과 그 아드님을 모시고 왔소."

설매가 속삭이자, 조중생은 넓죽이 허리를 굽혔다.

"신세가 많으이. 때가 오면 이 은혜 후히 갚을 걸세."

조사의는 점잖게 치하했다.

"어머님 계신 감방은?"

조홍이 묻는 말에,

"이리로 오십쇼."

조중생은 앞장서서 두 사람을 인도했다.

"이 안에 계십죠."

한 감방 문을 열었다.

"어서 들어가십쇼. 마님께서 기다리고 계십니다."

조중생이 재촉을 했지만,

"너 혼자 들어가서 모시고 나오너라.",

조사의가 아들에게 그렇게 지시했다.

"나는 만일의 경우에 대비해서 밖에 있는 것이 좋을 게야."

조흥이 감방 안으로 뛰어들어갔다. 조중생은 잠깐 조사의의 옆 얼굴을 쏘아보다가 감방 문을 걸어버렸다.

"너 이놈!"

그제서야 겨우 속은 것을 깨달았던지, 조사의가 품에서 단검을 뽑아 들었다.

"역도 조사의, 이젠 꼼짝없이 잡힌 몸이니, 부질없는 발악일랑 말고 순순히 포승을 받아라."

조중생은 을러댔다.

"발칙한 졸개놈!"

조사의는 이를 갈며 단검을 휘둘렀다. 조중생의 몸이 높이 치솟으며 한번 재주를 넘더니, 그의 발이 조사의의 옆구리를 찼다. 급소였던 모양이다. 조사의는 고꾸라졌고, 조중생은 다시 한 발로 그의 등마루를 찍어 눌렀다.

"분하다! 나 조사의가 한낱 여승 따위에게 속아 넘어가다니."

땅바닥에 깔린 채 조사의는 단검을 고쳐잡았다. 거기서 서너 걸음 떨어진 위치에 설매는 망연히 서 있었다. 계책이 뜻대로 이루어진 것이 되려 괴로웠다.

"이년!"

조사의의 손에서 단검이 날아갔다. 그것이 설매의 등마루에 꽂혔다.

"내가 비록 속기는 했다만, 네놈들에게 호락호락 잡힐 것 같으냐."

코웃음을 흘리며 조사의는 괴상한 소리를 질렀다. 깊은 산중에서 늑대가 우는 것 같은 그런 소리였다. 두번 세번 늑대울음 같은 소리가 울려 퍼지자, 옥사 한편 담을 기어오르는 괴한들의 모습이 어둠을 통해서도 보였다. 만일의 경우를 염려하여 배치한 조사의의 수하들이었다.

그러니까 그 늑대울음 같은 소리는 조사의가 그들을 불러 모을 때 사용하기로 정한 신호일까.

아직도 조사의는 조중생의 발 밑에 깔려 있었지만, 어둠 속에서 회심의 희소를 피웠다.

"어떠냐. 내가 네놈들에게 호락호락 잡히지는 않을 것이라고 한 말 이제야 알아들었겠지?"

그러나 조중생은 태연했다. 빙그레 마주 웃더니,

"너에게 눈이 있거든 저걸 보렴."

반도들이 기어오르고 있는 담쪽을 턱짓했다.

"아니!"

비명 같은 소리를 조사의는 터뜨렸다. 그 반도들에게 이변이 생긴 것이다. 어떤 자는 앞가슴을 움켜잡고 거꾸로 떨어지는가 하면, 혹은 두 손으로 허공을 허위적거리다가 뒤로 떨어지곤 했다.

"너희들을 유인하면서 그만한 경비를 게을리하겠느냐."

조중생이 한 손을 높이 들어 휘둘렀다. 북소리가 울려 퍼졌다.

그 동안 어느 곳에 잠복하고 있었던지, 수십명 궁수들과 창수(槍手)들이 옥사 앞뜰로 몰려들었다. 담을 넘던 반도들이 추락한 것은 미리 대기하고 있던 궁수들이 쏜 화살을 맞은 때문일 것이다.

평도전이 달려왔다.

"스님은?"

묻다가 조사의의 단검을 맞고 쓰러진 설매를 발견했다.

"졸자 한 걸음 늦었소이다."

설매를 안아들었다. 낭자한 피에 흥건히 젖어 있었다.

"누구시던가요?"

힘없는 소리나마 설매는 물었다.

"졸자 평도전이외다."

"평 장사, 그렇다면 부탁이어요. 나를 암자로, 내 처소로……."

그리고는 힘이 다하였는지 더 말을 못했다.

평도전은 우선 단검을 뽑고 약낭에서 고약을 꺼내어 발라주었다. 그리고는 말에 싣고 암자로 달렸다.

암자에 도착하자 설매는 다시 입을 열었다.

"역시 내가 죽을 자리는 이 곳이어야 해요."

애써 몸을 일으켜 청동제 관음상이 안치된 불단을 향하여 합장했다. 한동안 묵상에 잠기는 듯하더니, 그 자리에 퍽 쓰러졌다.

"기운을 차리시오, 설매님. 상처는 대단치 않소이다. 급소는 아니니까요."

평도전은 그렇게 말했지만, 설매는 괴롭게 고개를 가로저었다.

"압니다. 내 수명이 이제 곧 다하겠다는 것, 누구보다도 나 자신이 잘 알고 있습니다. 불벌(佛罰)을 받은 거겠지요. 이유가 어떻건 목적이 무엇이건, 나를 끔찍이 믿어 주던 사람을 속이고 함정에 빠뜨렸으니까요."

그 눈꼬리에 오뇌의 눈물이 괴었다.

설매의 용태는 급속히 악화되어 갔다. 상처는 대단치 않다느니 급소는 벗어났다느니 평도전은 말했지만, 그것은 어디까지나 설매에게 힘을 주기 위한 방편에 지나지 않았다. 숱한 사람의 죽음을 보아온 역전의 왜무는, 설매의 상처가 어쩔 수 없는 치명상이라는 것을 잘 알고 있었다.

이젠 운명의 순간을 기다릴 수밖에 없다.

"하실 말씀은 없으신지요, 설매님. 특히 나라님께 여쭐 말씀이 있으시면 졸자 어김없이 전갈하겠소이다."

인간 방원을 사모한 까닭에 갖은 풍파와 고초를 겪었고, 방원을 위하는 마음에서 속세를 버렸다. 그러나 불제자로서도 안주하질 못하고 최후의 순간까지 죄책감에 시달리며 죽어가는, 너무나 가엾은 설매에게 베풀 수 있는 그 말은 유일한 보답이었다.

"무슨 말이 있겠어요. 부모 형제도 없고 자식도 없고 배필도 없는 혈혈단신, 더더구나 속세를 버리고 출가한 불제자가 이 세상에 남길 무슨 사연이 있겠어요."

설매는 조용히 웃었다.

"그러시다면 졸자, 설매님을 대신해서 나라님께 복명하겠소이다. 조사의의 음모를 사전에 탐지해낸 것도 설매님이었고, 마지막으로 조사의를 사로잡는데 지대한 공을 세운 것도 설매님이란 사실을 나라님께 상세히 주달하겠소이다."

"제발."

설매는 황급히 고개를 가로저었다.

"그런 말씀 절대로 하지 마셔요. 내게 관한 얘기는 한 마디도 상감께 사뢰지 마시어요. 지금 이 세상에서 가장 슬프시고 가엾으신 분이 누구신줄 아셔요. 우리 상감마마십니다. 그 분은 조선 천지 땅덩어리 전부의 무게보다도 더한 가시관을 혼자 쓰고 계신 거여요. 그 분의 괴로움을 덜어드리진 못할지언정, 어찌 그 분에게 아픔을 더해 드리는 말씀 한 마디라도 올릴 수 있겠어요. 그보다도 부탁이 있습니다."

설매는 누운 채 두 손을 모았다.

"어떠한 부탁입니까. 졸자가 할 수 있는 일이라면 노고를 아끼지 않겠소이다."

"홍씨부인 말이어요. 조사의의 안사람되는 분 말이어요. 그 분의 목숨만은 평 장사께서 책임지고 건져 주시어요."

"그 점은 염려 마시오. 졸자, 책임지고 언약하지 않았습니까."

그 말을 듣자 설매는 비로소 마음이 놓이는 것일까 고개를 떨구었다.

그것이 운명이었다.

"가엾은 여인."

평도전의 눈꼬리에 눈물이 맺혔다.

그는 설매의 유해를 가까운 석왕사에 부탁했다. 그리고 그 절 주지에게 국왕 방원과의 특수한 관계를 넌지시 귀띔해 주었다.

일찍이 이성계가 창건한 바 있는 석왕사의 주지는, 설매의 명복을 빌기 위해서 최선을 다할 것을 약속했다.

물론 그것도 설매가 원하는 바는 아닐는지 모른다.

──하지만 그만한 보답만이라도 있어야 한다. 그래야만 졸자의 마음도 편할 수 있을 뿐더러, 나라님의 뜻을 받드는 길이 될 게다. 그렇지 않습니까, 나라님.

평도전은 아득한 남쪽 하늘에 침통한 시선을 띄워보내고는 무거운 걸음을 읍내로 옮겼다.

주장 조사의가 체포되자, 역도들의 조직은 제물에 붕괴되었다. 협박과 감언에 홀려서 학성산성에 몰려들었던 그 지방 장정들은, 하룻밤 사이에 모조리 도주하고 말았다.

서북면에서 도망쳐온 오십여 기 극렬분자 중 이십여 기는 이미 조사의를 원호하기 위해서 옥사 밖에 배치되었다가 사살되었으니, 산성에는 삼십명 정도의 잔당들만이 남게 되었다.

김영렬은 지체않고 산성을 급습했다. 제아무리 천험의 요새라고는 하지만, 삼십명 정도로 수천명 관군을 대항할 도리는 없었다. 그들 잔당 역시 살해되거나 생포되었으며, 일부는 어디론지 도주해 버렸다.

조사의 부자가 금교 행재소로 압송되어 온 것은 12월 7일이었다. 산성에서 생포된 몇몇 역도들 역시 같이 끌려왔다.

강현(康顯), 홍순(洪洵), 김자량(金子良), 박양(朴陽), 이자분(李自芬), 김승(金昇), 임서균(林西均), 문중첨(文仲僉), 한정(韓定) 등 아홉

명이다.

임순례(任純禮)를 위시한 열한 명은 산성에서 일단 도망은 쳤지만, 제발로 걸어와서 자수를 했다.

방원이 착잡한 심경으로 압송된 역도들의 명단을 훑어보고 있는데, 뒤미쳐 돌아온 평도전이 조용히 사뢸 말씀이 있다고 청했다.

"이번 일엔 여러 모로 그대의 공이 컸다면서?"

위무의 말을 건네자, 평도전은 쓸쓸히 고개를 가로저었다.

"그 말씀은 애통하게 희생이 된 한 여승에게 돌리셔야 할 거올시다."

"여승이라구?"

방원은 얼핏 그 말뜻을 알아듣지 못했다.

"속세에 있을 때엔 설매라는 기명(妓名)으로 불리던 여성이올시다."

"설매가?"

방원은 놀라지 않을 수 없었다. 그러지 않아도 문득문득 마음 한구석에 되살아나는 이름이었고, 그럴적마다 요즈음은 어찌 지내는지 궁금히 여기기도 했었다.

이번 반란 사건에 설매의 진력이 얼마나 중요한 작용을 했는가를 평도전은 상세히 보고했다. 또 가엾게 죽어간 사연도 아울러 전했다.

"그 여승은 운명할 때 이 말씀 전하게 사뢰지 말라고 간곡히 당부했던 거올시다. 지금 이 세상에서 가장 슬프시고 가여우신 분이 상감마마시라고 하면서, 조선 천지 삼천리의 무게보다도 더한 가시관을 혼자 쓰고 계시다면서, 그러하신 상감마마의 괴로움을 덜어드리진 못할망정 어찌 그 분에게 아픔을 더해 드리는 말씀 한 마디라도 올릴 수 있겠느냐고 굳이 만류하던 거올시다. 그러나 도저히 그 여인의 충정을 졸자 혼자의 가슴 속에 묻어둘 수는 없어서 이렇게 사뢰는 거올시다."

방원은 아무 말도 입밖에 내지 않았다.

"이번 반란 사건을 통해서 희생한 사람도 많사오며 공을 세운 인사도 적지 않습니다만, 첫손가락으로 꼽힐 공인(功人)은 바로 그 여인이 아닌가 싶습니다."

평도전은 강조했지만 그런 찬사도 방원의 귀엔 절실히 먹혀들지 않았다. 그 이상의 것, 자기 자신의 일부가 찌겨나간 아픔만이, 심골을 후비고 있었다.

조사의의 반란 사건은 의외로 조속히 매듭이 지어져 가는 셈이었다. 그러나 방원은 그보다 더 크고 근원적인 문제가 아직도 해결되지 않은 심정이었다. 부왕 이성계의 거취였다.

일전에 서북면에서 돌아온 김계지는 낙관적인 전망을 피력하긴 했다. 무학대사 자초의 설득으로 조속한 시일내에 부왕도 환경할 것이라는 견해였지만, 방원은 마음이 놓이지 않았다.

몇 차례나 이합(離合)을 거듭하던 아버지와 아들이었다. 더더구나 높고 두껍게 쌓여진 정(情)의 장벽이 허물어졌다는 소식은 아직 듣지도 못했다.

그러한 불안을 곱씹고 있는데, 부왕이 환행(還幸)길에 올랐으며 금교역에서 멀지 않은 상차령(上車嶺)을 넘었다는 급보가 그날 저녁 나절 날아들었다. 상차령서 금교역은 불과 사십리 거리였다.

방원은 즉시 금교역 북쪽 어귀에 부왕을 영접할 악차(幄次)의 설치를 시달했다. 그날 밤이 새기 전에 공사가 완료되도록 철야작업을 시켰다.

그 이튿날 한낮이 조금 지나서, 이성계 일행은 마침내 금교땅에 당도했다.

얼마나 그리워하던 얼굴인가. 그러나 막상 그 얼굴을 대하고 보니, 목이 메이기만 했다. 한 마디 말도 나오지 않았다.

이성계도 말없이 아들을 마주보았다. 말은 없었지만, 그러나 그것은 지난날과 같이 골육의 정을 거부하는 침묵의 산은 아니었다. 장막은 이미 걷히어 있었다. 글썽하게 눈물을 담은 두 눈이 그것을 충분히 대변해 주고 있었다.

그 날로 군왕 부자는 금교역을 떠나 개경으로 귀환했다.

추위가 한창이어야 할 섣달이었지만, 날씨도 봄날처럼 푸근했다. 해도 바뀌기 전에 그대로 화창한 봄이 오는 것이 아닌가 착각할 정도였다.

다시 하루가 지난 12월 9일엔 새벽부터 비가 내렸다. 비는 겨우내 얼어붙었던 땅을 속 깊이 녹여 주고 있었다.

침전 창너머로 봄비 같은 겨울비를 내다보면서, 방원의 가슴에도 봄기운이 가득했다.

어젯밤 저녁 늦도록 자리를 같이한 부왕이었지만, 날이 바뀌니 또 그리웠다. 그는 새벽부터 부왕이 거처하는 태상전으로 사람을 파견하여 성대한 잔치를 배설하도록 분부했다. 그리고 쉴새없이 퍼붓는 겨울비를 맞으며 자기도 태상전으로 향했다.

영의정부사 성석린, 영사평부사 김사형, 우정승 이무를 위시한 모든 중신들과 동북면, 서북면에서 귀환한 조영무, 이숙번, 김영렬, 김계지 등 많은 장령들, 부왕의 서제(庶弟)인 의안대군 화(和)를 비롯한 여러 종친들을 대동했다.

방원 자기가 등극한 이후 가장 행복하고 즐거운 거동이었다. 한가닥 아쉬운 구석이 있다면, 명나라에 사행하여 아직 돌아오지 않은 하륜이 곁에 없는 점이라고나 할까.

태상왕 이성계는 활짝 웃는 얼굴로 아들을 맞았다.

질탕한 잔치가 시작되었다. 방원은 몇 차례나 헌수의 잔을 바쳤다. 헌수(獻壽)란 이른바 장수(長壽)를 비는 뜻으로 올리는 술잔을 의미하지만, 그것은 결코 형식적인 예도가 아니었다.

──오래 사셔야 합니다, 아버님. 이젠 늙지도 마시구요.

가슴 깊이 방원은 사무치게 곱씹었다. 그 동안 이성계는 딴 사람이 된 것처럼 늙어보였던 것이다.

그 잔치 자리엔 왕사 자초도 물론 배석하고 있었다. 주흥이 모르익자 자초는 술 한잔 들지 않았으면서도 엉뚱한 소리를 꺼냈다.

"오늘의 이 뜻깊은 자리를 길이 마음에 새기고자 빈도 서투른 노래 몇 구절 불러볼까 합니다."

오늘의 주빈 태상왕 이성계가 누구보다도 존중하는 왕사의 자청이었다. 그리고 고덕(高德)한 고승이 노래를 부르겠다고 한다. 모두들 긴장할 수밖에 없었다.

그는 자리에서 일어서더니 웃자리에 나란히 앉은 이성계와 방원을 향하여 먼저 읍하였다. 그리고는 그들 두 사람을 곧장 바라보며 읊조렸다.

사조(四祖 : 목조, 익조, 도조, 환조), 편안히 못계시어 몇 곳을 옮아시뇨. 몇 간 집에 사시리잇고.

구중(九重)에 드시어 태평을 누리실제 이 뜻을 잊지 마소서.

스스로 노래라고 전제는 했지만, 그것은 즉흥시의 형식을 빈 간곡한 설법이었다.

시랑(豺狼 : 야인을 비유한 말)이 화가 되매 한 간 모옥(茅屋)도 없으사 움을 들어 사시니이다.

광하(廣厦)에 세전(細氈) 펴고 보좌(寶座)에 앉으사 이 뜻을 잊지 마소서.

언사는 점잖았지만 그 속엔 신랄한 바늘이 번득이고 있었다. 제아무리 네발로 뛰어다니게 되었다고 흙탕물 속에서 허위적거리던 올챙이 적을 잊어서는 안 된다는 속담을 방불케 하는 훈계였다. 당신네들의 조상은 어떻게 살고 얼마나 고생을 했느냐. 고향 전주 땅에서 쫓기어 각처를 전전하다가 나중에는 야인들이 득실거리는 동북면 변경까지 흘러갔고, 초가집 한 간도 지을 형편이 못되어 움 속에서 살던 신세가 아니냐. 그러나 당신네 부자들은 어떠했는가. 구중 궁궐 고운 자리 편 보좌에 앉아 있으면서도 골육이 서로 물고 뜯는 상잔(相殘)만 거듭해 왔으니, 어찌 통탄할 일이 아니냐는 힐책으로 들을 수도 있는 소리였다.

나를 거스른 도적을 호생지덕(好生之德)이실새, 부러 저희사 사로 잡으시니

이지여의(頤指如意)하사 벌인(罰人), 형인(刑人)하실제 이 뜻을
잊지 마소서.

왕자(王者)의 관용의 덕을 강조하고 있는 것이다. 비록 반역의 무리
에게라도 너그러운 은혜를 베풀어야 한다는 충고였다. 그리고 현실적인
문제로는 조사의의 당여들을 다스리는 데 있어서, 명심해야 할 방향을
제시하는 지침이기도 했다.

비록 그 죄가 밉더라도 가혹한 처벌을 삼가는 자비(慈悲)를 종용하고
있는 것이다.

백성이 하늘이어늘 시정(時政)이 불휼(不恤)할새 군의(群義)를 힘
써 물리치시어 사전(私田)을 고치시니

취렴(取斂)하매 상(常)이 없으면 방본(邦本)이 곧 여리나니 이 뜻
을 잊지 마소서.

창업 초의 혁명 이념을 깊이 상기하라는 말이었다. 이성계가 일찍이
혁명의 기치를 들었을 당시엔 호족들이 약탈한 토지를 회수하여 균전
(均田)의 제도를 세우고, 피폐한 사회와 도탄에 빠진 백성들을 구하려
는 고매한 경륜을 펴지 않았던가. 앞으로도 그와 같은 백성 본위의 건국
이념을 견지해야 한다는 호소였다. 그렇지 않을 경우, 이 나라 이 왕조
는 썩고 흔들릴 것이라는 경계이기도 했다.

좌중은 모두들 경청하고 있었다. 특히 남달리 성급한 이숙번이 누구
보다도 열심히 귀를 기울이고 있는 모습은 이채로웠다.

왕사 자초가 읊조린 몇 마디 진언은, 훗날 세종때 편찬되는 용비어천
가의 몇몇 구절과 부합된다.

용비어천가의 편찬 사업이 진행된 시점은, 창업주 이성계는 물론 중
흥주 방원도 세상을 떠난 후가 된다. 국초의 여러 공신들도 이미 타계
(他界)하였거나 노쇠하였을 것이다.

그 무렵 이숙번은 죄를 짓고 함양(咸陽)땅에 장배되었다가, 일시적으
로 석방되어 세종의 부름을 받는다. 그가 개국 초의 사실(史實)을 소상

히 기억하고 있다고 해서 편찬 사업에 참획하게 된다. 따라서 용비어천가에 수록된 많은 사료(史料)들은 이숙번의 기억에 힘입은 바 클 것이다.

물론 자초가 아닌 후세의 문장들, 용비어천가를 찬진(撰進)한 권제(權題)라든지, 정인지(鄭麟趾)라든지, 안지(安止) 등의 붓으로 그 대목도 성문이 되었겠지만, 이숙번이 제공한 많은 소재 중에 자초가 읊은 두어 대목쯤 포함되었을 것이라고 추상한다고 지나친 비약은 아닐 것이다.

자초의 말을 방원은 고맙게 명심했다. 특히 왕자로서의 관용의 덕을 베풀어야 한다는 충고를 깊이 유념하였고, 현실적으로 조사의의 당여들을 다스리는 데 그 뜻을 많이 반영했다.

조사의 부자와 학성산성에 남아서 끝끝내 항거하다가 생포된 강현 등 극렬분자 아홉명은, 그 달 18일 어쩔 수 없이 사형에 처했다. 뒤미쳐 체포된 김권(金港), 배상충(裵尙忠), 김온(金溫), 박부금(朴夫金) 등 악질분자 역시 그 달 24일에 주살했지만, 나머지 당여들의 목숨은 모두 살려 주었다.

한때 반란군의 참모장 구실을 했던 임순례를 비롯한 열한명의 역도들도, 그들이 자수하여 개전의 정을 보였다는 이유로 유배형에 처하는데 그쳤다. 정용수, 신효창 양 인도 외방(外方)으로 추방하는 가벼운 형에 처했다.

그렇게 되자 말 많은 언관들이 그냥 있을 리 없었다.

우선 방간(芳幹) 부자를 제주도로 이치(移置)해야 한다는 주장을 되풀이했다. 전번에 김여생(金呂生), 묘봉(妙峯) 등이 퍼뜨린 유언비어의 진원(震源)이 된 책임을 묻자는 것이었지만, 방원은 일축했다. 뿐만 아니라 한술 더 떴다. 박실(朴實)을 방간의 유배지로 파견하여, 간곡한 위무의 글을 전달하는 우애를 보인 것이다.

"여는 경진년(庚辰年 : 즉 방간의 난이 있었던 해) 봄부터 오늘에 이르기까지 백형(伯兄)을 보전(保全)케 하려는 마음 날로 돈독할 뿐이외다. 전번에는 김여생, 묘봉 등이 백형을 빙자하여 망언(妄言)을 지껄인 바 있었고, 이번엔 조사의 등이 동북면에서 동병(動兵)한 바도 있었던 고로, 백관이 예궐하여 백형을 제주도로 이치할 것을 강청하더이다. 그러나 제주는 멀리 바다를 격한 외로운 섬인고로 불허(不許)하였으니, 백형은 의혹하는 마음을 갖지 말도록 하시오."

그래도 언관들은 계속 강경한 소를 올렸다.

12월 20일, 박만(朴蔓)을 극형에 처해야 한다는 바를 사간원에서 올렸다. 박만은 이미 합포(合浦 : 경남 창원군)로 유배한 바 있지만, 그 형이 죄상에 비해서 너무 가볍다는 것이다.

방원은 그와 같은 소청도 일축했다.

해가 바뀌어 태종 3년 정월 16일엔 보다 강경하고 광범위하게 형을 가중시켜야 한다는 상소를 여러 언관들이 공동으로 올렸다.

즉, 박만, 임순례, 검덕재(金德載) 등을 극형에 처해야 할 것이며, 진중거(陳仲擧) 등 14인의 직첩(職牒)을 추탈(追奪)하고 가산을 적몰(籍沒)하여 자손을 금고(禁固)해야 할 것이며, 최식(崔湜) 등 18인 역시 직첩을 추탈하고 가산을 적몰해야 한다는 주장이었다.

그러나 방원은 허락지 않았다. 어디 그 뿐인가, 그 이튿날인 17일엔 대대적인 특사령을 반포하여 민심의 안정을 도모했다.

다만 조사의의 당여들 중에서 아직도 도주하여 종적을 감추고 나타나지 않는 손효종(孫孝宗), 강거(康居), 조순화(趙順和), 황사란(黃似蘭), 이언(李彦), 함승복(咸升復) 그리고 보명(寶明)이란 노복만은 사면 대상에서 제외하기로 했다.

그 일곱명의 역도들은 실은 개경 서쪽 변두리 두문동 산골짝 으슥한 외딴집에 숨어 있었다. 등하불명이라는 허점을 교묘하게 이용한 것이었다.

두문동은 조선왕조 개국 당초, 구 왕조에 지조를 지키던 칠십이 명의 유신(遺臣)들이, 끝까지 절개를 굽히지 않고 항거하다가 몰살당한 비극의 계곡이었다. 따라서 그 이후로는 사는 사람이라고는 없었고, 그런 까닭에 역도들이 거기 숨어 있으리라고는 상상하기 어려운 맹점이 있었다.

그 일곱명의 잔당들의 은신처에 김인귀가 불쑥 나타났다. 언제나 뒷전에 숨어서 음모와 선동의 불을 지르다가 일이 벌어지면 종적을 감추고 몸을 사리기만 해온 해괴한 이 모사는, 조사의의 반란 사건이 실패로 돌아가자 그 잔당들 속에 또 고개를 들이민 것이다.

그는 큼지막한 술병 하나를 들고 있었다.

"아니 대감께서 우리가 여기 숨어 있는 줄을 어떻게 아셨나요."

함승복이 수염 한 올 없는 주둥이를 흐물거리며 물었다. 그는 얼마 전까지 이성계의 측근에서 환관 노릇을 하던 자였다.

"눈먼 소경 같은 현 정부의 수사관들이란 자들은 짐작도 못하겠지만, 내 눈이야 속일 수 있겠나. 다 환히 보인단 말이야."

김인귀는 그렇게 흐물거리다가,

"이것봐, 이 사람들아. 요 얼마 전까지만 해도 회천(回天)의 칼날을 휘두르던 호걸들이 그 꼴이 뭔가. 마치 서리맞은 배추잎처럼 풀이 죽어 기를 못펴다니."

"풀이 죽을 수밖에 없지 않습니까. 모처럼의 거사는 어이없이 실패로 돌아갔을 뿐만 아니라 수령 부자와 많은 동지들은 처형됐고, 우리가 하늘처럼 믿어오던 태상대왕 그 분까지 방원의 손아귀에 녹신녹신 말려들어가 계시다고 하니 우선 살길이 막막합니다요."

황사란이란 자가 투덜거렸다.

"여보게들, 아무리 공을 들인 탑이라도 하루아침에 세워지는 것은 아니며, 또 끈질기게 공을 들인 탑이란 여간해선 아주 무너지는 것도 아니라네."

김인귀는 유들거리면서 들고온 술병을 내밀었다.

"앞으로의 일은 앞으로의 일이구, 우선 목이라도 축여 보게나. 요 술이란 늘 때로는 다 시들어가던 배추잎에 생기를 불어넣어 줄 수도 있거든."

역도들은 술병째 돌려가며 마셨다. 사뭇 독한 술인 모양이었다. 그들은 이내 거나하게 취했다.

"참찬대감 말씀마따나, 아무리 궁지에 몰렸기로 이렇게 죽치고 앉아서 죽는 날만 기다릴 수는 없지 않습니까."

과연 술이 약이 됐는지 황사란이 핏발 선 눈알을 부라렸다.

"이를 말이겠소. 죽을 때 죽더라도 한번 끽소리라도 질러봐야지."

강거(康居)란 자는 주먹을 휘둘렀다.

"끽소리도 좋고 지렁이의 발악도 나쁘지는 않소만, 일을 하자면 그럴싸한 계책이 있어야 하지 않겠소."

손효종이란 자가 제법 사려 있는 채를 한다.

"그런 문제라면 염려들 놓으슈."

함승복이 간사한 눈길을 김인귀에게 보내며 또 흐물거렸다.

"제갈공명도 무색해서 쪽을 못쓸 대지략가 참찬대감 어른께서 이렇게 친히 우리를 찾아주신 이상, 하늘이 무너져도 솟아날 구멍은 다 마련하셨을 거요. 그렇습지요? 참찬대감."

"그건 과한 기대고, 이제부터 우리 모두 합심해서 살길을 터보자는 걸세."

김인귀는 잠깐 꼬리를 사렸지만, 그의 구기엔 자신이 넘실거리고 있었다.

"저희네들 같은 돌대가리에겐 무슨 재간이 있겠습니까요. 다 참찬대감께서 요량하셔서 분부만 내려 주십쇼."

이언(李彦)이란 자도 그렇게 알랑거렸고,

"분부만 내리시면 견마지로를 다하겠습니다요."

조순화도 맞장구를 쳤다.

"그렇다면 자네들에게 묻겠는데, 꼼짝달싹할 수 없는 포위망을 뚫고
자 할 경우, 어떠한 방법이 가장 손쉽고 효과적일까."

능청맞은 김인귀는 패거리들의 의견을 존중하는 시늉을 했다.

"글쎄 말씀입니다요. 저희네들 돌대가리 아무리 짜보았자 기름 한 방
울 나겠습니까요."

"참찬대감께서 이미 배포하신 경륜이 계실 터이니, 어서 말씀만 하십
쇼."

패거리들은 그저 매달리기만 했다. 김인귀는 끈적끈적한 눈길을 7명
의 역도들의 얼굴에 차례로 꽂아가다가, 마지막으로 그것을 함승복의
얼굴에서 멈추더니 툭 한 마디 던졌다.

"불을 지르는 걸세."

역도들은 숨을 들이켰다.

"불을 지르다니요. 어느 누구의 집에 말씀입니까."

함승복이 겨우 되물었다.

"태상전."

김인귀는 짤막하게 잘라 말했다.

"좀 더 자세히 말씀해 주십쇼. 저희네들 아둔한 머리로는 알아듣기
어렵습니다그려."

황사란은 답답한 얼굴을 했고,

"태상전에 불을 지른다면 저희들의 살길이 어떻게 뚫릴는지요."

손효종이 캐고 들었지만, 김인귀는 느물느물 눈웃음만 치고 있었다.

45. 샘이 깊은 물

해가 바뀌어 태종 3년 정월 초하루, 근자에 없이 화평한 신정이었다.

조사의의 반란은 진압되었고, 태상왕 이성계도 환궁하여 국왕 부자간의 감정의 동결도 새봄 따라 눅눅히 해빙을 보았다. 궁중에서는 경축연이 벌어졌고, 백성들도 오랜만에 마음 편한 명절을 즐기고 있었다.

그러나 고 세자(故世子) 방석의 부인 심씨(沈氏)만은 달랐다. 다 허물어져가는 고가 한쪽 구석방에서 늙은 시비 하나만을 데리고 쓸쓸히 새해를 맞았다. 그 집은 심씨의 친정 아버지 심효생(沈孝生)의 사제였다.

일찍이 고려 우왕때 성균시(成均試)와 문과에 급제하여 순조로운 출세 가도를 달린 심효생은, 이성계의 개국혁명 때엔 그에 가담해서 개국공신 3등이 되었다. 그 후 이조전서 등 요직을 거쳐 딸이 세자 방석의 빈이 되자 예문관 대제학으로 승진되었으며, 다시 부성군(富城君)에 봉해지는 영화를 누렸다.

그러나 사위 방석이 피살되던 제1차 왕자의 난 때엔, 그도 당연히 정도전 일파에 가담했다가 살해되고만 것이다.

심씨는 겨우 목숨은 부지했지만, 그 때부터 친정집에 쫓겨 와서 산송장 같은 나날을 보내고 있었다.

친정 아버지 심효생이 생존하던 당시엔 만인이 부러워하던 대저택도, 그 후 5년이 지나도록 돌보는 사람 하나 없고 보니 이젠 황폐할대로 황폐해버린 것이다.

심씨가 세자빈이 된 것은 태조 3년 10월 16일이었다. 그러니까 세자 방석이 열세살 되던 해였지만, 그러나 그것이 첫장가는 아니었다. 그에 앞서 유씨(柳氏)라는 규수로 빈을 삼았다가 태조 2년 7월 19일 쫓아내고, 심씨를 다시 맞아들인 것이다. 이유는 밝혀지지 않았다.

집 뒤 해묵은 느티나무에 아침부터 까치들이 모여와서 짖어대고 있었다.

"아침 까치가 울면 반가운 손님이 온다지만, 나에게 무슨 반가운 사람이 있을라구."

늙은 시비를 돌아보며 심씨는 쓸쓸히 웃었다. 이럴 때 그 애라도 살아 있었으면 하고 심씨는 죽은 자식의 나이를 꼽아보는 어리석음을 되풀이한다.

태조 7년 5월 29일, 그러니까 남편 방석이 피살되기 석달 전에, 심씨는 달덩이 같은 아들 하나를 낳았다. 그러나 그 난리가 있은 이후, 누가 어디로 데려다가 어떻게 처치했는지 알길이 없는 것이다.

갑자기 까치들이 한층 시끄럽게 짖어대더니,

"이놈, 이 죽일놈!"

안마당 쪽에서 호통을 치는 소리가 날아들었다.

"그래 하늘이 무섭지 않느냐, 이놈. 아무리 세상이 바뀌었기로 몇 해 전만 하더라도 동궁저하의 어엿한 빈궁(嬪宮)이셨던 현빈마마께서 자시는 우물이 아니냐, 이놈."

남자의 목소리엔 틀림이 없지만, 남자치고는 몹시 캥캥한 음성이었다. 그러나 어쨌든 사나이라고는 수캉아지 한 마리 얼씬거리지 않는 이 집으로선 이변이 아닐 수 없었다.

또 그 사나이가 외치는 언사도 불안했다.

심씨는 늙은 시비에게 눈짓을 했다. 시비가 방문을 열어보았다. 내시 차림을 한 자가 노복 행색을 한 사나이의 덜미를 잡고 끌고 오는 중이었다.

"함 내시가 아닌가."

그 내시는 함승복(咸升復)이었고, 심씨도 그의 얼굴은 잘 알고 있었다.

무인년 왕자의 난이 있은 이후 심씨의 거처를 찾아 주는 사람은 거의 없었지만, 이성계 측근의 환관 함승복만은 가끔 들러주곤 했다. 그리고 그럴 때면 심씨가 아쉬워하는 식량이나 생활 필수품을 가져다 주기도 했다. 심씨의 처지를 측은히 여기는 시아버지 이성계의 분부라는 것이었다.

사나이의 덜미를 잡은 채 함승복은 땅바닥에 무릎을 꿇었다.

"현빈마마, 소관(小官) 세배드립니다."

이마를 조아렸다.

"나 같은 사람에게 세배가 무슨 세배라구."

심씨는 조금 민망스러워하다가,

"그보다 어찌된 일인가."

함승복에게 덜미를 잡힌 사나이에게 궁금한 눈길을 보내며 물었다.

"오늘이 바로 정월 초하루라 마마께 세배를 올릴 생각으로 문을 들어섰더니 말씀입니다요, 아 글쎄, 이놈이 마마께서 자시는 우물 속에 이것을 던지려고 하지 않겠습니까요."

하면서 한 손에 쥐고 있던 약봉지 같은 것을 흔들어 보였다.

"그게 뭔가."

"소인이 냄새를 맡아보았더니, 다량의 비상을 넣은 극약이었습니다."

함승복은 부드득 어금니를 갈고는,

"이놈!"

약봉지를 쥔 손으로 사나이의 뒷덜미를 쥐어박았다.

"그런 끔찍한 짓, 저지르려고 한 까닭이 뭐지? 네따위 버러지 같은 놈이 마마께 원험을 품을 이유는 없을 게구…, 누가 시킨 짓이냐?"

그 때까지 자라 모가지가 돼서 휘둘리기만 하던 사나이가, 고개를 들고 두 눈을 희번덕거렸다. 노복차람으로 변장은 했지만 두문동에서 함 승복과 함께 숨어 있던 황사란이란 자였다. 다 같은 조사의의 잔당이면 서 이건 또 무슨 수작들인가.

심씨는 물론 황사란의 얼굴을 모른다.

"어느 분의 분부이신지 정 알고 싶단 말이냐?"

일그러진 웃음을 씹으며 황사란은 이죽거렸다.

"알고 싶다면 말을 못할 나도 아니지만, 듣고나서 놀라 자빠지지나 말란 말이다."

"잔소릴랑 집어치우고 어서 바른대로 불지 못할까, 이놈."

이번엔 무릎으로 옆구리를 찼다.

"어구구."

황사란은 엄살을 부리다가,

"똑똑히 들어라. 나로 말할 것 같으면 상감마마 분부 받잡고 역도 방 석의 처를 처치하려던 참이다."

제법 살기를 피우며 떠들어댔다.

"뭣이?"

함승복은 놀라는 시늉을 했고, 심씨와 시비도 숨을 들이켰다.

"자, 어쩔 테냐. 그래도 내게 손찌검을 할 테냐?"

"이, 이놈을."

함승복은 한 발을 높이 들어 황사란의 앞가슴을 걷어차려고 하다가,

"윽."

되려 비명을 지르며 나동그라졌다. 황사란의 발길이 먼저 그의 사타 구니를 기습한 것이다. 그 틈을 타서 황사란은 몸을 날리더니, 허물어진 담장을 뛰어넘어 도망쳤다.

함승복도 즉시 담을 뛰어넘어 황사란의 뒤를 쫓았다. 그러나 얼마 후 그는 빈손으로 덜레덜레 돌아왔다.

"그놈, 내 손에 잡히기만 했으면 당장에 박살을 내주었을 텐데, 어찌

나 약삭빠른 놈인지.”

입맛을 다시며 씨근덕거리다가, 심씨가 내다보는 방문 앞으로 바싹 다가섰다. 그리고는 한번 주위를 둘러보고는,

“소관, 마마께 은밀히 여쭐 말씀이 있습니다요.”

그렇게 말하며 시비에게 눈짓을 했다. 자리를 피해 달라는 눈치였다.

“하두 놀라서 그런지 가슴이 두근거리는구만. 냉수나 한 그릇 떠오도록 해라. 급할 것은 없으니 천천히.”

앞뒤가 맞지 않는 소리였지만, 결국 시비더러 물러가란 말이었다. 늙은 시비가 부엌으로 내려가자, 함승복은 소리를 죽이며 말을 이었다.

“그러지 않아도 소관, 들은 바가 있어서 몹시 애를 태우고 있던 참이었는데 말씀입니다요, 이런 일을 당하고 보니 그 얘기 뜬 소문이 아닌 듯 싶습니다요.”

“무슨 얘긴가.”

“이번에 안변부사 조 사또가 신덕왕후마마와 동궁저하의 설원을 하고자, 동북면에서 거사한 사실은 현빈마마께서도 알고 계시겠습지요.”

“알고 있다 뿐인가. 이제 우리도 햇볕을 보게 됐구나 싶어서 크게 기대를 걸고 있었는데, 원통하게도 낭패를 보았다면서?”

“예, 조 사또를 위시해서 무수한 지사들이 순절했습지요. 그러나 방원과 그의 도당들은 앞으로 더욱 피를 보겠다는 거올시다요. 현빈마마와 무안대군댁 부부인(府夫人)마마를 제거하고자 획책을 하고 있다는 거올시다.”

부부인이란 방번의 처 왕씨(王氏)를 두고 하는 말이었다.

심씨는 새파랗게 질린 얼굴로 입술만 깨물었다.

“비열하게 이 댁 우물에 독약을 투입하려던 그 흉계, 비록 실패로 돌아가긴 했습죠만 그 자들이 어떤 자들입니까요. 더욱더 악독한 술책을 농할 거올시다요.”

“동궁께서 원통하게 화를 당하신 후로부터 단 하루도 살고싶은 마음

은 없었다마는, 그렇다고 원수들에게 앙갚음 한번 못해 보고 억울하게
죽음을 당할 것을 생각하니 이가 갈리는구면."

백지장처럼 핏기를 잃은 심씨의 입술이 떨렸다.

"이를 말씀이겠습니까요, 마마. 지렁이도 디디면 꿈틀한다고 하는데,
한 나라의 동궁빈마마께서 어찌 간물들의 흉인(兇刃)을 앉아서 기다리
셔야 하겠습니까요."

북치고 장구치며 수선이었다.

"그렇다고 내 형편에 무슨 힘이 있어야지."

심씨는 한숨을 몰아쉬는 것이었지만,

"아직도 힘은 보유하고 계십니다."

"아직도?"

"그렇습니다요. 태상마마의 잠을 깨워드리는 거올시다. 비록 이번 동
북면 사건에 기진하시어 잠들어 계시긴 합니다만, 태상대왕 어떠하신
분입니까. 깨어나시면 조선 천지 다시 발끈 뒤엎으실 저력은 충분하시
며, 그 잠을 깨워드릴 힘은 현빈마마와 부부인마마께서 지니고 계십니
다요."

그리고 나머지는 귀엣말로 한동안 속삭였다.

그 날도 저물어 어둑어둑해지자, 심씨는 긴 너울로 얼굴을 가리고 집
을 나섰다. 찾아간 곳은 방번의 미망인 왕씨의 거처였다.

왕씨의 부친 귀의군 왕우(歸義君 王瑀)는 고려조 마지막 임금 공양왕
의 모제(母弟)였다. 조선왕조가 개국되자 고려조의 왕족들은 그 여얼
(餘蘖)까지 이 잡듯 색출해서 죽여버렸지만, 왕우와 그의 자녀들만은
살려두었다. 왕씨의 제사를 받게 하기 위해서라고 한다. 그리고 왕씨
는 방번의 처가 되었으니, 비운의 왕족치고는 얻기 드문 요행을 잡은 집
안이었다.

왕우는 태조 6년 2월 24일에 사망했지만, 그의 두 아들 조(誚)와 관
(琯)은 노(盧)가로 성을 갈고 상장군 대장군 벼슬까지 받은 바 있었다.

또 태조 6년 10월 10일엔 맏아들 조가 임금의 특명으로 왕씨 성을 되찾
는 한편, 부친 왕우가 누리던 관작인 보국숭록대부(輔國崇祿大夫) 귀의
군(歸義君)까지 습봉하게 되었던 것이다.

방번의 미망인 왕씨는 오라버니 조의 집 방 한 간을 얻어서 거처하고
있었다. 저녁 늦게 찾아간 심씨를 왕씨는 불안한 눈으로 맞아들였다.

"아무래도 우리가 목숨을 내걸고 앙갚음을 할 때가 온 것 같소. 이래
도 죽고 저래도 죽을 바에는 말이오."

그런 식으로 말을 꺼낸 심씨는 한동안 귀엣말로 속삭이다가,

"요즘 상감이 효도를 한답시고 태상마마께 아침마다 보약을 보내드
린다고 합디다."

나머지 말은 또 귀엣말이 된다.

"그러다가 만약에 일이 탄로되면 어쩌게요."

왕씨의 반응은 소극적이었다.

"죽기는 매한가지라고 하지 않았소. 처음부터 끝까지 앞장은 내가 설
테니 부부인은 따라만 와요."

심씨는 강요하다시피 했다.

"내일은 초이튿날, 아무래도 태상마마께 세배는 올려야 하지 않겠
소."

그 이튿날 이른 새벽 심씨와 왕씨는 태상전으로 향했다. 가마를 내리
기 전에 심씨는 환약 한 알을 입에 넣었다.

불쌍한 두 며느리를 이성계는 따뜻이 맞아주었다. 심씨와 왕씨가 차
례로 세배를 하고나자, 한 궁녀가 탕약을 들고 들어왔다.

"또 보약이냐? 다 늙은 몸이 이제 와서 몸은 보해 무엇하려구."

그런 말을 하면서도 이성계는 흐뭇한 얼굴로 탕약을 받으려고 했다.

"잠시 기다려 주시어요, 태상마마."

심씨가 앙칼진 소리로 외쳤다.

"그 탕약 아무래도 수상합니다."

"수상하다니."

입에 대려던 약그릇을 멈추고 이성계는 고개를 꼬았다.

"오늘 아침 태상마마께 바칠 탕약에 이상이 있다는 얘기를 저는 들었습니다."

"그럴 리가 있나. 매일 아침 복용하는 똑같은 보약인 걸."

이성계는 곧이들으려고 하지 않았다. 그럴 수밖에 없었다. 약을 바치기 전에 시녀나 시의가 어김없이 시음을 했을 것이었다.

"믿어지지 않으신다면 제가 시음을 하겠습니다. 만일 그 약에 별 탈이 없으면 저를 죽여 주시어요."

그렇게 말한 심씨는 그 탕약을 빼앗다시피 하여 반쯤 마셨다. 반쯤 마신 탕약 그릇을 내려놓고 심씨는 한동안 뭔가 기다리는 것 같은 표정을 하다가 그 자리에 픽 쓰러졌다.

탕약을 들고 들어온 궁녀는 새파랗게 질린 입술만 떨고 있었고, 왕씨는 괴로움이 일렁이는 얼굴을 외로 꼬았다.

이성계는 무거운 눈으로 심씨를 내려보다가,

"시의(侍醫)를 들도록 일러라."

한 옆에 시립하고 있는 내관에게 지시했다. 내관이 달려가서 한 시의를 불러들였다. 평원해였다.

아침마다 태상왕 이성계에게 바치는 보약은 전적으로 그가 조제하고 관리해 온 것이다. 물론 국왕 방원의 지시였다. 그런만큼 오늘 아침 올린 탕약에 이상이 있다면, 그것은 평원해의 책임이었다.

그가 들어와도 이성계는 아무 말을 하지 않고 두 눈만 내리깔고 있었다. 또 평원해는 평원해대로 이럴 때 구구한 변명 따위를 늘어놓을 위인은 아니었다.

그는 민첩한 솜씨로 심씨의 맥부터 짚었다.

"틀림없는 약물 중독이올시다."

잠시 후 그렇게 진단을 내렸다. 그 진단은 곧 자기 자신을 단죄하는 것이나 다름이 없다.

그 탕약을 마신 심씨가 중독이 되어 실신했다면, 그것을 심씨 아닌 이성계/ 기셨더라도 동일한 증세를 나타낼 것이 아닌가. 그러나 그렇게 진단을 내리면서도 평원해의 표정은 태연했다.

이성계는 여전히 눈을 내리깐 채 말이 없었다. 응당 벽력 같은 호통이라도 터져야 할 것인데, 입을 열지 않는 것이다.

"하오나."

평원해가 다시 입을 열었다.

"이 보약, 신이 직접 조제하고 직접 달여서 들여보낸 거올시다. 하늘이 무너져도 이상이 있을 리 없습니다."

앞뒤가 맞지 않는 소리를 하더니,

"보십시오."

심씨가 남겨놓은 탕약을 한숨에 들이켰다.

"역시 아무런 이상이 없습니다."

그제서야 이성계가 눈을 뜨고 한 마디 했다.

"그렇다면 현빈이 실신한 이유는?"

"다른 약물에 중독된 것이 아닌가 싶습니다."

이성계의 눈에 엄한 빛이 담겨졌다. 그리고는 그 눈길을 왕씨에게 던졌다. 고개를 들지 못하는 왕씨의 두 어깨가 경련하는 듯보였다.

"한 가지 소청이 있습니다, 태상대왕전하. 외람하오나 궁인으로 하여금 현빈마마를 수색케 하셨으면 싶습니다. 반드시 어떤 증거가 나타날 줄로 압니다."

이성계가 탕약을 가지고 들어온 궁녀에게 눈짓을 했다. 궁녀는 재빠르게 움직였다. 자기나 평원해에게 씌워진 무서운 혐의가 풀리느냐 어쩌느냐 판가름이 날 판국이었다.

심씨의 옷을 샅샅이 뒤지더니, 소매 속에서 조그만 약낭을 끄집어냈다. 그것을 이성계에게 바치려고 하자,

"네가 펴 보아라."

다시 그렇게 지시했다.

약낭 속에서 환약 몇 알이 나왔다. 평원해가 다가서서 잠깐 냄새를 맡더니,

"대단한 극약은 아니올시다."

그런 말을 했다.

"당장 시험을 해보겠습니다."

평원해는 말하더니 궁녀에게 그 환약 한 알을 먹어보라고 종용했다. 궁녀는 잠깐 망설이다가 눈 딱 감고 입에 들이뜨렸다.

긴장된 시간이 얼마동안 흐르다가, 조금 전에 심씨가 그러했던 것처럼 궁녀도 픽 쓰러졌다.

"극약은 극약입니다만, 얼마동안 잠만 드는데 불과한 약이 올시다. 신이 깨우도록 합지요.."

평원해는 먼저 궁녀에게 침 한 대를 꽂았다. 그러자 쉽게 깨어났다. 다시 심씨에게 침을 놓았다. 역시 깨어났다.

이제 심씨가 꾸민 연극은 완전히 마각이 드러난 셈이다. 이성계의 표정이 침통하게 일그러졌다.

그는 심씨와 왕씨 두 며느리만 남겨놓고 다른 사람들은 물러가도록 분부했다.

"어리석은 것들아. 어쩌자고 이런 일을 저질렀단 말이냐."

그의 어투엔 아직도 두 며느리를 긍휼히 여기는 온정이 남아 있었다.

"너희들의 얄팍한 꾀에 나나 주상이 넘어갈 성 싶으냐."

구태여 자백은 강요하지 않았지만, 심씨의 속마음은 방원이 이성계를 독살하려 한 것처럼 조작을 해서, 그들 부자를 이간시키려던 저의를 이성계는 환히 간파하고 있는 눈치였다.

"다만 한 가지만 묻겠다. 이와 같은 흉측한 계교, 너희들 둘이서만 꾸미지는 않았을 게다. 배후에서 획책한 원흉이 있을 터인즉, 숨기지 말고

고하도록 하라. 원흉만 밝혀지면 너희들의 목숨만은 여가 장담하고 보
장하겠다."

심씨는 꿇어엎드린 채 한 마디도 말을 못했지만, 왕씨가 흐느끼며 사
실대로 자백했다.

"조사의의 잔당들이?"

착잡한 그늘이 이성계의 양미간을 스쳤지만, 그러나 그의 언사는 격
하지 않았다.

"지난 일은 지난 일이고 너희들의 목숨을 살려야 하겠는데, 그러자면
너희들이 저지른 죄값을 해야 하겠어."

"이미 죽음을 각오한 이 몸, 어떠한 벌이라도 달게 받겠습니다."

심씨가 겨우 입을 열었다.

"벌을 받으라는 것이 아니다. 살 길을 찾기 위해서 일을 하라는 것이
야."

그렇게 말한 이성계는 두 며느리에게로 다가가더니, 소리를 죽이고
몇 마디 귀엣말로 일러주었다.

잠시 후 심씨와 왕씨는 태상전에서 물러갔다. 각각 자기네들의 거처
로 돌아갔지만, 심씨는 귀가하는 즉시로 늙은 시비를 불렀다.

"어제 찾아왔던 함가라는 내시에게 심부름을 좀 가야겠다."

"그 사람이 어디 사는지 알아야 찾아갈 게 아닙니까."

"두문동 산골짝 외딴 집에 숨어 있을 게다. 그 내시를 만나거든 일이
우리 뜻대로 잘 됐으니, 내가 한번 보았으면 한다고 이르기만 하면 되느
니라."

시비는 즉시 두문동으로 향했다. 골짝에 들어서서 두리번거리고 있으
려니까, 갑자기 덜미를 잡는 손이 있었다.

"여기가 어디라구 함부로 들어서는 거냐."

귀에 익은 목소리였다.

함승복이었다.

그도 시비의 얼굴을 확인하자,

"난 또 누구라고."

멋적은 웃음을 흘리며 손을 놓았다.

"숨어 사는 몸이라 개미새끼만 얼씬해도 이렇게 놀라게 되는구먼."

변명을 하고는,

"그런데 할멈이 웬일이오. 현빈마마께서 보내셨나?"

하고 물었다.

"현빈마마 분부 아니시면, 내가 왜 이런 산골짝을 찾아오겠어요."

시비는 볼멘 소리로 투덜거렸다.

"그래 현빈마마의 분부는 뭐지?"

"댁을 만나보시겠다구요. 하시는 일이 잘 이루어졌다나요."

"잘 됐다구?"

함승복의 입이 당장 헤벌어졌다.

"좀 더 자세히 얘기해 보게나."

"쇤네는 아무 것도 몰라요. 그저 그렇게 전하라시는 마마의 분부 받잡고 왔을 뿐이어요. 정 궁금하시면 속히 마마를 찾아가 뵙지 그러슈?"

함승복으로선 고대하던 희소식이었을 것이다.

"내 곧 가볼 것이니, 먼저 가서 그렇게 여쭙도록 해라."

시비를 돌려보낸 그는 일당들의 은신처로 달려갔다. 그들은 요즘 만일의 경우를 대비해서 한 사람씩 번갈아 망을 보다가, 수상한 일이 있을 경우 패거리들에게 알리도록 하고 있었던 것이다.

오늘은 마침 함승복이 망을 볼 차례였다.

심씨를 앞세워서 국왕 부자를 이간시키는 공작에 성공했다는 시비의 말을 전하자, 패거리들도 쾌재를 불렀다. 하지만,

"글쎄 덮어놓고 일이 잘 됐다고만 하니, 내용을 알 수 있겠나."

김인귀만은 석연치 않은 얼굴을 했다.

"그러니까 제가 현빈마마를 만나뵙고 자세한 사연을 알아오렵니다."

함승복이 성급하게 달려가려는 것을 김인귀가 제지했다.

"자네 혼자 갔다가 도중에 어떤 변고라도 생기면 난감할 터이니, 자네도 같이 가도록 하게."

황사란에게 턱짓을 했다.

"물론 자네는 밖에 숨어서 기다려야 하겠지만."

그러나 두 사나이를 떠나보내고도,

"거참, 이상한 걸."

김인귀는 불안스러워했다.

"이번 일엔 아무래도 어떤 함정이 기다리고 있는 것만 같아."

그는 다시 손효종에게 지시했다.

"자네도 따라가 보게, 먼 발치로 말야. 그러다가 어떤 불상사가 일어나거든 그 속에 말려들지 말고 곧장 달려오게. 자칫 잘못하다간 우리에게도 불똥이 날아드는지 모를 터이니 말일세."

김인귀의 육감은 적중했다. 함승복과 황사란이 심씨의 집 길모퉁이에 나타나자, 담 뒤로부터 십여명 포졸들이 달려들었다. 이성계의 지시로 잠복하고 있었던 것이다.

"이놈들에 틀림이 없나?"

한 포졸이 묻자, 담 모퉁이에서 시비가 나타났다.

"틀림 없어요. 한 사람은 바로 함 내시고, 한 놈은 우물에 독약을 쳐넣는 시늉을 하던 자이어요."

그렇게 증언했다.

포졸들은 다시 두문동으로 달려갔지만, 먼 발치에서 뒤를 밟던 손효종이 재빠르게 알린 때문인지 잔당들은 모조리 도주한 뒤였다.

국왕 부자의 이간 공작을 꾀한 심씨와 왕씨의 죄상은 용서할 수 없는 성질의 것이었지만, 그러나 두 여인에게 내려진 형벌은 개경 성문 밖으로 추방하는 데 그치는 가벼운 것이었다.

함승복과 황사란을 체포하는 데 협력한 공이 그렇게 형을 가볍게 했던 것이며, 그것은 또 불쌍한 두 며느리를 아끼는 이성계의 속 깊은 배려 때문이기도 했다.

황사란은 2월 2일자로 주살했고, 함승복은 그 달 21일에 역시 사형에 처해졌다. 도주한 잔당들은 그 후 영영 종적을 감추어 버렸지만, 불만 지르고 몸을 사리는 데 능숙한 김인귀는 어떻게 교묘히 헤엄을 쳤던지 편안한 여생을 마친 흔적이 실록엔 보인다.

그로부터 약 10년이 지난 태종 12년 8월 28일, 김인귀가 사망하자 조정에서는 그의 집에 미두(米豆) 40석을 하사했다는 기록이 남아 있는 것이다.

조사의의 반란 사건과 그 여파 그리고 태상왕 이성계의 방랑과 환궁, 그것이 가장 큰 고비였다. 대위를 계승한 이후 방원이 겪은 가장 큰 시련이기도 했다.

새해의 춘색(春色)이 짙어감에 따라 방원에게도 봄볕처럼 밝은 일들이 꼬리를 이어 찾아들었다.

2월 1일엔 네째아들을 보았다. 훗날 그가 어느 아들보다도 총애하게 되는 성녕대군(誠寧大君)이다.

두 달이 지난 4월 2일엔 하등극사(賀登極使) 하륜의 서장관(書狀官)이 되어 명나라로 갔던 조말생(趙末生)이 한 걸음 앞서 돌아와 보고했다. 명나라 사신이 고명(誥命)과 인장(印章)을 가지고 이미 국경을 넘어 의주(義州)에 당도했다는 것이다. 방원이 조선국의 국왕이 된 것을 정식으로 인정하는 상국의 사절이 온다는 것이다. 기쁜 소식이 아닐 수 없었다.

그 달 8일에 과연 명나라 사절 일행이 입경했다. 도지휘(都指揮) 고득(高得), 통정사좌통정(通政司左通政) 조거임(趙居任), 환관태감(宦官太監) 황엄, 조천보(曹天寶) 그리고 우리 교포 출신의 환관 주윤단(朱允端), 한첩목아(韓帖木兒) 등으로 구성된 일행이었다.

　방원은 여러 신료들을 거느리고 개경 서쪽 교외까지 나가서 명사들을 영접하고 고명과 인장을 받았다. 그들 일행과 함께 목마르게 고대하던 하륜도 돌아왔다.

　그러나 그러한 기쁨에 재를 치는 자가 있었다. 명나라 사신의 일원인 황엄이란 내시였다. 그는 강대국의 사절임을 코끝에 걸고 말 한 마디, 일거수 일투족 모두 오만불손했다.

　"우리 중궁폐하께서 현비(賢妃)에게 하교하신 말씀이 계시니, 내가 친히 입궁해서 전해야 하겠소."

　이런 소리를 노닥거렸다. 아무리 내시의 몸이라도 남자는 남자. 한 나라의 왕비를 직접 만나자는 수작, 괘씸했지만 방원은 좋은 말로 거절했다.

　"비자(妃子) 산후(産後)의 몸이라 아직도 건강치 못하니, 훗날 분부 받들도록 하겠소."

　그리고는 그들을 태평관(太平館)으로 들여보낸 연후, 하륜을 접견하였다.

　"그 동안 얼마나 고생이 많았소, 호정 선생."

　강대국 명나라로부터 고명이나 인장을 받을 적마다 한번도 쉽게 넘어간 적이 없었다.

　그리고 이번엔 명나라 측에서도 정권 교체가 있었고, 우리 측에서도 우여곡절이 많은 왕위 계승이었다. 그러나 별 말썽없이 사명을 완수한 하륜의 외교적 고충, 보지 않아도 짐작이 갈 것 같았던 것이다.

　"신이야 오히려 몸 편히 호강만 한 셈이지요. 우리 일행이 당도한 바로 다음날 천자께서 우리를 접견하시어, 많은 물품을 하사하시고 위로연까지 베풀어 주셨으니까요. 그 동안 나라 안에선 어려운 일이 많았다고 들었습니다. 전하의 괴로우심이 오히려 신은 민망할 따름입니다."

　하륜은 깊은 눈으로 방원을 우러러보다가는 그 눈꼬리에 이슬이 맺히는 것이었다.

"성안(聖顏)이 많이 상하셨습니다그려."

불과 반년만에 대하는 국왕의 얼굴이었지만, 하륜은 그렇게 가슴 아파했다.

"내 얼굴이 그토록 못쓰게 됐소?"

방원은 되묻다가,

"호정 선생이 없는 이 나라는 마치 빈 집처럼 호젓합디다. 게다가 바람은 극성스럽고 기둥들은 기우뚱거리며 서까래들은 거드럭거려서, 나 혼자 지탱을 하자니 반년이 마치 반평생보다 더 긴 것 같습디다."

누구에게도 보이지 않던 괴로한 웃음을 웃었다.

"장하십니다, 전하. 변변히 돕는 사람도 없는 터에 그토록 힘겨운 난국을 홀로 타개하셨으니, 전하는 명실 공히 이 나라 이 왕조의 주군(主君)이시옵니다."

결코 입에 붙은 소리가 아닌 진지한 치하를 하륜은 올렸다.

"무슨 말을 하는 거요. 호정 선생이 돌아오기만 하면 무거운 그 짐을 떠맡길 생각이었소. 나는 네 활개 쭉 펴고 낮잠이나 자겠노라고 벼르던 참이었소."

방원은 입을 크게 벌리고 하품과 함께 기지개를 켰다. 믿고 의지하는 스승 앞에서 어리광을 피우는 천진한 얼굴이었다.

"명천자께서도 연석에서 문득 그와 비슷한 약한 말씀을 하십디다만, 한편으론 엄청난 경략(經略)을 실천에 옮기고 있는 모양입니다. 오십줄에 접어든 노황제가 친히 몽고 사막을 횡단하여, 그 본거지를 뿌리째 소탕하려는 의욕을 태우고 있다고 들었습니다. 중국 역사 있은 이후 천자가 친히 사막을 횡단한다는 일은 전무한 쾌거입지요."

"그리고?"

어리광스럽던 방원의 눈에 불이 켜졌다.

"그리고 다시 남으로 멀리 전진(轉進)하여 안남(安南 : 지금의 월남)을 병합하고 남만(南蠻)을 경략해서 삼십여개국에 이르는 나라들로부터 조공을 받겠노라고 호언을 하고 있다는 거올시다. 골육상잔의 피를 흘려 얻은 보좌에 안한(安閑)히 앉아서 일신의 영화만 누리지는 않겠다는 결의이겠습지요. 비극의 유혈을 대명제국의 융성과 영광으로 꽃 피우자는 포부이겠습지요."

가슴이 뛴다. 방원 자기보다 훨씬 불리한 여건하에 오랜 내란을 거쳐서 겨우 쟁취한 제위, 그리고 자기보다 연로한 명천자 태(棣)는 낮잠은 고사하고 이제부터 오히려 새 출발의 북을 울리고 있다는 것이다.

저 편은 강대국이며 이 편은 약소국이라는 자기 비하의 변명 속에만 안주할 수 없는 충동이 방원의 가슴을 흔들었다.

"그리고 또?"

더 많은 얘기를 듣고 싶었다.

"명천자 그 분, 안으로도 깊이 눈을 돌리고 있습디다. 특히 엄청난 대편찬 사업을 계획하고 있다는 데 놀랐습니다. 고금의 각종 서적들, 경사(經史), 자집(子集), 천문(天文), 지지(地志), 음양(陰陽), 의복(醫卜), 승도(僧道), 기예(技藝) 등에 관한 전적에서 그 일부를 발췌하거나 혹은 원형 그대로를 홍무정운(洪武正韻)의 운의 순서를 따라 배열, 편찬한다는 거올시다. 권수로도 만 권이 넘을 것이며 책수로 따지더라도 이만 책 가까이 될 계산이라고 하며, 그 사업에 동원된 인원은 무려 이천명이 넘을 것이란 얘기올시다."

훗날의 영락대전(永樂大典)이 바로 그것이다.

좋은 의미의 오기가 끓어오른다.

"그렇다면 우리도 해야지."

방원은 자리를 차고 일어섰다.

"해야 하다 뿐이겠습니까. 이제 우리 왕조의 뿌리는 어지간히 깊이 내렸습니다. 남은 것은 샘을 파는 일이올시다. 어떠한 가뭄에도 물줄기가 그치지 않는 깊은 샘을 파는 거올시다."

하륜도 힘있게 호응했다.

"예를 들면?"

"아직 미비한 관제(官制)를 우선 개편해야 합니다. 불필요한 인원을 제거하고 숨은 인재를 많이 기용해야 합니다."

"다음엔?"

"병제(兵制)도 정비해야 합니다. 궁외의 병원 수를 정확히 파악해야 합니다. 그래야만 조사의의 반란 같은 불상사가 다시는 없게 될 거올시다."

"그리고?"

"변방의 야인들을 초유(招諭)해서, 국가 안보에도 만전을 기해야 하겠습니다."

"그리고 또?"

"국가의 참된 물줄기는 글을 하고자 하는 선비들이 불편없이 학업에 전념하고, 배우고자 하는 백성들이 널리 배워야만 풍족해지는 거올시다. 주자소(鑄字所)를 설치하여 고금의 전적들을 충분히 인행(印行), 판매하게 하여야 합니다."

"그 뿐인가?"

"물물교환의 원시적인 경제 형태를 지양하고 통화(通貨)를 개혁해야 합니다. 운반이 불편한 포(布), 미(米)가 화폐로 통용되는 폐단을 없애려고 간편한 종이 돈으로 대신하는 저화(楮貨)를 발행하긴 했습니다마는, 그 법을 한층 강화해야 합니다."

하륜의 제안을 방원은 모두 수긍했고, 그것은 오래지 않아 실천에 옮겨질 것이었다.

"이 모든 사업을 차질없이 수행하자면, 무엇보다도 인재를 아껴야 합니다. 이걸 보십시오."

하륜은 미리 휴대하고 온 두 폭의 그림을 펼쳐 놓았다. 부자도(夫子圖)와 삼원연수도(三元延壽圖)였다.

"전 황제때 사신으로 왔던 육룡(陸龍)이란 말썽꾸러기가 있지 않았습니까. 그 사람이 보낸 물건이올시다. 명나라 새 천자는 그런 용렬한 위인까지 포섭하여 병부주사(兵部主事)를 시키고 있습니다."

전이나 지금이나 하륜은 변함없는 스승이었다. 방원은 항상 지겹게 머리를 찍어누르던 왕관을 번쩍 들어보였다.

"이 가시관 역시 무겁긴 하지만, 쉽게 벗어던질 수는 없겠구먼."

그리고 호탕하게 웃었다.

－大尾

소설 태종 이방원

제5부 샘이 깊은 물

초 판	1993년 05월 20일
재 판	2016년 12월 20일

지은이 방 기 환

발행처 문 지 사
발행인 홍 철 부

등록일자 1978년 8월 11일
출판등록 제 3-50호

주소 서울특별시 은평구 갈현로 312
전화 | 영업부 02)386-8451(**代**)
　　　　 편집부 02)386-8452
　　　　 팩 스 02)386-8453

정가 15,000원